I LOVE YOU TO THE MOON

ALFREDA ENWY

I LOVE YOU to the MOON

ROMAN

H&

HARPERCOLLINS FRANCE
83-85, boulevard Vincent-Auriol, 75646 PARIS CEDEX 13.

www.harlequin.fr

ISBN 978-2-2804-5835-1 — ISSN 2271-0256

Note de l'auteur

Avant que vous découvriez cette histoire, j'aimerais que vous lisiez ces quelques mots…

Cette note est un peu difficile à écrire pour moi car j'ai plusieurs choses à dire, alors j'espère la formuler correctement.

Pour commencer, je mets un petit TW (*trigger warning*) sur le fait que cette histoire évoque le suicide et contienne des scènes qui peuvent sembler violentes.

Ensuite, il faut que vous considériez que les mots rédigés en français dans le texte (dialogues et pensées) sont censés être du coréen puisque l'intrigue se passe à Séoul, les mots en anglais sont bien de l'anglais. Contrairement à *Ne crois pas que tu m'aimes* où j'avais inclus des mots de japonais dans le récit, ici je ne le fais pas. Je m'explique :

Quand j'ai commencé à écrire cette histoire, je me suis beaucoup cassé la tête à savoir si je devais rajouter ou pas certains termes (*hyung*, *oppa*…) de respect quand mes personnages se parlent… Et je me suis dit que l'histoire se passant en Corée, il serait bizarre de mettre uniquement des petits mots de coréen par-ci par-là et de réécrire en français après… J'ai préféré uniformiser.

Quand Taehyung du groupe BTS s'adresse à Namjoon (BTS également), il l'appelle Namjoon hyung. Taehyung ajoute ce suffixe à tous les membres de BTS qui sont plus âgés que lui. Quand il s'adresse à Jungkook (plus jeune), il n'ajoute rien ou alors le suffixe -nim… Le respect est très présent dans les pays d'Asie, mais pour la fluidité du texte, j'ai choisi de ne pas mettre ces suffixes.

Autre point : il ne faut pas oublier que cette histoire est une fiction avant tout. Bien que je me sois inspirée de Kim Taehyung pour représenter le visuel de Moon-soo, mon héros, les mots et les pensées de ce dernier ne sont nullement ceux de Taehyung. Ils viennent de mon imagination.

Vous savez, j'adore les histoires d'amour, et quand j'ai voulu mêler romance et show-biz, je me suis dit qu'il fallait quelque chose de différent qu'un groupe de rock ou de pop à la One Direction, car cela avait déjà été fait. Et puis, j'ai pensé à la K-pop et j'ai trouvé que ce serait beau de faire une histoire d'amour dans un univers truffé de règles et de codes. Lorsque cette idée a germé puis mûri dans mon esprit, je n'y connaissais rien… Alors, j'ai plongé à corps perdu dans l'univers des boys band sud-coréens.

Durant tout le processus d'écriture, j'ai beaucoup travaillé mon sujet et j'ai essayé d'être la plus juste possible dans la concrétisation de cette histoire tant au niveau du monde de la K-pop que des personnages, en les ajustant à la romance… Je souhaite sincèrement avoir réussi.

J'ai mis énormément d'amour dans cette histoire et j'espère que vous le ressentirez à travers les pages qui suivent, que vous soyez fan ou non de K-pop.

Love,

Alfreda.

Playlist ♫

Playlist spéciale BTS :

Fake Love
Save Me
I'm Fine
Pied Piper
Friends
Louder Than Bombs
Epiphany
Inner Child
Make It Right
Answer : Love Myself
Your Eyes Tell
Mikrokosmos
Lights
I Need U
Boy with Luv (feat Halsey)

Chansons K-pop ou interprétées par des artistes sud-coréens que j'adore :

Exo : Love Shot
Stray Kids : Slump
Blackpink : As if It's Your Last (마지막처럼)
Monsta X : Alligator
Stray Kids : God's Menu
V : Sweet Night

Stray Kids : Top
Gaho : Beautiful
iKON : Love Scenario
Pentagon : Basquiat
Kai : Hello Stranger
IU : Eight

Lexique

Leader : Rôle qui désigne le représentant et responsable du groupe. Il est généralement choisi par l'agence.

MV : *Music video*, équivalent de clip en France.

Trainee : Terme désignant un « stagiaire » au sein d'une agence. Les *trainees* travaillent plusieurs années avant de pouvoir (ou non) débuter officiellement en groupe ou en solo.

Idol : Nom donné aux artistes qui ont officiellement débuté dans le monde de la K-pop.

Maknae : Terme désignant la personne la plus jeune d'un groupe.

Hyung : Expression affectueuse qu'une personne peut employer pour parler d'un garçon plus âgé.

Visuel : Rôle qui désigne le membre qui est décrit comme le plus beau du groupe. C'est lui qui sera le plus mis en avant dans les photos ou vidéos.

Chanteur principal : Membre qui chante le plus. Il est celui qui est mis en avant dans les solos ou les parties puissantes d'une chanson.

Danseur principal : Membre qui danse le plus dans le groupe, il est plus en avant dans les chorégraphies, dans les solos, ou dans les performances.

Bias : Membre préféré au sien d'un groupe.

Sasaeng : Dans la culture asiatique et spécifiquement sud-coréenne, un fan *sasaeng* est un fan obsessionnel (fan hard-core) qui traque ou se livre à une invasion de la vie privée d'une idole coréenne ou d'une autre personnalité publique.

Pojangmacha : Ce sont ces stands de nourriture en plein air sous des tentes que l'on voit à chaque coin de rue en Corée du Sud. Ils proposent des petits en-cas simples et rapides à manger à des prix très abordables.

Japchae : Le *japchae* est un plat à base de patates douces qui sont mélangées à divers ingrédients, viande (de bœuf ou porc), champignons et légumes. Par le passé c'était un plat réservé à la famille royale.

SKY : est un acronyme formé des initiales des trois plus prestigieuses universités de la Corée du Sud que sont la Seoul National University, la Korea University et la Yonsei University.

Comeback : Le *comeback* est le retour d'un groupe après une période de silence. Les *comebacks* sont des événements très importants dans le milieu de la K-pop. Cela entraîne la diffusion de teasers, photos, vidéos et retransmissions de certaines performances sur les plateaux télé, etc.

Photocards : Il s'agit de petites photos glissées dans la plupart des albums de K-pop ; elles représentent l'un des membres du groupe. Les fans les collectionnent.

Le Groupe

Alter est un groupe formé par l'agence Big K. Entertainement en 2015 et se compose de quatre membres : Moon, Kai, Min et Dae. Depuis sa création, trois albums sont sortis, le quatrième est en préparation.

Leur visuel change à chaque album, alors que le premier était coloré, le dernier est bien plus sombre.

Leur style est principalement « hip-hop », mais ils ont également des inspirations et des influences « rock » dans certaines de leurs chansons.

Le nom de leur fan-club est EGO. Formant ainsi le mot Alter-EGO, qui relie les membres du groupe à leurs fans.

Les membres :

Park Moon-soo

Prononciation : Pak Mu-ne-so

Pseudo : Moon

Leader, chanteur principal, danseur, visuel.

24 ans, Capricorne, né le 20 janvier à Pusan.

Repéré en 2013, il passe une audition et devient *trainee* durant deux ans avant de débuter avec le groupe en 2015.

Jung Mu-jin

Prononciation : Jun Mu-ji-ne

Pseudo : Kai

Rappeur principal, compositeur, danseur.

24 ans, Taureau, né le 2 mai à Séoul.

Repéré en 2013, il passe son audition en même temps que Park Moon-soo, ce sont d'ailleurs les deux seuls sélectionnés durant l'audition. Il est le premier membre dévoilé lors de la création du band.

Kim Min-ho

Prononciation : Kim Mi-ne-oh

Pseudo : Min, SuperM

23 ans, Poissons, né le 12 mars à Séoul.

Chanteur et danseur.

Repéré en 2012, il intègre l'agence et devient *trainee* avant de débuter avec le groupe en 2015.

Choi Kang-dae

Prononciation Cho-é Kangue-dé

Pseudo : Dae

22 ans, *maknae*, Scorpion, né le 17 novembre à Daegu.

Chanteur secondaire, danseur principal, auteur-compositeur et interprète.

Repéré en 2013 lors d'une audition remarquée pour la pratique de la danse classique, il devient *trainee* au sein de l'agence et entraîne sa voix sans relâche ; en 2015 il devient le dernier membre sélectionné.

I am who I am today, with all my faults. Tomorrow I might be a tiny bit wiser, and that's me, too. These faults and mistakes are what I am, making up the brightest stars in the constellation of my life. I have come to love myself for who I was, who I am, and who I hope to become.[1]

Kim Nam-joon, leader du groupe BTS,
lors de son discours à l'ONU.

1. Aujourd'hui, je suis qui je suis avec toutes mes fautes et mes erreurs. Demain, je pourrais être un peu plus sage et ce serait moi aussi. Ces fautes et ces erreurs font de moi qui je suis, créant les étoiles les plus brillantes de la constellation de ma vie. J'en suis venu à m'aimer pour qui je suis, pour qui j'étais et pour qui j'espère devenir.

Prologue

BREAKING NEWS :

Alter – Des capotes sur un selfie…

Quelques jours après avoir posté un selfie de lui dans sa chambre d'hôtel, Kai, du groupe Alter, est la cible d'une nouvelle polémique. Cette fois-ci, les fans auraient repéré une boîte de préservatifs derrière le jeune homme. Effectivement, en zoomant, nous avons pu la trouver nous aussi.
Certains fans s'embrasent et deviennent particulièrement virulents à son égard, tandis que d'autres sont plus mitigés. Kai aurait dit que c'était un des nombreux cadeaux qu'il avait reçus des fans ce soir-là, à la fin du concert de Daegu et que par politesse il ne l'aurait pas jeté… Les gens lui ont alors demandé où se trouvaient les autres présents, ce à quoi il n'a pas répondu.
Ce scandale, pourtant engendré par un objet somme toute inoffensif, met de nouveau l'accent sur le fait qu'il est mal vu pour un *idol* d'être en couple.
À la rédaction de *K-POP MAG*, on est tout de même un peu content pour lui.

♫

BREAKING NEWS :

Dae (Alter) s'excuse…

Dae, le *maknae* du groupe Alter, s'excuse auprès de ses fans. Jugé « trop sexy » lors d'un concert, il explique s'être pris au jeu pour faire plaisir aux fans qui lui criaient de se déhancher.

Sur scène, le jeune homme s'est en effet allongé au sol en dansant et aurait simulé des coups de reins très provocateurs. Nul doute qu'il s'agissait là pour lui de nourrir l'euphorie des spectateurs, mais certaines personnes ont jugé son comportement inapproprié. Il s'est donc excusé sur les réseaux sociaux en disant qu'il n'avait pas mesuré la portée de son geste et qu'il regrettait de s'être montré obscène, car il ne voulait en aucun cas heurter le public. Ce n'est pourtant pas la première fois que le groupe use de chorégraphies sensuelles et engageantes. On pense notamment au clip de *Rainy Love* où les quatre garçons, tous en jean noir troué et moulant, et en T-shirt blanc et saillant, usent et abusent de leur sex-appeal avec des pas de danse provocateurs, le tout alors que de la pluie leur tombe dessus. Ce clip est d'ailleurs à ce jour le deuxième plus regardé sur YouTube, avoisinant les six cents millions de vues.

♫

BREAKING NEWS :

Drame au pays du matin calme.

L'industrie de la K-pop est endeuillée, ses fans dévastés ; Young-jae, le chanteur principal du groupe KIDZ est décédé. D'après la police, le jeune homme de vingt-deux ans se serait suicidé avec une surdose de médicaments, dans sa chambre, la nuit du 11 au 12 juillet. Il était déjà mort à l'arrivée des secours et n'a pas pu être réanimé.
Sur Internet et les réseaux sociaux, les messages et les photos se multiplient pour rendre hommage à celui qui était surnommé « Golden Voice ». Des centaines de fans se sont réunis devant la tour de son appartement, où il a y désormais un autel en mémoire du chanteur.
« Je suis venue ici lui dire un dernier adieu et me repentir de ne pas avoir perçu la détresse qui l'a poussé à commettre cet acte… », explique une fan en larmes.
De nombreux artistes ont déjà réagi à la nouvelle, mais les gens attendent surtout celle de Park Moon-soo, le leader du groupe Alter, qui était très proche de Young-jae.
Le décès de Young-jae rappelle une fois de plus que les jeunes chanteurs sont soumis à une pression monstre dans cette indus-

trie, et qu'un monde bien cruel se cache derrière les paillettes et les clips colorés de la K-pop.
Contrat asservissant, régime de vie drastique, entraînement acharné… Tout n'est pas si rose derrière les sourires de nos stars préférées, et nous sommes bien peinés de voir s'ajouter à la liste des suicides celui de Young-jae.
D'après le frère de la victime, il aurait laissé deux lettres d'adieu, une à sa famille et une au leader d'Alter. À l'heure actuelle, nous n'avons aucune idée du contenu de ces dernières et ne savons pas si elles seront dévoilées aux fans qui ne comprennent pas pourquoi le chanteur a mis fin à ses jours aussi brutalement.

♫

BREAKING NEWS :

Park « Moon »-soo réagit enfin.

Deux jours après la mort de Young-jae, Moon (Park Moon-soo), leader et chanteur principal du groupe Alter, a décidé de réagir à la mort de son ami par le biais d'une vidéo diffusée sur les réseaux sociaux du label Big K. Entertainement.
En l'espace d'à peine vingt-quatre heures, l'émouvante vidéo de la pop star a fait une cinquantaine de millions de vues. Et les chiffres ont considérablement gonflé depuis. Dedans, Moon s'exprime simplement, en disant « au revoir, mon ami » face à la caméra, avant de reprendre une chanson de Young-jae au piano. Il est rapidement rejoint par les autres membres du groupe qui entament avec lui le refrain.
Cette reprise très naturelle a beaucoup ému les fans d'Alter, mais également ceux du groupe KIDZ qui ne réalisent toujours pas le décès tragique de la star.
Moon reste encore discret sur le sujet, mais la communauté a noté à quel point il était triste sur la vidéo. Il n'a rien dévoilé quant au contenu de la lettre d'adieu qu'il aurait reçue. Beaucoup de gens, de fans, espèrent un jour connaître les derniers mots de Young-jae, dans l'espoir peut-être de comprendre…

♫

BREAKING NEWS :

ALTER de retour avec un teasing « sombre »

Après quelques semaines d'absence, c'est sur le réseau social Instagram que le groupe Alter donne enfin des nouvelles à ses fans, à travers une vidéo teasing dans laquelle apparaît Moon. Ce dernier est face à la caméra quelques secondes avant de détourner le regard. Apparaît alors le mot « Shadow », sans doute très significatif.
S'agit-il du titre d'un nouveau single ou d'un album surprise ?
On remarque par ailleurs que le leader Moon arbore un tatouage dans le cou. Vrai ou faux, signification liée au clip ou à quelque chose de plus personnel ? La question fait débat sur les réseaux sociaux.
Quoi qu'il en soit, cette annonce mystérieuse embrase Internet, et les EGO (fandom du groupe, qui n'a jamais aussi bien porté son nom) ont engendré plus de deux millions de *likes* en quelques heures.

Chapitre 1

Moon

L'obscurité est lourde, les ténèbres sont suffocantes.

Je frotte nerveusement mon cou, à l'endroit de mon tatouage, en m'efforçant de chasser de mon esprit ces mots maudits. J'ai beau vouloir les oublier, ils me reviennent sans cesse en mémoire. Après tout, ils sont gravés sur ma peau…

— Qu'est-ce que tu en penses ?

Je tourne la tête vers les garçons, qui me regardent en souriant. Mince, j'étais une fois de plus perdu dans mes pensées. Cela m'arrive souvent en ce moment.

Quelqu'un m'a parlé ?

Il faut dire que la musique couvre le moindre bruit dans la boîte, ce qui m'oblige à crier lorsque je leur demande :

— Quoi ?

— Un de ces quatre, à force de rêvasser, tu vas finir par rester coincé dans ton esprit, se moque Kang-dae en se rapprochant de moi.

C'est l'un de mes plus proches amis, il est plus jeune que moi, de deux ans. Avec les deux autres mecs autour de la table, nous faisons partie du groupe Alter.

Si nous sommes ici ce soir, à boire tranquillement nos cocktails tandis que des dizaines de personnes remuent tels des fauves autour de nous, c'est précisément parce que Dae s'est démis l'épaule lors de notre dernière répétition de danse. Nous nous entraînions depuis des heures… De la fatigue, un faux mouvement et c'est arrivé. Notre label nous a octroyé quelques jours de repos afin de revenir en forme. Le fait que notre groupe soit mondialement connu nous offre ce genre de petits privilèges que certains n'ont pas.

— J'ai besoin de fuir vos conversations de gosses de temps en temps, je réplique, amusé. Vous disiez quoi ?

Il reste un fond d'alcool dans mon verre, mais il ne me donne plus très envie à présent, alors je me contente de faire tournoyer le liquide en remuant le poignet. Je m'efforce de rester concentré sur la conversation. Il y a des moments comme ça, où j'oublie ce qu'il y a autour de moi et pense à Young-jae. Je n'y peux rien. Mais ce soir c'est différent, parce que c'est le deuxième anniversaire de sa mort. Et tous les ans à cette période je ressens une profonde tristesse, comme si mon cœur tombait dans un gouffre ténébreux pour ne plus en sortir.

J'aimerais aspirer à quelque chose de plus gai, mais ce n'est pas évident…

— On était en train de parler du film d'hier.

Je hoche la tête. Nous avons regardé *J'ai rencontré le diable*, un thriller. L'un des meilleurs que j'ai pu voir jusqu'à présent.

— Grandiose, je réponds alors. C'était aussi glaçant que psychologiquement fascinant. Clairement tout ce que j'aime.

J'adore les polars, surtout quand ils sont sombres et que les personnages sont complexes et désaxés. Ça rend le scénario imprévisible.

Selon moi, un bon thriller est haletant, dérange et retourne tellement l'esprit que tu finis par douter de tes idées les plus solides en le visionnant. J'adore décortiquer les actions des tueurs ou des psychopathes, avoir la possibilité de rentrer dans leur tête pour analyser chaque détail de leur passé qui amènerait à expliquer le pourquoi du comment ils en arrivent à une telle folie.

J'aime aussi être dans la tête des flics, généralement mauvais car brisés par la vie.

— J'ai détesté moi, intervient Min, c'était trop *dark* à mon goût, et le héros est tellement abruti qu'il perd tout.

— Je ne suis pas d'accord, ce film est une pure merveille, lance Kai, un vrai chef-d'œuvre. Je ne sais pas pourquoi on ne l'avait pas regardé avant.

Le vrai prénom de Kai, c'est Mu-jin, mais la plupart du temps on l'appelle par son nom de scène. C'est une habitude pour chacun de nous.

Si je suis proche de tous les membres du groupe, c'est avec Kai que j'ai tissé le lien le plus fort. Nous avons passé la même audition et avons été les deux seuls sélectionnés sur des milliers de concurrents. Nous ne nous sommes plus quittés depuis et avons tout traversé ensemble.

Après le suicide de Young-jae, je me suis promis de toujours veiller sur eux, mes amis, et de les protéger. Je ne veux perdre personne d'autre comme je l'ai perdu lui.

Bon sang, je sens que j'abandonne de nouveau le fil de la conversation. Je me redresse rapidement de mon siège pour jeter un regard circulaire à la boîte, et c'est alors que, sous les lumières rouges de la piste de danse, j'aperçois une personne qui irradie de mille feux.

Avec sa peau métissée qui attire les projecteurs, ses cheveux noirs frisés qui rebondissent au rythme de la musique... l'inconnue ne ressemble à aucune autre. Elle bouge bien, captive mon regard.

— À quoi tu penses ? me demande Kai en se penchant vers moi.

— La fille là-bas. Celle qui danse, je réponds.

Il tourne la tête vers elle et sourit.

— Tu vas avoir des ennuis si tu l'approches de trop près. Il y a du monde...

Il a raison.

Bien que nous soyons soutenus par notre label depuis la signature de notre contrat, que nous ayons des milliers de fans à travers le monde qui nous apportent amour et encouragements, et que nous soyons toujours ensemble tous les quatre, il arrive très souvent que nous nous sentions seuls. C'est un sentiment dont il est difficile de se défaire. Le pire de tous…

Je continue de regarder la belle inconnue. Elle est particulièrement lumineuse, comme si elle avait capturé tous les rayons du soleil et les faisait transparaître autour d'elle ce soir.

Je n'arrive pas à la quitter des yeux. Son T-shirt jaune échancré me rappelle ceux que l'on peut apercevoir lors du Festival des Tournesols de Taebaek. Un immense champ au cœur de la montagne, dans lequel j'allais souvent avec mes grands-parents.

Fascinant…

J'ai envie de m'approcher, de l'aborder. Je veux connaître la couleur de ses yeux et avoir la chance de découvrir son sourire, même si ce n'est que pour une seule fois.

J'avance de quelques pas, peu sûr de moi.

— Qu'est-ce que tu fais ? me demande Kai.

— Je ne sais pas encore.

Et puis, poussé par l'adrénaline, je me dirige vers elle.

Son regard s'accroche aussitôt au mien pour ne plus le quitter. Elle n'a rien à faire dans mon monde, elle n'y a pas sa place. Cette pensée me percute de plein fouet, et pourtant je continue sur ma lancée et choisis de l'ignorer.

— Bonsoir.

Essoufflée, elle prend le temps d'inspirer puis d'expirer lentement avant de me répondre par un sourire. Je reste immobile face à ce dernier et les dents du bonheur qu'il me révèle. Il est unique. C'est le plus beau que j'ai jamais vu.

— Bonsoir, me dit-elle enfin.

Je m'approche encore.

— Je m'appelle M.

— M ? répète-t-elle surprise. Enchantée, moi c'est B.

Amusé par sa réponse, je me retiens toutefois de rire. J'ai très envie de savoir si elle a balancé une lettre au hasard ou si le B marque bien la première lettre de son prénom.

On s'observe sans un mot. Ses yeux scrutent une partie de mon tatouage, tandis que les miens se posent sur son haut.

— Sympa le T-shirt, je lance.

— Merci.

Je plisse les yeux. Je lui ai parlé en coréen sans penser qu'elle me comprendrait. Elle m'a salué en anglais… Mais, maintenant que j'ai pu l'entendre davantage, je dois dire que son accent est très léger lorsqu'elle utilise ma langue natale.

C'est rare les étrangers qui la parlent aussi bien. À tel point que j'ai perdu l'habitude de l'utiliser dans des endroits publics comme celui-ci.

— Porter du X Japan[1] en Corée, c'est plutôt atypique, voire un peu osé. Attention aux représailles.

— Il faut croire que j'aime prendre des risques. Ce soir, particulièrement. J'ai décidé que ce serait la nuit de toutes les folies.

Je sens qu'elle me drague en disant cela. Et cela me fait plaisir, j'ai l'impression d'être un mec tout à fait normal et non la pop star que tout le monde s'arrache.

Habituellement, quand les gens me reconnaissent dans la rue, ça se transforme en émeute, ça suscite des cris. On me demande des autographes en pleurant, on essaye d'arracher mes vêtements. Je

1. X Japan est un groupe très connu de métal japonais/visual kei. Ici, Moon fait une blague sur le fait qu'elle se balade avec le T-shirt d'un groupe japonais alors qu'elle est en Corée.

suis ravi que ce ne soit pas le cas, ici. *Bien que je la laisserais volontiers m'arracher ce qu'elle veut…*

— J'adore ce groupe, me dit-elle tout sourires.

Elle prend mes mains pour me faire danser avec elle. Les gens n'ont pas l'air de nous regarder, mais je sais que mes amis n'en perdent certainement pas une miette. Quand je bouge à mon tour, son visage s'illumine davantage.

Je ne sais pas ce que je fais, je ne sais pas non plus pourquoi je le fais, mais c'est plus fort que moi, j'en ai besoin. Elle me rappelle des temps meilleurs, des souvenirs joyeux, et cela contraste considérablement avec mes pensées actuelles. Je me contente de bouger les jambes sans lui montrer que je sais beaucoup mieux danser que ça. Je ne veux pas me donner en spectacle, je dois rester discret.

— Tu as l'air légèrement crispé, dit-elle contre moi.

Si elle savait dans quel monde je vis, elle me fuirait comme la peste et aurait raison de le faire. Elle n'a pas sa place avec moi. Tout ce que je peux lui offrir, c'est une nuit, une fois… Rien de plus. Et même ça, ce serait interdit.

— Tu me troubles, probablement.

Je n'ai pas l'habitude de tutoyer les gens, ou d'être si direct. Notre culture a certains codes, les règles de politesse sont importantes, mais j'imagine que je ne suis pas obligé de les appliquer ce soir…

B ne répond rien, elle se contente de sourire. Sa joie est communicative, elle la rend d'autant plus resplendissante.

— Tu veux boire quelque chose ?

— Oui, mais on pourrait boire ce quelque chose dans un coin plus tranquille ? propose-t-elle.

Je lis dans son regard le même désir qui m'anime. La même envie de se laisser aller ensemble.

— OK, suis-moi ! je réponds alors aussi vite.

Je ne veux pas penser aux conséquences de mes actes. Pas maintenant. Il n'y a qu'elle qui compte pour l'instant. Elle et moi.

Je lui prends la main et l'entraîne en dehors de la boîte en remontant le col de ma chemise. Je jette un coup d'œil par-dessus mon épaule pour la regarder et vérifier que ça lui va. Ses yeux verts brillent alors qu'elle contemple les lampadaires de la ville. Séoul ne dort jamais. Quand le soleil se couche à l'horizon, la ville s'habille de ses néons pour accueillir la vie nocturne.

— C'est magnifique, dit-elle, ébahie. Aussi beau que je l'espérais en venant ici.

— Tu viens d'arriver ?

— Oui.

J'aimerais lui poser d'autres questions pour apprendre à la connaître et savoir la raison de sa présence ici, mais à quoi bon ? Demain, elle ne sera plus qu'un lointain souvenir.

— Viens ! je dis en l'attirant à moi.

Ses doigts se crochètent aux miens. Il y a toujours quelque chose d'envoûtant et d'excitant à l'idée de se lancer dans une une première fois avec une inconnue.

Je l'amène jusqu'à ma voiture, une berline noire aux vitres teintées, et on s'engouffre à l'arrière.

— Vous êtes seul, monsieur, hormis la demoiselle qui vous accompagne ? s'enquiert le chauffeur.

— Oui.

B fait de gros yeux et nous observe à tour de rôle, M. Kim et moi.

— Je dois envoyer une autre voiture ?

— Oui, je réponds, à nouveau de façon assez brève.

— Nous allons à la maison, monsieur ?

— Non, faites le tour de la ville pour l'instant.

Je remonte la vitre qui nous sépare de l'avant. Ainsi, nous nous retrouvons seuls, elle et moi. B semble partagée entre l'amusement et l'étonnement.

— Tu as un chauffeur ? demande-t-elle.

— Il semblerait, oui.

Elle sourit joyeusement tandis que la voiture démarre. Elle pose alors ses yeux sur Séoul qui se dévoile à travers la vitre. Personne ne peut nous voir de l'extérieur, et bien heureusement. Car je risque gros…

Dans quelle connerie je m'embarque ?

Peu importe. J'ai besoin de penser à autre chose. Je veux oublier le négatif et me concentrer sur elle, rien que pour ce soir.

— Tu es richissime, c'est ça ?

Je la dévisage.

— Je serai celui que tu veux que je sois, je réplique bêtement.

— Hum… Eh bien continue d'être M. Il avait l'air plutôt sympa jusqu'à maintenant.

Elle n'a aucune idée de la puissance que ses mots peuvent avoir sur moi. Je rêverais de les entendre plus souvent. J'aspire quelquefois à n'être que Moon-soo. À me poser à la *pojangmacha* de mon père sans qu'on m'arrête pour me réclamer un autographe. J'aimerais pouvoir aller m'acheter un manga ou une bande dessinée sans qu'on me demande un selfie.

Elle n'a vraiment aucune idée de qui je suis et ça me fait bizarre, je crois que j'ai oublié ce que ça faisait d'être un inconnu aux yeux d'une fille.

— M ?

Je ne peux m'empêcher de la désirer. Sa joie de vivre, sa lumière… J'ai envie qu'elle me guérisse, qu'elle me donne la force de ne penser à rien d'autre que nous. Je veux m'égarer un instant.

Je sursaute quand je sens quelque chose contre moi. B a posé sa main sur ma cuisse et elle sourit de nouveau.

— Tu t'en vas où comme ça ?

— Pas très loin, je dis en l'approchant de moi.

Elle est vraiment belle.

— Je suis toujours sérieuse d'ordinaire, mais aujourd'hui je dépasse mes propres limites. Je m'autorise cette nuit pour le faire.

Je mets ma main sur la sienne.

— Et faire quoi exactement ? je lance.

— Me laisser aller une frénésie insensée où la raison n'existe plus.

— Et tu n'autorises qu'une seule nuit pour cela ?

— L'excès n'a plus de saveur si on en abuse.

Je comprends ses mots, sans doute mieux que personne, mais suis incapable de le lui dire.

— Tu veux t'égarer avec moi ? me demande-t-elle alors.

Pour toute réponse, mes lèvres fondent sur les siennes avec voracité. Moi aussi, je compte bien dépasser mes limites.

Chapitre 2

Billie

Séoul, je t'ai tant rêvé.

Si je devais t'écrire une lettre pour t'expliquer les raisons de ce fantasme, je commencerais par t'exprimer tout l'amour que j'ai pour toi et ma passion pour ta culture. Je te dirais le nombre d'heures que j'ai passées le nez dans des livres ou sur le web, à chercher à mieux te connaître… Ta cuisine, tes costumes traditionnels, ta musique, ton architecture… J'aime tout de toi.

J'ai tellement espéré te rencontrer, marcher dans tes rues, voir tes gratte-ciel, admirer ta beauté, que j'ai presque du mal à croire que je suis enfin chez toi. Ou devrais-je dire : enfin chez moi.

Mes grands-parents sont coréens. Ils ont débarqué aux États-Unis pour commencer une nouvelle vie lorsqu'ils avaient une trentaine d'années. Au milieu de leurs bagages, il y avait ma mère. À l'époque, bien que mon grand-père eût espoir que sa fille épouse un homme d'origine asiatique, elle est tombée amoureuse d'un Américain, ou plus précisément d'un Barbadien, lui aussi exilé. Ensemble, ils m'ont eue moi.

J'ai passé ma jeunesse et mon adolescence entre les îles de la Barbade et Fayetteville, dans l'Arkansas, mais mon cœur était accroché aux récits de ma grand-mère qui me racontait l'histoire de la Corée du Sud comme une berceuse le soir avant de me coucher. C'est elle qui m'a appris la langue.

J'ai passé l'entièreté de ma scolarité à bosser comme une folle. Assiduité, bonnes notes, bénévolat et même petit boulot à côté, dans l'espoir d'aller à l'université, mais pas n'importe laquelle… J'ai toujours visé les *SKY*, plus particulièrement Yonsei. Intégrer l'une de ces universités assure réussite et prospérité dans la société coréenne, et je voulais à tout prix y arriver. Pour avoir la chance d'y vivre et aussi pour perfectionner mes connaissances. J'ai toujours été fascinée par la chimie, les sciences. Quand j'ai découvert la qualité du cursus réservé à celles-ci à Yonsei, j'étais aux anges. Et, quand j'ai vu qu'ils donnaient des cours sur les sciences atmosphériques, je n'ai pas hésité une seconde à m'y inscrire.

J'ai terminé le lycée major de ma promotion et j'ai bouclé mon dossier de candidature, mais l'année scolaire est décalée en Corée du Sud, elle ne commence qu'en mars, alors, j'attends.

Je me redresse sur mon lit, avec un léger mal de crâne. Je retire mon pendentif en forme de soleil qui s'est coincé dans mes cheveux pendant que je dormais et je le laisse retomber sur ma poitrine.

Première nuit à Séoul. Assez courte d'ailleurs…

Quand je pose les yeux sur le T-shirt au pied de mon lit, je repense à hier soir. Je repense à M : son regard à la fois insondable et triste, ses grandes mains, son étrange tatouage et cette drôle d'ambiance autour de nous… Je me souviens de nos mains qui se frôlent, de nos corps qui dansent et s'embrasent, de nos lèvres soudées.

Je n'avais jamais fait ça, avant. Je n'avais jamais couché avec quelqu'un pour le simple plaisir de… coucher. Je ne sais pas comment dire ça de façon élégante.

Je ne regrette rien, cela dit. C'était carrément déroutant, un peu fou, mais plutôt exceptionnel de prendre son pied sans se prendre la tête.

Je pose les pieds sur la moquette et je m'étire avant de me lever. Bien que je sois complètement déphasée à cause du décalage horaire, je me suis forcée à mettre mon réveil à l'heure d'ici, je veux commencer à m'habituer de toute façon. Après avoir fouillé dans ma valise, je saute dans un jean. J'ai encore le temps de déjeuner à l'hôtel avant d'aller faire un tour en ville. J'enfile un gilet par-dessus mon débardeur et attrape mon téléphone ainsi que ma carte magnétique. Lorsque j'ouvre la porte, je fais une tête à torse avec je ne sais qui.

— Mademoiselle Moore ? m'interroge l'inconnu en relevant la tête de son téléphone.

— Je…

Le regard qu'il me lance derrière ses lunettes est indéchiffrable, dépourvu d'émotions. J'aimerais dire qu'il s'est trompé de porte, mais c'est bien mon nom de famille qu'il vient de prononcer. Il travaille sans doute pour l'hôtel. J'ai payé avec ma carte, j'ai de l'argent dessus, mais il y a peut-être eu un problème.

— Alors ? insiste-t-il d'un air lassé.

Il me parle en anglais. Je me sens désabusée par son ton, mais également par le type super balèze qui attend derrière lui et me regarde avec insistance.

— Oui, je réponds.

— Puis-je entrer ?

— Pourquoi ? Que se passe-t-il ?

— J'aimerais que cette conversation soit privée. Si vous n'y voyez pas d'inconvénients, je préférerais que nous l'ayons dans votre chambre plutôt qu'ici où tout le monde peut nous entendre.

Je secoue la tête. Non mais ça va pas ? Je ne laisse pas rentrer n'importe qui dans mon intimité.

Encore moins alors que ce type n'a pas l'air de bosser pour l'hôtel. Mais dans ce cas, qui est-il ? Que me veut-il ?

— Je préfère qu'on reste ici… Qui êtes-vous ?

— Je ne vais pas y aller par quatre chemins, vous allez devoir me suivre. Je ne parlerai pas ici, c'est strictement confidentiel.

— Vous suivre ? Confidentiel ? Mais enfin, cela n'a aucun sens. Vous devez vous tromper…

— Si vous êtes bien Billie Moore, alors je m'adresse à la bonne personne. Mes manières et celle de mon collègue vont certainement vous sembler brutes et malpolies, mais je n'ai pas le choix.

Il m'agace à la fin.

— Je n'ai rien à vous dire.

Je ferme la porte, du moins j'essaye, car il la coince avec son pied.

— Vous m'en voyez désolé d'en arriver là, mais vous ne me laissez pas le choix.

— Vous laisser le choix de quoi ? Vous ne m'expliquez rien et vous me harcelez pour rentrer dans ma chambre…

— Si je pouvais vous parler ici en toute sécurité je le ferais, mais je ne peux pas. Je vais encore une fois vous demander de me suivre, ensuite j'aimerais que vous nous laissiez fouiller votre chambre et prendre votre téléphone portable, votre ordinateur également et tout appareil numérique que vous pourriez avoir en votre possession.

Les mots me manquent.

Je comprends ce qu'il dit sans vraiment comprendre. Et, machinalement, j'ouvre la porte. Comme si mon instinct me disait que c'était la meilleure chose à faire, alors que cela paraît dingue.

Celui que je présume être le garde du corps entre. Il commence à fouiner dans mes affaires et je me sens complètement mise à nue. Il attrape mon PC et désigne mon téléphone.

— Il n'y a qu'un ordi et un téléphone, lance-t-il en coréen.

L'autre hoche la tête.

— Vous allez finir par me dire qui vous êtes ?

Un mélange de colère et de peur m'envahit et me donne presque envie de pleurer tandis que l'homme en face de moi me regarde d'un drôle d'air.

— J'aimerais que vous acceptiez de me suivre sans poser problème, vous serez plus rapidement au courant de la situation si vous venez avec moi.

Plus il parle et plus j'ai la sensation que l'incertitude dans laquelle je nage est profonde. J'ai l'impression d'avoir fait la pire connerie de ma vie et qu'on va m'emmener dans les labos secrets de la CIA.

— Frapper à ma porte, me donner des ordres incohérents sans m'expliquer le pourquoi du comment, fouiller ma chambre… Tout cela fait beaucoup d'un coup. Je ne comprends pas. Je… vais appeler la police, je bafouille.

Je serre mon téléphone dans ma main, mais le balèze me le prend et je n'arrive pas à le récupérer. J'essaye de comprendre, de démêler la situation pour trouver où se situe le nœud du problème, sans pourtant y parvenir.

— Vous pourriez, mais ça prendrait un temps fou et ça ne nous arrange pas. J'aimerais si possible qu'ils ne se mêlent pas de cette histoire. Alors que si vous nous suivez tout sera vite terminé, je vous le garantis.

Je suis en train de me faire *pranker*, c'est ça ? Il s'agit d'une mauvaise blague destinée aux étrangers ? Où est la caméra ?

— Il en va de votre sécurité.

— Ma sécurité ? Mais à la fin, vous allez…

— Je ne parlerai pas ici. Veuillez me suivre.

Ils détiennent mes affaires, alors ai-je vraiment le choix ? Le monsieur s'avance dans le couloir, le nez plongé dans son téléphone. Je le suis, et le garde du corps ferme la marche. Nous sortons de l'hôtel en silence.

Comme il est encore tôt, il n'y a personne à l'accueil, hormis quelques hommes en costard. Les deux réceptionnistes nous regardent passer et, bien que j'aie envie de crier à l'aide, je ne le fais pas.

Lorsque nous montons à l'arrière d'une large voiture noire garée devant le bâtiment, je retiens mon souffle. L'agent de sécurité dépose mes affaires à côté de l'homme à lunettes et s'installe au volant. Quelques secondes plus tard, le véhicule démarre. Bien qu'il roule doucement, j'ai l'impression de laisser mon cœur et mon estomac sur le trottoir.

— Je sais que tout cela est perturbant, mais…

— Vous savez ? je répète, d'une voix blanche. Vous vous foutez de moi ?

— Je suis désolé, mais j'ai des ordres.

Bon sang, on dirait que j'ai défié la mafia coréenne.

— Maintenant que nous sommes là, vous allez enfin me dire ce qui se passe ?

— Je crains de ne pouvoir rien faire avant que nous soyons arrivés. Ne vous inquiétez pas, nous y sommes presque.

Son téléphone sonne. Il décroche.

— Oui, monsieur… Nous arrivons dans quelques minutes.

J'ai le sang qui pulse dans mes veines. Plus on avance, plus le mystère s'épaissit et plus je me sens mal. Je suis tellement stressée que mon ventre me fait souffrir.

La seule autre fois où j'ai été dans un tel état d'anxiété, j'ai cru que j'allais y passer. Mon esprit me ramène à Jenny et je me sens d'autant plus mal.

Ma meilleure amie me manque… je l'ai perdue lors d'un drame terrible que je préfère oublier. Il y avait longtemps que je n'avais pas pensé à ce vieux démon.

Soudain, la nausée monte et je me jette sur la fenêtre. Elle est à peine ouverte que je passe la tête et vomis mes tripes à l'extérieur. Dans les films, quand le héros fait ça, il évite la carrosserie de la voiture.

Dans la réalité, c'est tout autre chose, les restes de mon repas de la veille coulent sur le bas de la vitre. L'odeur me fait tourner la tête.

Seigneur, je me sens mal.

1, 2, 3 j'inspire. 1, 2, 3 j'expire.

— Tenez.

Je me tourne. L'homme à lunettes me tend un mouchoir en papier, je l'accepte et m'essuie la bouche avec. En temps normal, je me serais sans doute excusée, mais, au vu de la situation, j'espère qu'il va s'éclater à récurer les morceaux.

— Vous vous sentez mieux ? Ne vous inquiétez pas, c'est n'est pas grave.

Il a essayé d'adoucir sa voix un minimum, bien que cela ne change rien à la situation.

— Ça ne m'inquiète pas le moins du monde, je réponds avec fermeté.

— Nous allons au siège de Big K. Entertainement.

— Ah, vous parlez enfin ?

— Non, comme nous sommes bientôt arrivés, je vous explique où nous allons.

— C'est quoi Big K machin ?

— Un des plus gros labels de musique de Corée du Sud.

Je ne comprends pas le rapport avec moi.

— Qu'est-ce qu'il me veut ? Non parce que d'accord je suis une vraie Beyoncé sous la douche, mais quand même…

— Vous allez bientôt le savoir.

La voiture se gare, le grand balèze vient m'ouvrir la porte quelques secondes plus tard. Nous sommes au premier niveau d'un parking souterrain. Au moins, je n'ai pas les yeux bandés.

La berline est stationnée à côté d'une vingtaine d'autres comme celle-ci. Seules les plaques d'immatriculation les distinguent les unes des autres. Alors je m'avance de quelques pas vers une porte de sortie, l'homme à lunettes me devance.

— Suivez-moi !

En silence, nous longeons un long mur gris qui débouche sur une porte d'ascenseur. Nous y entrons tous les trois. Les boutons semblent aller jusqu'au niveau 40. Même si je n'ai pas le vertige d'habitude, ça me semble soudain très haut quand il appuie sur le bouton portant le numéro 30.

Une fois en haut, je suis soulagée de quitter cette cage, d'autant parce que nous arrivons sur un grand couloir blanc et lumineux.

— Venez !

Je fais ce qu'on me dit et marche derrière le gars à lunettes, tandis que le garde du corps, lui, va à l'opposé avec mon ordinateur et mon téléphone.

— Mes affaires ! Je… Je veux mes affaires !

Il se fiche éperdument de moi et continue sa route.

— Ne vous inquiétez pas, me dit l'autre sans se retourner. Vos affaires vous seront rendues dans l'état. Et, s'il arrive quoi que ce soit, nous vous rembourserons. Nous les gardons par mesure de sécurité, nous avons besoin de vérifier deux ou trois petites choses.

— Mesure de sécurité ? On dirait que mon ordi contient des informations importantes. Vous allez être déçu, à moins que ce soit compromettant d'avoir des photos de tournesols en fond d'écran…

Il ne répond pas.

Nous passons alors devant une salle de conférences ainsi que plusieurs open-spaces. La vue que j'aperçois depuis leurs fenêtres me semble vertigineuse. J'espère ne pas devoir m'approcher trop près de l'une d'entre elles.

Au mur, je remarque des photos de groupes et de ce qui ressemble à des disques d'or. Mais putain, qu'est-ce que je fous ici ?

— Voilà, nous y sommes. Soyez polie, répondez aux questions que l'on vous pose et tout se passera bien.

— Je…

Il ouvre la porte, et ma phrase reste en suspens.

Voilà que la nausée me prend de nouveau alors que mes jambes semblent me guider toutes seules à l'intérieur.

La pièce que je découvre est immense et offre un panorama de Séoul à couper le souffle. Il y a un bureau en bois massif, deux canapés et une table basse. Et puis, près de tout ça, un homme debout en costard, les bras croisés dans son dos.

— Bonjour, monsieur, lance en coréen l'homme à lunettes.

— C'est elle, c'est la fille ? demande le nouvel inconnu.

— Oui, c'est elle.

— Vous avez réussi à rester discret ?

— Oui, monsieur. Elle n'est encore au courant de rien et…

L'homme en costard lève une main en l'air pour l'arrêter.

Je reste de marbre malgré la peur qui me tiraille toujours. Je n'ai pas envie de m'incliner alors que je me fais balader par une bande de psychopathes.

Je sens que le propriétaire des lieux m'observe attentivement, alors je redresse la tête et j'en fais autant. Il est plutôt bel homme malgré son âge, je pense qu'il doit avoir la cinquantaine.

— Vous êtes Mlle Moore ?

— Vous pouvez me parler en coréen, je le comprends et le parle très bien. Tout le monde semble me connaître, alors j'aimerais que ce soit réciproque.

Il désigne l'un des fauteuils. Bien que je préférerais rester où je suis, je me résigne à m'y installer pour ne pas faire d'esclandre. Il s'assoit alors à son tour en déboutonnant sa veste.

— Je m'appelle Lee Hyung-sik, je suis le fondateur et P-DG de Big K. Entertainement.

— Je suis contente pour vous, mais en quoi ça me concerne ?

— Vous allez vite comprendre.

Je secoue la tête alors qu'il désigne le meuble face à lui. L'homme à lunettes s'approche pour disposer devant moi trois magazines. Je les regarde brièvement avant que mon cœur ne loupe le coche. Je les attrape.

C'est moi. *Moi.* Putain ! Je fais la putain de « une » des journaux !

Je reconnais sur les clichés mon mystérieux cavalier de la nuit dernière, « M ». On nous voit en train de danser, de nous tenir la main à la sortie de la boîte.

Mais c'est quoi cette histoire ? Pourquoi je suis là, en photo avec lui ? Il est connu, j'avais vu juste ? J'hallucine !

— Désormais, mademoiselle Moore, tout le monde vous connaît à Séoul. Vous apparaissez dans un nombre incalculable d'articles en ligne, votre image circule partout sur les réseaux sociaux. Bien que nous essayions de limiter les dégâts, ce genre d'info croustillante se propage plus vite qu'un virus.

— Mais, je…

— Regardez autour de vous.

Je lève les yeux et remarque plusieurs photographies en noir et blanc suspendues aux murs. On distingue sur celles-ci quatre garçons, dont M.

— Je vous présente Kai, Min, Dae et Moon, les membres d'Alter. Il me semble, à en juger par ces torchons, que vous avez passé la nuit avec l'un d'eux, hier soir.

Alter ? Ce nom me dit quelque chose… sans que je ne sache pourquoi.

— Ce n'était pas vraiment une nuit, je…

— Une nuit, une partie de la nuit ou même quelques minutes, ça revient au même pour moi si l'un de mes protégés se retrouve avec une polémique sur le dos.

Sa voix est acerbe et démontre un légèrement agacement de sa part. Bien que je sois carrément abasourdie par la bombe qui vient de me tomber dessus, je n'ai pas envie de me laisser faire.

— Qu'est-ce que vous voulez que j'y fasse ? J'ignorais qui il était, et les risques liés à un tel rapprochement. Alors que j'imagine que votre « protégé », lui, les connaissait. Pourquoi me harceler comme ça ? Ce n'est pas moi la fautive.

— Vous ne connaissiez pas Alter ? demande-t-il

— Non, enfin je ne crois pas. De nom, peut-être... Je ne connaissais pas vos quatre « protégés », si c'est ça la question. On peut savoir ce que vous attendez de moi, maintenant que je vous ai répondu ?

— Nous avons pris vos affaires pour vérifier que vous n'aviez aucune information pouvant compromettre l'image de Moon, ni de quoi le faire chanter.

Je roule des yeux.

— Comme si je n'avais que ça à faire. Vous êtes qui, au juste, pour vous permettre ce genre de choses ? Je me demande ce qu'en penseraient les autorités... Voire l'ambassade américaine.

Je bluffe, bien sûr. Je n'ai aucune envie de me créer plus de soucis que je n'en ai déjà. Mais je veux qu'ils me laissent tranquille et montrer que je n'ai pas peur, même si c'est faux.

— Comprenez qu'il en va de votre sécurité. La notoriété des membres d'Alter est telle, qu'une image aussi insignifiante soit-elle en apparence peut créer le buzz. S'ils décident de sortir dans la rue avec des vêtements d'une marque inconnue, celle-ci fait le tour des réseaux sociaux quelques minutes plus tard et devient aussi célèbre qu'eux. Alors, imaginez l'impact de photos aussi racoleuses que celles-ci ? C'est notre rôle que de nous assurer que vous ne possédez aucune image qui puisse davantage nous nuire et vous nuire aussi par la même occasion.

— Pourquoi cela me nuirait-il ?

— Alter est suivi par des centaines de milliers de fans, et actuellement tous se demandent qui vous êtes et cherchent à débusquer la moindre information à votre sujet.

Dit comme ça, cela a tout l'air d'une menace... Et j'ai l'impression que c'est quelque chose que je ne devrais pas prendre à la légère.

J'ai besoin de temps et de recul pour encaisser.

— Je viens d'arriver à Séoul, je suis juste sortie et j'ai flirté avec un gars... vous ne pouvez rien faire pour ça ?

Il esquisse un sourire. Bien sûr qu'il ne peut rien faire. Internet est encore plus viral qu'un bon vieux rhume. L'espace d'une seconde, je veux me laisser croire que ces chanteurs ne sont pas si connus, mais les disques d'or étalés dans les couloirs, la taille du bureau de mon interlocuteur et toute la pression qu'ils mettent sur moi depuis ce matin ne sont pas dus à rien.

— Nous sommes malheureusement impuissants face à la presse et surtout face à la propagation des images sur Internet.

J'attrape le premier magazine de la pile, sur lequel on me voit sortir du bar avec M. Enfin... avec Moon.

Les gros titres parlent de charmante compagnie, de conquête... C'est flippant. Inconsciemment, j'attrape mon pendentif et le serre entre mes doigts. C'est un tic que j'ai chaque fois que j'ai besoin de réfléchir. Ça m'aide d'habitude, mais aujourd'hui ce n'est pas vraiment efficace.

Quand on frappe à la porte du bureau, je me retourne, sur le qui-vive. C'est l'homme à lunettes de tout à l'heure, qui s'était absenté quelques secondes et qui s'incline désormais devant son patron avant de poser devant lui mon ordinateur et mon téléphone.

— Tout est en ordre. Il n'y a aucune trace de la moindre photo dans les mémoires.

— Déjà une chose de réglée, dit M. Lee en soupirant. Donnez-moi les contrats, maintenant.

Le sbire s'exécute tandis que je me redresse en lâchant mon collier.

— Des contrats ?

— Oui je vais vous demander de signer quelques documents qui stipulent que vous n'avez pas le droit de parler de votre nuit avec Moon dans un livre ou n'importe quel autre support. Vous n'avez pas le droit non plus de vendre cette histoire à la presse, ni d'en parler dans les médias. Vous devrez donc envoyer balader les journalistes qui vous appellent pour témoigner à la télé, la radio ou même sur YouTube. Ce qu'il s'est passé avec Moon reste entre lui, vous et moi.

— Je vais être harcelée par tous ceux qui veulent avoir plus d'informations à ce sujet ?

— Il y a de très fortes chances pour que la presse et les fans du groupe vous bombardent de questions dès l'instant où ils vous auront retrouvée. Je pense qu'une somme d'argent vous aidera à tenir votre langue liée. C'est aussi pour votre sécurité, bien sûr.

Je rêve. J'ai l'impression d'avoir été propulsée dans une autre galaxie. Plus il parle et plus je me sens désarçonnée.

— Une somme d'argent ?

— Oui, répond-il sans plus de détails.

Il pose les contrats devant moi. Sur le dessus du premier document, j'aperçois un post-it sur lequel est écrit :

10 000 $

Dix mille putains de dollars ! Je ne sais pas quoi dire, je ne sais pas quoi penser…

Il m'a suffi de passer une nuit tendre dans les bras d'un inconnu pour que ma vie bascule.

— Je…

— Je peux comprendre que tout cela soit difficile à digérer, mais je dois protéger Moon et empêcher la polémique d'enfler.

Elle fait déjà assez de bruit comme ça, je ne veux pas qu'on rajoute de l'huile sur le feu.

Pour justifier ses propos, il me tend une tablette numérique sur laquelle apparaît un post Twitter.

My baby Moon in a relationship ?

Je fais glisser mes doigts sur l'écran pour regarder les différents commentaires. La plupart sont virulents et vont jusqu'à m'attaquer physiquement. J'écarquille les yeux en découvrant l'une de mes photos sur laquelle est écrite en gros une insulte des plus dégradantes. Je lâche immédiatement l'objet qui retombe sur la table basse.

Je n'ai pas les mots, je me sens tellement sale et désabusée que des foutues larmes coulent sur mes joues.

— Comment ont-ils trouvé mon compte Instagram ?

J'imagine qu'il doit être pollué de messages du même genre. Bon sang, c'est un enfer.

— Ils trouvent ce qu'ils veulent dès l'instant qu'ils se mettent en tête de chercher quelqu'un ou quelque chose à blâmer.

— Et vous me dites ça comme ça, comme si c'était normal, comme si c'était ma faute…

— Désolé, mais…

Il n'en a absolument rien à foutre.

— Je vous propose de taire cette histoire en vous offrant une somme d'argent.

— Admettons. Et après, que se passe-t-il ? Vous me prenez peut-être pour une cruche, mais je sais reconnaître de l'intimidation quand j'y suis confrontée. Qu'est-ce qui m'empêche d'aller voir les autorités coréennes en sortant de cette entrevue pour le moins… désagréable ?

— Vous voulez plus d'argent ?

Je secoue la tête. J'ignore ce que je veux, je suis perdue. Mes pensées sont tellement emmêlées que je n'arrive plus à y voir clair.

— Je veux juste que tout reste comme avant.

— Impossible, vous avez basculé dans l'univers d'Alter.

Dire qu'hier j'arrivais à Séoul et qu'aujourd'hui je suis harcelée… Bon sang, j'ai couché avec une star et je ne sais même pas qui c'est !

Chapitre 3

Moon

— Tu te fous de ma gueule ? hurle Hyung-sik derrière son bureau.

Je hausse les épaules. Les conséquences de mes actes sont décidément plus graves que ce que j'avais imaginé. Et les remontrances de mon supérieur d'autant plus violentes.

Mais que veut-il que je lui dise ? Dans tous les cas, il va gueuler. Je n'y peux rien moi, si les paparazzis sont les pires parasites qui soient, et s'ils ne peuvent pas s'empêcher de nous pourrir la vie à la moindre occasion.

On pourrait chier dans la rue, qu'ils iraient ramasser notre merde pour la vendre au plus offrant.

Soudain, mon esprit me ramène à la soirée que j'ai passée avec B, à son si joli sourire et à ses mains posées sur mon corps… Quelques heures en sa compagnie ont suffi pour me faire oublier Young-jae…

Mais à cause de moi et de ces putains de photos dans la presse, elle se retrouve au cœur d'un scandale. Je m'en veux et je ne peux rien faire pour corriger cela.

J'aurais dû être davantage prévoyant, lui dire qui j'étais… Au lieu de ça, je l'ai jetée dans ce monde de rapaces de la manière la plus brutale qui soit.

— Tu n'as plus rien à dire ?

— Qu'est-ce que vous voulez entendre ? je lui demande en haussant le ton.

— Ne te fous pas de moi, Moon ! Tu as vu ces merdes ? Ça se propage à une vitesse hallucinante et on n'a aucun contrôle dessus. Tu es en top tweet au moment même où l'on se parle. Les fans veulent savoir qui est cette fille. Ils la traquent, vont lui faire vivre un enfer dès qu'elle sortira dans la rue. As-tu seulement pensé à cela, hier, lorsque tu l'as mise dans ton lit ?

La colère grimpe en flèche dans mon organisme. Je bous de l'intérieur parce qu'il a raison et que j'ai été con.

— Votre nouveau single sort dans deux semaines, votre public l'attend avec impatience. Dedans, tu parles d'amour, du fait que tu as eu un coup de foudre pour une fille et que cela a changé ta vie… Et toi, tu ne trouves rien de mieux que de te montrer avec la première nana venue à la sortie d'un bar et au bas d'un hôtel ? Sérieusement, tu as quoi dans la tête ?

— Vous ne pouvez pas comprendre…

Il se lève brusquement.

— Je sais que c'est l'anniversaire de la mort de Young-jae, je sais que tu es triste, que tu étais proche de lui… Mais pourquoi chercher les problèmes de la sorte ? L'année dernière, c'était le tatouage, aujourd'hui, c'est ça… Tu ne comptes pas me sortir un scandale tous les ans à la même période, quand même ? Dis-le-moi maintenant si c'est le cas, que je te mette en cage la prochaine fois pour t'éviter de ruiner la réputation d'Alter à tout jamais.

Il ne sait rien.

Il ne peut pas comprendre et ne comprendra jamais.

Young-jae était supposé devenir le dernier membre de notre groupe. À l'époque, Alter devait comporter cinq chanteurs. Et puis, il a été décidé que finalement quatre, c'était mieux. Que cela changeait… Ils l'ont donc évincé et j'étais dégoûté pour lui. On avait une belle alchimie ensemble.

Heureusement, il a été recruté par un autre label. On est restés tous les deux très proches, bien qu'on ait souvent été mis en concurrence par nos équipes respectives au fil des années.

Je savais qu'il allait mal, les semaines qui ont précédé son suicide, mais la nouvelle de sa mort m'a fracassé.

— Voilà comment on va procéder…, poursuit-il en me regardant d'un air dur.

Et c'est reparti pour la rengaine habituelle… Je n'ai pas envie de présenter mes excuses à qui que ce soit. Je suis humain, j'ai des sentiments et des envies, comme tout le monde. J'ai le droit d'être triste, de vouloir sortir, de lâcher prise.

— … et c'est pour cela que nous lui avons proposé… Tu m'écoutes ?

— Euh, ouais…

Hyung-sik soupire.

— Ce sont tes conneries que je suis en train de rattraper, alors aie au moins la décence de faire semblant de m'écouter. Je disais donc que nous lui avons proposé un contrat de confidentialité. Elle ne possédait rien de compromettant dans ses affaires, mais grâce à cela nous serons sûrs qu'elle ne pourra pas nous créer plus d'ennuis que ça.

— Un contrat ?

— Exactement, lance-t-il d'un ton sec. Tu as envie qu'elle parle de l'affaire dans les médias ? Qu'elle ruine ta carrière, pour une simple histoire de fesses ?

Je me frotte le visage.

— Non.

— Bien. Elle a signé les documents et accepté la somme d'argent que nous lui avons proposée en échange de son silence. Nous allons faire passer un communiqué sur les réseaux sociaux pour nous excuser de ce qu'il s'est passé. On est déjà en train de travailler les détails, mais il est certain que ce sera la mort de Young-jae qui t'aura poussé à…

— Pas que, je le coupe.

— Eh bien ça, tu le gardes pour toi, c'est compris ? À tes fans et aux gens qui te suivent tu diras que tu es désolé et que tu étais terriblement accablé par l'anniversaire de la mort de ton ami, c'est clair ?

— Limpide.

— Ce soir, quelques heures après le communiqué, tu posteras une photo sur tes réseaux, avec ta tête dessus de préférence, pour dire à tout le monde que tu allais mal hier soir, mais qu'aujourd'hui ça va un peu mieux… Et je ne sais pas moi… En même temps, tu peux essayer d'attiser la curiosité des gens sur quelque chose d'autre, afin qu'ils oublient la polémique.

— Comme quoi ?

— N'importe quoi. Vos fans rêvent toutes de toi et de tes camarades, vous devez rester accessibles pour leur donner l'illusion que chacune d'elles peut être la femme de votre vie.

Je tais les pensées qui me traversent l'esprit pour me recentrer sur l'essentiel. Notre prochain single *My Soulmate* parle d'âmes sœurs. C'est la chanson la plus « romantique » de notre dernier album, et je sais qu'ils misent gros dessus. Ils prévoient un clip très moderne avec une chorégraphie plus ou moins sensuelle.

La pression qui est mise sur mes épaules est parfois insoutenable. J'espère qu'ils n'ont pas forcé B à signer leur contrat débile. Ils sont parfois capables du pire pour nous protéger. Je n'ose même pas imaginer comment ils l'ont convaincue de les suivre jusqu'ici pour qu'elle rencontre Hyung-sik.

Je me sens comme le pire des égoïstes.

— C'est vraiment absurde d'en faire tout un drame, je dis en m'énervant alors, ça va passer.

— Ce qui est absurde c'est de rentrer la nuit dans un hôtel avec une inconnue. Et le pire, c'est que tu n'as même pas eu la décence de faire ça discrètement.

— J'aimerais la voir, je voudrais m'excuser, lui parler…

— Elle n'est pas ici, répond-il, nous l'avons reconduite à son hôtel. As-tu regardé les messages qui circulent à son sujet ?

Je secoue la tête, j'avoue que je n'ai pas vraiment eu le temps.

— Ils sont on ne peut plus haineux. Nous avons déjà trouvé des menaces de mort à son encontre, simplement parce qu'elle est avec toi. On ne peut pas se permettre une telle intolérance, Moon, ce n'est pas bon pour votre image.

— C'est ma faute si les gens sont intolérants peut-être ? Les fans hard-core abusent, je n'y peux rien. Je ne leur ai jamais demandé d'être menaçants.

— Ne joue pas les offusqués. Tu savais très bien ce qu'un tel comportement engendrerait comme réactions auprès de tes fans. Le simple fait qu'elle te touche la main est trop pour certains d'entre eux.

— Vous craignez des représailles ?

— Il faut s'attendre à tout.

Je m'abstiens du moindre commentaire, je suis trop énervé. J'ai envie de hurler que « oui, j'ai couché avec une nana et que, putain, c'était bon ! »

Une fois dans la voiture, je me prends la tête dans les mains et soupire. J'ai une migraine. Putain d'histoire !

Alors que M. Kim me conduit jusque chez moi, je sors mon téléphone de ma poche, tape un numéro rapidement et le cale contre mon oreille.

— Salut, papa, je dis lorsqu'il décroche. Je ne te dérange pas ?

— Tu ne me déranges jamais, mon fils. Est-ce que tu vas bien ?

Je n'ai pas envie de lui parler du scandale actuel, je ne veux pas l'embêter avec ça, mais… je le dois. Mieux vaut qu'il l'apprenne par moi.

— Est-ce que tu as vu les infos ce matin ?

— Non pas encore, pourquoi ? Il s'est passé quelque chose ?

Je sens l'inquiétude dans sa voix.

— Ouais… j'ai quelque chose à te dire.

— Eh bien, vas-y, ne tourne pas autour du pot.

— J'ai passé la soirée avec une fille, hier, et malheureusement des photos de nous circulent désormais partout dans la presse et sur Internet.

— Quel genre de photos ?

— On nous voit tous les deux, main dans la main…

— D'accord… Et alors ? Qui est cette fille ? demande-t-il, interloqué.

— C'est une inconnue, que j'ai rencontrée comme ça. Mais je n'ai pas été assez vigilant. On nous a vus entrer dans un hôtel et…

— Tu as des ennuis ?

Je me sens vraiment nul de lui parler de choses comme ça. Je ne lui présente jamais personne parce que je n'ai jamais personne à présenter. Pas le droit, pas le temps, c'est compliqué, voire même interdit… Et puis, je lui balance ça à la figure, dans l'espoir qu'il trouve le moyen de me réconforter un minimum.

— Disons que je n'ai pas été assez vigilant. C'est ma faute si elle se retrouve comme ça exposée dans la presse et sur Internet.

— Ce n'est pas si grave, fils. Tu as le droit de sortir de temps en temps. Ils peuvent bien comprendre, quand même.

C'est plus compliqué que ça en a l'air…

Je suis touché par le fait qu'il prenne ma défense, plutôt que de se sentir déçu par mon comportement.

— Tu sais, papa, je ne suis pas très bien depuis la mort de YJ, cela me revient souvent en tête… Et puis, j'ai certaines envies et…

Je me tais. Ce sont des excuses pitoyables.

— Je voulais juste te le dire pour que tu ne l'apprennes pas à la télé ou dans les journaux. Je suis désolé.

Il y a un blanc. Et puis, je l'entends soupirer.

Mon père sait à quel point le suicide de mon meilleur ami m'a bouleversé, il est le seul à qui j'ai parlé de ce qu'il m'a écrit dans la lettre qu'il m'a laissée.

Je ne souhaite pas forcément qu'il approuve ce que j'ai fait avec cette fille, mais je me devais de lui dire.

— Tout ce qui m'importe, c'est que tu ailles bien, Moon-soo, me dit-il après quelques secondes. Ne te blâme pas pour ce genre de choses.

— Je vais bien. Je suis juste désolé pour cette fille et les gars du groupe qui pâtissent de tout ça. Je ne voulais pas qu'on se retrouve avec une polémique aussi stupide et scandaleuse sur le dos, surtout avant la sortie de notre nouveau single qui arrive.

— Et c'est ce qui fait de toi un bon garçon, m'assure mon père d'une voix tendre.

Ça me fait du bien de lui parler, je me sens toujours moins stressé après.

— Est-ce vous allez bien, maman et toi ?

— Très bien, je vais bientôt me mettre au travail… Ta mère, de son côté, est un peu fatiguée en ce moment.

Je culpabilise de ne pas avoir le temps de les voir plus souvent., C'est hélas difficile, entre les séances de shooting, les entraînements de danse, la promotion et le reste. Avec les garçons, on est tellement occupés qu'on ne voit pas nos proches pendant plusieurs jours d'affilée, voire même plusieurs mois parfois.

Heureusement qu'on habite ensemble tous les quatre. On se soutient au jour le jour, ça nous permet de ne pas perdre pied.

— Dis-lui que je l'appellerai cette semaine, dis-lui de ne pas s'inquiéter pour cette histoire. Je dois te laisser, papa, je te rappelle. Prends soin de toi.

— Toi aussi, fils.

Je raccroche et pose ma tête contre la vitre.

Chapitre 4

Billie

ALTER

J'appuie sur la touche « Entrée » de mon ordinateur qui, en quelques secondes à peine, affiche une multitude de résultats. Le premier renvoie vers une page Wikipédia et est suivi de plusieurs clips musicaux qui redirigent vers YouTube, puis de Nautiljon, un site Internet dédié à la culture asiatique et enfin Alter-Ego, le site officiel des fans.

Je clique en premier lieu sur une vidéo YouTube, curieuse de revoir Moon et de découvrir sa musique. Elle cumule plus de deux cents millions de vues, alors qu'elle a été postée il y a seulement cinq mois.

Je parcours rapidement leur chaîne pour me rendre compte que leur communauté est immense. Moon n'est pas connu, non... c'est une putain de star ! On associe Alter à Ariana Grande et d'autres artistes tout aussi populaires.

Je ne m'attendais absolument pas à ça.

Je lance le clip de *Rainy Love*. On entend un bruit de pluie, avant de la voir tomber dans un espace sombre, avant que la musique commence. Ce n'est pas Moon qui apparaît en premier, mais un autre membre du groupe. Il a les cheveux blonds et se met à rapper tout en dansant.

Mon chevalier d'un soir arrive au second couplet et se met à chanter près de son ami. Je suis étonnée par sa voix de velours. Je ne savais pas du tout à quoi m'attendre et suis donc saisie par son timbre profond et intense.

Au moment du refrain, les quatre chanteurs se mettent à danser tandis que de la pluie leur tombe dessus.

Waouh ! L'ambiance, la chorégraphie, la sensualité qui en ressort... C'est incroyable. Ils bougent comme des dieux, et de façon très sexy. J'écoute jusqu'au bout avant de laisser la lecture automatique m'afficher le son suivant.

Le nouveau clip que je découvre alors est aussi rythmé que coloré. Il me dit quelque chose. Je crois que je connais cette chanson. Je passe plusieurs minutes face à mon écran, émerveillée devant les chorégraphies et la voix grave et envoûtante de Moon.

Je me redresse sur mon lit et m'assieds en tailleur. Je quitte YouTube et souhaite me diriger sur un autre site, mais il y a tellement de liens les concernant que c'est difficile de choisir. Je ne veux pas céder à la facilité en cliquant sur les pages Wikipédia des membres du groupe. Cela reviendrait d'ailleurs à violer leur intimité, et je ne préfère pas en apprendre davantage au sujet de Moon par ce biais. C'est sans doute stupide, mais c'est comme ça.

Quand je clique sur la section « Actualités », tout ce qui ressort parle de moi. Je n'ai pas envie de lire tout ça, ce ne sont rien que des conneries qui vont me plomber le moral, alors je préfère revenir à la recherche web.

Sur un site fan du groupe, je découvre la biographie des chanteurs et apprends qu'ils ont commencé en 2015. EGO est par ailleurs le nom donné à leur fandom pour former l'expression « alter ego », car, et je cite, « Moon, Kai, Min et Dae ne sont rien sans eux, et inversement ».

OK, c'est beaucoup trop mignon pour moi.

Dire que lorsque nous sommes montés avec Moon dans sa berline, je pensais m'apprêter à coucher avec un mec lambda, ou pire encore, un fils à papa... Non, à la place, je filais droit le lit d'une superstar sans m'en douter une seconde !

Je fais défiler les différentes images postées sur le site et me donne l'impression d'être une voyeuse, en rougissant devant certains clichés.

J'ai toujours eu le béguin pour Kim Soo Hyun, un acteur que je trouve particulièrement craquant, mais je dois avouer que Moon est vraiment très *très* canon.

Bon allez, ça suffit. Je ferme mon ordi, me lève de mon lit et m'étire. Il est indéniable qu'Alter est connu. C'est même assez dingue à quel point leur fandom s'étend dans le monde entier. Mais cette polémique, quel enfer !

J'ai besoin de prendre l'air. J'enfile mon sweat à capuche, glisse la clé de la chambre dans une poche, mon portable et mes écouteurs dans l'autre.

Je devrais appeler mes parents pour les mettre au courant de cette histoire, je ne voudrais pas qu'ils se trouvent harcelés par la presse, même si ça me semble carrément surréaliste. Mais je ferai ça plus tard, lorsque j'aurai mieux digéré toute cette affaire. En attendant, je quitte l'hôtel, encapuchonnée, pour être tranquille.

J'insère mes écouteurs dans mes oreilles et lance un album de Linkin Park. J'aurais bien essayé de me familiariser avec les titres d'Alter, mais cela ne m'aidera pas nécessairement à me calmer ou à réfléchir.

De toute façon, il n'y a rien que je puisse faire. Je suis la « métisse qui a couché avec l'incroyable Moon », que je le veuille ou non.

Séoul est en effervescence, il y a du monde dans ses rues. Je prends quelques photos et m'émerveille d'enfin pouvoir découvrir la ville de jour, de mes propres yeux.

Au cours de ma balade, je trouve un petit café et me commande une boisson à emporter grâce au peu de monnaie qui traîne dans mes poches. J'en ai bien besoin.

Tandis que l'on prépare ma commande, je patiente dans la boutique et jette un œil autour de moi. Dans le fond du café, il y a une table avec quelques étudiantes qui rient à gorge déployée.

Le groupe m'observe un peu bizarrement alors que je me rapproche du comptoir.

Impossible qu'on m'ait reconnue. Sérieux, pas déjà !

— Votre commande, madame.

La serveuse s'incline devant moi, alors j'en fais autant. La politesse, le respect, c'est autre chose ici. On est bien loin des États-Unis.

— Merci, je lui dis avant de prendre mon café et de filer.

Dans quelques jours, tout ira mieux. Cette histoire dans la presse sera loin de nous, de moi surtout. Quand je pense que je suis venue à Séoul pour poursuivre mes études tranquillement, sans histoire… *Karma is a bitch.* Tout ça pour un mec que je ne connaissais même pas.

Soudain, je sens qu'on me bouscule et je vacille sur le côté. Mon gobelet pourtant recouvert d'un opercule en plastique s'ouvre et s'écrase au sol. Je me retourne et fais face aux quatre jeunes filles du *coffee shop* qui me regardent avec un mélange de haine et de dégoût.

— Salope ! me lance l'une d'elles en me toisant avec insistance.

— Elle n'est vraiment pas belle, en plus…, ajoute sa copine d'un ton véhément.

Ces idiotes pensent que je ne comprends pas leur langue.

Une fois encore, j'ai le sentiment de me retrouver, au mauvais endroit, au mauvais moment. J'avoue avoir un peu peur de la situation, étant donné que je suis seule contre quatre. Elles me fixent avec une telle colère qu'il ne faut pas être débile pour comprendre qu'elles veulent me faire la peau.

— Fais attention où tu marches, me dit la plus petite dans un anglais approximatif, on ne voudrait pas que tu te retrouves seule, coincée au milieu d'une ruelle sans personne pour venir te sauver…

Mon instinct me crie de me protéger, mais mon corps reste figé. Je ne peux rien faire. Elles me barrent la route.

— Qu'est-ce que vous me voulez ?

Elles semblent étonnées de m'entendre parler coréen, mais ce n'est clairement pas ça qui va me sortir de ce merdier. J'ignore si elles veulent juste m'intimider ou si elles espèrent autre chose de moi. Je n'ai rien pour me défendre, pas même un spray au poivre. Et puis, je ne me suis jamais battue.

— Moon-soo, tu le laisses tranquille, c'est compris ? m'assène la jeune fille la plus proche de moi.

Je me retiens de lever les yeux au ciel.

— Tu ne mérites pas de l'approcher.

— Tu n'es pas coréenne.

— Moon ne t'appartient pas et ne t'appartiendra jamais. Oublie-le. Il fait partie d'Alter, il est intouchable.

Je ne comprends pas bien où elles veulent en venir. C'est comme s'il leur appartenait.

— Tu as compris ?

Je ne réponds pas, mes lèvres tremblent trop pour cela.

C'est très troublant. Je sens mon cœur tambouriner contre ma poitrine. Quand Lee, le P-DG du label d'Alter, m'a dit que j'étais en danger, jamais je n'aurais cru que je devrais le prendre au sens propre du terme… J'avais bien vu les commentaires négatifs ou racistes à mon sujet, mais il y a un monde entre écrire quelques messages de ce type et vouloir tabasser quelqu'un. Tout ça parce qu'elles m'ont vue sur quelques photos avec leur idole ?

— Tu vas le regretter, ajoute l'une des filles avant de se jeter sur moi.

— Je… arrêtez s'il vous plaît…

J'arrive à esquiver, mais quand elles s'y mettent à quatre, c'est bien plus difficile. Même si je balance un ou deux coups en l'air, je ne parviens pas à éviter leur assaut. Je reçois un poing dans le visage, un autre dans le ventre et bientôt je bascule en arrière. Le macadam m'accueille assez durement. J'ai mal, putain.

— Je ne… suis pas certaine que Moon voudrait que vous fassiez ça, je souffle.

Je ne sais pas ce qu'il me prend d'essayer de parler. L'instinct de survie sans doute. Elles ne répondent rien. Lorsqu'elles se mettent à me donner des coups de pied dans le dos, la douleur me coupe le souffle.

C'est donc ça le monde d'Alter ? Une chose est certaine, il ne me donne pas du tout envie…

— À cause de toi, Moon est au cœur d'une nouvelle polémique. Tu te rends compte un peu de ce que tu as fait ?

Je me recroqueville en position de fœtus afin de trouver l'angle qui me fera le moins mal possible, mais j'ai l'impression d'être complètement cassée. Chaque coup est plus douloureux que le précédent, chaque seconde s'approche d'une petite éternité.

— Tu ferais mieux de te méfier car on t'a à l'œil. Si tu t'approches des garçons une fois de plus, on sera bien plus méchantes avec toi qu'on ne l'a été aujourd'hui.

Alors qu'elles m'assènent leurs derniers coups, je ferme les yeux en priant pour que tout s'arrête. Tout ce que je veux, c'est que la douleur cesse, qu'on me foute la paix et surtout, *surtout*, que cette nuit n'ait jamais existé…

Quand je me réveille, je me sens particulièrement groggy. La lumière vive que j'aperçois en ouvrant les yeux me brûle les rétines. Je grogne en passant ma main sur mon visage.

Il me faut quelques secondes pour comprendre que je suis

allongée dans une chambre d'hôpital. Comment j'ai atterri là ? Grâce à qui ? Je l'ignore totalement. Tout ce dont je me souviens, c'est de la dureté du sol sous mon corps meurtri par les coups. Je tente de me redresser, mais c'est douloureux.

— Ne vous levez pas, me lance une voix autoritaire sur le côté de la pièce.

Je me laisse retomber sur le lit et tourne la tête vers l'entrée. Un médecin en blouse blanche s'incline légèrement devant moi.

— Vous pouvez parler coréen.

Il me sourit en acquiesçant. Il a l'air assez jeune.

— Comment vous sentez-vous ?

— Comme après m'être fait passer à tabac. Mes côtes sont douloureuses.

— Rassurez-vous, vous n'avez que quelques blessures sans gravité. Des contusions essentiellement au niveau du ventre, également dans votre dos. Aucune hémorragie à déplorer.

— D'accord…

— Il vous faut du repos. Beaucoup de repos. Est-ce que vous voulez qu'on appelle votre famille pour lui dire que vous êtes ici ?

— Non, ça ira, je réponds. Pas besoin.

Il ne manquerait plus que ça, tiens ! Si mes parents apprennent que je suis à l'hôpital, ils vont se faire un sang d'encre et m'obliger à revenir aux États-Unis en moins de deux.

— Je vais vérifier vos constantes et vous poser quelques questions par la même occasion.

Je hoche la tête tandis qu'il s'approche de moi. Il braque une faible lumière dans mes yeux en écarquillant mes paupières, puis écoute mon cœur avant de prendre ma tension.

— Est-ce que vous vous souvenez de votre nom, ainsi que de la date d'aujourd'hui ?

— Oui. Je m'appelle Billie Moore et nous sommes le 12 juillet 2020, enfin si je n'ai pas dormi trop longtemps.

— Très bien. Vous vous souvenez de ce qu'il s'est passé ?

— Des filles m'ont tabassée dans la rue. Je ne sais pas comment je suis arrivée à l'hôpital.

— Vous avez été admise aux urgences puis transférée ici pour libérer un lit, mais je ne sais pas qui vous a amenée à nous. L'important toutefois, c'est que vous n'ayez pas d'amnésie. Des douleurs à la tête ?

— Non, pas spécialement, mais ailleurs…

— Ne vous en faites pas, je vais augmenter la dose de morphine. Nous allons vous garder en observation au moins pour la nuit. Je reviendrai vous voir ce soir.

— Vous savez où sont mes affaires ?

— Rangées dans ce placard, répond-il en le désignant du doigt.

— D'accord, merci…

Quand il quitte la chambre, je me sens seule et désemparée. Je n'ai jamais ressenti cela avant aujourd'hui. Enfin si, une fois, mais c'était différent…

Je veux me redresser quand on frappe à la porte. Je n'ai même pas le temps de répondre qu'un homme en costard entre et ferme derrière lui. C'est l'homme à lunettes de Big K. Entertainment.

— Qu'est-ce que vous faites ici ?

— Je viens m'assurer que vous allez bien.

Un ricanement m'échappe.

— Ça m'étonnerait que vous en ayez quelque chose à faire. Mais puisque vous êtes là, donnez-moi mes affaires, s'il vous plaît. J'aimerais récupérer mon téléphone, il doit être dans l'armoire.

À mon grand étonnement, il obéit et me tend l'objet réclamé sans rechigner. Hormis quelques notifications et un message de ma mère qui me demande comment je vais, je n'ai rien reçu. Cela me rassure puisque ça signifie que ma famille n'est pas encore au courant.

— Mademoiselle Moore, nous sommes sincèrement désolés pour...

— Vous pouvez, oui, je le coupe d'une petite voix. C'est à cause de vos fans hystériques et...

Ma voix tremble, et je ne parviens pas à terminer ma phrase. Je ne sais pas vraiment quoi dire de toute manière. Ce que je viens de vivre se passe de commentaire.

— Je vous assure que nous ne cautionnons pas ce genre de comportement et que toute notre équipe est réellement navrée de ce qui est arrivé. Vous devez comprendre que nous ne pouvons pas contrôler les gens qui suivent Alter. Comme pour tout groupe, ils ont des fans plus difficiles que d'autres. On ne peut malheureusement pas les maîtriser.

Pour une fois, il me semble sincère.

J'imagine bien qu'ils ne peuvent pas gérer tout ce qu'il se passe autour de leur boys band adoré, mais je me suis quand même fait tabasser sans raison ! Et le pire, c'est que j'ignore si cela pourrait se reproduire de nouveau.

— Que me voulez-vous ? je m'enquiers alors qu'il me fixe avec une moue concentrée. Je vous préviens, je ne suis pas d'humeur à parler contrat ou clause de silence pour le moment. Je suis fatiguée de cette journée de merde et j'aimerais que vous ne me mettiez pas davantage de pression.

— Je comprends, mais...

— Je peux savoir votre nom ? On est souvent amenés à se croiser depuis ce qu'il s'est passé et je ne le connais même pas.

— Je m'appelle Yung Seok-in. Excusez-moi de ne pas vous l'avoir précisé plus tôt.

— Monsieur Yung, comment saviez-vous que j'étais ici ?

Il a l'air un peu mal à l'aise, tout d'un coup.

— Nous avons activé la géolocalisation de votre téléphone le temps que vous réfléchissiez à notre proposition, vous savez, au cas où…

En voyant le regard noir que je lui lance, il choisit de ne pas terminer sa phrase.

Je me faisais vraiment une idée différente de cette ville avant d'y arriver. Je m'imaginais déambuler dans Séoul en toute tranquillité, pouvoir découvrir des endroits magnifiques, voire même trouver un job pour quelques jours. Qui aurait pu s'imaginer que j'allais me retrouver dans les magazines à scandale et me faire lyncher en pleine rue de la sorte ?

— Je sais que l'industrie de la K-pop ne vous a pas accueillie de manière très amicale, mademoiselle Moore, mais je vous assure que tout ne se passe pas ainsi habituellement. Les fans d'Alter sont pour la plupart vraiment bienveillants. Il existe toutefois quelques exceptions.

— Je n'ai été confrontée qu'à ces quelques exceptions pour le moment, alors vous comprendrez que bon…

— J'ai une nouvelle proposition à vous faire, m'annonce-t-il avant de sourire.

— Comment ça ?

— Nous aimerions renégocier les termes du contrat que nous vous avons soumis. Nous voulons rajouter cet incident dans la clause.

— Vous voulez que je garde le silence sur ce qu'il s'est passé ? M'avez-vous entendue lorsque je vous ai dit que je n'étais pas d'humeur à cela ? D'autant que j'ai particulièrement envie d'aller gueuler à qui voudra l'entendre ce que l'on m'a fait.

— Je me mets à votre place et je comprends tout à fait votre ressenti. Mais ne punissez pas les artistes, ils n'y sont pour rien. Or divulguer des informations pareilles aurait un effet vraiment néfaste pour l'image du groupe.

— Et qu'est-ce que vous voulez que ça me fasse ? Moi, tout ce que je vois, c'est qu'on m'a tabassée parce que j'apparais dans les magazines avec un homme que je ne connais même pas.

M. Yung hoche la tête.

— Nous augmenterons bien évidemment la somme initialement offerte, en espérant que cela vous aide à surmonter votre traumatisme.

— Hum…

— Nous vous proposons également d'assurer votre sécurité le temps que cette affaire se tasse et que vous alliez mieux.

— C'est-à-dire ?

— Si vous le souhaitez, nous pouvons vous loger ailleurs que dans votre hôtel, pour la durée de votre convalescence. Ainsi, nous pourrons mieux veiller à ce qu'il ne vous arrive rien, lors de vos déplacements notamment.

Cette dernière suggestion est plutôt inattendue.

— Je…

— Vous serez placée dans un grand loft, vous aurez tout à votre disposition et, si vous voulez sortir, vous aurez avec vous un garde du corps habillé en civil pour ne pas éveiller les soupçons, ni attirer les regards. Quand cette affaire sera tassée, alors vous pourrez retrouver une vie normale. Qu'en dites-vous ?

— Je ne sais pas.

Toute cette histoire est d'une violence sans nom. Et je ne fais pas seulement référence à mon agression.

Je n'ai pas eu le temps de respirer depuis ma nuit avec Moon. J'ai passé la journée en apnée, à me demander ce qu'il m'arriverait la seconde qui suivait. Tout cela est bien trop brutal pour moi.

— M. Lee est vraiment confus, me précise-t-il. Il tient vraiment à ce que vous acceptiez sa proposition pour vous prouver que l'univers de la K-pop a également de bons côtés.

Tu parles…

Tout ce que je demande moi, c'est de trouver la sortie de ce monde complètement fou. Plus loin je serais et mieux je me porterais.

Chapitre 5

Moon

Dae et Min sont installés dans le salon. Ils jouent à un jeu vidéo tandis que Kai est occupé à la cuisine. Il prépare à manger et redresse instantanément la tête quand je m'installe près de lui. À en juger par ce qu'il y a sur le plan de travail, je crois qu'il nous fait des *japchae*. C'est mon plat préféré.

Kai est le meilleur d'entre nous en cuisine, il dit toujours que s'il n'avait pas été chanteur, il aurait été chef. Moi je crois que j'ai toujours voulu chanter et danser.

Nous vivons dans cette colocation depuis quelque temps maintenant et, avant cela, nous dormions dans le même dortoir lorsque nous étions des *trainees*. Quand nous sommes devenus des *idols* et que nous avons commencé à être rentables, le label nous a mis ce grand loft à disposition. Il y a quatre chambres, une pour chacun de nous, mais il n'est pas rare que l'on s'endorme parfois dans la chambre d'un autre.

L'appartement a été pensé dans un style industriel, tout en briques et murs blancs, la cuisine est lumineuse avec son îlot central. Mais ce que je préfère, c'est le toit-terrasse, j'adore m'y rendre pour décompresser, ou pour écrire des chansons. Il arrive aussi qu'on y passe des soirées entières à regarder les étoiles.

— T'es déjà là ? me lance Kai en souriant.

— Oui, c'est vrai que ça a été plus vite que prévu, je réponds en hochant la tête.

— Tout va bien ?

Il s'inquiète alors que c'est moi qui suis l'aîné et qui devrais montrer l'exemple pour éviter qu'ils aient à s'en faire.

— Oui, ne t'inquiète pas. Ça va.

— M. Lee était furax ?

— Oui, un peu, mais je l'ai déjà vu dans des états bien pires que celui-là.

On est habitués aux remontrances sévères de nos supérieurs. Cela fait partie du jeu… De temps en temps des polémiques nous tombent dessus car on sort dans un bar ou parce qu'on porte un T-shirt avec une marque ou un motif qui choque l'opinion publique. Parfois même, nous ne faisons rien de grave et le scandale arrive malgré tout.

Les rumeurs négatives de ce genre sont propagées par des *haters* qui veulent juste nous nuire. C'est pénible de devoir faire attention à tous ses faits et gestes, parce que le moindre détail peut être nuisible à notre carrière.

— Bon tant mieux si tout s'est bien passé, dit-il, soulagé.

— Je dois présenter mes excuses pour les photos qui sont parues dans la presse. Il faut dissiper cette histoire avant la sortie de *My Soulmate*. Mais je ne sais pas comment m'y prendre… Cette histoire est tellement partie d'un rien…

Kai baisse les yeux, sans ajouter quoi que ce soit, et je m'en veux que le nom du groupe soit encore au cœur d'une polémique. Je savais que c'était une connerie de suivre cette fille, pourtant j'y suis quand même allé parce que j'en mourais d'envie et que je savais que ça me ferait du bien. Et, en effet, j'ai pris mon pied.

Le truc, c'est que nous sommes sous contrat et que parmi les clauses qui nous lient au label, il y a l'interdiction d'être en couple.

Nous devons rester célibataires pour nos fans afin de demeurer un fantasme atteignable à leurs yeux. En quelque sorte, nous leur appartenons…

— Tu as qu'à dire que tu ne savais pas ce que tu faisais.

— Pourtant j'étais parfaitement conscient.

Il esquisse un sourire moqueur.

— J'espère pour toi, car sinon c'est que tu as un vrai problème.

Je me dirige vers le frigo et attrape un soda à la fraise dans l'espoir que le sucre me change les idées.

— Tu veux quelque chose ?

Kai fait oui de la tête, tout en poursuivant sa préparation culinaire, alors je lui prends la même chose.

— Tu n'as qu'à dire que le souvenir de la mort de Young-jae t'a fait faire une bêtise. Que tu étais triste et que tu avais la tête ailleurs…

— Quelque part, c'est vrai, je dis en ouvrant ma canette.

— Je le sais. On ne te reproche rien. Tu n'as pas eu de bol, c'est tout.

Il nous arrive de voir dans les médias ou sur les réseaux que « les membres du groupe Alter sont en froid » ou que « tel a suscité la colère de untel ». Mais, en vérité, on ne s'engueule que très rarement, et comme le ferait n'importe quel groupe de potes. On est tellement proches depuis des années que nous nous considérons comme des frères. Toujours liés et soudés, malgré l'adversité. Et ce n'est donc pas étonnant que Kai dise me soutenir dans cette affaire, alors que j'ai une grosse part de responsabilité. Quoi que je fasse, ils seront toujours derrière moi. Tout comme je serais derrière chacun d'eux s'ils se retrouvaient dans le même genre de situation.

— Je n'aime pas l'idée de me servir de lui comme prétexte pour excuser une faute, je lui avoue en soupirant. Il ne mérite pas ça…

Qui doit encore s'excuser d'avoir des relations sexuelles, de nos jours ? Bon sang ! J'ai l'impression d'être un monstre alors que c'est quelque chose de parfaitement naturel.

— Je comprends, mais c'est le moyen le plus radical pour être tranquille.

Il a raison, mais c'est malhonnête et je n'aime pas ça.

— Et la fille, comment elle s'en sort ?

Je tourne la tête pour le fixer.

— Je ne sais pas. Je ne connais même pas son nom…

— Certains commentaires sont très limites. Tu ne sais pas du tout comment elle réagit à tout ça ?

— Non… J'aurais aimé m'excuser auprès d'elle, mais on ne m'a bien sûr donné aucune info à son sujet.

— Peut-être que c'est elle qui ne l'a pas voulu.

— Comment ça ?

— Imagine le choc qu'elle a eu en découvrant ce scandale. Tu ne lui dis pas qui tu es, et le lendemain elle se retrouve partout sur Internet. Certains commentaires la critiquent simplement parce qu'elle est métisse et que, du coup, elle ne te mérite pas, elle souille ton sang[1], blablabla…

Putain ! Ça ne fait qu'ajouter du poids à ma culpabilité.

— Sérieux ?

— Le jour où tu te cases, tu vas en briser, des cœurs…

Et idem pour lui. Pour chacun de nous d'ailleurs.

— Je suis tout de même déçu que certains fans réagissent comme ça.

Je n'ose pas me mettre à la place de B qui doit être terrifiée, ou me haïr à cet instant précis. Et c'est normal… J'aurais dû lui dire ce qu'elle risquait, plutôt que de ne penser qu'à moi.

1. Dans les mœurs coréennes, il n'est pas rare que les Coréens se marient entre eux. Certains parents n'acceptent pas que leurs enfants se marient avec des étrangers, afin de perpétuer leur lignée.

— Je suis sûr qu'en t'adressant à la bonne personne chez Big K. Entertainment, tu pourrais obtenir son numéro.

— Peut-être… Mais j'aurais préféré m'excuser de visu plutôt que par téléphone.

J'avale une gorgée de soda.

— Je crois qu'ils sont allés la voir pour lui proposer un genre de contrat de confidentialité, tu sais au cas où elle souhaiterait raconter cette histoire pour nous nuire, ou autre…

— Si les choses ne se sont pas si mal passées pour toi, là-bas, c'est peut-être qu'elle a accepté et que tout est rentré dans l'ordre.

Sans doute, oui… Pourtant, je ne peux pas m'empêcher de trouver cela frustrant. À l'avenir, si je tombe amoureux d'une fille, je devrais m'empêcher à tout prix de l'approcher pour la simple et mauvaise raison que ça nous est interdit ? Conneries !

— Bon, tu veux que je t'aide à préparer à manger ? je lui demande. Ça me changera les idées.

— Avec grand plaisir, mais tu suis mes ordres à la lettre, t'es une calamité sinon.

Je ne suis pas vraiment d'humeur ce soir, alors je préfère m'enfermer dans ma chambre une fois le dîner terminé.

Le label a fini par s'excuser pour moi sur les réseaux sociaux. Comme prévu, ils ont prétexté que mon chagrin vis-à-vis de la mort de Young-jae était la cause principale de mon comportement. Il faudrait maintenant que je donne des nouvelles à ceux qui me suivent. Même si je n'en ai pas la moindre envie, je me dois de le faire afin de rassurer les fans. Sans eux, on ne serait pas là. Alter n'existerait pas.

Je me prends alors en selfie dans ma chambre, un carnet à la main. Je ne sais pas trop ce que je vais noter sous la photo. Je me connecte d'abord sur l'AEU, ou Alter Ego Universe, une application que le label a créée quand nous avons commencé à avoir du succès. Cela fonctionne pour nous comme n'importe quel autre réseau social : on poste des statuts, des photos, des inspirations… Les utilisateurs ont accès à de nombreuses ressources à notre sujet puisque notre équipe fait régulièrement des mises à jour.

Je décide de publier le cliché avec le message suivant : « Salut mes EGO, je vais bien et vous, comment allez-vous ? Comme vous pouvez le voir, je travaille un peu en ce moment, j'écris une nouvelle chanson… »

Rien de bien excitant, mais je sais qu'avoir de mes nouvelles leur fera plaisir.

Comme beaucoup de personnes encore n'utilisent pas cette plate-forme, je relais l'info sur Twitter puis Instagram. Et, en à peine quelques secondes, mon téléphone reçoit déjà des centaines de notifications.

Je décide de le mettre de côté pour l'instant et de me concentrer sur l'écriture. J'ai toujours aimé cela, mais je ne m'accorde jamais assez de temps pour le faire. Sur notre dernier album, j'ai écrit et interprété seul une chanson que j'avais moi-même écrite. Nous n'avions jamais fait ça auparavant et nous cherchions à marquer les esprits. Pour faire plaisir à nos fans, d'abord, mais aussi afin que le talent de chaque membre du groupe ressorte de façon individuelle.

♫

La sueur ruisselle le long de mon cou, de mes tempes et de mes bras. Je suis essoufflé et crevé, mais j'aime l'adrénaline qui vibre dans mon corps pendant l'entraînement.

— Et un, deux, trois, quatre… cinq, six, sept, huit.

Je danse face à Dae.

Il est mon reflet, moi le sien. Kai, de son côté, a été mis en binôme avec Min, de la même manière. Mes amis ont déjà retenu les mouvements, mais moi j'ai un peu plus de mal aujourd'hui.

— Tu n'es pas dedans du tout, Moon. C'est main gauche, main droite, ensuite vos doigts de la main gauche se touchent et vous balayez le miroir imaginaire pour vous regarder comme si c'était la première fois que vous vous découvriez, lance Kaan, notre chorégraphe.

— Oui, je sais, mais ça me perturbe qu'il danse en faisant les gestes inverses. J'ai envie de faire pareil. C'est plus fort que moi…

— Dae, comment tu fais de ton côté ? lui demande Kaan.

— Je répète les gestes plusieurs fois dans ma tête avant de les exécuter en me concentrant uniquement dessus, comme si Moon n'existait pas. Et du coup, je ne fais pas attention à ses mouvements.

Kaan nous suit depuis pas mal de temps. Depuis *Rainy Love*, en fait. Il est pro, exigeant, infatigable, et surtout génial. Il a des idées de dingue. Il sait prendre le temps de nous expliquer les choses et nous soutient énormément afin que nous donnions le meilleur de nous-mêmes. Mais parfois on bosse tellement que le corps lâche.

— Tu devrais essayer de faire comme lui, Moon. Répète les mouvements dans ta tête avant de les réaliser et, pour éviter de te laisser déconcentrer, garde ton regard fixé sur un point juste au-dessus de sa tête. Le public n'y verra que du feu.

— On essaye, je lui dis alors.

Je reprends l'entraînement, en m'obligeant à être impeccable.

Dae est celui qui retient le plus vite une chorégraphie de nous quatre, mais Min est le meilleur danseur. Il a un talent inné et nous aide volontiers lorsque nous avons un peu de mal avec les mouvements difficiles. Kai, lui, excelle en hip-hop, et généralement on lui laisse des prestations scéniques qui sont très attendues par nos fans dans les clips et sur scène.

Moi, je me débrouille plutôt bien en danse moderne. Les quelques bases que j'ai amenées avec moi lorsque je suis devenu *trainee* me venaient de ma mère. Elle dansait souvent à la maison et je m'amusais à l'imiter. C'est à force d'entraînement que je suis devenu bon.

J'aime apprendre de nouvelles variations, même s'il me faut parfois un peu plus de temps que les autres pour les assimiler. Une fois qu'elles sont apprises, je peux en revanche être le plus pointilleux du groupe pour les exécuter.

Cette chorégraphie-ci est différente, mais pas forcément plus complexe que les autres. Je suis juste facilement déconcentré par les récents événements…

Je sais pourtant que le clip va rendre très bien grâce au principe miroir imaginé par Kaan. Tandis que nous bougerons, une caméra fera un travelling à 360° autour de nous. Nos mouvements, nos gestes, notre coordination… tout doit être parfait. J'ai hâte de pouvoir la reproduire sur scène afin d'offrir aux fans un vrai spectacle.

— On prend une pause, lance Kaan.

Elle est bienvenue. Je souffle en attrapant ma serviette pour pouvoir essuyer ma sueur. Min continue de danser, les yeux fermés. Il reproduit les différents passages que nous venons d'apprendre.

J'attrape une petite bouteille d'eau et la finis quasiment.

— Je rêve de me jeter sur mon lit, là tout de suite, me confie Kai.

Lui aussi semble fatigué. Il faut dire qu'on s'entraîne depuis quelques heures maintenant.

Il est le premier d'entre nous à avoir été dévoilé lors de la création du groupe. Il faut dire que sa maîtrise du rap et du hip-hop est incroyable. Je dois avouer que je suis un peu jaloux de ses talents. Certaines personnes pensent qu'il est facile de rapper, mais ce n'est pas donné à tout le monde. Il s'agit d'un entraînement continuel.

— On a bientôt fini, faut s'accrocher.

Nous n'avons pas encore vu nos costumes et ne connaissons

toujours pas les décors qui vont nous accompagner dans ce nouveau clip, mais je suis impatient de voir tout ça. Généralement, le rendu est magnifique. Il faut dire que le label se démène pour faire les choses en grand et ne lésine pas sur les moyens.

Tandis que l'entraînement reprend, je décide de répéter en boucle les mouvements appris face à Dae afin de les connaître sur le bout des doigts en sortant d'ici.

Après cela, nous réfléchissons déjà aux mimiques que nous ferons lorsque nous serons seuls face à la caméra. Puisqu'il ne suffit pas de danser ni de chanter dans les clips, il faut aussi jouer avec le public, faire ressortir le caractère de chacun afin d'appuyer notre identité graphique.

Quand on nous redépose au pied de notre immeuble, nous sommes tous les quatre lessivés. Mais je suis plutôt fier de cette journée car nous avons bien progressé. Je n'ai qu'une hâte à présent, c'est pouvoir me coucher.

Alors que l'on entre dans le hall de l'immeuble, l'ascenseur s'ouvre sur M. Yung. Il nous salue en s'inclinant par respect, et nous en faisons autant.

— Monsieur, puis-je vous parler un instant ? je lui demande en me postant devant lui.

— J'aimerais également vous toucher deux mots, Moon-soo. Bonne soirée, les garçons.

Les autres prennent l'ascenseur pour rentrer.

— De quoi avez-vous besoin ? s'enquiert-il.

Je suis certain qu'il va dire non, mais je veux essayer.

— J'aimerais si possible avoir le numéro de téléphone de la jeune femme de l'autre soir. Je voudrais lui présenter des excuses. Je sais que le label l'a déjà fait à ma place, mais je ne veux pas qu'elle ait une mauvaise image de nous ni de moi.

— C'est très noble de votre part, et justement c'est de ça que je voulais vous parler. Mlle Moore logera dans cet immeuble pour quelque temps.

— Je… Comment ça ?

— Nous avons décidé de la loger ici afin de nous assurer de sa protection. Il y a eu un léger incident.

Mon estomac se noue.

— Un incident ? C'est-à-dire ?

Il semble un peu gêné.

— Mlle Moore a eu un petit souci dans les rues de Séoul.

— De quel genre ?

— Elle va bien, déclare-t-il simplement.

Décontenancé par ses paroles, je m'énerve un peu.

— Ça ne répond pas à ma question.

— Pour tout vous avouer, elle s'est fait tabasser.

Mon Dieu… La culpabilité est telle que j'ai l'impression de recevoir une claque monumentale. Je me sens mal pour elle et tellement coupable… Je suis carrément outré par le comportement de certains fans. *Merde alors !*

— Vous m'écoutez, monsieur Park ?

Je secoue la tête en lui rendant son regard.

— M. Lee vous demande de rester discret et de ne pas parler de ça non plus. Comprenez qu'il en va de l'image du groupe et qu'une info comme celle-ci serait vraiment nuisible pour vous et les garçons.

Je connais le refrain.

— On lui a fait du mal ?

— Oui, mais elle va bien.

— Elle va vivre ici ?

— À l'étage supérieur au vôtre.

C'est à ce moment précis que je me rends compte que je vais pouvoir la voir plus vite que prévu, qu'elle est ici, tout près de moi.

Mais a-t-elle seulement envie de me voir alors qu'elle se retrouve dans les magazines et qu'elle se fait également attaquer dans la rue par ma faute ?

Elle doit me détester au plus haut point.

— Vous pourrez vous excuser auprès d'elle si vous le souhaitez. Mais M. Lee préférerait que vous évitiez de la voir trop souvent. Il ne faudrait pas que l'on vous voie ou que l'on s'imagine que vous êtes en couple.

Ça, ils auraient dû y penser avant de l'installer à la même adresse que moi.

Je me demande parfois ce qu'il se passerait si je leur disais que j'étais ou que j'avais envie d'être en couple. Ce serait sans doute une révolution…

Chapitre 6

Billie

Debout au milieu du salon, je fixe le loft que le patron de Big K. Entertainement a mis à ma disposition. Je ne sais pas bien quoi dire. C'est beaucoup trop pour moi. Beaucoup trop grand. J'ai l'impression que dès que je me mettrai à parler, mon propre écho me répondra…

Je me serais largement contentée de ma chambre d'hôtel, mais ça, c'est incroyable. Dès lors que j'ai accepté leur deal, tout est allé très vite et j'avoue que j'en ai encore la tête qui tourne. Ou peut-être bien que cela est dû à mon agression…

Comme je n'avais pas de complications, le médecin m'a laissée sortir et un chauffeur m'a amenée ici. M. Yung m'attendait de pied ferme en bas du bâtiment. Il m'a à peine fait visiter, l'important pour lui était surtout de m'expliquer tout ce que je devais ou ne devais pas faire. Comme parler d'Alter, utiliser mes réseaux sociaux pendant quelque temps, etc.

Le style de décoration du loft me plaît énormément pour sa sobriété. Dans le salon, il y a une grande télé à écran plat accrochée sur le mur, le canapé arrondi est encastré dans sol et, plus loin, il y a un coin repas avec une immense cuisine ouverte. Quand je pense que je ne n'ai même pas encore regardé la chambre ni même la salle de bains…

C'est complètement surréaliste. Si on m'avait dit qu'en arrivant à

Séoul je me ferais agresser dans la rue et qu'en dédommagement on m'offrirait une telle location, je ne l'aurais jamais cru.

Je dois avouer que je ressens tout de même une petite insécurité à l'idée de sortir dehors et de subir la même chose. Mes côtes me font encore très mal et mon dos aussi, alors que je me pose dans l'un des fauteuils. J'ai pu constater les dégâts de mes propres yeux dans un miroir à l'hôpital, et une chose est sûre : les teignes qui m'ont tabassée ne m'ont pas ratée. Certaines EGO sont plus que folles de leur Alter. Comment peut-on faire ça à une personne dont on ne sait rien ? Comment peut-on croire qu'une star nous appartient ? Ce n'est pas parce qu'ils brillent sous les spotlights et qu'ils sont adulés par des millions de personnes qu'ils ne sont pas humains. C'est de l'adoration, mais poussée à l'extrême…

Je ne comprends pas pourquoi ce type ne m'a pas dit qui il était. Je me retrouve dans les magazines et sur Internet, merde ! Toute ma vie est polluée par des milliers de gens que je ne connais pas et qui me détestent.

D'ailleurs, je dois joindre mes parents. Je fouille dans mon sac pour trouver mon téléphone puis j'appelle ma mère.

— Salut, maman, je dis lorsqu'elle décroche.

— Bonjour, mon lapin !

Au ton enjoué qu'elle adopte, je conclus que les infos locales n'ont pas encore traversé la frontière.

— Tu vas bien ?

— Oui, oui. Je…

Délicat de parler de ma situation. Tellement de choses se sont passées en quatre jours…

— Raconte-moi tout ! Tu as trouvé ton hôtel ? Tu es sortie te promener ? Tu as rencontré des gens ?

Ma mère est de nature curieuse, elle aime tout savoir et n'hésite pas à poser quarante mille questions pour cela. Même parfois aux inconnus qu'elle rencontre dans la rue.

Je lui confie énormément de choses. Quand j'ai un doute, quand je vais mal, c'est vers elle que je me tourne pour avoir de l'aide ou me sentir apaisée.

— J'ai passé une première soirée géniale, mais le lendemain, c'était… spécial.

— Comment ça ?

— Je ne sais pas par où commencer, maman…

— Généralement on commence par le début, lapin.

Je soupire.

— Ne me coupe pas pendant que je te parle, sinon, je vais perdre le fil.

— Billie, tu me fais peur…

— Non, ne t'inquiète pas. Je vais bien. Mais, le premier soir, j'ai couché avec un garçon.

Ça peut paraître un peu bizarre de parler de ça avec sa mère, mais moi, ça ne m'ennuie pas.

— Et alors ?

Je sens dans sa voix une pointe de panique.

— Il s'avère que c'est une star. Mais genre une mégastar en Corée, adulée par des millions de fans. Sauf que je ne le savais pas.

— Vraiment ?

— Il fait partie d'un groupe de K-pop très connu… Mais il ne me l'avait pas dit lorsque nous… Enfin bref, lorsque je me suis réveillée le lendemain matin, mon visage faisait la une des magazines people. J'apparaissais même sur les réseaux sociaux. Ce qui a inquiété des personnes travaillant avec ce garçon. J'ai donc reçu la visite de messieurs travaillant pour son label de musique.

— Je…

Elle est confuse, c'est évident. Et je m'en veux de lui causer des soucis alors que je suis à des milliers de kilomètres d'elle.

— Tout va bien, maman, je la rassure alors. Ne t'en fais pas. C'était étrange, mais ils ont été très corrects avec moi.

— Continue ! m'ordonne-t-elle.

Je poursuis alors mon explication et lui raconte tout. La proposition de contrat, le passage à tabac et mon arrivée dans ce logement. Quand je termine, elle souffle un grand coup, et moi aussi.

— Tu as été… et tu…

Je ne peux m'empêcher de rire un peu en l'entendant si perdue.

— Je veux vraiment insister sur le fait que je vais bien, maman. Vraiment, ne t'inquiète pas. Je voulais juste te prévenir avant qu'on le fasse à ma place ou que tu tombes sur un de ces fichus magazines.

— Mais c'est quand même dingue cette histoire ! Et cet homme qui ne te dit pas qui il est ! Enfin, il aurait pu te dire que tu risquais d'être prise en photo et affichée de la sorte… Ne parlons même pas de ces filles hystériques qui se sont attaquées à mon bébé ! Si je les retrouve un jour… Non mais, de quel droit les médias te prennent-ils en photo pour t'étaler ainsi aux yeux de tous ?

— J'aurais dû faire plus attention de mon côté. Ils sont vraiment connus en Corée et partout dans le monde… Je me retrouve bien bête de ne pas l'avoir su plus tôt…

— Quant à cette histoire de contrat de confidentialité, de logement hors de prix et de garde du corps… On dirait le scénario d'un film. Tu devrais me donner le numéro des gens de ce label machin chose. Je vais les appeler, moi ! Et leur dire qu'ils ont intérêt à prendre soin de toi.

— Ne te tracasse pas pour moi, cette histoire va se tasser. Ça va se calmer d'ici quelques jours et on en parlera plus, je serai tranquille. Et puis, depuis ce qu'il s'est passé l'autre fois, ils font vraiment attention à ce qu'il ne m'arrive rien.

— Je l'espère sincèrement… Tu ne veux pas rentrer à la maison le temps que ça se calme ? Je me sentirais plus rassurée.

J'appuie ma tête sur le dossier du fauteuil et je ferme les yeux en soupirant.

Ma grand-mère me dit toujours que chaque incident, chaque aventure est une opportunité, et qu'il faut les saisir pour se forger son chemin. Elle dit que ce n'est pas Dieu qui nous impose notre destin, mais que ce sont nos choix qui le font.

Je suis d'avis de la croire. Je ne veux pas laisser cette histoire gâcher tout ça. Mamie dirait que c'est une opportunité à saisir.

— Billie ?

— Non maman, je ne peux pas rentrer. Être ici, c'est mon rêve, je ne veux pas laisser cet imprévu m'en priver.

— D'accord, je comprends… Mais par pitié fais attention à toi.

— Détends-toi, maman, ça va aller. Je suis une grande fille.

Une grande fille apeurée et un peu perdue… mais tout ira bien.

— Je sais, mon bébé, dit-elle d'une voix tendre, mais je ne t'ai pas laissée partir vivre ton rêve pour que tu te fasses lyncher.

— Ça ne se reproduira plus. Voyons le côté positif des choses, au lieu de ma chambre d'hôtel, j'ai un loft plus grand que la maison à ma disposition.

— Hum… Je préfère que tu sois en bonne santé et dans un endroit minable, qu'harcelée et dans un loft, m'enfin…

Je hoche la tête, même si elle ne me voit pas.

— Vous aussi faites attention avec papa. On ne sait jamais, au cas où la presse ou des fans dérangés viendraient vous embêter.

— Ne t'inquiètes pour nous, Billie, tout ira bien.

Je l'espère.

Alors que je m'étire, j'entends des bruits contre la porte.

— Maman, je vais te laisser, il y a quelqu'un qui arrive.

— D'accord, je te rappellerai demain soir pour éviter de te

réveiller en pleine nuit. Si tu as besoin de quoi que ce soit, tu peux m'appeler, mon lapin, surtout n'hésite pas.

— Je sais, maman. Je t'aime.

Après avoir raccroché, je me dirige vers l'entrée et tombe des nues en voyant le célèbre Park Moon-soo sous mes yeux, alors que je m'attendais à découvrir M. Yung.

Il s'incline devant moi.

— Bonsoir. Je ne vous dérange pas, j'espère ?

Interdite, je secoue la tête. Je ne sais pas si je suis surprise, en colère, ou alors perturbée de le voir ici. Tout ce que je sais, c'est que c'est un peu étrange.

J'ai l'impression que tout se passe trop vite et qu'il y a toujours quelqu'un ou quelque chose pour m'empêcher de réfléchir à la situation.

— Bonsoir…, je dis simplement.

Il se redresse et lève les yeux pour m'observer sans vergogne. Je le sens marquer un arrêt face à mon visage légèrement amoché. Il est venu constater les dégâts qu'il a causés ? Satisfait du résultat ?

Je me sens mal à l'aise et honteuse d'être vue ainsi. Alors, pour garder la face, je décide de le regarder à mon tour.

Il est aussi beau que la première fois, ses cheveux lui tombent toujours devant les yeux, et son tatouage dépasse de son T-shirt blanc. Contrairement à ce fameux soir, il me semble plus timide et plus réservé ce coup-ci. Comme s'il n'avait plus rien avoir avec l'homme qui m'a courtisée… Ce changement de comportement est assez perturbant.

— Qu'est-ce que tu me veux ? je lance, face à son silence.

J'espère avoir un ton détaché, histoire de le déstabiliser un peu.

— Je tiens à vous présenter mes excuses pour le désagrément occasionné par ma faute.

— Le désagrément ? je répète. C'est peu dire…

— J'ai conscience du choc et de la violence qui vous sont tombés dessus et je voulais absolument m'excuser de vive voix. J'aurais dû vous prévenir que ma notoriété risquait de vous exposer au public.

— C'est une blague ? Sérieusement, tu as vu ma tronche, tu as lu la une des magazines ? Tu penses qu'un simple « je suis désolé » et un « j'ai conscience de », suffisent ?

— Je…

— On m'a tabassée. Elles étaient quatre. Quatre nanas plus jeunes que moi m'ont frappée et insultée parce que je me retrouve à tes côtés sur des photos. C'est violent, quand même. Je n'ai rien demandé à personne, je n'ai rien fait de mal… et j'ai eu peur !

Je ne m'attendais pas à péter un câble comme ça. J'imagine que c'est le contrecoup. C'est plus fort que moi. J'avais besoin que ça sorte…

— Mon compte Instagram et mon compte Twitter ont été bombardés de messages d'insultes, à tel point que j'ai dû les désactiver. Et je ne te parle même pas des propos racistes que l'on m'a assénés.

— Je suis sincèrement désolé. J'aimerais pouvoir vous aider…

— Il n'y a pas grand-chose que tu puisses faire maintenant. Pourquoi tu ne m'as pas dit qui tu étais ? Pourquoi tu ne m'as pas dit que je risquais de me retrouver affichée de la sorte ?

— Je ne sais pas… J'avais envie d'être un type normal pour une fois, ne pas susciter l'intérêt des gens uniquement parce que je suis Moon d'Alter. C'était agréable d'être un type lambda.

— Et un peu égoïste. J'aurais voulu savoir… C'est injuste.

Il me regarde d'un air penaud et désolé, et il me ferait presque culpabiliser de l'engueuler de la sorte. Il est vraiment à des années-lumière de l'homme que j'ai rencontré l'autre soir.

— J'aimerais vous offrir quelque chose en dédommagement, mais je ne sais pas très bien ce qui pourrait vous faire plaisir.

— Rends-moi ma vie d'avant.

— J'en suis incapable, malheureusement… Mais, si je le pouvais, je le ferais pour vous sans hésiter.

— Pourquoi diable est-ce que tu me vouvoies ?

Il ouvre la bouche, mais aucun son n'en sort. C'est quand même assez étrange qu'il soit repassé au vouvoiement après la nuit qu'on a passée. Je sais que la politesse dans les pays d'Asie n'a rien à voir avec celle que l'on peut avoir aux États-Unis, mais quand même.

— Cela paraît ridicule après ce que nous avons…

— C'est vrai, avoue-t-il enfin.

J'ai l'air de l'avoir déstabilisé encore plus. Peut-être qu'il est juste là parce qu'on lui a dit de s'excuser.

— Nous résidons également dans cet immeuble, me dit-il. Quand j'ai su que le label t'avait logée ici, je suis venu directement.

Je suis très surprise par ce qu'il m'annonce. Cela veut dire que nous allons habiter ces prochains jours à quelques étages d'intervalle ?

— Encore une fois, je suis désolé.

— Ce n'est pas ta faute.

Enfin si. Mais cela ne dépend pas que de lui…

Tout ça, c'est compliqué. Beaucoup trop pour moi. Je n'ai pas ma place ici, je n'aurais jamais dû le rencontrer ni le suivre. Pour une fois que je fais une folie, le retour de bâton est bien plus sévère que je l'imaginais !

Moon se redresse et plante son regard insondable dans le mien.

— Que pourrais-je faire pour toi ?

Je secoue la tête en même temps que mon ventre lâche un immonde grognement de protestation. Je n'ai rien avalé depuis un bout de temps et apparemment j'ai la dalle.

— Je peux te cuisiner quelque chose, lance-t-il en me souriant.

— Ça ira. De toute façon, tu ne trouveras rien dans le frigo. Je n'ai pas encore eu l'occasion de faire les courses.

— Ce n'était pas une question, B. Et puis, connaissant M. Yung, je suis sûr que le frigo est rempli à ras bord.

— Je…

— S'il te plaît, laisse-moi au moins faire ça pour soulager ma conscience.

Je ne sais pas quoi dire. Je dois avouer que je ne m'attendais pas à ce qu'il me propose de me faire à manger.

— Je ne pense pas que préparer à dîner suffise à compenser ce que j'ai perdu.

— Je t'accorde le droit de me faire la tête et de me faire culpabiliser pendant que je m'active. Ton ventre a crié à l'aide, alors je vole à son secours.

Sans trop comprendre pourquoi, je m'écarte du chemin pour le laisser entrer et il ne se fait pas prier. Après avoir fermé la porte, je le suis dans le loft. Je ne sais pas quoi penser de cette nouvelle situation. Je ne m'attendais absolument pas à le revoir, alors qu'il soit mon nouveau voisin, et qu'il passe un moment dans ma cuisine, encore moins… Je suis à la fois perturbée d'avoir couché avec lui, et du fait qu'il soit une célébrité… Sans être vraiment impressionnée, puisque nous avons quand même partagé quelque chose de très intime.

— Je préfère être honnête avec toi, je suis une vraie calamité en cuisine.

— Pourquoi me proposer de la faire alors ?

— Je promets de m'appliquer !

Il me fait un clin d'œil malicieux en ouvrant le frigo, qui est effectivement rempli à ras bord. J'ai envie de m'asseoir sur le tabouret de l'îlot central, mais mes côtes me font mal et je peine à le faire. Quand je remarque qu'il a bien compris que je galérais, je me sens minable. Sans un mot, il vient vers moi et m'aide à m'installer précautionneusement. Je me sens rougir. Tout était si différent lors de notre rencontre, là, c'est un peu particulier.

— Tu as mal ? demande-t-il.

— Oui… un peu.

Je ne vois pas pourquoi je lui mentirais.

— Je n'ai pas les mots pour dire combien je suis désolé. Je m'en veux vraiment, jamais je n'aurais imaginé que ça puisse aller si loin pour quelques photos seulement. Je suis…

— Désolé ? je le coupe. Je sais, j'ai compris.

Il esquisse un sourire en coin avant de s'éloigner et d'aller vers le frigo qu'il avait laissé ouvert. Si ma mère était là, elle péterait un câble, comme quand elle voit un tiroir mal fermé… Il faut toujours qu'elle le fasse elle-même, sinon ça la stresse, une vraie psychotique. Même quand elle voit une inconnue avec une bretelle de soutif mal mise, elle ne peut pas s'empêcher de lui dire.

— J'imagine bien que ce n'est pas ta faute si certaines de vos fans sont… tarées.

Ou encore obsessionnelles, carrément fêlées… Du plus loin que je me souvienne, je n'ai jamais aimé un artiste à ce point. Pourtant j'adore la musique et le cinéma. Mais je n'ai jamais poussé l'obsession aussi loin. Et, jusqu'à mon agression, j'ignorais qu'on puisse être aussi fou que ça pour en arriver là.

— On est suivis par beaucoup de gens, et certains vont beaucoup trop loin… Mais heureusement, la plupart ne sont pas comme ça. Notre communauté est vraiment bienveillante envers nous. Ce genre de chose n'était jamais arrivé avant…

— Le comble, c'est que j'ai couché avec une star, mais que je n'étais pas au courant. Bon sang, j'ai mis en colère une nation d'EGO… C'est tout moi de faire des bourdes pareilles.

Moon ne dit rien, il se contente de fouiller dans de nombreux placards avant de trouver ce qu'il veut. Je pourrais l'aider, mais je préfère économiser des forces.

Je vais de surprise en surprise ces derniers temps. Si les filles qui m'ont tabassée savaient qu'il était en train de me faire à manger, là, tout de suite, elles ne manqueraient pas de m'achever cette fois.

— J'espère que rien ne sortira d'ici, sinon j'ai peur que tes fans ne soient encore en colère contre moi.

— Tu es à l'abri avec moi, promis je ne dirai rien.

— C'est comme ça à chaque fois que tu as quelqu'un dans ta vie ? je demande.

Il pose sur la table toute la nourriture qu'il portait à bout de bras avant de me lancer un regard amusé.

— Nous n'avons personne dans nos vies.

— Aucun de vous n'a de copine ?

— Cela nous est interdit, répond-il de but en blanc.

J'écarquille les yeux, ce qui fait naître un demi-sourire sur son visage.

— Interdit ? je répète bêtement.

— Oui.

Il hausse les épaules avant de se mettre à couper de la viande.

— Mais… pourquoi ?

— Cela fait partie des clauses du contrat.

— Mais quel genre de contrat interdit à quelqu'un de ne pas avoir de relation amoureuse ?

— Plus qu'on le pense. C'est assez courant dans les groupes de musique. Et je suis persuadé qu'il y a un grand nombre d'artistes qui restent célibataires ou prétendent l'être simplement car cela vend davantage.

— Si j'ai bien compris, la nuit que nous avons passée tous les deux… ce n'était pas commun. Un petit acte de rébellion de ta part.

— C'était une grosse connerie, approuve-t-il d'un ton las. Une connerie qui te porte préjudice à toi, mais aussi à mes proches. Lorsque l'on veut prendre du bon temps, ça doit rester absolument caché. Ce qui n'était pas le cas ce soir-là…

Au moins, c'est honnête. Et puis, il a raison… quand on voit où les choses en sont aujourd'hui, c'est flippant. Je ne me sens pas vexée, parce que je perçois dans sa voix à quel point il regrette ce qu'il a fait.

— Je n'aurais jamais dû partir avec toi aux yeux de tous. Mais je ne peux pas revenir en arrière. C'est fait, je dois assumer mes actes.

Je trouve ça un peu triste, voire très injuste. Et s'il lui arrive de tomber amoureux ?

— Pourquoi tu as fait ça, dans ce cas ?

Alors qu'il a la tête baissée, je me souviens de ses mains sur mon corps, de cette chaleur qui irradiait alors qu'on se perdait l'un dans l'autre.

— Parce que j'en avais envie et besoin.

— C'est vraiment égoïste, je souffle.

— Je sais.

— Ça ne valait pas le coup…

Cette fois il redresse la tête, et son regard croise le mien. Je ne sais pas ce qu'il pense de mes mots, c'est difficile de lire en lui.

— Tu crois ?

— Oui, je dis en hochant la tête. Une partie de jambes en l'air ne mérite pas qu'on se fasse harceler, tabasser ou même sermonner de la sorte… Tout ce tapage dans la presse, ton label qui n'est pas content… tu penses sérieusement que ça valait le coup, toi ?

— J'en avais besoin, alors oui. Tu peux trouver ça égoïste, parce que ça l'est… Mais je m'octroie le droit de penser à moi parfois.

— Au détriment des autres ?

— Les autres, j'y pense continuellement. En bossant comme un malade pour offrir aux fans des concerts et des performances de dingue, par exemple. Alors de temps en temps, oui, je me permets d'être un peu nombriliste.

— J'aurais voulu que tu ne le sois pas avec moi.

— Je sais…

Il y a une drôle de tension dans l'air tout à coup, et le silence qui s'installe est bizarre. On ne se connaît pas, pourtant, il reste là et continue de faire à manger comme si tout était normal.

— Tu ferais mieux… d'y aller, je lui dis.

Moon se crispe.

— Il vaut mieux qu'on ne traîne pas ensemble vu ce que ça implique, je rajoute.

— Personne ne sait que tu es là, ni que je suis ici d'ailleurs.

— Je préférerais que tu partes.

Tout ce qui m'importe c'est d'être tranquille et sauve, je ne veux pas être enfermée dans un monde où je n'ai pas ma place.

— D'accord, dit-il alors.

Il pose son couteau à côté des légumes puis s'essuie les mains sur son jean.

— Sur Internet tu devrais trouver une recette pour faire des *japchae*, c'est une tuerie. Ce serait dommage de gâcher ça.

— OK…

Silencieusement, il s'avance vers la porte tandis que je descends de mon siège en grognant à cause de mes côtes.

— Je ne connais même pas ton prénom…, dit-il en tournant la poignée.

— Billie, je m'appelle Billie.

Il me jette un dernier regard avant de lâcher :

— Bonne nuit, Billie.

— Bonne nuit à toi aussi, Moon…

Dès lors qu'il est parti, je me laisse aller contre la porte en soufflant. Je n'aurais jamais dû accepter de venir ici.

Chapitre 7

Moon

Je fixe l'horloge. Il est 20 h 58.

J'attends 21 heures pour me connecter à l'AEU afin de faire un *live*. Le boss a trouvé pas mal cette idée pour rassurer nos fans. Je trouve que c'est tôt, mais qu'importe, ça va me permettre de jauger un peu dans quel état d'esprit ils sont après la polémique dans la presse. D'ordinaire, on ne nous impose pas de *live*, c'est nous qui décidons quand nous avons envie de les faire. Mais les circonstances sont exceptionnelles…

Je me connecte à l'heure pile. Le nombre de spectateurs passe de zéro à plus de vingt mille en à peine quelques secondes et ne fait qu'augmenter au fur et à mesure que la minute s'écoule. Pour l'instant, je ne fais rien, je me contente de regarder l'écran et les nombreux messages qui apparaissent déjà. La plupart citent mon nom, les autres représentent des cœurs ou encore des mots d'amour. Je trouve ça tellement revigorant de discuter avec les fans comme ça, ils me font très souvent du bien au moral.

Je leur fais signe via la caméra, mais j'attends encore avant de commencer à leur parler.

— Salut, les EGO ! J'espère que vous vous portez bien. Moi ça va, je suis… ou plutôt *on* est assez occupés pour l'instant, mais on vous donnera plus de nouvelles très bientôt ! Une chose est sûre, on bosse vachement dur et je pense que vous allez aimer les nouveautés qu'on prépare.

À chaque *live*, j'essaye de jouer au jeu et de répondre à un maximum de questions du public.

Kimysmile :

Sur quoi tu travailles en ce moment ?

— Je n'ai pas le droit de parler de nos futurs projets, ça doit rester secret. Mais nous sommes actuellement en plein entraînement d'une nouvelle chorégraphie. Tout ce que je peux en dire, c'est qu'il sera question de miroirs. J'espère qu'elle vous plaira car elle est très particulière, mais franchement belle. J'ai encore besoin d'entraînement d'ailleurs pour la perfectionner… J'ai vraiment hâte que vous découvriez notre nouveau single et notre MV. Je suis impatient de voir vos réactions.

Et c'est vrai. Ce qu'ils pensent de nous et du travail qu'on leur offre est important. Une avalanche de cœurs et d'autres smileys défilent sur l'écran de l'ordinateur. Quand je regarde le nombre de spectateurs, je découvre que je suis suivi actuellement par plus de cent mille personnes. Je vois bien évidemment des questions sur la polémique qui a enflé dans la presse, mais je n'y prête pas attention.

Chloeduval :

Qu'est-ce que tu as mangé aujourd'hui ?

— Ce soir, j'ai mangé du *bibimbap*, c'est Kai qui l'avait préparé et c'était trop bon. C'est lui qui cuisine assurément le mieux de nous quatre. Je crois que je suis le pire. Une vraie calamité quand je m'y mets.

Les fans de Kai réagissent aussitôt, et les commentaires continuent de pleuvoir.

Queenogvegetasei :

Est-ce que tu peux dire « I Love You », « je t'aime » en français ?

— Je ne suis pas très doué en français, je sais dire « bonjour », « les toilettes », alors pardon pour ma prononciation. J'essaye : je t'ai… je t'aime. Bon, ce n'est pas terrible, je recommence : je t'aime.

J'ai conscience que mon accent est assez approximatif, mais si ça leur fait plaisir, ça me rend heureux. J'ai un peu de mal avec le français. Je parle déjà le japonais couramment et je me débrouille plutôt pas mal avec l'anglais, mais les autres langues, c'est compliqué.

Mliebooks :

Est-ce que tu joues à un jeu vidéo en ce moment ?

— Non, pas en ce moment, on est trop occupés pour jouer. Mais j'ai très envie de tester *Ghost of Tsushima*, ou alors foutre des raclés aux autres sur *Call of Duty*. Sans me vanter, je crois que je suis le meilleur aux jeux de FPS[1], ensuite c'est Dae.

Le compteur des spectateurs grimpe encore, j'ai quasiment atteint les cinq cent mille vues en direct. Au début, ce genre d'exercice me mettait mal à l'aise, ça me faisait peur. Je craignais d'être maladroit, de ne pas savoir quoi faire. Et puis finalement, hormis les quelques premières minutes qui sont stressantes, le reste, c'est que du bonheur.

Ae.Rin7 :

Est-ce que tu peux montrer ton fond d'écran ?

Je mets mon portable face à la webcam pour que tout le monde découvre Joseph Joestar, l'un des protagonistes du manga *JoJo's Bizarre Adventure*, que j'adore.

Minuiedmi :

Est-ce que tu peux chanter un morceau de ta chanson préférée ?

1. Le FPS est un jeu de tir à la première personne.

— Oh la ! C'est dur de choisir… J'aime tellement de choses différentes. Je vais essayer… À vous de reconnaître le titre et le groupe.

Je me redresse pour attraper une guitare folk et jouer quelques accords. Les réactions des *viewers* ne se font pas attendre. *Wherever You Will Go* du groupe The Calling est l'une de mes chansons favorites, j'aime la chanter de temps en temps.

— *So lately, been wondering*
Who will be there to take my place
When I'm gone you'll need love to light the shadows on your face
If a great wave shall fall and fall upon us all
Then between the sand and stone, could you make it on your own
If I could, then I would
I'll go wherever you will go
Way up high or down low, I'll go wherever you will go.

Les commentaires filent et défilent devant mes yeux, et je souris face à mon écran. Cette petite pause musicale m'a fait du bien.

A-C :

Quelle est ta chanson préférée parmi les vôtres ?

— J'adore *Rainy Love*, principalement car je trouve le clip et la chorégraphie superbes et sensuels. Je suis surtout fan du solo de Kai, dedans. Après, il y a *My Soulmate*, que j'aime énormément parce que ça parle d'âme sœur… J'espère qu'elle vous plaira.

Yu.n7 :

Une chose qui t'a fait sourire dernièrement ?

Je pense aussitôt à Billie, mais me retiens de le dire.

— J'ai appelé mon père récemment et je me sens toujours apaisé quand je lui parle. Passer du temps avec Min, Kai et Dae me fait toujours sourire également parce qu'ils sont forts pour faire des conneries.

Chii.kie :

Tu ne veux pas nous parler de la polémique à propos de toi et la jeune fille du bar ? Je trouve ça bien que tu sois amoureux, moi, enfin si c'est le cas…

— Je n'en parle pas parce que qu'il n'y a rien à dire. Je ne voulais blesser personne et, à cause de journalistes peu scrupuleux, je dois faire face à un scandale qui salit le groupe et le label. Je vais très bien, mais ce jour-là j'étais attristé par le mort de Young-jae. Il me manque beaucoup, et je n'ai pas honte de me sentir triste à l'anniversaire de sa mort. J'aimerais qu'il soit encore là pour qu'on puisse rire, parler et danser ensemble. Et sinon, merci pour tes mots. C'est vraiment très gentil. Tout le monde a le droit d'être amoureux, mais ce n'est pas mon cas pour l'instant. J'espère sincèrement que ça arrivera un jour…

HLIKEHOPE :

Sur ton dernier selfie, tu as montré un carnet, ça signifie que tu écris des chansons ?

— Oui, j'en ai écrit deux. Une que j'ai envie de chanter en solo et une autre pour le groupe, je ne la leur ai même pas encore montrée, il faut que je perfectionne le dernier couplet, je n'en suis pas encore vraiment satisfait. Sinon, j'en écris une autre aussi en ce moment, un morceau assez lumineux qui me plaît bien. J'aime écrire quand j'ai du temps pour moi à la maison. C'est apaisant.

Lesmotsdelune :

Est-ce que tu penses à l'avenir sans Alter ?

— Absolument pas. On a encore tellement d'aventures à vivre ensemble, ce serait dommage de penser à la fin maintenant. Peut-être que chacun de nous fera quelque chose en solo si Alter s'arrête, je ne sais pas… En fait c'est dur de se projeter dans un avenir qu'on n'a pas encore envisagé ne serait-ce qu'une seconde. Si on venait à se séparer, j'aimerais qu'on soit encore aussi proches qu'on l'est aujourd'hui…

Je veux vivre les choses à cent pour cent et rester ancré dans le présent plutôt que de penser à ce genre de choses…

Cela fait déjà une quarantaine de minutes que je suis en *live*. Il serait peut-être temps d'arrêter, les gens vont se lasser…

Alors que je m'apprête à leur dire au revoir, un bruit de porte se fait entendre dans mon dos. C'est Min. Je l'invite à me rejoindre et tourne la caméra vers lui pour le montrer aux gens en ligne. C'est l'effervescence.

Mon ami s'installe à mes côtés.

— Salut tout le monde ! Je viens voler la vedette à Moon. Tout le monde sait que je suis beaucoup plus beau que lui.

Je le frappe gentiment sur l'épaule.

— Ne me force pas à faire un sondage auprès d'eux car je risque de gagner.

Il éclate de rire avant de lever ses sourcils d'un air aguicheur, face à la cam.

Mathydreams :

J'aimerais trop vous entendre chanter le refrain de *Rainy Love* et vous voir danser en même temps.

— OK, répond Min. Ça marche !

Nous nous redressons, et je commence :

— *Je ne peux plus respirer, tu me coupes le souffle*

Quand tu danses, danses, danses sous la pluie

Oh my baby, I need your rainy love.

Nous nous mettons à danser tous les deux pour leur faire plaisir, et Min enchaîne à son tour :

— *Je m'embrase pour de bon, tu me coupes en deux*

Quand tu danses, danses, danses sous la pluie

Oh my baby, I want your rainy love.

Une fois notre petit show fini, nous nous inclinons vers l'avant et faisons mine de recevoir une ovation du public virtuel.

♫

En ce moment, notre emploi du temps est assez chargé. En plus de nos entraînements quotidiens, nous avons une performance sur un plateau télé à préparer. Nous allons chanter nos anciens titres avant de diffuser un court teaser de notre nouveau morceau. Alors aujourd'hui, même si on les connaît par cœur, on a tout de même bossé nos autres chorégraphies.

Performer pour la télé n'est pas pareil que le faire pour un concert ou le tournage d'un clip. Généralement, l'espace est plus restreint et nous devons adapter nos gestes et nos mouvements.

Nous nous sommes entraînés tard toute la journée, mais cela ne m'a pas empêché de monter sur le toit de notre immeuble afin de continuer à répéter un peu.

J'aurais pu aller dans notre salle de sport, mais au moins, ici, il y a de l'air frais et je suis déjà en sueur.

Alors que je me tourne pour effectuer le dernier mouvement, essoufflé, je croise de grands yeux verts et une bouche à demi ouverte.

En voilà une jolie surprise.

J'esquisse un sourire et, avant d'effectuer le dernier geste de la choré, je forme un revolver avec mes mains et je tire dans sa direction. Ses yeux s'écarquillent légèrement.

J'aime croire que ça lui fait un peu d'effet.

— Bonsoir.

— Désolée, j'ignorais qu'il y avait quelqu'un et que cet endroit était occupé…, me dit-elle en baissant le regard.

J'avance de quelques pas vers elle pour attraper ma serviette et je me tamponne le front.

— Le spectacle t'a plu ? je lance.

Elle m'observe attentivement, mais reste silencieuse. Je ne sais pas expliquer ce que me fait sa présence ici. C'est très étrange. J'ai l'impression qu'elle est irréelle.

— Je vais y aller, dit-elle finalement.

— Je ne t'y oblige pas, je bouge mieux quand j'ai des spectateurs.

Elle lève les yeux au ciel, ce qui m'amuse beaucoup. Et même si elle prend ça pour de la prétention, c'est vrai, j'ai toujours le sentiment de sortir mes meilleures performances quand je suis devant nos fans.

— Je ne pense pas que tu aies besoin de moi pour nourrir ton égocentrisme.

— Être doué fait-il de moi quelqu'un d'égocentrique ? Tu trouves que je danse mal, peut-être ?

— Tu le sais que tu danses bien, t'as pas besoin que je te le dise, rétorque-t-elle pour toute réponse.

— Peut-être que si.

— Les milliers de fans qui sont folles de vous ne te suffisent pas ? Je crois que tu reçois assez de compliments par jour, alors je vais m'abstenir.

— C'est bien dommage… et puis je ne vois pas ce qu'il y a de mal à demander ce genre de chose. Pourquoi serait-ce de la vantardise ?

Elle hausse les épaules.

— Désolée si je t'ai vexé, je… ne le voulais pas. Je vais y aller.

— Il y a assez de place pour deux sur cette terrasse. Je viens souvent ici, les autres membres du groupe aussi, alors on risque de s'y croiser se temps en temps. Te voilà prévenue.

— Les autres vivent ici aussi ? s'enquiert-elle.

Je hoche la tête.

— Oui, on vit tous ensemble.

Elle m'offre un magnifique sourire.

— Tu peux continuer de t'entraîner, je vais me faire discrète, je resterai dans mon coin.

— Très bien.

Elle s'avance sur le toit, et je ne peux m'empêcher de l'observer discrètement.

Billie porte un jean craqué au niveau des genoux et un débardeur jaune. C'est une couleur qui lui va bien, je trouve, il la rend encore plus lumineuse.

Son visage est un peu rouge, et je sens qu'elle se déplace avec précaution. Je m'en veux terriblement qu'elle souffre encore comme ça. Je n'ai jamais vécu ça, mais je sais ce que c'est que d'avoir le corps complètement endolori.

La première fois que je l'ai revue, je me suis pris une énorme claque dans la gueule. Je savais qu'il existait des fans obsessionnelles, mais je ne pensais pas qu'elles se montreraient si violentes un jour.

Billie s'arrête à la grande table et s'y assoit. Lorsqu'elle est enfin posée, j'allume les guirlandes lumineuses qui sont enroulées tout autour de la pergola. Les ampoules l'éclairent alors de mille feux.

Elle relève la tête, la bouche en O, les yeux grands ouverts.

— C'est joli !

Sans un mot, je rallume la musique qui envahit mes écouteurs et laisse le rythme guider mes pas. J'aime danser, j'adore cette sensation sauvage qui pulse dans mes veines et qui m'anime complètement quand je le fais, c'est magique.

Ce sentiment est addictif, brûlant. Plus je danse, plus je chante, et plus je suis heureux. Chaque jour est une chance, et je compte bien en profiter aussi longtemps que je le peux.

Quand enfin je m'arrête, je remarque que Billie me dévisage encore. Je n'ai pas fait attention à elle ces quelques dernières minutes.

— Tu m'as menti le soir de notre rencontre en prétendant que tu ne savais pas danser, lance-t-elle d'un ton sarcastique.

— Je ne voulais pas griller ma couverture.

Elle esquisse un sourire.

— C'est réussi, tiens !

Je ris avant de m'incliner vers elle.

— La vue est magnifique, cet endroit… c'est magique. Je crois que je ne m'en lasserais pas.

Le reflet des guirlandes lui fait des étoiles brillantes dans les yeux. Elle est franchement belle.

— C'est la première fois que tu viens à Séoul ? je demande.

— Oui.

— Et tu n'as rien pu voir de la ville ?

— Pas grand-chose, non. Je comptais me promener un peu lorsque les filles ont débarqué…

Je m'installe en face d'elle.

— Je suis désolé que tu sois privée de tout ça par ma faute.

— Je n'en suis pas réellement privée, même si je ne suis pas libre de mes mouvements non plus… De toute façon, je crois que j'ai un peu peur de sortir pour le moment.

Je ne sais pas vraiment quoi répondre, d'autant que je suis le seul responsable de sa condition. Elle se passe une main dans le cou et soupire.

— Tu es venue ici pour les vacances ? je lui demande.

Elle secoue la tête.

Le soir de notre rencontre, je ne voulais poser aucune question, car je pensais qu'il s'agissait d'une nuit sans lendemain… Mais maintenant qu'elle est là, près de moi, et pour un moment, j'ai envie de tout savoir d'elle.

— Je suis venue pour étudier, m'apprend-elle.

— Tu as quel âge ?

Elle s'esclaffe.

— Tu es bien plus bavard que la première fois.

— Tu devais être éphémère, je réponds. Alors il n'y avait pas lieu de poser des questions…

— Eh bien, tu m'as rendue permanente, lâche-t-elle brusquement avant de se lever. Et je n'ai pas envie de répondre.

Chapitre 8

Billie

Trois jours que je suis enfermée dans « mon » loft de luxe. Bon, c'est vrai, dit comme ça, il y a pire… Mais ça commence à me peser. Je ne suis pas retournée sur le toit depuis l'autre soir. Je n'avais pas envie de croiser Moon, ni même les autres membres du groupe. Je me suis cloîtrée ici.

Et, en l'espace de trois jours, je me suis maté intégralement deux nouveaux *dramas*[1], lu un livre et bouffé mon poids en nourriture… Je me suis aussi fait la quasi-totalité des MV d'Alter sur YouTube, puis leurs performances sur scène… Pire que tout, j'ai regardé des focus de Moon en concert. Sans compter que j'ai visionné *Rainy Love* un trop grand nombre de fois… Je dois avouer que cette chanson est vraiment belle et que la chorégraphie l'est d'autant plus.

Putain, il faut que je sorte !

J'attrape mon téléphone et remarque sur Internet que la polémique commence à s'estomper. Il faut dire que je ne mets pas le nez en plein dedans aussi, je ne parcours les news qu'en surface. Je n'ai pas envie de lire des commentaires désagréables à mon sujet et je n'ose toujours pas réactiver mon compte Instagram, de peur

1. Le terme drama fait ici référence aux séries coréennes très populaires dans le pays et à l'international.

de voir la messagerie envahie de messages haineux à propos de ma prétendue relation avec Moon.

J'ai beau me dire que tout cela est virtuel et qu'ils ne peuvent pas me retrouver aussi facilement qu'ils le croient, je frissonne toujours un peu en repensant à mon agression.

Mon ancienne vie me manque, mon anonymat aussi...

Je jette un coup d'œil à l'heure. Il est encore tôt. Peut-être n'y a-t-il personne sur la terrasse du *rooftop*... Et puis mince, j'ai tellement envie de sortir que je me décide à m'y rendre le plus discrètement possible.

Une fois là-haut, je ne regrette pas ma décision. La beauté de la vue est à couper le souffle. Je m'émerveille devant la pureté de ce ciel bleu sans nuages. Et je décide d'y passer une large partie de ma matinée.

Plusieurs heures plus tard, alors que je bouquine tranquillement dans le salon, j'entends qu'on frappe à la porte. Me lever et me rendre jusqu'à elle me fait souffrir, mais je constate tout de même une large amélioration du côté de mes blessures.

Je suis à moitié surprise de découvrir Moon sur le seuil, dans un jean bleu troué, un large T-shirt noir et une paire de tongs on ne peut plus simple.

Il n'y a rien d'affriolant dans sa tenue, mais j'ai regardé tellement de vidéos sur lui ces derniers temps que je rougis en me faisant la remarque qu'il est plus que séduisant.

— Bonjour, me dit-il d'un ton joyeux.

— Salut... Tu veux quelque chose ?

Je constate qu'il tient un carton de pizza dans ses mains.

— Soit tu prends ce dîner et tu le manges seule ici, soit tu acceptes de me suivre pour qu'on le partage.

— Te suivre où ? je demande.

Il esquisse un sourire en coin particulièrement craquant.

Mon estomac me crie d'accepter sa requête, mais mon cerveau émet un doute quant au fait que nous passions une fois de plus du temps ensemble. N'est-ce pas le contraire de ce que voulait son label ?

— Chez moi, répond-il. On se fait une soirée jeux vidéo avec les gars, est-ce que tu veux te joindre à nous ?

Alors ça, je ne m'y attendais pas.

— Je…

Je ne vois pas bien quoi dire. Je suis certaine que je ne devrais pas le suivre. Ce n'est pas bien, ni pour moi ni pour lui. Et j'ai déjà assez de problèmes aux fesses comme ça avec un seul membre du groupe, alors si je les rencontre tous… ça risque d'être folklore.

— C'est gentil, mais je ne crois pas que ce soit une bonne idée…

— Il n'est question qu'une ou deux parties de jeux vidéo. Puisque tu es là, nous nous sommes dit que peut-être tu voudrais te joindre à nous. Cela t'éviterait d'être seule…

Je me balance sur mes pieds, incapable de prendre une décision.

— Alors, Billie… Pizza en solitaire ? Ou pizza avec nous ?

Je prends une longue inspiration avant de lui répondre :

— Avec vous. Vous jouez à quoi ?

— *Mario Kart*, *Super Smash Bros*, ça dépend…

Bien. Alors c'est parti. Je hoche la tête, ferme la porte derrière moi et suis Moon qui m'emmène vers les escaliers. Nous descendons d'un étage avant d'entrer dans un appartement similaire au mien. Des éclats de voix m'indiquent que l'ambiance est bonne parmi les garçons.

Nous passons devant la cuisine dont l'évier déborde légèrement de vaisselle. Puis, nous rejoignons le salon où je découvre les trois acolytes de Moon, la tête face à la télé.

Mon cœur bat légèrement plus fort alors que Moon s'éclaircit la voix.

— Les gars, je vous présente Billie.

Tous se redressent d'un coup avant de s'incliner pour me saluer. Je reproduis leur geste en souriant.

— Billie, je te présente Min-ho, Mu-jin et Kang-dae.

Je crois que le nom de scène de Mu-jin est Kai. C'est le seul dont le pseudo change radicalement avec son prénom contrairement à ses acolytes. C'est drôle de les découvrir enfin pour de vrai.

Min-ho a les oreilles percées de deux anneaux et d'une croix de chaque côté, il porte un jean et un T-shirt vert. Kai, lui, dépasse ses amis d'une tête et se distingue avec des cheveux rouges et une carrure plus imposante que les autres. Enfin, Dae, le plus petit du groupe, porte des lunettes noires sur un visage en forme de cœur.

Les voir tous les quatre ainsi est en fait assez troublant quand on sait la notoriété qu'ils ont. Et surtout après toutes ces heures passées à les regarder sur mon écran d'ordinateur. Je dois avouer qu'ils sont tous assez séduisants, chacun dans leur style.

— Merci de m'accueillir pour la soirée, je dis en souriant. C'est gentil.

— Venez près de nous, me lance Mu-jin, tout sourire. Il n'était pas question que vous restiez seule un samedi soir.

J'ai un peu de mal à me faire à cette notion de respect. C'est tellement différent de chez nous. Ici passer du « vous » au « tu » est une étape importante dans la relation de deux personnes. Toutes ces règles de bienséance varient en fonction de l'âge, mais aussi du rang social des gens.

Chez nous on se tutoie directement quand on a le même âge et on vouvoie nos aînés quand ils ont quelques années de plus.

Je hoche néanmoins la tête et m'avance vers eux.

Sur la table basse du salon sont disposés plusieurs cartons de pizzas et des boissons sucrées. Le jeu *Mario Kart* est déjà lancé sur la télé et je remarque que cinq manettes ont été préparées pour que nous puissions jouer tous ensemble.

Je n'ai pas vraiment ma place ici et je ne suis pas vraiment à l'aise pour me faire des amis non plus.

Moon doit sentir ma détresse puisqu'il me fait signe de m'installer entre lui et Kai. C'est quand même mieux que de passer la soirée toute seule à mater un énième *drama*... Enfin je crois. Je ne sais plus ce qui est bien ou mal, ce que j'ai le droit de faire ou non...

— Prenez des forces, les mecs, parce que je vais vous mettre une raclée ce soir, dit Min-ho.

— C'est ce que tu dis toujours et pourtant tu ne gagnes jamais, rétorque Kai.

À les écouter se chamailler, on pourrait croire qu'il s'agit de garçons tout à fait normaux. Ils n'ont rien de l'image de pop stars que renvoient les médias. Ils sont en réalité aussi simples que n'importe quels types d'une vingtaine d'années.

— Vous voulez une part de pizza au fromage ou à la viande ? demande Dae.

— Au fromage, je réponds aussitôt. Merci.

Il me sert poliment une part dans une assiette et me la tend avant de se jeter voracement sur la pizza, ce qui m'amuse puisque ses copains font de même.

— On dirait que vous êtes affamés.

Ils lèvent la tête et me regardent en souriant, la bouche pleine. Je ne peux m'empêcher de rire. Une photo de leur bouille comme ça vaudrait des milliers.

— On s'est une fois encore beaucoup entraînés aujourd'hui, on a besoin de reprendre des forces. Désolé si on ressemble à quatre ogres.

— Non, je comprends mieux maintenant.

Je ne leur demande pas ce qu'ils ont fait, j'imagine que c'est secret et qu'ils n'ont pas le droit d'en parler. Ça doit leur faire du bien de pouvoir décompresser un peu…

— Je vous en prie, continuez, je leur dis alors en souriant.

Tandis qu'ils engloutissent leur repas, je me fais la réflexion que ce que je suis en train de vivre pourrait tout à fait s'apparenter à un scénario de *drama* coréen.

Discrètement, je jette un œil autour de moi. Tandis que Kang-dae a l'air d'être le plus réservé, je devine que Min-ho est le plus extraverti du groupe à la façon dont il parle. Moon et Kai semblent assez similaires, de leur côté. Ils ont une belle connexion, cela se sent.

Min-ho se racle la gorge avant de me lancer un regard peiné, et je devine avant même qu'il ouvre la bouche ce qu'il va dire.

— Je suis désolé que vous…

— Est-ce qu'on ne pourrait pas se tutoyer ? je le coupe. J'avoue avoir un peu de mal à me faire à ce vouvoiement.

Il me sourit en baissant la tête.

— Je voulais dire, je suis désolé que tu te sois fait agresser. Ce qui est arrivé est inadmissible et très choquant. J'espère que les filles qui ont fait ça seront retrouvées et punies.

Je suis très touchée par ses mots. Quelque part, cela me fait du bien qu'il se sente concerné par les événements.

— Merci.

— Tu te plais quand même un peu ici, dans ton loft ? demande Kai.

— L'appartement est magnifique, mon frigo se remplit à volonté, et j'ai un chauffeur quand je sors. Alors ma foi, je crois qu'il y a pire comme convalescence.

— Tu as presque la même vie que nous, mais sans le stress des prestations face au public, me dit Kai en ricanant.

— Voilà.

— Tu ne nous connaissais pas avant d'arriver à Séoul ? me questionne Min-ho.

Je secoue la tête.

— Et on passe pour quoi du coup ? soupire-t-il.

— Des garçons adorables. Ne t'en fais pas, je sais que vous n'êtes pas responsables de ce qui m'est arrivé. Je peux faire la part des choses.

Tandis qu'il hoche la tête, mon regard se pose sur Kang-dae, installé au bout du fauteuil. Il est le plus silencieux des quatre. J'ai peur que ma présence le mette mal à l'aise. Je n'ai pas envie de le gêner ni de le déranger. Il secoue la tête et me sourit quand il remarque que je l'observe. Je rougis.

— Désolé, me dit-il, j'étais perdu dans mes pensées.

— Ah non ! s'exclame Min-ho. Tu ne vas pas t'y mettre toi aussi. On en a assez de Moon-soo qui se la joue « penseur ».

— Pardon, pardon… Je ne voulais pas ressembler à ça, dit-il en imitant la statue de Rodin.

Ils rigolent tous les trois alors que Moon lui fait une grimace. Leur alchimie est encore plus belle dans l'intimité.

Alors que je sors de leur appartement, je me tourne vers Moon, le cœur gonflé de reconnaissance.

— Merci beaucoup pour ce soir, j'ai passé un très bon moment.

Il sourit.

— Je t'en prie, Billie.

Nos yeux se croisent, et je ressens comme une étrange tension entre nous. J'ai beau lui avoir dit que je regrettais notre nuit passée ensemble, cela n'empêche que les images que je garde de cette soirée sont tout aussi intenses que sexy. Et je mentirais si je lui disais qu'y repenser ne me fait pas d'effet.

Je sais que l'on se plaît mutuellement. Mais les conséquences que pourrait avoir un nouveau rapprochement entre nous sont trop graves pour céder.

Je me détourne alors et me concentre sur l' escalier. Avec la chance que j'ai, il ne manquerait plus que je me casse la gueule.

— Merci de m'avoir raccompagnée jusqu'ici, dis-je à Moon alors qu'il s'arrête devant ma porte.

— Pas de quoi, répond-il.

Si cela continue comme ça, on va nous décerner la palme de la conversation la plus ridicule qui soit. Cette tension nous rend carrément débiles. Je ne sais pas comment me comporter face à lui. Je n'ai pas l'habitude de ce genre de situation.

— Je… Je vais rentrer. Encore merci pour…

Lorsque je sens ses doigts sur ma joue, mes mots se coincent dans ma gorge. Ce n'est qu'un vulgaire effleurement, et pourtant je frissonne de la tête aux pieds. Avec la dureté des derniers événements, ce contact me semble d'une douceur infinie.

— Tu avais cette mèche rebelle, elle s'est échappée de ta pince quand on jouait tout à l'heure et ça m'obsédait de la remettre en place.

Mon regard accroche une fois de plus le sien. Ce n'est pas vraiment une bonne idée de se dévisager de la sorte, cela ne fait que renforcer notre envie d'aller plus loin, bien que cela soit interdit.

— Donc, euh… Merci…

— Tu vas bientôt battre le record de « merci » dans une même conversation si tu continues.

Je me pince les lèvres pour me retenir de sourire alors qu'il s'éloigne de moi.

— Désolée, dis-je pour justifier mon comportement. Cette situation est bizarre, et je dois t'avouer que je suis un peu paumée. Il faut me comprendre. Je n'ai plus vraiment de repères.

— Je t'assure que tout ceci est bizarre pour moi aussi. Je n'ai pas l'habitude de faire face à ce genre de… distraction.

— Est-ce que tu viens de me traiter de distraction ?

— Oui, soupire-t-il en passant une main dans ses cheveux. Habituellement, mes journées sont rythmées par le boulot et la vie en colocation avec les garçons. Le fait que l'on se côtoie, que tu habites tout près de moi… cela me distrait forcément un peu.

Je n'ai pas l'impression qu'il dit ça méchamment.

— Eh bien, je crois qu'il va falloir qu'on fasse tous les deux avec, je murmure avant de soupirer.

— Comment ? Tu es ici à cause de moi et…

— Arrête, tu n'étais pas le seul à faire l'amour, je le coupe. On était deux.

Son regard se fait un peu plus brûlant, comme s'il se remémorait notre nuit ensemble.

— Vu qu'on va forcément se croiser, autant essayer de se supporter et d'apprendre à se connaître un peu, je dis d'une petite voix.

— Ça me semble être une bonne idée, répond-il.

Mon esprit me crie que non, ce n'est pas une bonne idée, mais peu importe. Je choisis de ne pas l'écouter.

— À notre prochaine rencontre alors, je lance. Bonne nuit Moon.

— Bonne nuit.

Chapitre 9

Moon

Cette fille m'obsède.

Des images de notre nuit se mêlent à celle de son visage amoché. Je la vois qui sourit alors qu'on fait l'amour, puis je la vois en colère à cause de mon égoïsme…

Je n'aurais jamais dû m'approcher de sa lumière et ils n'auraient jamais dû la loger près de moi, car je me sens irrémédiablement attiré par le danger et l'interdit qu'elle représente. Je sais que je peux la voir quand je veux, et ça me rend perplexe.

— Moon ?

J'ai l'impression de sortir d'un rêve.

— Oui, désolé…

La styliste en face de moi esquisse un petit sourire gêné. Je m'incline légèrement pour m'excuser. Mon habitude de me perdre dans mes pensées est de pire en pire ces derniers jours.

— Voilà les costumes que tu auras pour le MV, dit-elle en me désignant deux tenues emballées dans du plastique. Essaye-les que je puisse voir si je dois effectuer des retouches quelque part ou non.

Je les retire du portique et je me dirige dans la loge. J'aime beaucoup ce genre de moment qui précède le tournage d'un clip. Et c'est en partie dû au fait que les équipes qui bossent avec nous font des choses superbes.

Le premier costume sur lequel je mets la main est assez simple, mais efficace : un jean noir troué au niveau des genoux, un T-shirt long de la même couleur, et des chaussures classiques assorties au reste. Même s'il m'arrive de porter de costumes pailletés ou plus impressionnants, je préfère les basiques.

Alors que je commence à me déshabiller, Dae entre dans la pièce.

— On est tous habillés pareil, remarque-t-il en me voyant enfiler le T-shirt. Mais pas de la même couleur…

Effectivement Dae, lui, porte des vêtements dans les tons violets.

— T'es prêt à incarner mon reflet dans le miroir ? je lui demande en souriant.

— Plus que prêt ! Ça va envoyer du lourd, je le sens.

Je hoche la tête et enfile le jean avant de me regarder dans la glace.

— Tu as raison, ça devrait être pas mal.

— Cette tenue me fait penser à celle qu'on avait dans *Rainy Love*, mais sans artifice.

— Et le deuxième costume ?

Dae pose le sien à côté du mien, et je ris en découvrant qu'ils sont presque identiques. Toutefois, les couleurs ont été inversées de sorte que lorsque nous traverserons chacun notre côté du miroir dans le clip, nous adopterons les couleurs de l'autre. Je passerai au violet et Dae au noir.

Une fois prêt, je me dirige vers la graphiste qui semble occupée avec Kai. Ce dernier porte du rouge et j'imagine que Min, son partenaire pour la chorégraphie, sera dans une couleur tout aussi vive. J'ai constaté que l'on m'assigne beaucoup plus d'habits sombres qu'à mes partenaires, depuis que je me suis fait tatouer. Les stylistes essayent sans doute de me donner un look plus *dark*.

Lorsqu'elle finit avec Kai, Mi-ra passe à moi. Elle vérifie que mon T-shirt convient avant de regarder le pantalon. Elle effleure mes cuisses, mes fesses, puis elle se redresse et me lance :

— Tout est parfait.

— Je pense aussi.

Je m'amuse de sa gêne tandis qu'elle s'incline. On bosse souvent avec les mêmes personnes, mais elle, c'est la petite nouvelle.

Je retourne dans la loge retrouver les garçons.

— J'ai hâte de voir ce que ça va donner avec la chorégraphie !

Après les essayages, et alors qu'on s'entraîne dans nos costumes, M. Yung nous rejoint dans la salle d'entraînement.

— Bonjour, les garçons. Je vous en prie, ne vous arrêtez pas pour moi.

Nous le faisons quand même car c'est moins facile de se concentrer sur des pas de danse quand on vient nous parler.

— Est-ce que les costumes vous plaisent ? Vous avez une remarque à leur propos ?

— Non, je réponds.

Et les autres font de même.

— Pour votre information, dans le clip, vous aurez les cheveux colorés en fonction de vos tenues pour changer du dernier clip, plus simple en termes d'effets scéniques.

— Ce sera une coloration permanente ? demande Min-ho.

— Non, ça s'enlèvera au lavage. Mu-jin, tu vas conserver tes cheveux rouges, mais on va les rendre plus sombres. Min-ho tu les auras bleus, Kang-dae tu es le seul à les garder noirs, et toi, Moon-soo, tu les auras violet foncé ou violet gris. On va faire des tests et on prendra la couleur qui te met le plus en valeur.

— D'accord, ça me va.

Ce n'est pas la première fois que je me teins les cheveux, mais pour ce qui est du violet en revanche, c'est une première. Je me demande à quoi ça va ressembler et ce que diront les fans.

— Le tournage sera fait en deux temps.

— Comment ça ? dit Dae.

— Une partie sera tournée en studio, l'autre non.

— On va où ? s'enquiert Min-ho.

— Vous partirez le moment venu pour l'île de Jeju-do. Nous avons loué les lieux pour deux jours alors tous les rushs doivent être bouclés dans les temps. Quand on aura fini, on tournera l'autre partie en studio. Ensuite, on laissera la magie du montage faire le reste.

C'est la première fois que je mettrai les pieds sur l'île de Jeju-do. J'ai hâte. Même si c'est du boulot, je suis toujours impatient et excité à l'idée de bosser sur un nouveau projet.

— Vous allez tester les couleurs pour le MV et ensuite vous pourrez rentrer.

— On aura quartier libre à Jeju-do ?

— Vous serez filmés sur le tournage, mais également hors tournage, donc non, vous n'aurez pas vraiment le temps de faire autre chose à côté. On fera un montage de votre week-end qu'on diffusera sur Internet avant la sortie du nouveau son.

Je ne suis pas spécialement enchanté d'être filmé durant nos temps de pause, mais nous n'avons apparemment pas le choix…

Étant donné que les garçons sont tous occupés de leur côté, j'ai décidé d'essayer de terminer l'écriture de ma nouvelle chanson sur le toit-terrasse. Quand j'aperçois de la lumière et la silhouette de Billie se dessiner devant mes yeux, je ne peux réprimer un sourire.

J'espérais secrètement qu'elle serait là. Parfois, j'ai envie de l'oublier et, parfois, je meurs d'envie de la voir… Ça fait quelques jours maintenant que nous n'avons pas eu l'occasion de nous parler.

Tandis que je m'avance vers elle, son regard quitte les pages de son roman pour se poser sur moi.

— Bonsoir.

— Bonsoir, Moon, répond-elle.

— Promis, je serai discret, tu ne m'entendras pas.

Elle esquisse un sourire avant de replonger dans son livre. Je m'installe à table à mon tour, pas tout à fait en face d'elle. Je m'efforce de me concentrer sur ma chanson mais, après plusieurs minutes, je me rends compte que je peine à la finir. Il y a quelque chose qui cloche dans les paroles.

Et puis, mes yeux n'arrêtent pas de dévier sur elle…

— OK, dit-elle en relevant la tête. Niveau volume sonore, tu es discret, je te l'accorde. Mais niveau regard, pas vraiment…

— Désolé, j'ai du mal à rester concentré.

— Je vois ça.

Bon sang, elle est si lumineuse quand elle sourit. Presque davantage encore que le soir de notre rencontre.

— Pourquoi tu me regardes comme ça ?

— Parce que je te trouve jolie, je lui réplique honnêtement.

Billie secoue la tête d'un air désespéré, mais je perçois ses joues devenir légèrement plus rouges.

— Mais encore ?

— Tu as l'air d'aller mieux.

— Oui, ça va, affirme-t-elle.

Elle referme son livre, puis se redresse. Je la suis des yeux. Elle porte un legging et le même débardeur jaune que l'autre jour.

— Toi, tu as l'air fatigué.

— Ouais, je suis dans le rush ces derniers temps. Pas mal de boulot.

— J'imagine… Moi j'ai le temps de me faire chier, alors forcément ça requinque.

Je ne peux m'empêcher de sourire, même si ce n'est pas spécialement drôle pour elle.

— La bonne nouvelle, c'est que j'ai pu sortir, accompagnée

d'un garde du corps super silencieux. Je lui ai fait une blague, mais il n'a pas rigolé.

— Qu'est-ce que tu as fait de beau ?

— Pas grand-chose, j'ai acheté des livres, des bonbons… j'ai vu qu'il y avait plein de produits dérivés sur vous. Des Funko Pop, des peluches, des vêtements à votre effigie… C'est fou. Dire que je ne te connaissais pas et qu'il y avait un rayon rien que pour vous à la librairie.

— Tu vivais dans une grotte, je me moque.

Elle rit.

— Même pas… il y avait des espèces de silhouettes en carton vous représentant en taille réelle. Une fille, sans doute l'une de vos fans, accompagnée de sa copine t'a touché la… enfin, j'imagine qu'elle rêvait qu'elle était en train de te toucher la…

— La ?

— La bite. Désolée, je n'ai pas trouvé de façon très élégante de dire ça.

Je hausse les épaules, amusé.

— Pas trop traumatisée par cette vision ?

— Non, je me demande surtout ce que font les gens qui achètent ce genre de choses. Une fois qu'ils sont chez eux, seuls, avec la silhouette… enfin que ce soit l'un de vous ou Shawn Mendes, c'est pareil…

Elle secoue la tête, comme si elle était dégoûtée par cette vision.

— Je ne préfère pas savoir, je dis en rigolant.

— Ah ! Donc tu penses à la même chose que moi…

Elle glisse ses beaux yeux verts dans les miens, ses joues sont légèrement colorées.

— Je ne peux rien y faire… même en carton, je suis irrésistible. C'est un fait.

— Ce qu'il y a de bien avec le carton, c'est qu'il ne parle pas et n'est donc pas prétentieux. Quoi qu'il avait tout de même un sourire arrogant.

Je ris alors qu'elle attrape le pendentif qu'elle porte autour du cou et joue avec.

— Ah bah le même que tu as là ! Mais, du coup, j'ai pris une figurine à ton effigie. Tu me la dédicaceras ? Je vais essayer d'en tirer un bon prix.

Je fais semblant d'être choqué.

— Bah quoi ? J'ai vécu un traumatisme, je te rappelle.

— Ce n'est qu'une question de temps, tu sais…

— De temps ? Comment ça ? Ouh, j'ai hâte d'entendre la connerie qui va sortir de ta bouche.

— Avant que tu deviennes folle de moi, enfin de nous. Une fois que tu bascules dans notre monde, tu n'en ressors pas. On est très addictifs.

— Ça pourrait faire un très bon slogan pour inciter des gens à se mettre à la drogue.

— C'est un peu ça, on est comme une drogue…

Elle me lance un regard en biais et finit par pouffer en secouant la tête.

Je suis content de la voir pétillante comme ça, à l'image de la première nuit que nous avons passée ensemble.

Je me rapproche d'elle, et elle plisse les yeux.

— Un problème ? je demande.

Elle lève la main vers mon visage, puis soudain s'arrête.

— Est-ce que tu as… des cheveux violets ?

Je passe une main dans ma crinière en hochant la tête. La coiffeuse m'avait dit qu'il faudrait au moins deux lavages pour que ça parte totalement.

— On essaye des trucs pour notre prochain clip.

— Attends une seconde… Tu viens de me révéler un scoop que tous les EGO du monde entier rêveraient d'entendre ?

— Oui, je réponds. Probablement.

— Des cheveux colorés, et puis quoi d'autre ? Dis-m'en plus.

— Tu verras bien. Je ne veux pas trop te spoiler avant la sortie du clip. Je garde le mystère.

Billie tente de dissimuler son sourire en jouant avec son pendentif.

— Ça sortira quand ?

— Dans trois mois, je crois.

— Eh bé, tu le cultives, ton mystère.

— Mais dans quelques jours on a une nouveauté. Ça s'appelle *My Soulmate*, tu me diras ce que tu en penses.

— On verra… En tout cas, le violet était une bonne idée. C'est ma couleur préférée après le jaune. Et cette petite mèche te va assez bien.

Je penche la tête sur le côté et adopte un air malicieux.

— Tu vois, tu commences à nous aimer.

— Mouais. Il y a quand même un monde entre te faire un petit compliment de rien du tout et te vouer un culte, rétorque-t-elle avant de soupirer d'un air désespéré.

— Disons que c'est le début de quelque chose. Tu es sur la bonne voie…

— Je sais que tu n'as pas l'habitude d'entendre ça, mais cela n'arrivera pas, Park Moon-soo. Je ne serai jamais une EGO.

Est-ce qu'elle dit ça pour rire ? A-t-elle déjà apprécié l'une de nos chansons ? Je suis curieux de savoir quel est le véritable fond de sa pensée à notre sujet…

Ça ne me dérangerait pas qu'elle n'aime pas, je peux comprendre qu'on soit hermétique à un style particulier, mais ce soir je veux la taquiner.

— Tu n'as pas assez vu *Rainy Love*. Tu sais qu'il s'est passé des phénomènes étranges après la diffusion de ce clip.

— Ah bon ? s'écrie-t-elle faussement impressionnée. Du genre mystique ? Dis-moi tout !

Je me baisse légèrement vers elle.

— Il paraît que si tu le visionnes un certain nombre de fois, tu finis par craquer pour nous. Et si tu me regardes dans les yeux durant le refrain, tu tombes folle amoureuse de moi.

— L'Alterite aiguë, j'en avais entendu parler, mais je pensais que c'était une légende… Mon Dieu, je suis choquée.

— On dit qu'en *live*, les effets sont encore plus dévastateurs et qu'il est absolument impossible de me résister…

Elle se rapproche de moi.

— Si j'étais toi, je ferais gaffe, je crois que tu es amoureux de toi-même.

— Personne ne me résiste ! Ça risque de t'arriver aussi…

— Aucune chance, raille-t-elle. Mais maintenant je sais qu'il ne faut pas que je te regarde danser…

C'est assez amusant de discuter avec elle de façon si détendue. Billie n'est pas comme les autres filles que je rencontre, elle est étrangère à notre culture et beaucoup plus directe à mon égard. Ça me plaît.

On fait souvent des *fan meetings*, et il est déjà arrivé qu'une EGO me demande de lui tenir la main. Elle a fondu en larmes quand je l'ai fait. Parfois même, elles sont trop intimidées pour nous regarder dans les yeux.

— De qui es-tu fan ? je m'enquiers, curieux. Qu'est-ce que tu écoutes comme musique ?

— De tout, je ne suis pas accro à un artiste en particulier, mais j'en aime beaucoup… Et toi, en dehors de ta propre personne, qu'est-ce que tu aimes ?

— Un peu de tout aussi.

— Tu joues d'un instrument ? Ou tu ne fais que chanter et danser ?

— Je joue de la guitare et du piano.

Ses yeux s'écarquillent légèrement, comme si elle était agréablement surprise.

— Moi aussi, je joue du piano, je suis allée au conservatoire quand j'étais plus jeune. Ensuite j'en faisais régulièrement chez moi.

Voilà une chose de plus que je sais à propos d'elle. Et je meurs déjà d'envie d'en savoir davantage…

— Je n'en faisais plus beaucoup ces derniers temps, entre mon diplôme de fin d'année et la préparation de mon arrivée ici… Cela me manque un peu, je dois dire.

— Viens…

Je lui prends la main.

— Qu'est-ce que tu fais ? demande-t-elle l'air méfiant.

— Suis-moi ! Je vais te montrer quelque chose.

— Puisque je n'ai pas le choix…

En silence, je l'emmène jusqu'à notre salle de musique. J'allume la lumière, et sa jolie bouche forme un O. J'avoue que l'endroit est sympa, il y a un coin avec des guitares, dont trois électriques accrochées au mur, des micros, une batterie et même un piano.

— Waouh…

— C'est notre salle de musique, c'est ici que l'on répète et que l'on s'installe quand on fait des *live*, je dis en désignant l'ordinateur.

— C'est vachement sympa comme endroit, mais je n'ai pas vraiment l'impression d'y avoir ma place.

En disant cela, elle contemple les disques d'or et les quelques photos de nous accrochées aux murs.

— Vous avez beaucoup de récompenses comme celles-là ?

— On n'en a quelques-unes.

— Quelques-unes, combien ? demande-t-elle.

— Peut-être une centaine, je ne sais plus bien.

Elle me lance un regard ébahi.

— Oh ! OK. Tant que ça. C'est dingue… vous devez être fiers de vous.

— Oui, on l'est. C'est très gratifiant de recevoir de la reconnaissance pour ce que l'on fait.

— Moi je serais terrifiée de mener le genre de vie que vous avez…

— On a peur très souvent. On ne monte pas sur scène comme des fleurs, sans la moindre préoccupation. Non, on est souvent stressés et puis une fois qu'on y est : on respire, et la peur se transforme peu à peu en adrénaline.

Billie sourit timidement en hochant la tête.

— Les disques d'or, ce sont des vrais ?

— Non, c'est des copies, les vrais sont au siège de notre label.

Elle observe le piano.

— Tu pourrais venir jouer ici, si tu veux.

Billie se tourne brusquement vers moi. La façon dont elle me dévisage me coupe le souffle. Je dois bien avouer qu'elle me fait craquer.

Cette attirance que j'éprouvais pour elle la première fois ne s'est pas estompée, ce désir qu'elle m'inspire et cette lumière qui émane d'elle me captivent carrément.

— Tu crois ? Ce n'est pas interdit ?

Tandis que je hoche la tête, elle s'avance vers l'instrument et laisse glisser ses doigts sur les touches.

— Merci, c'est gentil.

— Je t'en prie.

Nos yeux se croisent, et une drôle de tension s'installe entre nous. Comme le premier soir. On ne se connaissait pas alors, mais cela ne nous a pas empêchés de nous perdre dans les bras de l'autre. Le temps d'une seconde, tout était parfait, tout était beau.

J'ai envie de l'embrasser. En fait j'en crève d'envie même. Mais ce n'est pas une bonne idée.

— Je… vais aller me coucher, me dit-elle.

— D'accord.

Je ne souhaite pas vraiment la laisser partir, je préférerais qu'elle reste là, mais je sais que ce n'est pas judicieux.

— Je t'écouterai jouer du piano une autre fois, alors.

— Oui, une autre fois.

Je la regarde quitter la salle, puis disparaître. J'aimerais qu'elle emporte ma frustration avec elle, mais cette dernière reste là, me colle à la peau.

Bon sang, cette fille m'obsède.

Chapitre 10

Billie

Je ne peux plus respirer, tu me coupes le souffle
Quand tu danses, danses, danses sous la pluie
Oh my baby, I need your 'rainy love'
Je m'embrase pour de bon, tu me coupes en deux
Quand tu danses, danses, danses sous la pluie
Oh my baby, I want your 'rainy love'

Pourquoi j'ai cette satanée chanson dans la tête ? J'adore la mélodie, le rythme et ce fichu clip. Je repense aux mots de Moon…

Merde !« Il paraît que si tu le visionnes un certain nombre de fois, tu finis par craquer pour nous. Et si tu me regardes dans les yeux durant le refrain, tu tombes folle amoureuse de moi. »

S'il savait le nombre de fois que j'ai regardé ce clip, il serait bien trop fier.

Je soupire en posant mon visage sur ma main.

Je suis désespérante.

Cela fait plusieurs jours que je n'ai pas vu Moon. Le groupe est sûrement débordé par le boulot, et je commence à me sentir un peu seule. C'est la raison pour laquelle je me suis réfugiée sur la terrasse. Pour prendre un peu de perspective.

Quand je suis arrivée en Corée, je prévoyais de trouver un petit boulot, de visiter le pays et l'université de mes rêves, je voulais apprendre à connaître du monde. Pas une seule seconde, je n'ai pensé que je me sentirais seule. Et finalement je me retrouve enfermée dans une prison dorée parce que j'étais au mauvais endroit au mauvais moment.

— Bonsoir, lance une voix.

Je sursaute et me retourne pour découvrir Kai, qui s'incline vers moi.

— Désolé de t'avoir fait peur.

— Ce n'est rien. Bonsoir…

Il me sourit en se redressant. Ses cheveux sont toujours rouges, mais légèrement plus foncés qu'il y a quelques jours. Il tient dans sa main une canette de soda.

Alors qu'il vient s'installer sur la banquette près de moi, je me tiens droite.

— Tu vas bien ? me demande-t-il.

Je suis un peu surprise qu'il vienne me parler, mais ravie d'avoir de la compagnie.

— Oui et toi ?

— Un peu fatigué, mais ça va, merci.

Kai baisse les yeux et regarde mon livre. J'ai commencé à lire *Battle Royale* de Kōshun Takami.

— Il est génial, me dit-il. Je l'ai adoré.

— Ça me plaît beaucoup pour le moment. La tension me coupe le souffle, j'ai hâte de le finir. Dans le même genre, il y a *Marche ou crève* de Stephen King, tu l'as lu ?

— Non, le titre ne me dit rien comme ça.

— Dans l'histoire, tous les ans, une centaine de jeunes de moins de dix-huit ans participent à la Longue Marche. L'interdiction de s'arrêter durant ce moment est formelle, sous peine d'être éliminé de la Marche. Ils ont le droit à trois avertissements. Le dernier debout est le vainqueur de la Marche.

— Je ne connaissais pas, mais, dit comme ça, ça m'a l'air extra.

— Franchement ça l'est. Ce roman est carrément époustouflant. C'est l'un de mes préférés de l'auteur. Si un jour tu as le temps, je te le conseille.

— Je note ça dans un coin de ma tête, lance-t-il en souriant. J'adore les romans d'anticipation, ce sont mes préférés.

— Moi aussi, ça, les dystopies et les thrillers, c'est ma drogue, je trouve ça passionnant et les bouffe comme des bonbons.

Ça fait tellement du bien de parler avec quelqu'un de réel que je pourrais continuer à discuter bouquins comme ça pendant des heures.

J'ai toujours été solitaire, mais me retrouver enfermée dans un appartement de luxe commençait tout de même à me paraître bizarre.

— Tu me diras ce que tu en as pensé une fois que tu l'auras terminé ?

Je hoche la tête quand soudain, Moon apparaît au niveau de la porte. Je sens mon cœur battre plus frénétiquement.

Il me regarde d'abord avec étonnement puis me sourit. Je n'arrive pas à dévier mes yeux de lui. Il me trouble plus que de raison.

— Salut, dit-il en s'asseyant à côté de Kai.

— Bonsoir.

Bon sang, il est canon ! Encore davantage avec ses reflets violets plus accentués que la dernière fois.

— Vous parliez de quoi ? demande-t-il en se tournant vers son ami.

— Du style de livres qu'on aime lire, répond Kai. Pas de toi.

— Dommage, il y aurait tellement de choses à dire à mon sujet. En commençant par à quel point je suis génial.

Je ne peux m'empêcher de lever les yeux au ciel. Ce mec ne manquera jamais une occasion de se vanter. En même temps, quand on est adulé par des milliers de fans, que notre nom est scandé par toute une foule ou que des milliers de photos à notre effigie paraissent sur Internet, j'imagine que ça rend plus légitime d'avoir un peu de prétention.

— Le monde ne tourne pas qu'autour de toi, mec, lance Kai en riant. Il tourne aussi autour de moi. Il faut apprendre à partager, parfois.

Kai esquisse un grand sourire.

— En fait, toute l'arrogance du monde se trouve sur cette terrasse, c'est fabuleux, je dis d'un air moqueur.

— Pourquoi parler d'arrogance quand c'est la simple vérité ?

— Mais bien sûr…

— Tu trouves qu'on à la grosse tête ? demande Kai.

Moon m'observe tandis que je jette un regard surpris à Kai, qui paraît très sérieux.

— Absolument pas, je réponds sincèrement.

Voilà qu'ils me fixent tous les deux maintenant.

— Vous êtes humains, vous ressemblez à tous les gars de votre âge qui ne sont pas de super stars de K-pop. Ce que j'appelle de l'arrogance pour vous taquiner c'est de la confiance en soi. Et c'est en réalité une très bonne chose.

Kai s'incline, et je me sens gênée.

— Merci, dit-il sincèrement.

Il est trop mignon. Pas étonnant que tout le monde les aime autant partout dans le monde…

Malgré tout ce qui m'est arrivé, être ici, près d'eux, est aussi une chance que beaucoup auraient voulu pouvoir saisir.

— Et puis bon, vu le nombre de récompenses que vous accumulez chez vous et votre popularité, vous avez droit à un peu d'arrogance de temps en temps.

Moon ouvre la bouche.

— Pas toi, je m'écrie avant qu'il parle. Tu as dépassé ton quota.

Kai et moi éclatons de rire, et je profite que Moon détourne les yeux pour observer le tatouage qui dépasse toujours de ses T-shirts. J'aimerais en connaître la signification…

— Je vais vous laisser, je suis crevé, annonce Kai en se levant. Bonne nuit, Billie.

— Bonne nuit.

Il s'éclipse, et ne restent plus que Moon et moi sur la terrasse. J'ai l'impression que sa simple présence me fait rougir. Lorsque je tourne la tête vers lui, je remarque qu'il me regarde.

— Tu vas bien ?

— Oui… c'était assez calme depuis quelques jours, je lui dis.

— On était en déplacement et pas mal occupés.

— D'où les nouvelles mèches de cheveux violettes ?

— Voilà, dit-il en se passant une main sur le crâne.

Je lève la tête vers le ciel. Il n'y a pas beaucoup d'étoiles. La ville est bien trop éclairée pour qu'elles soient visibles.

— Il fait toujours nuit quand on se voit, je lâche.

C'est sorti sans que je réfléchisse, et cela doit sans doute le surprendre autant que moi.

Je me sens seule et un peu triste ces derniers temps. Je n'aime pas du tout cette sensation. Pire, je ne souhaite pas que Moon le sache ou le ressente. J'ai envie de courir à travers Séoul de jour comme de nuit, mais avec la polémique, puis cette agression et ces règles, je ne peux pas faire grand-chose. Chez moi à Fayetteville, je n'avais pas vraiment d'amis et pourtant je ne me sentais jamais seule comme ici.

— C'est vrai…, admet-il. J'ai des journées plutôt chargées, je rentre tard.

— Je ne t'ai pas demandé de t'excuser.

— Pardon ? fait-il en arquant un sourcil.

Je me redresse d'un coup et je m'éloigne un peu pour marcher.

— Tu dis que tu rentres tard comme si on était un couple marié et que tu t'excusais d'avoir beaucoup de travail. C'est ridicule…

Je me sens en colère soudain, parce que je suis lasse d'être enfermée dans cette prison dorée, parce que les seuls moments de liberté que j'ai, c'est quand je le vois. Je suis cloîtrée ici en partie à cause de lui et pourtant c'est encore lui qui me permet de me libérer l'esprit. Alors merde, ça m'agace.

— Tu donnais l'impression que c'était un reproche.

— Non, mais j'en ai marre d'être bloquée, c'est tout. Je devais visiter la ville, la découvrir, j'avais tellement hâte de me promener dans les rues et au lieu de ça je suis ici et je me fais chier. Je crève d'envie de me mêler à la foule, d'aller au restaurant, de vivre normalement comme c'était prévu…

Je suis à bout de souffle. J'ignorais que mon cerveau avait planifié un pétage de plomb.

— Tout serait plus simple si tu ne m'avais pas rencontré.

— Sans doute, mais c'est trop tard pour penser à ça maintenant…

Nos regards se croisent, et je me noie dans ses pupilles noires.

— On ne devrait pas…

Je soupire, exaspérée par cette conversation qui n'a pas vraiment de sens. On dirait qu'il s'en veut et qu'il m'en veut aussi pour la situation.

— C'est toi qui es venu à moi, je te signale. Ce soir-là, tu m'as abordée, tu voulais… conclure. Je n'ai rien demandé, moi.

Il grogne en passant une main sur son cou et en se redressant.

— Dit comme ça, on dirait que je t'ai forcée.

— À coucher avec toi ? Non, je le voulais bien. Mais je n'ai jamais souhaité participer à ton trip de star méga-connue en manque d'un peu de normalité. C'est mieux dit comme ça ?

— Ouais, c'est super. Tu peux être une vraie poète, quand tu veux.

— Désolée de ne pas avoir ton talent pour dire de jolies choses. J'aurais préféré n'importe quoi plutôt que cette situation.

L'air qu'il revêt est sombre et plein de colère. Sa mâchoire, crispée. De toute évidence, il n'a pas aimé ce que je viens de dire.

— Tu aurais baisé avec n'importe qui ? lance-t-il.

Oui. Non. Peut-être. Je n'en ai pas la moindre idée. J'ai le cœur qui bat à cent à l'heure alors qu'il s'avance vers moi.

— Moi, je voulais m'amuser… Et c'est tombé sur toi, ça aurait très bien pu être quelqu'un d'autre.

Nos yeux se fuient et se croisent dans une valse infinie. Je me sens aussi vivante que perdue face à lui.

Je recule alors qu'il continue d'avancer. La porte qui mène à l'immeuble m'arrête.

— C'était une grosse connerie, soupire-t-il d'un air blasé.

— Carrément.

Il est là. Face à moi. Quasiment contre moi.

Moon pose ses paumes de part et d'autre de la porte. J'observe ses bras m'enfermer sans qu'il me touche pour autant. Il incline la tête quand je relève la mienne pour le fixer.

Son regard se veut désormais brûlant.

— Qu'est-ce que tu fais ?

— J'en sais rien, comme à chaque fois que tu es là, souffle-t-il.

Sa bouche fond sur la mienne, et ses lèvres m'embrasent. Je lui réponds avec autant de fougue. Chacun de nous espère mettre l'autre K-O avec un tel baiser, comme si celui qui y parviendrait aurait le dernier mot sur notre dispute… Je capitule rapidement en me lovant contre lui. J'appuie d'abord mes paumes sur son torse puis je remonte vers son cou. Lentement il s'écarte, des braises dans les yeux. Il me scrute quelques secondes puis m'embrasse derechef en me prenant dans ses bras.

Cette fois, on ne se bat plus l'un contre l'autre, on combat ensemble. Sa langue glisse sur la mienne avec volupté, intensité, et bientôt ses mains saisissent avec délicatesse mon visage, comme si j'étais la chose la plus précieuse qu'il possédait au monde.

Les yeux clos, je m'enivre de son odeur, de son corps contre le mien, de tout ce qui nous lie. Les battements de mon cœur sont tellement rapides et le désir dans mon ventre si puissant…

— Ça… C'est la chose qui m'a rendue le plus vivante ces derniers jours, je souffle.

Cette confession lui arrache un sourire. Mon cœur flanche alors que je le contemple.

— Ça me rend dingue aussi…

En silence, Moon me caresse la joue puis se penche et pose un baiser sur mes lèvres. J'ai la sensation d'être apaisée. Et pourtant, au fond de moi, je sais que cette douce parenthèse ne réglera pas nos problèmes. Bien au contraire…

— Quelle connerie de te loger ici ! grogne-t-il d'un air un peu perdu. Tu devais être éphémère, c'était censé être momentané…

— Je sais.

Il souffle sans me quitter du regard.

— On n'aurait jamais dû se revoir, je n'ai pas l'habitude. Je ne sais pas comment gérer ça et je n'ai pas envie de le faire.

Ses mots sont blessants. Je me sens aussi perturbée que lui et ne sais pas quoi faire pour l'apaiser. La tempête qui faisait rage en lui durant notre dispute est de retour.

— Je ne crois pas que ce soit gérable, je dis tout bas.

Il entrouvre les lèvres, mais aucun mot n'en sort.

Puis il fronce les sourcils et revêt un masque d'indifférence.

— Clairement pas. Ils sont vraiment stupides, sérieux. Il vaut mieux que j'y aille, je… Il faut que je m'éloigne de toi.

Et sur ces mots il me laisse là, frustrée et de nouveau seule.

Chapitre 11

Moon

Cardio, musculation et jogging, on répète des exercices de ce type plusieurs fois par semaine, pour être toujours au meilleur de notre forme. On ne relâche jamais nos efforts, c'est primordial.

Quand on performe sur un plateau ou lors d'un concert, c'est extrêmement important d'avoir de l'endurance. On peut penser que c'est facile de chanter, danser et jouer la comédie une dizaine de minutes seulement, mais ça ne l'est pas. C'est éprouvant physiquement. Encore plus quand il faut tout faire en même temps. L'année dernière, il m'est arrivé de perdre trois kilos en un seul concert.

Exaspéré par mes cheveux qui me collent au visage à cause de la sueur, je mets un bandeau pour les retenir et je passe à l'enchaînement suivant. Aujourd'hui, je travaille un peu plus longtemps que prévu. J'en ai besoin.

J'exécute une vingtaine de pompes, mais je me sens toujours frustré. Je pense encore à elle. Il faut que ça cesse. Je ne peux pas continuer comme ça. Cette fille n'a rien à foutre dans mon monde… Bon sang, pourquoi occupe-t-elle encore chacune de mes pensées ? Ce n'est pas gérable. Je n'ai absolument pas l'habitude de ce genre de chose et ça m'agace.

Danser, chanter, les shootings photo, la foule, les autographes… Tout ça je gère, mais elle…

— Tu continues ? demande Kai.

Je relève la tête vers lui. J'étais encore dans mes pensées, mais cette fois ça me gêne qu'il m'ait surpris ainsi. Il a les cheveux mouillés et en bataille, il sort sûrement de la douche.

— Encore un peu, je réponds.

— Tout va bien ?

— Ouais.

Il me connaît, depuis le temps il sait lire à travers moi.

J'attrape une serviette et m'éponge les bras et le visage.

— T'es bizarre depuis l'autre soir, il s'est passé quelque chose avec Billie ?

— J'ai pas envie d'en parler, je dis en secouant la tête.

— OK, c'est comme tu veux.

Je le regarde s'en aller, mais je ne reprends pas le sport. Au lieu de ça, je m'assieds en tailleur et je ferme les yeux. Je fais souvent des exercices de relaxation pour contrer le stress. J'inspire profondément en me grandissant, puis je bloque ma respiration quelques secondes avant d'expirer lentement. Alors que je recommence, le visage souriant de Billie se dessine sous mes paupières closes. *Merde !* Ça ne sert à rien, je n'arrive pas à arrêter de penser à elle. Il n'y a que lorsque mes journées sont chargées que je parviens à faire abstraction de sa lumière éblouissante.

Je vais à la douche à mon tour. Une fois nu, je me glisse sous l'eau tiède et je l'observe tomber du pommeau. Dès que je me perds dans les tréfonds de mon esprit, je pense à ce foutu baiser qui n'aurait jamais dû arriver.

Billie et moi, ça ne fonctionnera jamais. Mais elle m'obsède. Si j'en suis là, aujourd'hui, c'est à cause du label. Tu parles d'une idée à la con de la loger ici…

Je passe une main sur ma nuque pour essayer de dénouer le

nœud qui me pèse. Une fois propre, je sors de la douche et enroule une serviette autour de ma taille avant de me frotter les cheveux.

Une fois dans ma chambre, je me laisse tomber sur mon lit. Sur la table de chevet, il y a toujours ces deux photos de Young-jae et moi. Une à l'époque où nous étions *trainees* ensemble et une autre au Mnet Asian Music Awards, une cérémonie de remise de prix. J'ai laissé dans le tiroir la lettre qu'il m'a écrite avant de se suicider.

Qu'est-ce que j'ai pu lui en vouloir d'avoir fait ça ! Je crois que je lui en veux toujours un peu. Il me manque énormément. Toutefois, j'aime penser qu'il kiffe sa nouvelle vie sur son nuage au paradis et qu'il veille sur moi de là-haut.

J'ai appris sa mort au téléphone, par le directeur de notre label. Alors que j'étais ravagé de l'intérieur, on me disait encore quoi faire : ne pas réagir, ne rien dire sur les réseaux sociaux. Pas tout de suite, du moins, il fallait attendre un peu.

Le lendemain, j'ai exprimé mon souhait de chanter en sa mémoire. M. Lee n'était pas vraiment favorable à cette idée, puis il a cédé. À la suite de cette perte tragique, on m'a extrêmement surveillé, de peur que je fasse une bêtise.

Quant à la lettre, les gens se battent encore pour savoir son contenu, même deux ans plus tard. À croire que les derniers mots d'un mort valent de l'or… Il n'y a aucun respect là-dedans, c'est juste pour avoir quelque chose d'affriolant à se mettre sous la dent. Jamais je ne divulguerai ce qu'elle contient. Ça ne regarde personne d'autre que moi.

Je me redresse et enfile à un T-shirt à l'arrache. Je sors de ma chambre et frappe à celle de Kai.

— Ouais, entre !

Il est posé sur son lit et écoute de la musique, mais retire ses écouteurs et s'assoit en tailleur lorsqu'il me voit fermer la porte derrière moi.

— Tu écoutes quoi ? je demande.

— Eminem, répond-il. J'aimerais bien faire un rap entièrement en anglais dans une prochaine chanson.

J'approuve complètement l'idée. Un poster de 2PAC et un autre de Notorious BIG ornent les murs de sa chambre depuis que nous avons emménagé. Donc cela ne m'étonne pas vraiment.

— J'aime sa façon de sortir les mots, aussi clairement que rapidement, ajoute mon meilleur ami. Je ne sais pas si ça plaira aux fans ou au label, mais je veux tenter le coup.

— Prépare-toi bien à l'avance et fournis-leur un truc solide, ça va aller. T'es le meilleur rappeur que je connaisse.

Je me pose à côté de lui sur le lit, et il me passe l'un de ses écouteurs. J'aime bien le rap, moi aussi. En fait, j'aime tous les styles musicaux, je ne suis pas compliqué à ce niveau-là. Eminem a un rythme de malade. C'est sans doute l'un des meilleurs…

— Je vais essayer.

— Je pense que tu en es capable.

— Carrément. Mais je ne maîtrise pas l'anglais aussi bien que toi, alors il me faudra un peu de temps pour articuler comme il faut et débiter les mots à mon rythme habituel.

— Si tu as besoin de conseil ou si tu veux le retour de quelqu'un, je suis là, je lui dis.

Kai a un coach avec qui il s'entraîne en permanence et qui l'aide à ne pas perdre le rythme.

Je retire l'écouteur et je me laisse tomber sur le lit.

— Je l'ai embrassée, je lâche.

— Pardon ?

— Quand tu es parti, je l'ai embrassée. Je ne sais pas ce qui m'a pris.

— Je ne sais pas non plus, répondit-il en s'allongeant près de moi.

Je me pince l'arête du nez avant de passer une main dans mes cheveux.

— Elle me perturbe. Je ne sais pas pourquoi.

— Elle est plutôt jolie, c'est peut-être à cause de ça.

Je le regarde, et il éclate de rire.

— C'est vrai, je dis en soupirant. Elle est jolie.

Et plus que ça, même. Je n'ai jamais vraiment eu de type de fille particulier, mais elle... Elle m'a ébloui le premier soir.

— C'est assez inédit comme situation, donc tu as le droit d'être perturbé. Déjà, te faire prendre par les paparazzis, ce n'était pas de bol, mais maintenant ça...

Je grogne de frustration. Je ne veux pas passer mon temps à l'avoir dans la tête, à être troublé par un baiser. Je ne peux pas, je n'en ai pas le droit et je refuse de ruiner ma carrière juste pour quelque chose de physique...

— Je ne pensais pas la revoir après notre nuit ensemble... et maintenant qu'elle habite ici, je ne peux m'empêcher d'aller la voir.

— Si tu dis au label que ça te dérange qu'elle soit là, elle sera virée à la seconde. Si tu penses que c'est mieux pour toi, pour le groupe, alors fais-le. Ils la logeront ailleurs le temps qu'elle aille mieux.

— Je sais, mais je ne veux pas en arriver là, surtout après ce qu'elle a vécu à cause de moi. Je ne suis pas un connard à ce point. Elle s'est tout de même fait tabasser par des *sasaengs* à cause de moi...

— C'est donc pour ça que tu l'as embrassée ! Pour la réconforter ! dit-il d'un ton moqueur. Tu enchaînes vraiment les conneries...

— Tu m'étonnes !

Je me désespère moi-même. Sérieusement, pourquoi je l'ai embrassée ? Simplement parce que ça m'a agacé quand elle a dit qu'elle aurait couché avec n'importe qui ? Je suis ridicule. D'autant que je pensais que ce rapprochement allait évacuer un peu la tension entre nous... Quel con !

— Cette fille, ce changement... je trouve que c'est bien.

— Comment ça ?

— Je ne sais pas, peut-être qu'ils vont se décider à alléger des choses dans les contrats ou à être plus souples sur certaines clauses à l'avenir. J'en sais rien… Peut-être aussi que ça va donner envie à d'autres d'essayer de faire comme toi.

— Je ne crois pas, cela m'étonnerait qu'ils se mettent à changer subitement.

Kai soupire.

— Essaye juste de ne pas te brûler les ailes. Tu l'as bien vu, elle n'a pas envie de mener ce genre de vie…

— Je sais.

Et, malgré tout, je rêve d'un univers dans lequel nous aurions tous les deux notre chance…

— Elle est sympa, sinon.

Je tourne la tête vers Kai, qui me fait un grand sourire. Il le fait exprès, j'en suis sûr.

— Je trouve ça cool de côtoyer une fille qui ne nous idolâtre pas et qui n'est pas non plus timide à nos côtés.

Je hoche la tête et fixe le plafond.

— C'est clair… Quand je pense qu'au lycée il n'y en avait pas une qui voulait de nous et maintenant on reçoit des demandes en mariage à la pelle !

— C'est le *glow up*, ça !

— Parle pour toi, j'étais déjà super beau au lycée, je dis en riant.

Kai a fait de la chirurgie esthétique pour son nez. C'est le seul parmi nous à avoir eu recours à ce genre de médecine.

— Je n'aurais jamais cru ça quand on a commencé et qu'il y avait à peine cinquante personnes pour nous voir chanter.

— Cinquante personnes que le label avait sûrement payées.

On s'esclaffe comme deux crétins.

— C'est même certain, approuve-t-il.

On parle souvent de ça entre nous. On a beau être Alter depuis quelques années maintenant, ça ne nous empêche pas de toujours halluciner face à notre succès. Je stresse encore avec la sortie d'un nouveau son, avant un concert...

— En fait, c'était assez plaisant d'être un inconnu pour Billie, ce soir-là, je lui avoue.

— Alors quoi, ça y est, tu ne veux plus être une star ? se moque Kai.

— Je dis juste que c'est agréable d'avoir une conversation normale avec quelqu'un qui ne roule pas des yeux dès que tu respires ou que tu te passes la main dans les cheveux.

— Ça c'est parce que tu es bien trop sexy pour le commun des mortels...

— Je sais, mais quand même...

Il se fout de moi.

— Je te parie ce que tu veux que si Billie se mettait à rouler des yeux pendant que tu te touchais les cheveux, ça ne te dérangerait pas du tout.

Ce type me connaît tellement que ça fait peur. Je dois avouer que j'aime assez l'idée de lui plaire. Et, bon sang, ça suffit à me refaire penser à elle...

♫

On est parfois tellement occupés qu'on ne voit pas les jours passer. Ce matin, par exemple, je me suis réveillé en étant incapable de dire où on en était dans la semaine. Entre la sortie de notre nouveau morceau, de notre MV et les entraînements pour le prochain, il y a de quoi s'y perdre parfois...

Aujourd'hui, nous sommes filmés pour une *dance practice* qui sera diffusée après le clip. C'est-à-dire que nous faisons notre chorégraphie dans son intégralité, sans coupure, afin que nos fans puissent l'apprendre et danser comme nous.

Cette fois il n'y a pas de costume ni maquillage particulier. On fait dans le naturel et le décontracté, comme quand on apprend des nouveaux mouvements. Le but, c'est de montrer que c'est plus accessible qu'il n'y paraît.

Les clips sont parfois truffés d'effets pour rendre nos danses surréalistes et dynamiques. Quand on fait un *dance practice*, les gens comprennent que c'est à la portée de tout le monde.

— Bon, les garçons, vous faites comme d'habitude, lance le cameraman. Vous ne vous souciez pas de moi, vous jouez avec l'écran ou non, selon vos préférences. Bref, vous agissez comme vous le souhaitez au cours de la chorégraphie.

Comme nous nous sommes un peu entraînés avant pour être au top, mon T-shirt est légèrement mouillé, alors je décide d'en enfiler un autre rapidement et de mettre un bandana dans mes cheveux pour qu'ils ne me dérangent pas. Je retourne ensuite près des garçons. Dae s'étire, et Min jette sa bouteille d'eau qui roule vers nos affaires hors du champ de la caméra.

— C'est bon ? je demande. Vous êtes prêts ?

— Prêt, répond Dae.

— Pareil, enchaînent Min et Kai.

Alors je hoche la tête pour leur dire que cela peut commencer. On se place autour de Kai, qui est le premier à danser. Le silence s'abat quelques secondes avant que notre morceau résonne dans la salle de danse.

Cinq, six, sept, huit… c'est parti.

Kai commence par faire une *wave* avec ses bras. Seul le haut de son corps bouge, avant qu'il bloque son buste avec des effets de rotation. Il enchaîne avec un *kick ball change*, alternant sa jambe droite puis sa gauche puis fait semblant de faire vibrer son corps avant de nous toucher l'épaule, signe que nous devons tous nous « réveiller » pour danser avec lui.

En quelques secondes à peine, je me sens habité par la musique. Mon corps réagit au quart de tour, comme s'il avait été programmé pour danser sur ce rythme. Je me sens libre. L'espace d'un bref instant, la danse devient mon exutoire.

Je regarde la caméra en face de nous et lui souris, parce qu'il faut bien jouer de son sex-appeal pour satisfaire le public.

Lorsque l'enchaînement prend fin, je suis essoufflé. J'aime vraiment cette nouvelle chanson et j'ai hâte d'avoir l'avis des fans à son sujet.

— Et c'est dans la boîte ! déclare le cameraman.

— C'était parfait, commente M. Yung. Première prise, un sans-faute, bravo, messieurs.

Je suis ravi que ça lui plaise autant.

— Merci, répond Min.

J'attrape ma serviette pour m'éponger le visage. J'aime quand tout se déroule parfaitement. Les gars sont contents eux aussi.

Quand je pense qu'il nous arrive parfois de passer des jours sur une seule et même choré…

Tandis que Dae et Kai boivent leur bouteille d'eau à grandes gorgées, je rejoins Min qui exécute encore quelques pas de danse. Il s'incline puis m'offre sa main et me fait tourner sur moi-même pour que nous enchaînions des pas de disco à deux.

J'adore ce genre de moments, quand on ne pense à rien d'autre qu'à nous amuser comme des gosses.

Quelques secondes plus tard, quand je remarque que Yung est derrière la caméra, je comprends qu'ils nous ont filmés faire tout ça. Je forme la moitié d'un cœur avec mes doigts et Min le complète en faisant la même chose de son côté. Voilà pourquoi je bosse autant depuis des années… pour être heureux comme à l'instant.

Chapitre 12

Billie

— Allô ?

— Bonjour, mamie.

— Oh ! comment vas-tu, ma petite fleur ? Ta mère m'a brièvement expliqué ce qui t'est arrivé. Je suis contente que tu appelles.

— Je vais bien, et toi ?

— Très bien.

Elle me manque. Ses histoires sur la Corée aussi à vrai dire. J'avais plus d'étoiles dans les yeux en l'écoutant que depuis que je suis arrivée ici. J'avoue que ça me file un peu le bourdon d'y penser.

— Je me faisais une tout autre idée de ma nouvelle vie ici. Tout ne se passe pas vraiment comme je le veux…

— Les imprévus, c'est ce qui fait les plus belles histoires, me dit-elle, un sourire dans la voix. Quand tout est calculé, on s'ennuie.

— Justement, je m'ennuie enfermée dans cet appartement. Je ne rencontre personne. Je pensais découvrir de nouveaux coins, me faire des amis.

— Mais il me semblait que tu avais rencontré des gens.

— Oui, enfin… C'est pas pareil.

— Pourquoi donc ? Parce que ce sont des stars ? S'ils ont une tête, deux bras et des jambes, alors ils sont comme toi et moi.

— Mamie…

— Chanteur, danseur, acteur, c'est juste un métier.

Il n'y a qu'elle pour parler de la sorte, et elle a raison. Ma grand-mère, c'est mon trésor, je l'aime tellement.

— Oui, c'est vrai…

— Donc tu vois, tu as rencontré du monde. Est-ce qu'il est beau, le garçon dont ta mère m'a parlé ?

J'éclate de rire.

Elle est cash, et c'est ce que j'adore chez elle. Je peux lui parler de tout et n'importe quoi, je sais qu'elle ne s'offusquera pas.

— Quand ton grand-père était jeune, ce qu'il était beau garçon ! Visage lisse, traits fins… toutes les filles étaient folles de lui, et pourtant moi je m'en fichais éperdument.

Je sais déjà tout ça, mais je pourrais l'écouter me le répéter en boucle toute ma vie. Le jour où elle ne sera plus là pour me raconter ses histoires, j'aurai un énorme vide dans mon cœur.

— Alors, il est beau ?

— Plutôt…

— Plutôt comment ? insiste-t-elle.

À me donner envie de le bouffer et de glisser mes doigts dans ses putains de cheveux. *Oh ! bon sang…* Je crois que je n'avais encore jamais flashé aussi fort sur un mec.

J'ai eu des *crushs*, des coups de cœur, mais de là à passer des heures et des heures à penser à la même personne, jamais.

— C'est sans doute le plus beau garçon que j'ai pu voir jusqu'à maintenant, mamie. Je… Il est terriblement séduisant et il le sait très bien.

Mon Dieu, s'il m'entendait parler…

— Ah ça ! Ton grand-père le savait très bien aussi et aimait en jouer.

— Mais lui n'avait pas des milliers de fans…

— Et pourtant, ce qu'il pouvait être vantard !

Je ris. Vu le nombre de filles qui doivent dire à Moon au quotidien à quel point elles le trouvent séduisant, je me demande si ça lui fait toujours de l'effet.

— Tu devrais profiter de ce que tu as pour l'instant. On regrette toujours ce qu'on n'a pas fait quand c'est trop tard. Je ne veux pas que ça t'arrive. Je sais que tu as subi des choses désagréables et que tu te sens enfermée dans cette situation compliquée, mais essaye de trouver quelque chose de positif auquel te raccrocher.

Je pense aussitôt au baiser que nous avons échangé sur la terrasse et à combien je me suis sentie vivante dans ses bras… Du moins, jusqu'à ce qu'il disparaisse.

— Je ne peux pas faire grand-chose, tu sais.

— Je déplore que ce ne soit pas comme tu l'espérais, petite fleur.

— Ne t'en fais pas, ça va aller. En plus de cela, tu as raison, je devrais faire en sorte de profiter de ce qui s'offre à moi.

— Il est gentil avec toi au moins ?

J'entends son sourire contre mon oreille.

— Oui, mamie.

Je pousse la porte de la salle de musique en espérant ne déranger personne. Celle-ci est plongée dans le noir. Heureusement, la lumière du couloir éclaire l'entrée et me permet aisément de trouver l'interrupteur.

Je tourne sur moi-même et découvre des instruments de musique en plus du piano, des micros sur pied et un ordinateur installé sur un bureau, sûrement pour le mixage. C'est tellement impressionnant que je me sens presque mal à l'aise d'être là. Mais comme Moon m'a donné la permission et qu'il n'y a personne, je m'installe derrière le piano.

Je glisse mes doigts sur les touches et savoure cette sensation que je n'avais pas éprouvée depuis longtemps. J'étais douée quand j'étais plus jeune, j'imagine que j'ai toujours un petit quelque chose. Avec les études, les devoirs, mon envie d'avoir d'excellentes notes, j'ai arrêté d'aller au conservatoire pour me concentrer sur mon travail.

C'est un Steinway & Sons, je crois que je n'aurai jamais une autre occasion de jouer sur un piano aussi beau et aussi cher. Le son qu'il produit est tellement harmonieux. Je commence à jouer, dans ma bulle, et accueille avec émotion la mélodie que je parviens à créer en l'espace de quelques secondes. Je ne pense à rien d'autre que celle-ci. J'avais oublié combien ça pouvait être beau, combien ça m'apaisait à l'époque.

— C'est une de nos chansons ?

Je pousse un cri de surprise en faisant volte-face et, comme la plus grande des gourdes, je bascule en arrière. Je me rattrape in extremis en m'appuyant sur le piano qui fait un bruit atroce.

Seigneur, je me fatigue.

— Désolé, lance Moon en ricanant. Je ne voulais pas te faire peur.

— C'est raté, je bougonne.

Je l'entends qui s'avance vers moi. Il s'arrête dans mon dos, alors je me redresse pour partir.

— Non, reste.

Je pivote et plonge mon regard dans le sien. Il me scrute quelques secondes avant de me sourire.

Je dois rougir comme une idiote.

— C'était notre chanson ? demande-t-il à nouveau.

— Possible, je n'ai pas fait attention.

— Tu veux bien recommencer ? J'ai envie de t'écouter jouer.

Un peu gênée, je tente de mettre mes cheveux derrière mes oreilles.

La dernière fois que nous étions tous les deux, nous nous sommes embrassés, puis il est parti et le voilà maintenant de retour… Tout est un peu flou dans mon esprit, je ne sais pas quoi penser de lui ni de son comportement lunatique.. Je ne devrais pas être ici, c'était idiot de ma part de venir... Mais, puisque je suis là, autant en profiter comme l'a justement dit ma grand-mère. Après tout, je risque quoi à jouer quelques notes ?

— D'accord.

Je recommence à jouer. Cette fois, je suis attentive à ce que je fais et il a raison, la mélodie s'apparente à celle de *Rainy Love*. Il va croire à sa stupide légende et me dire que je suis assurément tombée amoureuse de lui, après ça.

Bravo, Billie...

Je n'y peux rien, je crois que cette chanson est ma préférée de toutes. Je sens son regard sur moi, mais ça ne m'intimide pas. Du moins, jusqu'à ce qu'il se mette à chanter :

— *Je ne peux plus respirer, tu me coupes le souffle.*

Je soupire sans m'arrêter et tente de me concentrer. Ce crétin serait capable de me vriller les neurones si je venais à le fixer.

— *Quand tu danses, danses, danses sous la pluie*
Oh my baby, I need your rainy love
Je m'embrase pour de bon, tu me coupes en deux
Quand tu danses, danses, danses sous la pluie
Oh my baby, I want your rainy love

Sa voix est profonde, elle me prend complètement aux tripes. Elle est tellement belle. Et puis l'entendre parler d'amour comme ça, c'est assez troublant. J'imagine que tous ses fans rêveraient de l'entendre dire ça en *live*. Être ici et partager un moment comme ça avec lui est probablement le rêve de milliers de filles.

Je me demande ce qu'il pense de ça, ce que ça lui fait.

— Je crois que c'est ma chanson préférée, je lui avoue finalement.

— Vraiment ?

— Oui, même si, à ton grand désespoir, je ne tomberai pas amoureuse de toi. J'aime beaucoup la mélodie, les paroles et...

— La chorégraphie ? demande-t-il d'une voix rauque et envoûtante.

J'évite de le regarder, je préfère me concentrer sur les touches du piano. Je crois qu'il me trouble un peu trop et que cette proximité est dangereuse.

— Non, je réponds en secouant la tête. Elle est beaucoup trop racoleuse pour moi.

Moon laisse échapper un léger rire bref, ce qui m'amuse. C'était plutôt agréable cet aparté musical. Ce sont ce genre de moments qui le rendent plus accessible à mes yeux. Je ne dis pas qu'il m'intimide, mais je reconnais que tout ce qui l'entoure, et l'industrie de la K-pop en fait partie, lui confère une aura impressionnante.

— Tu es douée au piano, lance-t-il.

— On va dire que je me débrouille pas trop mal. J'ai encore quelques restes.

Ses doigts frôlent les miens quand il joue à son tour, dans une note plus grave que la mienne. Je regarde ses longs doigts danser sous mes yeux et de drôles d'images me passent par la tête… *Merde!*

— J'imagine que ce n'est pas donné à tout le monde de faire un duo avec le célèbre Moon d'Alter.

— Tu imagines bien.

— Dire que je n'ai même pas le droit de le raconter…

— Il ne vaudrait mieux pas, dit-il en soupirant d'un ton las. Si tu ne veux pas de nouveau faire parler de toi. Ça peut être dangereux.

— Ça ne devrait pas l'être.

— Je sais, mais je n'y peux rien… Il faut se méfier des fans complètement hard-core, ceux qui nous aiment démesurément et de la mauvaise manière. Les EGO nous respectent, prennent soin de nous, ne veulent que notre bien… Mais ils ne sont pas malheureusement pas les seuls à nous suivre…

La façon dont il parle de son public est si jolie. Je sens combien il l'aime et lui est reconnaissant.

— On n'est rien sans eux. Il n'y a pas d'Alter sans les EGO.

— Tu sous-estimes la fascination que tes fans ont pour toi. Tu restes éternellement célibataire, tu les séduis avec un rien. Un sourire, un pas de danse, une coupe de cheveux… ça les rend folles, tu n'imagines pas comment !

Je tourne la tête vers lui. Son regard est insondable.

— Elles ont le droit de m'aimer, mais elles ne devraient pas en faire une obsession. Pas au point de gâcher leur vie alors qu'il y a un homme bien mieux pour elles, ailleurs, quelque part. Personne ne devrait tomber amoureux de nous… On ne pourra jamais leur offrir ce qu'elles veulent.

Il a conscience de ce qu'il est auprès de ses fans, il a conscience de ce qu'il représente. Il n'y a pas que de bons côtés à ce succès.

— Si un jour je tombe amoureux, je souhaite que notre communauté soit aussi tolérante à l'égard de la personne que j'aurai choisie qu'envers nous.

Je hoche la tête avant de soupirer.

— C'est quoi ton plus beau souvenir lors d'un concert ? je demande pour changer de sujet.

Le sourire qu'il affiche en moins d'une seconde est à croquer.

— C'était l'année dernière, durant notre dernier concert ici. Les lumières se tamisaient avant que la mélodie de notre titre *Shadow* démarre. Nous attendions de chanter dans le noir quand des milliers de sticks lumineux se sont mis à scintiller face à nous. On aurait dit des milliers d'étoiles. Et, lorsque Dae a commencé son couplet, le public s'est mis à chanter en chœur… Il en est resté sans voix. Pire encore, il s'est mis à pleurer sous l'émotion, ce qui nous a poussés à le rejoindre. On a oublié la chorégraphie, c'est pour dire… C'était époustouflant. J'ai encore des frissons quand j'y pense.

— C'est magnifique, je souffle.

— C'est pour vivre ce genre de moments qu'on se défonce tous les jours.

— Tu crois qu'il y a la vidéo sur Internet ? je demande. J'aimerais voir ça.

— Sans doute, oui.

Moon sort son téléphone de sa poche et va sur YouTube. Après quelques secondes de recherche, il semble trouver la vidéo qu'il veut et me la montre.

Des frissons me couvrent les bras alors que j'observe les garçons émus sur scène. L'harmonie entre les Alter et leurs EGO est si belle. Je comprends sans mal pourquoi cela constitue l'un de ses meilleurs souvenirs.

— Je réitère mon magnifique, je murmure alors qu'il range son téléphone. C'est une vraie communion.

— Je trouve aussi. Je veux pouvoir ressentir ça encore mille et une fois avant la fin de ma carrière. Tous les *haters*, ceux qui nous critiquent et nous descendent dans les médias... Ils ne seront jamais aussi puissants que ça.

J'admire la passion qui l'anime quand il parle de son métier. Je me sens chanceuse d'avoir pu lui tirer cette confidence.

— Tu n'as jamais peur quand tu es sur scène ?

Il esquisse un sourire.

— Non, parce ce qu'une fois que j'y suis, je ne peux pas faire marche arrière. En revanche, les heures qui précèdent le show, il m'arrive de totalement flipper. Quand on réajuste à l'arrache une tenue, quand on a des problèmes avec les oreillettes ou quand on franchit les derniers pas qui nous mèneront au-devant de la foule qui scande nos noms, c'est impressionnant. Mais la peur fait rapidement place à l'adrénaline dès que l'on se met à chanter et danser. On s'approprie la scène, on en devient les maîtres incontestés.

— Je suis très admirative de cela, je ne me sens pas du tout capable de faire de même.

— Ça s'apprend, on ne savait pas faire tout cela non plus quand on a commencé.

— Dit-il le plus naturellement du monde ! Moi je trouve ça extraordinaire.

— Je ne sais pas, c'est mon quotidien, alors pour moi, c'est une normalité.

— Quand tu parles comme ça, on oublierait presque que ton monde est autant codifié…

Nos regards se croisent. Ses cheveux lui tombent encore devant les yeux.

La façon dont il me dévisage me perturbe. J'ai l'impression que le feu et la glace se battent en lui, comme s'il ne savait pas ce qu'il voulait et que ça l'irritait.

— Qu'est-ce qu'il y a ? je murmure.

— C'est-à-dire ?

— On dirait que ça ne va pas.

— Tu me perturbes, chaque fois que je suis en ta présence, explique-t-il d'une voix rauque.

— C'est ma faute, alors ? Je ne comprends pas…

Il se passe une main dans les cheveux, tout en continuant de me fixer.

— C'est juste que… Les choses seraient plus simples si tu n'étais pas là.

Le changement de ton et d'ambiance est brutal. J'ai un petit rictus, mais nerveux. Ce qu'il dit m'agace.

Qu'est-ce qu'il croit ? Qu'il est le seul à être perturbé dans son petit train-train quotidien ? Sa vie, à lui, n'a pas changé. Il n'a pas été menacé du jour au lendemain !

— Ne me dis pas de venir ici si ça t'embête de m'y trouver, je m'emporte. Pour qui tu te prends ? Tu veux un scoop ? Je ne demande qu'à partir d'ici, moi, je riposte en me levant, furieuse.

— Ça devrait pouvoir se faire si c'est vraiment ce que tu veux, réplique-t-il sur le même ton.

— C'est quand tu veux, je pourrais enfin me sentir libre, rencontrer d'autres gens, plutôt que de devoir fréquenter un type prétentieux qui se prend pour un roi.

— Va te faire voir, crie-t-il. Tu ne me connais pas !

— Je te rappelle que je suis ici à cause de tes fans qui m'ont tabassée parce que je cite : « Je ne suis pas assez bien pour toi. » Tu as quoi à répondre à cela ?

Il reste silencieux mais se redresse à son tour et fait quelques pas pour s'éloigner de moi. Je ne comprends pas comment on a pu passer du piano à cette conversation.

Je me sens tendue, frustrée et en colère. On est similaires en beaucoup de points, lui et moi… Et pourtant, un gouffre nous sépare.

— Ne viens pas me dire que je te perturbe quand c'est toi qui as envoyé valser mon quotidien. Tu as tout ce que tu veux, il te suffirait de lever le petit doigt pour te débarrasser de moi.

— Je n'ai pas tout ce que je veux, non, grogne-t-il dans un souffle.

— Cette conversation ne mène à rien. Ça ne mènera jamais à rien parce qu'on n'est pas du même monde. Alors, rends-nous service à tous les deux et délivre-moi du tien.

— Je ne peux pas et tu le sais très bien. Combien de fois faudra-t-il que je m'excuse ?

— Autant de fois que je me sentirai mal.

On se toise comme deux furies prêtes à en découdre.Épuisée, je me pince l'arête du nez.

— Tu sais quoi, Moon…

Je n'ai pas le temps de finir ma phrase, il se jette sur mes lèvres et attrape mon visage comme s'il se rattachait à une bouée. Impossible pour moi de le rejeter. Malgré nos rancœurs, il y a toujours ce désir brûlant entre nous.

Sa bouche ne quitte jamais la mienne tandis que notre dispute se poursuit, mais d'une autre manière.

Je pose alors mes mains sur son torse et serre son T-shirt entre mes doigts. Les touches du piano font un drôle de bruit quand il me pousse dessus. Je me délecte de ses baisers ardents. Mon corps tout entier s'électrise à son contact. J'ai l'impression que toutes mes terminaisons nerveuses sont en éveil et que chaque morceau de moi a faim de lui.

— Tu essayes de créer une nouvelle mélodie ? je murmure tandis qu'il pose ses mains de part et d'autre de mes cuisses pour m'enfermer contre lui.

Lentement, il relève la tête et appuie son front contre le mien. Je rougis, en proie à son regard.

— Tu veux m'aider à trouver l'inspiration ?

Son souffle caresse mes lèvres, et je frissonne en glissant mes mains dans ses cheveux. Ses yeux deviennent plus fiévreux encore.

— C'est pour ça que tu me perturbes, susurre-t-il contre moi. Parce qu'à chaque fois que je ne veux pas penser à toi, à chaque fois que je veux te résister, j'échoue lamentablement.

Touchée par ses mots je m'éloigne un peu. Il tente de me garder contre lui, mais je me dérobe.

— Tu voudrais me résister ?

— Oui, parce que je n'ai pas le droit de t'avoir dans la tête… et que je n'en ai pas envie non plus. Avec toi, je fais n'importe quoi. Avec toi, je mets en danger le groupe et franchement ça compte plus que tout pour moi.

— Tu n'en as pas envie ? je répète, blessée.

Je suis choquée, je ne m'attendais pas à prendre un tel tacle en pleine poire. C'est donc comme ça qu'il me voit ? Comme le fruit défendu et rien de plus ? Remarque, pourquoi ça me surprend seulement maintenant ? Ce n'est pas un scoop…

— C'est une façon de parler… C'est le foutoir dans ma tête. Je devrais m'éloigner de toi, mais qu'est-ce que je fais à la place ? Je t'embrasse dès que j'en ai l'occasion.

Je me sens déstabilisée par ses mots, par cet échange qui ne fait aucun sens. Alors, avant de le planter là et dans un excès de frustration, je lui jette :

— Va te faire voir avec tes sautes d'humeur et tes reproches, Park.

Chapitre 13

Moon

BREAKING NEWS :

Alors que Moon, le leader du groupe Alter, a récemment fait la une des journaux en sortant d'un bar accompagné d'une charmante jeune femme, le groupe fait de nouveau parler de lui, mais pour une tout autre raison cette fois-ci puisqu'ils font leur *come-back*. Après avoir été teasés toute la semaine, les fans n'attendent plus qu'une chose à travers le monde : que le MV soit enfin diffusé. Big K. Entertainement, le label des jeunes chanteurs, a dit dans un communiqué de presse qu'il espérait que ces derniers battent le record de leur dernier titre qui a recensé plus de soixante millions de vues en vingt-quatre heures. L'influence croissante du groupe laisse penser que cela se fera sans souci !
Sur Twitter, le groupe est déjà en top tweet et fait partie des tendances quotidiennes.

♫

BREAKING NEWS :

Le clip de *My Soulmate*, du groupe Alter,vient à peine de sortir que Big K. Entertainement dévoile déjà le programme de sortie de ses quatre protégés pour les mois à venir :
« Novembre 2020, sortie du MV de *Mirror,*
Janvier 2021, sortie de l'album *Melodrama,*
Avril 2021, premières dates de tournée en Corée du Sud pour le "Alter Universe Tour". »

Trois dates que les fans ont d'ores et déjà retenues et qu'ils se sont empressés de partager sur les réseaux sociaux. Nul doute qu'Alter et Big K. nous préparent d'autres surprises d'ici là, eux qui adorent surprendre la communauté des EGO…

♫

Je n'aime pas l'attente qui précède la sortie d'un clip, ou d'une nouvelle chanson. Et encore moins les minutes qui la suivent. Alors que les autres se tiennent au courant des chiffres, moi, j'évite toujours de les regarder.

— Ça y est, annonce Min. Les premiers retours sur le clip arrivent.

— Regarde ça comme mes mains tremblent, ajoute Kai.

Adossé contre le mur de la salle de danse, je sens mon cœur battre la chamade dans ma poitrine. Le temps a beau passer, la pression reste.

— Allez, les garçons, on reprend, nous dit Kaan en tapant dans ses mains. Vous surveillerez les chiffres tout à l'heure.

On sait que ça va plaire, enfin, on l'espère, mais cela ne sert à rien de rester à l'affût face à nos écrans pour le moment. On aura tout le temps de lire les réactions des fans plus tard.

— On s'y remet, je dis alors à mon tour pour encourager la troupe.

Comme je suis le leader, je me dois de montrer l'exemple et aussi de les motiver quand ils ne le sont pas comme aujourd'hui.

Mes amis soufflent mais finissent par délaisser leurs téléphones. On se remet en place. *Mirror* a beau sortir dans quatre mois, on s'entraîne déjà tous les jours sans relâche. Quatre mois, ça passe vite quand on a un emploi du temps chargé comme le nôtre. Nous tournons bientôt le MV. Ces répétitions sont les dernières avant d'enregistrer les images.

— Bien, lance Kaan alors que nous enchaînons les mouvements.

C'est impeccable. Vous avez le rythme et l'assurance. Aucun faux pas. Vous allez pouvoir enfiler vos deuxièmes costumes.Trente-cinq millions de vues en dix heures.Trente-cinq putains de millions en seulement dix heures.

C'est déjà tellement énorme que je ne sais pas bien quoi en penser.

M. Lee, le directeur de notre label, doit être aux anges. C'est de bon augure pour la sortie du prochain clip, mais également de l'album, dont les attentes sont tout aussi importantes. À chaque événement de la sorte, c'est le même stress pour l'équipe. Un effet montagnes russes qui se brisera uniquement le jour où l'on décidera d'arrêter.

Une question me brûle les lèvres tout à coup. Et Billie ? A-t-elle regardé la vidéo, elle aussi ? Bon sang, pourquoi j'y pense ?

— Il faudrait qu'on poste chacun une photo de nous pour parler du MV sur nos réseaux, suggère Kai.

— Quatre fois la même ? demande Min.

— Je ne sais pas, peut-être tenter quelque chose de différent pour l'occasion ?

— Si tu fais quatre photos différentes, ça leur fait quatre fois plus de contenu à apprécier.

— C'est vrai.

— J'ai une idée, je leur dis. On pourrait poser le téléphone à terre ou sur la table en mode selfie, en mode rafale. Pour la pause, on peut se pencher chacun de part et d'autre du cadre, comme si on faisait une courte apparition, en formant le signe *peace* avec nos doigts.

— Ouais, bonne idée, rétorque Kai.

Cela fera plaisir aux fans de voir qu'on suit leurs réactions vis-à-vis de notre chanson et qu'on leur donne des nouvelles en temps réel aussi. En attendant qu'ils installent le décor, je file à la cuisine me chercher à boire. Je suis exténué depuis notre répétition. On ne fait que courir à droite à gauche en ce moment. Un entraînement par-ci, une interview par-là. Sans compter les shootings photo…

Dae a le nez plongé dans son téléphone lorsque je m'installe près de lui.

— Tout va bien ? je lui demande.

— Ouais, répond-il sans relever la tête.

Je sais qu'il ment. Quand on vit vingt-quatre heures sur vingt-quatre avec les mêmes personnes, on commence à se connaître.

— T'en es certain ?

Il hoche la tête avant de planter ses yeux dans les miens.

— C'est juste l'annonce qu'ils ont faite sur les concerts…

Ah, je comprends mieux. Les concerts, c'est à double tranchant. D'un côté, il y a le bonheur et l'adrénaline d'être sur scène et de faire vibrer nos fans… Et puis de l'autre, il y l'épuisement dû à leur enchaînement.

L'année dernière, quand nous avons fini la tournée, nous étions sur les rotules. Il est arrivé à Dae de s'évanouir dans les coulisses en plein spectacle et, malgré tout, de revenir sur scène quelques minutes plus tard pour finir le show.

Quand on sort d'un concert pareil, essoufflés au point d'avoir besoin d'une assistance médicale pour respirer, tout en sachant qu'on devra recommencer le lendemain, la motivation a tendance à s'évaporer. Et c'est dur mentalement. Tout ce qui nous motive, c'est l'amour du public et la communion qu'on ressent quand on est sur scène.

— Ça va aller, je lui dis pour le rassurer.

— J'ai pas envie de finir comme l'année dernière.

J'étais à ses côtés quand il a dû se faire hospitaliser. Il s'était donné tellement à fond et avait perdu pas mal de poids que sa santé en a pris un sacré coup.

— Je veillerai à ce que ce ne soit pas le cas, je te le promets.

Il me lance un drôle de regard tandis que je lui souris.

— Ouais, ce serait bien…

Il se dit sans doute que nos supérieurs ne m'écouteront pas si je réclame plus de temps de repos. Mais je pense pouvoir négocier un peu.

— Fais-moi confiance. S'il faut, je montrerai la lettre de YJ au public.

Bien que je n'aie absolument pas envie d'en arriver là, je le ferais sans hésiter pour protéger ceux qui sont encore en vie et qui en ont besoin. Je sais que c'est ce que YJ aurait voulu que je fasse.

— Non… Surtout pas. Ce n'est pas ce que je te demande.

— La décision me revient. Et je t'assure qu'elle sera prise après mûre réflexion. Je ne te dis pas ça juste pour te faire plaisir. Mon rôle est de vous protéger, de *nous* protéger. Je suis prêt à tout pour ça.

Je vois dans son regard combien il est reconnaissant, alors je pose une main sur son épaule. Mon rôle en tant que leader, c'est aussi d'être leur porte-parole avec le label, et de leur dire quand ça ne va pas.

On a perdu Young-jae parce que tout le monde l'a négligé, personne n'a fait attention à la surcharge de travail qui pesait sur ses épaules. Je refuse d'enchaîner les concerts dans les mêmes conditions. Nous sommes là pour faire rêver nos fans, mais pas au point d'y laisser notre peau.

— Merci, Moon-soo.

Après avoir pris les selfies et les avoir postés en même temps sur nos réseaux, nous nous attelons à découvrir les commentaires du public.

— Ah ! écoutez ça, dit Min en riant, c'est génial. Selon Bedsidebooks : « Big K. s'essaye actuellement à l'arme nucléaire avec un nouveau prototype… Oui, parce que Moon qui se passe une main dans les cheveux en fixant la caméra, c'est une attaque mortelle dont je ne me remets pas… »

Les garçons éclatent de rire en me regardant.

— Alors, mec, t'es devenu une bombe atomique ?

— Bien sûr, je réponds en souriant.

La bonne nouvelle, c'est que les EGO semblent apprécier le clip. Je suis vraiment content et d'autant plus parce que ça a l'air d'effacer cette polémique à la con avec Billie.

— Celle-là est pas mal non plus, poursuit mon ami. « Là, on est à 2-3cm du bonheur. Eh oui, Min et ses cheveux longs sont de retour ! »

On adore lire ce genre de commentaires à la sortie d'un de nos nouveaux titres. Cela nous permet de décompresser un peu. Ce que je préfère personnellement, ce sont les mèmes que les gens font de nous sur Internet et qui représentent certains de nos moments les plus gênants : une chute sur scène, une grimace dans un making of…

Je fixe mon téléphone. Non seulement les gens partagent sans arrêt notre vidéo, mais ils se sont aussi rués sur les réseaux pour liker les selfies que nous avions postés.

Je m'écarte du groupe lorsque mon téléphone se met à sonner.

— Allô ?

— Bonsoir, mon fils.

— Oh ! bonsoir, papa.

Je suis très content de l'avoir.

— Je rentre à peine du boulot et je me suis posé pour regarder ta nouvelle vidéo.

Il fait ça à chaque fois. Et cela me fait toujours aussi chaud au cœur.

— Alors ça t'a plu ? je demande.

— Je devais la regarder avec ta mère, mais elle n'a pas résisté à la tentation et ne m'a pas attendu pour le faire. Elle l'adore !

Ce qu'ils pensent de ce que je fais est très important pour moi.

— J'ai beaucoup aimé, moi aussi, ajoute mon père. La première partie, avec le rap de Kai et la chorégraphie… C'est super. Chapeau à lui.

— Je lui dirai.

— Sinon, toi, tu es bien sûr très beau et ta voix est magnifique. Je suis fier de toi.

Ses mots me serrent le cœur et me remplissent de joie.

Lui et ma mère se sont saignés pour m'offrir la possibilité de devenir *trainee*. Alors leur reconnaissance est primordiale pour moi.

— Merci, papa. Je suis content que ça vous plaise.

J'aimerais lui parler d'autre chose, comme ce qui me perturbe en ce moment, mais je ne peux pas, les autres ont les oreilles qui traînent.

— Je t'appelais uniquement pour te dire ça, mais je vais te laisser. Tu dois être bien occupé…

Je le remercie encore une fois et lui dis d'embrasser ma mère avant qu'il raccroche. À peine l'a-t-il fait que mon portable sonne une fois encore.

Cette fois c'est plus officiel, puisque c'est M. Lee, le big boss, qui appelle. Je décroche.

— Bonsoir, Moon-soo.

— Bonsoir, monsieur. Je vais vous mettre en haut-parleur, histoire que tout le monde puisse vous entendre.

— Bonsoir, les garçons, lance-t-il de nouveau.

Ils répondent la même chose en chœur.

— Je voulais juste vous féliciter pour votre travail acharné et le succès de cette nouvelle vidéo. Ce n'est pas fini, mais c'est déjà un beau présage pour la suite. Plus il y a de stream, mieux c'est.

— Merci, répond Min.

— Et vos selfies spontanés, c'était une très bonne idée, les gens adorent ! Bref, tout est super. J'en profite donc pour vous dire que vous serez de repos demain.

On se regarde tous les quatre, d'abord dubitatifs. Quand je vois les sourires de Min et Dae, je leur fais signe de se calmer. Ils scanderont leur joie quand on aura raccroché.

— Euh, merci…

— Profitez-en pour vous reposer, vous reprendrez l'entraînement après-demain. Je vous laisse fêter ça ensemble d'ici là. Je suis fier de vous et de votre travail, les garçons.

Une fois l'appel coupé, Min et Dae commencent à danser comme des fous, avant d'être rejoints par Kai. Ils se mettent à faire du twerk tous les trois, les fesses dans ma direction.

— Vous êtes sérieux ? je soupire.

Leur joie est communicative. Je suis content de les voir comme ça. Ils ont presque oublié le stress et la fatigue de la journée. Ce genre de petits bonheurs éloigne les pensées sombres que j'ai parfois à cause de Youg-jae.

Je touche mon tatouage, comme s'il me brûlait soudain. Si YJ avait eu plus de joies comme celles-ci, il n'aurait jamais eu d'idées morbides.

— Hey ! Le rêveur !

— Le lunatique !

— Le pensif !

Je secoue la tête.

— Pardon ?

Ils éclatent de rire.

— Rejoins-nous du côté obscur, chantonne Kai. T'en meurs d'envie.

Bon sang, qui m'a affublé de potes pareils ?

Ayant un peu de mal à m'endormir ce soir-là, je décide de monter sur le toit. J'avais besoin de prendre un peu l'air et de réfléchir.

Après avoir regardé une dernière fois les chiffres sous notre clip, je scrute la place vide près de moi sur la banquette. Immédiatement, je pense à Billie. Bon sang… Je ne l'ai pas revue depuis notre dernière dispute et je déteste ça… Même si c'est sans doute mieux ainsi. Je n'arrive plus du tout à dompter l'attirance que j'éprouve pour elle. J'ai l'impression que c'est complètement impossible. Je suis certain que si elle était là, ce soir, on s'emporterait de la même manière qu'on l'a fait par le passé.

Peut-être qu'il est juste impossible qu'on se résiste… peut-être que tant qu'elle est là, je devrais accepter l'incroyable effet qu'elle me fait et en profiter avant qu'elle disparaisse. Puisque je n'arrive pas à combattre ce que je ressens, autant y succomber…

Chapitre 14

Billie

Ça nous contrôle, oh bébé, ça nous contrôle
Tu sais que ça a déjà commencé
Tu sais que tu ne peux pas me résister
Ne cherche pas à nier, ne cherche plus à lutter
Abandonne-toi, fais comme moi. Viens vers moi, je suis là
Plus tu t'éloignes et plus tu retardes l'évidence
Plus tu luttes et plus tu retardes l'échéance
N'essaye pas de fuir, n'essaye pas de partir
Abandonne-toi, fais comme moi. Viens vers moi, je suis là
Tu es mon âme sœur. Je suis ton âme sœur.
Tu sens cette alchimie, tu sens ce frisson qui monte
On est dans l'impasse, on ne peut pas le contrôler.
Je suis ton âme sœur. Tu es mon âme sœur.

Je ferme le clapet de mon ordinateur et je me couche sur mon lit.

OK. J'ai rajouté une vue aux millions d'autres sur la nouvelle vidéo YouTube d'Alter. Mais je ne pouvais pas l'ignorer. J'étais assez curieuse de la découvrir, à vrai dire. Cette chanson est vraiment sublime, ses paroles sexy et la chorégraphie du MV tout simplement grandiose. Ils dansent tous les quatre comme des dieux.

Et puis Moon, quoi… Ce mec me tue. Comment est-ce humainement possible d'être aussi beau ? Et comment peut-on donner chaud à ce point rien qu'en se passant une main dans les cheveux ?

Et dire que je ne peux pas m'empêcher de me prendre la tête avec lui alors que des milliers de filles et même de mecs fantasment à mort sur lui. Il faut vraiment qu'on arrête de se voir, il faut vraiment que je retourne à la vie réelle. Ici, j'ai l'impression de… En fait, je n'en sais rien. Chaque fois que j'essaye d'y penser, je me perds dans mes réflexions sans trouver la clé du problème.

Je sais que je ne devrais pas rester dans cet immeuble, mais le souci, c'est que je n'ai pas le courage d'appeler M. Yung pour lui dire.

♫

— Euh, je bafouille. Je…

Les yeux grands ouverts, je fixe le spectacle qui se joue devant moi sur le toit-terrasse de l'immeuble. Moon est assis en tailleur sur le sol, le dos bien droit, les mains posées sur ses genoux. Il est en train de faire ce qui ressemble à des exercices de relaxation. Soudain, il ouvre un œil, regarde dans ma direction puis me sourit avant d'incliner la tête pour me saluer.

— Bonjour, lance-t-il.

Il est torse nu.

Torse. Nu.

— Bonjour.

Ma tasse de café à la main, je m'apprête à reculer pour le laisser travailler tranquillement lorsqu'il me dit :

— Tu peux rester.

Au lieu de lui répondre, je dirige mon regard sur son corps.

Moon est fin, mais ses abdos sont dessinés et ses épaules carrées.

Quand on fait du sport et de la danse à son niveau, j'imagine que ça sculpte le corps.

Je m'avance sur la terrasse alors qu'il replonge dans ses exercices sans me calculer et m'installe sur l'un des fauteuils. Je m'attendais à être seule ici, étant donné qu'il fait vraiment beau dehors et que j'imaginais qu'ils seraient de sortie comme c'est souvent le cas.

Quand j'entends Moon se redresser, je reste concentrée sur ma tasse, posée sur la table. Mais il vient vers moi. *Faites qu'il ait remis son T-shirt. Faites qu'il…*

C'est plus fort que moi. Mes yeux s'arrêtent sur son tatouage. Les stries démarrent de son cœur et remontent progressivement dans son cou, comme si les ténèbres cherchaient à prendre possession de lui. J'ai envie de tracer chacun de ces traits du doigt pour découvrir où elles montent et où elles s'arrêtent.

Ce tatouage est aussi magnifique que tragique.

— Tu vas bien ? demande-t-il.

— Oui…

Lorsqu'il se penche vers moi, je sens mes joues rougir comme jamais. Je retiens mon souffle alors que ses cheveux lui tombent davantage devant les yeux et qu'il se rapproche encore. Je sens presque son odeur.

— Qu'est-ce que…

— Désolé, mais tu t'es assise sur mon T-shirt.

Toutes mes illusions tombent à l'eau. Je suis heureuse qu'il ne puisse pas lire dans ma tête en cet instant.

— Désolée…

Je me redresse à la hâte, gênée, mais il se penche encore et je cogne mon nez contre son torse. Oh bon sang, il faut que je me calme.

— Aïe, je couine.

Il récupère son T-shirt sur le dossier du fauteuil et plonge son regard dans le mien en se redressant.

— Ça va ? Pas de mal ?

— Oui…

Pour mon bien il décide enfin de se rhabiller correctement. Sauf que maintenant, je le regrette un peu.

— C'est assez bizarre de te voir au matin. J'avais fini par croire que tu étais un oiseau de nuit, ou pire un vampire.

— Je suis juste imprévisible. J'arrive quand les gens ont le plus envie de me voir.

— Tu penses que j'avais envie de te voir ? je dis en riant faussement. Tu t'es trompé de Billie.

— Bien sûr que tu as envie de me voir… tout le monde a toujours envie de me voir.

Je soupire d'exaspération.

— Je ne suis pas tout le monde. Mais je comprends mieux maintenant comment tu occupes tes journées… En te rendant au chevet de toutes les filles qui rêvent que tu sois près d'elles. Quel homme généreux tu es…

— Non. Ça ne fonctionne qu'avec de rares élues qui ne sont pas encore tombées sous mon charme.

— Si tu le dis… Non, mais tu t'entends ?

Il esquisse un sourire. Un de ceux que ses fans adorent et qui le rendent irrésistible. Bon d'accord, à moi aussi, il me fait de l'effet.

— Oui, je m'entends très bien, réplique-t-il. Et je trouve d'ailleurs que j'ai une voix magnifique.

— Fais attention, Park Moon-soo, bientôt tu devras réajuster tes costumes à cause de tes chevilles qui enflent.

Il s'installe sur l'un des fauteuils près du mien.

— Tu as vu le clip ? demande-t-il en posant son bras sur le dossier.

— Vous avez sorti un nouveau truc ? Je l'ignorais.

Je mens très mal, c'est horrible.

— Je peux te le faire en *live* si tu veux, propose-t-il, l'air charmeur. Pour rattraper tes bêtises.

— Alter, c'est juste toi ? Je pensais que vous étiez quatre dans le groupe… Et puis, en réalité, je l'ai vue, votre nouvelle vidéo.

Il sourit comme un enfant.

— Et alors ?

— C'était pas mal.

— Mais encore ?

Je n'ai pas vraiment envie d'épiloguer. La dernière fois que nous nous sommes lancés dans ce genre de conversations mêlant humour et séduction, cela a mal terminé. Et je n'ai pas envie de recommencer.

— C'était très chouette, j'ai beaucoup aimé. Comme toujours, la vidéo et la choré ont fait leur effet.

— Tu préfères *Rainy Love* ou *My Soulmate* ?

— Les deux se valent…

J'ai découvert Alter avec la première, alors peut-être que c'est celle-ci qui l'emporte, mais leur dernière chanson est vraiment, *vraiment* belle. Je comprends qu'ils aient des fans partout à travers le monde. Leur musique est addictive.

— Tu n'as pas assez regardé *Rainy Love*, alors…

Oh que si ! Bien assez pour toute une vie. Je l'ai sans doute autant streamé qu'une EGO.

— Pourquoi tu veux à tout prix que « je tombe amoureuse de toi » alors même que tu n'arrêtes pas de me dire que plus incompatibles que nous, tu meurs ? C'est si difficile pour toi de concevoir que tu ne me rends pas dingue comme un millier d'autres personnes ?

— Difficile, je ne sais pas… perturbant c'est certain. Plaisant, aussi.

— Plaisant ?

Il hoche la tête.

— Soutenir le regard d'une fille sans qu'elle baisse la tête parce qu'elle est gênée, cela me change. Tout comme le fait d'avoir une conversation qui ne tourne pas constamment autour de moi.

— Hum. Tu la ramènes quand même souvent à toi.

Il rit.

— Être considéré comme quelqu'un de normal, c'est agréable. Toi, tu es…

— Je suis ?

— Toi, répond-il simplement. Tu es naturelle, même en fantasmant sur moi.

— Tu ne peux pas t'empêcher de dire n'importe quoi.

Il rit d'autant plus fort, cette fois, comme un gosse.

— Tu ferais mieux de partir, je lui dis alors. Tu as sûrement des tonnes de choses à faire.

— Non, c'est repos aujourd'hui. Quartier libre !

Il a l'air content en disant ça. Je suppose qu'il ne doit pas en avoir souvent. Je ne peux même pas imaginer le boulot qu'il doit abattre et la pression à laquelle il doit faire face au quotidien.

— Et on fête ça comment dans ton monde ? je demande.

— En ne glandant rien de la journée. Absolument rien.

— Alors tu es humain en fin de compte…

Nous nous sourions comme deux idiots.

— Et toi, qu'est-ce que tu vas faire ?

— Glander aussi. C'est devenu une habitude depuis que je suis là…

Son téléphone sonne avant qu'il puisse me répondre. Il se redresse aussitôt.

— Désolé, je dois prendre cet appel. On se voit plus tard…

Moon quitte la terrasse en décrochant.

Il est 20 heures passées lorsque j'entends des coups contre la porte de l'appartement. Je pose mon paquet de chips sur la table basse et vais ouvrir.

Moon porte un short, des tongs et un sweat à capuche. Dans l'ensemble, ce n'est pas vraiment une tenue sexy, mais il me fait tout de même vraiment craquer.

— Oui ?

Il me sourit en passant un doigt sur ses sourcils pour écarter quelques cheveux qui le dérangent.

— Tu as mangé ?

— Euh… non. Pourquoi ? je bafouille en pensant mes restes de grignotage laissés en évidence sur la table.

— Tu veux venir avec moi ?

— Où ça, et euh… pourquoi ?

— Suis-moi simplement, s'il te plaît.

— Je…

— Allez, Billie, fais-moi confiance, dit-il en me tendant la main.

Alors que je me fais la remarque que dans tous les films, quand le héros dit ce genre de chose, ça tourne mal, je glisse ma main dans la sienne.

Son sourire irradie.

Alors que je ferme la porte et me laisse tirer vers l'avant, je m'attends à aller sur la terrasse, ou chez lui, mais il prend l'ascenseur et nous descendons vers le rez-de-chaussée.

— Tu m'emmènes où comme ça ?

— Dans un endroit que j'adore.

Je sens mon cœur s'affoler étrangement, comme s'il était excité par cette aventure et terrorisé, à la fois.

Arrivés en bas, Moon fait signe aux gardes du corps que nous allons sortir. Il tend quelque chose que je ne vois pas bien à l'un d'eux avant de se tourner vers moi.

— Tout va bien ?

Je hoche la tête, même si j'appréhende la suite. Moon installe alors un masque noir sur son visage avant de m'en offrir un, identique.

— Si tu mets ça, tout va bien se passer. Je te l'assure.

— Je ne sais pas si c'est une bonne idée…

— Fais-moi confiance, répète-t-il.

— D'accord…

J'enfile le masque, et nous sortons par l'arrière du bâtiment. Nous arrivons directement dans le parking souterrain où nous attendent plusieurs personnes de la sécurité.

Alors que je me pose mille et une question, Moon m'entraîne à l'intérieur d'une voiture noire aux vitres teintées qui démarre sans perdre de temps. Je reste silencieuse pendant le trajet, ne sachant pas comment réagir et ne voulant surtout pas lui causer de tort. J'ai peur qu'on nous reconnaisse dans la rue et que ça porte préjudice à sa nouvelle vidéo, ou aux garçons…

— On est bientôt arrivés, me glisse-t-il, tout bas.

En effet, la voiture se gare quelques minutes plus tard. L'un des gardes du corps nous ouvre, et nous sortons l'un après l'autre. Le jour commence doucement à décliner et la ville à s'habiller de lumières.

Alors que nous avançons avec précaution dans les rues, Moon s'arrête brusquement devant un *pojangmacha*. Ma grand-mère m'a parlé plusieurs fois de ces petits stands de nourriture couverts. Selon elle, les prix y sont très abordables et c'était l'un de leurs rendez-vous incontournables avec papy, lorsqu'ils étaient jeunes. Je rêvais d'en découvrir un !

— Viens, dit-il, le sourire dans la voix.

Il salue l'homme qui se trouve derrière les fourneaux et il lui indique une table au fond de la tente. On s'y installe l'un en face de l'autre, et je regarde autour de moi, curieuse. Des guirlandes lumineuses éclairent les quatre coins de la tente et la dizaine de tables est prise d'assaut, soit par des couples, soit par des hommes encore en costard. Ma grand-mère m'a expliqué que beaucoup d'hommes d'affaires venaient dans les *pojangmacha* pour décompresser après le travail. C'est plutôt vétuste, mais charmant et typique.

— C'est ton endroit préféré ici ? je demande.

Il acquiesce et baisse son masque sous son menton, sans pour autant retirer la capuche qu'il a installé sur sa tête lorsque nous sommes sortis du véhicule.

— Oui, ça appartient à mon père.

— L'homme que tu as salué ? je chuchote.

Il hoche de nouveau la tête.

— Mais tu…

— Je reste incognito pour le moment, on se parlera après, il en a l'habitude. Et ça ne l'ennuie pas, il aime que je vienne ici.

C'est adorable.

— Je suis ravie d'être là, je lui dis. Ma grand-mère m'a souvent parlé d'endroits comme celui-ci.

— Elle est déjà venue ici ?

— Mes grands-parents sont coréens, je réponds. Ils se sont installés aux États-Unis quand ils avaient la trentaine. Ma mère est tombée amoureuse d'un Barbadien, lui aussi expatrié. Et tous ces mélanges ont donné… moi.

Je lui souris timidement.

— Séoul, c'était mon rêve depuis longtemps.

— Et j'ai tout gâché ?

Il semble triste et gêné à la fois.

— Je ne dirais pas ça comme ça. Ma grand-mère dit que c'est une opportunité d'être ici et que je ne dois pas passer à côté, peu importe les obstacles sur ma route. Et puis, elle dit aussi que sans imprévu, la vie est moins excitante.

— Des paroles sages, affirme Moon en souriant. Tu penses comme elle ?

— Oui et non… j'aurais préféré que le début de mon séjour ici soit moins musclé, mais en même temps je suis venue ici pour avoir de l'aventure.

— Qu'est-ce que tu comptais faire, avant de me rencontrer, je veux dire ?

Je souris en accrochant son regard du mien.

— Profiter de la ville, trouver un petit boulot et apprendre à me familiariser avec la vie ici avant d'entrer à l'université.

— Tu veux étudier ici ?

— Oui, à Yonsei.

Ses yeux s'écarquillent un peu, mais il ne dit rien. J'ai remarqué qu'il fait souvent cette tête quand il est étonné. Et je dois dire que je trouve ça adorable.

— Pourquoi pas aux États-Unis ?

— J'ai toujours voulu connaître le pays au cœur des histoires de ma grand-mère. Et puis, j'ai la chance de partir souvent à la Barbade, alors découvrir l'autre partie de mes origines était obligatoire pour moi. Je m'étais mis en tête de partir à l'étranger un jour ou l'autre. Cela m'a donc paru tout à fait logique de me fixer comme objectif d'intégrer Yonsei.

De là d'où je viens, je n'ai pas vraiment d'amis. La seule personne qui a compté à mes yeux, lorsque j'étais plus jeune, m'a été arrachée brutalement un jour, ce qui m'a ensuite plongée dans une profonde dépression. Depuis, j'ai beaucoup de mal à m'attacher aux autres.

Mais jusque-là cela m'allait d'être solitaire. Bien sûr, j'avais des camarades au secondaire, puis au lycée, mais en fait c'était plus des connaissances, pour passer le temps pendant les études. En arrivant ici, j'espérais repartir de zéro et apprendre à connaître plus de monde.

— C'est elle qui t'a appris le coréen ?

— Oui.

Il esquisse un sourire et s'apprête à dire autre chose quand on nous apporte à manger. Le serveur, qui est en réalité son père, place deux assiettes bouillantes devant nous.

— Ce n'est pas fini, je reviens, nous indique-t-il.

Quelques secondes plus tard, il pose deux nouveaux plats et des boissons à table. J'en profite pour l'observer du coin de l'œil. Lui et Moon se ressemblent.

— Voilà, bon appétit.

— Merci, nous répondons en chœur.

L'homme s'en va aussi vite qu'il est apparu.

Ça doit quand même être frustrant de ne pas pouvoir parler avec son fils, de ne pas pouvoir l'enlacer.

— Tu avais commandé ? je demande.

— Non, mais ce sont ses spécialités. Je prends toujours ça quand je viens. Goûte, c'est un pur délice.

Je lui fais confiance et comme j'ai une faim de loup je ne me fais pas prier. J'attrape mes baguettes et les plonge dans le premier mets devant moi. C'est épicé et carrément délicieux.

— J'adore ! je m'exclame. C'est quoi ?

Moon m'offre un sourire en coin.

— Ce sont des *tteokbokki*, des galettes de riz avec de la sauce pimentée et des légumes, parfois de la viande…

— Délicieux !

Ce moment que nous partageons actuellement tous les deux est sans doute l'un de mes préférés. Il surpasse même notre baiser ou notre première nuit ensemble…

Tout est calme, détendu. Il n'y a aucune pression, aucune embrouille. On pourrait croire qu'on est deux simples amis qui partagent un repas tranquillement. Et ça me fait beaucoup de bien de sortir de ma prison dorée et de vivre ce moment des plus ordinaires.

— Pourquoi tu m'as amenée ici ? je le questionne.

— Parce que j'en avais envie et parce que, pour une fois, j'avais le temps, répond-il avant de boire une gorgée de soda.

— Tu as le droit de faire tout ça, au moins ?

— Bien sûr.

Je n'en suis pas si certaine. Mais je ne préfère pas le contester.

— Cela fait un moment que j'ai envie de t'emmener dans un endroit sympa qui ne soit pas la terrasse de l'immeuble, ajoute-t-il.

— Eh bien, c'est une bonne idée, Moon. Je suis contente d'être ici… avec toi.

Chapitre 15

Moon

J'avais très envie d'emmener Billie manger en ville. Auprès d'elle, à cet instant, je me suis senti… normal. Et j'ai envie de croire que même si elle avait peur qu'on se fasse pincer, elle aussi a pu profiter comme je l'ai fait.

Bien sûr, j'aurais aimé lui offrir encore plus que cela. Comme l'emmener se promener dans le quartier d'Insadong, ou profiter de la vue nocturne du haut de la N Seoul Tower, et pourquoi pas faire un karaoké… Mais c'était déjà assez dangereux de sortir comme ça, même si j'ai fait très attention.

— Dis-moi quelque chose sur toi, dit-elle alors qu'elle s'assied en tailleur sur le canapé de la terrasse.

Nous sommes rentrés il y a à peine dix minutes, mais nous voulions prolonger ce moment…

— Tout ce que tu veux savoir est sur Internet, je crois même que la Toile en sait plus sur moi que moi-même. Il y a carrément la taille de mes mains, je crois.

Elle laisse échapper un ricanement.

— Ça pourrait être pire, il pourrait y avoir d'autres mensurations que tes mains.

Je lui lance un regard en biais alors qu'elle se met à rougir. Elle est tellement jolie, et je suis ravi de pouvoir partager et même prolonger ce moment avec elle.

— N'empêche, quoi que tu veuilles savoir, Internet te le dira.

— D'accord, on va faire le test.

Je m'installe à côté de Billie tandis qu'elle sort son téléphone portable de sa poche et commence à écrire dans la barre de recherche : « Quelle est la couleur préférée de Moon du groupe Alter ? »

En deux secondes, Google affiche les réponses.

— Le noir et le vert apparemment, dit-elle en me regardant, c'est vrai ?

Je hoche la tête, et elle sourit de plus belle. Difficile de garder une part de mystère quand on prend la décision d'être une personnalité publique.

— Question suivante : « Quelle est la taille des mains de Moon ? »

Je ricane comme un crétin.

— Vingt centimètres ! Bon je n'ai pas de règle pour vérifier, mais j'imagine que c'est vrai. C'est grand, non ?

— J'ai de grandes mains, j'affirme en les lui montrant.

Elle se mordille la lèvre pour ne pas rire. Elle est tellement lumineuse là, à cet instant, qu'elle m'éblouit.

— Et les tiennes ?

Billie hésite quelques secondes avant de poser sa paume contre la mienne. Sa main semble minuscule, mais sa peau est si douce…

J'observe le contraste de couleur de nos peaux.

— Ah oui, tu as de longs doigts…

Elle laisse passer quelques secondes.

Son souffle se fait de plus en plus fort à mesure que je la fixe plus intensément encore. Et puis, elle retire sa main.

Pourtant, il y a encore cette tension entre nous, ce frisson, comme le premier soir, comme chaque soir d'ailleurs… Je crois que ça ne partira jamais. Bon sang, si ça continue comme ça, je vais encore vouloir l'embrasser.

— Recherche suivante : « Quelle est la saison préférée de Moon ? »

Je me laisse aller en arrière.

— L'automne, annonce Billie. Mais attends, ce site a l'air intéressant. « Le top 5 des choses qu'on aimerait tous savoir sur Moon »...

Elle vient se caler elle aussi contre le dossier du canapé, jette un coup d'œil dans ma direction et me sourit.

— Si ça t'ennuie, j'arrête.

— Non, vas-y, je suis curieux.

Ma réponse semble lui faire plaisir.

— Numéro cinq : « Son *date* idéal... »

— Il faut que je te réponde à chaque fois ? je demande.

Billie fait un cœur avec ses doigts[1]. Elle est absolument adorable.

— C'est le jeu.

— D'accord, alors comme ce soir. Un dîner tranquille sans être harcelé, avec une jolie fille qui craque pour moi.

Elle fait la moue et lève les yeux au ciel. Elle voulait peut-être que j'approfondisse, mais ma réponse est sincère. Pour moi ça relève déjà du miracle de pouvoir faire ça.

— Numéro quatre : « Comment il fait pour avoir des cheveux aussi soyeux ? »

— Absolument rien, je réponds en rigolant. Qu'est-ce que vous avez toutes avec mes cheveux ?

— Ne m'inclus pas là-dedans...

— Ce sont juste des cheveux.

— Que tu laisses pousser, que tu laisses tomber devant tes yeux...

1. Ici Billie fait avec son pouce et son index ce qu'on appelle un *aegyo*. Dans le jargon coréen, c'est une mimique ou une façon enfantine de se comporter quand on est adulte. C'est assez populaire dans la K-pop ou certains *dramas*.

Quand tu passes une main dans ta tignasse lors d'un concert, tu sais très bien que cela les fait fondre. Tu en joues. Mais peu importe, tu n'as pas répondu à la question.

— Ils sont traités avec le plus grand soin par des spécialistes.

— Numéro trois : « Comment fait-il pour être aussi sexy en tongs ? »

Billie se penche et fixe mes pieds. Je ricane.

— Je suis censé répondre à ça ? Franchement, il n'y a rien à redire… La véritable question serait plutôt : trouves-tu que je suis sexy en tongs ?

— Disons que je réalise seulement maintenant que tu es toujours sapé comme un prince en dehors d'ici, mais que moi, j'ai n'ai droit qu'au combo short, tongs et sweat…

— Tu as donc devant toi le vrai Moon.

Je lui souris tandis qu'elle baisse les yeux.

— OK, *next*… « Ce qu'il aimerait avoir le droit de faire malgré son statut ? »

Là, tout de suite, l'embrasser comme un dément.

— Avoir un peu plus de temps pour faire les choses que j'aime, comme aller voir mes parents, sortir sans que le monde entier soit au courant.

— Je comprends. Et pour finir : « Quelle est la signification de son tatouage ? » Mais tu… Tu n'es pas obligé de répondre.

— Je ne répondrai pas, je dis en effleurant de ma main l'encre indélébile. C'est ma part de mystère.

Billie hoche la tête avec un sourire entendu.

Ce tatouage, c'est une forme d'héritage que m'a laissé Young-jae, la marque de ses ténèbres, qui sont maintenant les miennes. Je n'ai pas envie de le dire à qui que ce soit.

— Il y a un numéro complémentaire. Mon Dieu, il est complètement loufoque, s'esclaffe Billie.

— Vas-y…

— « Son numéro de téléphone, son adresse et s'il veut que je sois la mère de ses enfants. »

Elle éclate de rire et irradie comme le soleil qu'elle porte autour de son cou.

— Bon sang, elles sont dingues, ajoute-t-elle.

Sans un mot, elle range son téléphone et se rapproche de moi, fixant le ciel et jouant avec son collier par la même occasion. Je la regarde du coin de l'œil, conscient de la tempête qui sévit dans ma tête et que je m'efforce de contenir.

Billie est interdite, dangereuse, alors pourquoi ai-je tant envie de lui caresser la joue pour attirer son attention ? Pourquoi ai-je tant envie d'attraper son visage, de glisser mes doigts dans ses cheveux et de l'embrasser comme jamais personne ne l'a encore embrassée ?

À ses côtés, j'ai le sentiment de pouvoir m'affranchir de toutes les règles. Et pourtant, c'est impossible.

— Dis-moi quelque chose que tes fans ne savent pas.

— C'est-à-dire ?

— Je ne sais pas… quelque chose que je pourrai emporter avec moi quand je quitterai ton monde.

— Si je ne te dis rien, tu resteras avec moi ?

Elle plonge ses grands yeux verts dans les miens. Bon sang, mais à quoi je joue ? Je devrais la repousser, mais, au lieu de ça, je l'attire contre moi, dans mes bras. Elle s'assoit à califourchon sur mes jambes, et c'est tout mon corps qui s'éveille. Je sens mon cœur devenir fou. On le sait pourtant qu'on doit éviter ce genre de rapprochements…

— La dernière fois, tu ne voulais pas ressentir tout ça, tu n'en avais pas envie… En quoi c'est différent aujourd'hui ? murmure Billie avant de faufiler ses mains derrière ma nuque.

Le frisson que je ressens avec ce geste est précisément ce qui rend l'interdit si bon. Son intensité déclenche un flot d'adrénaline dans tout mon corps. Je deviens accro.

— Ça ne l'est pas, je réponds enfin. Je me suis juste résigné à l'idée que tu m'attires et que je ne peux pas faire grand-chose contre ça. Tu n'as toujours pas ta place ici, tu ne l'auras jamais, et je ne veux pas sacrifier ce que j'ai construit, ni le groupe, pourtant…

Je me fais l'effet du plus grand des égoïstes…

— Pourtant ? répète-t-elle.

— J'aime être auprès de toi. Tu me donnes la sensation d'être normal. Et je crois que je suis fatigué de résister à cette attraction entre nous. Je pourrais mettre fin à tout ça, je pourrais dire au label que ta présence me gêne, mais je n'ai pas envie que tu partes.

— On appelle ça un caprice de star chez le commun des mortels, souffle-t-elle en posant son front contre le mien.

— Tout à l'heure, tu me demandais quelque chose que tu pourrais emporter avec toi, quelque chose que les fans ne savent pas.

Elle hoche la tête, et je sens ses yeux sonder les miens.

— Mais tu sais déjà tout de moi. Bien plus que quiconque. Tu me connais, je chuchote. Mais puisque tu veux un scoop, tu es la plus grosse connerie que j'ai faite et pourtant je ne regrette rien quand tu es comme ça dans mes bras.

Silencieusement, elle comble l'infime écart entre nous et presse ses lèvres contre les miennes. Je me laisse aller aux sensations exquises qu'elle fait naître en moi et à ce désir abrupt qui me submerge. Je la veux, j'ai envie d'elle. Alors je l'embrasse en retour. Plus fort, plus langoureusement. Je me nourris de son odeur, de son goût, de sa peau. Elle est tellement délicieuse.

Lorsqu'elle s'éloigne, le sourire aux lèvres, mon cœur devient complètement taré. Bon sang, qu'elle est belle ! Je me noie complètement dans son éclat. Mais je ne suis pas d'accord avec sa décision de stopper ce baiser, alors je me jette sur sa bouche jusqu'à ce qu'elle me repousse en gloussant.

— OK, tu es le champion du souffle si tu veux, mais moi je vais mourir là…

— Pour moi, c'est inédit, je halète.

— De quoi, embrasser une fille ?

Je secoue la tête.

— D'habitude, il n'y a que la danse et le chant qui m'essoufflent autant, mais ça, *toi*…

Elle serre mes cheveux entre ses doigts et se colle encore plus près de moi.

Il y a tant de choses qui se bousculent dans ma tête, et pourtant je choisis de ne rien dire. J'aimerais que mes mains parcourent son corps tout entier, j'aimerais la toucher et me perdre en elle. Si j'en avais le pouvoir, je voudrais mettre cet instant sur pause pour m'imprégner le plus possible de ces sensations qui me traversent le corps.

Cette chaleur n'est pas la même qu'après un échauffement. Ce halètement n'est pas le même qu'après une performance. Cette adrénaline n'est pas la même que lors d'un concert… Rien n'est semblable à ce qu'elle me provoque et ça me prend aux tripes.

Je m'immobilise une seconde.

Mais qu'est-ce que je fais ? Il faut que je sois plus sérieux, plus rigoureux. Je retire mes mains de son visage, mais elle les attrape dans les siennes.

— C'est vrai qu'elles sont grandes…

— Tu ne vas pas t'y mettre, je dis en souriant.

— C'est un simple constat. Et puis, je croyais que tu aimais quand les filles étaient folles de toi au point de flatter n'importe quelle partie de ton corps.

— Ah, tu es folle de moi ? Tu l'avoues enfin ?

— Dans tes rêves, Park Moon-soo.

— Dit la fille qui m'embrassait avidement il y a quelques secondes à peine.

— Il y a un monde entre être folle de quelqu'un et être d'accord sur le fait qu'il a de grandes mains. Et puis, c'est toi qui m'as embrassée.

Je ris. Elle sourit.

— Pour le baiser, je ne suis pas sûr.

— Moon ?

Je l'interroge du regard, mais quelqu'un se racle bruyamment la gorge, nous faisant sursauter. Quand je tourne la tête, je découvre M. Yung. Son visage est impassible. Je veux croire qu'il n'a rien vu, mais je sais qu'il n'en est rien. Peut-être même a-t-il tout entendu aussi.

Merde !

Billie s'écarte de moi, et en un rien de temps sa lumière s'affaiblit, comme si elle avait peur.

— Bonsoir, lance-t-il. Mademoiselle Moore, vous pourriez nous laisser s'il vous plaît ? Je dois parler à M. Park.

— Bien sûr, je…

Elle se retient de poursuivre sa phrase et file sans un mot, ou regard pour moi.

J'aurais voulu lui dire que je suis désolé, que j'ai passé une soirée vraiment géniale avec elle, mais c'est trop tard à présent.

Chapitre 16

Moon

Il n'y a eu aucun esclandre, mais je n'ai pas pu revoir Billie avant de partir. Avec M. Yung, nous avons parlé de notre emploi du temps pour les jours à venir et le lendemain nous sommes partis très tôt pour l'île de Jeju-do. Au planning : répétitions et repérages pendant deux jours, puis tournage avant de terminer l'enregistrement en studio comme nous en avions déjà parlé. La semaine s'annonce donc des plus chargées. Les journées de repos sont traîtresses. La surcharge de boulot qui survient après n'est jamais motivante…

Le soleil commence à décliner dans le ciel. Cela fait des heures qu'on s'entraîne, je suis exténué, mais je me sens tout de même privilégié de faire ce que je fais. Nous résidons dans une maison en bord de plage dont la vue sur la mer de Chine orientale est magnifique. Nous allons tourner au cœur de ce cône volcanique qui a été formé par des éruptions il y a quelques milliers d'années, je crois. Ce dont je suis sûr en revanche, c'est que cette île est classée au patrimoine mondial de l'Unesco.

En dehors de quelques effets visuels, le clip montrera les paysages sublimes de ce lieu emblématique à travers des plans larges. Il est prévu que l'on me voie marcher dans les tunnels de lave du volcan de Geomunoreum. Kai et Min, seront sur les routes du mont Hallasan, et enfin Dae à la cascade de Jeongbang. Puis, nous nous rejoindrons tous et danserons au cœur du pic de Seongsan.

— Prenez cinq minutes, les garçons, après vous répéterez vos scènes.

Tout le staff s'active autour de nous, tandis que nous nous rafraîchissons chacun de notre côté. J'essaye de rester concentré sur la chorégraphie et sur les scènes que je dois tourner, mais je n'arrive pas à être à cent pour cent dedans. Je pense à Billie. Je crois que j'ai également un peu hâte de rentrer pour la voir et lui parler et…

— Bien ! Moon et Dae, vous pouvez y aller, tout est prêt pour les premières répétitions.

Je ressens une petite pression dans mon ventre. Un mélange d'adrénaline et de peur. Même si on nous apprend à jouer avec la caméra et à être à l'aise avec elle, dès qu'on est sélectionnés pour appartenir à un groupe, c'est toujours un peu stressant. Je prends donc une profonde inspiration et suis l'assistant du réalisateur jusqu'à l'intérieur du tunnel, touristique d'ordinaire, mais interdit au public pour les prochains jours.

Une fois que j'y suis, je m'émerveille. L'obscurité est quasi totale, et je suis donc uniquement guidé par les halos de lumière artificielle violette que notre équipe a installée pour ma scène. Malgré la haute température extérieure, le thermomètre chute considérablement ici. Le couloir créé naturellement est gigantesque. Ça donne la sensation de se trouver dans l'antre d'une bête ancestrale, comme si un Basilic[1] y avait élu domicile et pouvait surgir à tout moment…

— Bonjour, Moon-soo, lance Se-Min en s'inclinant légèrement.

Je le salue de la même manière. C'est le réalisateur. Ce n'est pas la première fois qu'on bosse avec lui et son équipe. Il a réalisé notre dernier MV et puis celui de *Rainy Love*, aussi.

1. Référence au Basilic inventé par J.K. Rowling, dans la saga *Harry Potter*.

— Tu as pu lire le script ?

— Oui, je sais ce que j'ai à faire.

— Très bien. On suit le plan de travail, c'est-à-dire que l'on va te filmer en train d'arpenter la grotte pour que tu puisses « rejoindre » le pic de Seongsan et tes camarades par la suite.

Je hoche la tête.

— Tu vas démarrer d'ici en me montrant une porte en fond vert et en la poussant. Seule ta main doit être visible pour une question de montage. Je te lancerai le GO quand tu pourras faire mine de rejoindre « l'autre côté ».

— OK, ça me semble faisable. Après je me regarde dans le miroir ou alors je m'étonne des lieux qu'il y a autour de moi ?

— On va essayer les deux, mais je pense que la première idée sera davantage esthétique pour les fans. Ensuite, tu te tournes et tu suis le chemin de lumières. Elles sont violettes pour matcher la couleur de tes cheveux.

— OK. C'est quand vous voulez, je suis prêt.

— Très bien, installe-toi derrière la porte. Ne fais pas attention à la caméra, sauf quand elle cadrera ton visage.

— *Mirror*, partie 1 « Moon », scène du tunnel, première prise, lance le premier assistant réal.

Et puis « Action » est crié par Se-Min.

♫

J'éclate de rire alors que Kai jette son jeu de cartes sur la table. Il fait une moue bougonne.

— Mais c'est pas vrai, tu triches, râle-t-il.

— Respecte un peu ton aîné, je réponds. Je suis bon en tout, je n'y peux rien ! Tu devrais le savoir depuis le temps.

Il lève les yeux au ciel.

Demain, c'est la fin du tournage.

On bosse comme des dingues depuis trois jours. Mais je dois dire qu'hier, c'était le plus difficile. On s'est entraînés jusqu'à 23 heures. Il faut encore assurer une journée et ce sera bon. On rentrera à la maison.

Ce serait un mensonge de dire que je n'ai pas envie de rentrer. Billie me manque. Plus que ça, même : j'ai une furieuse envie de la voir, de la sentir contre moi. Cela m'obsède depuis notre dernière soirée passée ensemble.

— Je vais faire un tour sur la plage, lance Dae. Vous venez ?

— Pourquoi pas.

J'enfile une casquette, et tous ensemble, on se met en route. Nous sommes logés dans une maison en bord de plage. C'est vraiment magnifique. Quand j'étais plus jeune, jamais je n'aurais pensé voyager comme je le fais aujourd'hui. Visiter des pays comme les États-Unis, la France, l'Angleterre… Je ne pouvais même pas le rêver !

À peine dehors, Dae saute sur les épaules de Kai et lui demande de courir, ce qu'il fait sans réfléchir en criant comme un gosse alors que l'autre lève un bras en l'air en criant :

— Ah, ah Anpanman[1] !

Avec Min-ho, on se regarde d'un air désespéré.

— Pas trop crevé ? je lui demande.

— Si, je dors toujours mal quand je ne suis pas dans mon vrai lit. Et j'ai tendance à tourner en rond pendant des heures avant de trouver le sommeil.

— Pareil, moi je m'invente trois scénarios de film avant de réussir à rejoindre Morphée. Alors que Kai, lui, il lui suffit de poser sa tête sur l'oreiller. En trois minutes, il n'y a plus personne.

1. *Anpanman* est un manga pour enfant écrit par Takashi Yanase.

— Faudrait le punir pour ça, lâche Min d'un ton sadique.

— Je suis d'accord. On ira le faire chier ce soir.

— Hé ! Vous venez les gars ? crie Dae. L'eau est trop bonne.

Ils ont les pieds dans la mer et sont en train de s'éclabousser. Leur joie immense fait plaisir à voir. Ils ont raison d'en profiter. C'est important de décompresser de temps en temps. Après ce tournage, nous serons de nouveau très occupés avec les enregistrements studio de notre nouvel album. Je sais aussi qu'avec la sortie de *My Soulmate*, nous allons devoir faire quelques performances télé.

— À quoi tu penses ? s'enquiert Min.

La tête penchée sur le côté, il m'observe.

— Juste à la suite du planning.

Il hoche la tête. Comme les murs ont des oreilles et qu'il y a sans doute une caméra qui traîne quelque part, je ne dis rien de plus. Ce n'est pas la peine, mon ami me comprend. On vit ensemble, on partage tout, y compris nos doutes, nos peurs et nos galères, alors on le sait quand l'un de nous ne va pas bien.

Je ne dis pas que c'est le cas, mais disons que je ne suis pas dans mon état normal depuis plusieurs jours. Penser constamment à une fille n'est pas dans mes habitudes. D'ordinaire, je suis concentré sur le boulot.

— Tu viens ? lance Min.

Il est en train de retirer ses baskets. Je le suis quand je remarque un homme sur la route derrière nous, avec un objectif braqué sur nous. J'en étais sûr, après tout M. Yung nous avait prévenus. L'équipe de tournage adore capturer des images de nous lorsque nous sommes « au naturel ». Je reviens alors sur mes pas et me penche vers sa caméra de reportage.

— Tu me suis ? je lui propose.

Je perçois le sourire du cameraman alors qu'il bouge son appareil comme si ce dernier répondait « oui ».

Ce contenu sera sans doute utilisé pour un making of. Je fais volte-face et je rejoins les autres, bien décidé à offrir au public ce qu'il attend de moi.

Danser dans un décor naturel aussi magnifique, c'est une chance. Je ne suis pas un gosse capricieux, contrairement à ce que l'on pourrait croire, je ne suis pas pourri gâté par la vie. Je sais apprécier la chance que j'ai et ce que l'on m'offre. J'ai vécu assez modestement avec mes parents pour avoir conscience des bonnes choses. Je mesure également la place privilégiée que je me suis faite en devenant un membre d'Alter.

♫

Le temps est idéal aujourd'hui, car il ne fait pas trop chaud en raison de la présence de quelques nuages dans le ciel. Nous faisons semblant de chanter quand la caméra passe devant nous. L'équipe du son et du montage se chargera de mixer la musique et l'image ensemble.

Je suis content de cette chanson et de ce qu'on a accompli en l'espace de quatre jours.

— Coupez !

Je reprends mon souffle. *C'est épuisant, bon sang.*

Nous nous plaçons devant le moniteur avec le réalisateur qui repasse la scène devant nous. Nous nous observons en train de danser. On fait souvent cela pour s'améliorer, pour que tout soit absolument parfait.

— Ça ne va pas, soupire Kai, mon mouvement là n'est pas beau. J'aimerais qu'on refasse cette prise.

Le réalisateur hoche la tête. Parfois, c'est nous qui réclamons ce genre de chose. On nous a appris à être perfectionnistes.

Moi aussi, il y a un mouvement que je voudrais refaire, car il ne me semble pas très gracieux.

— On va la retourner, lance le réalisateur. Maquillage !

L'équipe se jette carrément sur nous. Ils nous tamponnent le front, font des retouches sur le fond de teint, replacent nos cheveux. La partie make-up, c'est ce qui m'ennuie le plus...

— Allez, je dis avec impatience, on y retourne. Cette fois, c'est la bonne.

Je place ma main devant moi et les autres posent les leurs par-dessus.

— ALTER ! ALTER ! ALTER EGO ! crions-nous en même temps.

♫

À l'aéroport nous sommes accueillis par M. Yung. Costard cravate, cheveux impeccables et son éternelle tablette à la main. Il ne change pas, ce type.

— La voiture vous attend.

Nous la retrouvons sur le tarmac, sans doute pour éviter la foule et les paparazzis à cette heure-ci.

— Il est tard, alors nous parlerons de votre emploi du temps demain. Mais je tenais déjà à vous féliciter pour ces quatre jours de travail acharné. Tout s'est passé au mieux et dans un temps record !

Les garçons montent dans la voiture, tandis que M. Yung me fait signe de venir près de lui.

— Monsieur Park ?

— Oui ?

Il me fixe de manière tout à fait impassible.

— Il vous sera inutile de chercher à voir Mlle Moore, une fois rentré.

Mon cœur bat instantanément plus fort et plus vite dans ma poitrine.

— Mlle Moore étant rétablie, enchaîne-t-il, elle a pu prendre congé et enfin nous quitter.

— Comment ça ?

— Elle est retournée à sa vie normale. Nous avions convenu qu'elle partirait une fois remise de ce qui s'est passé, ce qui est maintenant le cas.

Je ne sais pas quoi dire, ni penser.

C'est des conneries tout ça. Ils ne l'ont pas virée parce qu'elle va mieux, non, ils l'ont virée parce qu'il m'a surpris en train de l'embrasser. Hypocrite et fayot comme il est, il a tout raconté au grand boss ! Je n'y crois pas. Faire ça dans mon dos, qui plus est…

— N'est-ce pas ce que vous souhaitiez pour elle ? Qu'elle retourne à une vie normale ?

— Si. Bien sûr, mais…

— C'est maintenant chose faite.

Je suis abasourdi.

Des jours que je pense à nos retrouvailles, et la voilà partie pour de bon…

Chapitre 17

Billie

Mes yeux brillent quand je repère un Starbucks.

Enfin ! Merci, mon Dieu.

J'y entre et me dirige directement vers le comptoir où je commande une boisson fraîche. Il fait déjà chaud ce matin. Mon Iced Tea Hibiscus à la main, je me dirige vers une table libre et m'y installe. La première chose que j'ai envie de faire quand je déverrouille mon portable, c'est d'aller sur Instagram, mais j'ai toujours la flemme de me connecter et de voir l'étendue des dégâts… Je pense aussitôt à Moon.

En deux heures à peine, l'autre jour, j'ai eu le temps d'embrasser Moon, de le laisser avec M. Yung et de recevoir la charmante invitation de me barrer fissa de ce monde de dingues. Aucune violence, aucun mot plus haut que l'autre, simplement un ordre clair de partir.

Je devais m'y attendre, en même temps. C'est ce qui était convenu. Les règles étaient établies dès le départ, et je savais que les relations amoureuses étaient proscrites pour les stars d'Alter. Assister à ce baiser a sans doute été la goutte de trop pour M. Yung. J'aurais aimé dire au revoir à Moon comme il se doit, malgré tout ce qui est arrivé, j'ai été heureuse de le connaître. Et, aussi égoïste qu'il ait été le soir de notre rencontre, il n'en reste pas moins un humain.

Je devrais m'estimer heureuse d'être enfin libre et de pouvoir faire ce que je veux, mais je n'ai pas la sensation de l'être vraiment.

J'ai l'impression que les gens me regardent dans la rue, ce qui est stupide. Tous les Coréens ne sont pas fans de K-pop. Mais c'est comme quand on fait une tâche sur ses vêtements, on est persuadé que le monde entier ne voit que ça.

En gage de bonne foi, le label de Moon m'a trouvé une location. Chose que je n'aurais pas pu faire aussi vite. Je suis donc passée d'un loft de plus de cent mètres carrés à un studio de trente mètres carrés en moins de temps qu'il n'en faut pour le dire. Honnêtement, je préfère la version plus petite. Cela correspond bien plus à ma réalité.

♫

— Bonjour ! lance une voix guillerette.

Je tourne la tête sur le seuil de mon appartement pour faire face à Raiponce. De grands yeux bleus, un teint de pêche et de longs cheveux blonds tressés. Elle porte même une robe violette.

— Salut, je réponds.

— Tu es ma nouvelle voisine ?

— Euh… sans doute.

Elle me sourit. Elle a l'air super mignonne, mais, après mon passage à tabac et avec mon éternelle asociabilité, je ne me sens pas très rassurée. Je suis et serai toujours timide.

— J'habite juste à côté. Ravie de voir que je ne suis plus la seule étrangère ici.

Je me rends alors compte qu'elle n'a pas dit un mot de coréen.

— Je n'avais même pas fait attention au fait que tu me parlais anglais, je lui avoue.

— Tu viens d'arriver ?

Je n'ai pas tellement envie de discuter, mais je me dis qu'il est temps de changer mes habitudes, juste pour voir ce que ça fait.

— On peut dire ça. Je m'appelle Billie.

— Moi, c'est Malaury.

Un livreur nous interrompt.

— Madame Lewis ? demande-t-il en regardant son plastique.

— C'est moi, indique-t-elle en coréen.

Il lui tend deux sachets contenant de la nourriture, vu l'odeur alléchante qui s'en dégage, et elle lui donne de la monnaie. Il nous salue en s'inclinant.

— Je vais…

— Tu veux manger avec moi ?

— Je…

Bon sang, il va falloir que j'apprenne à faire des phrases avec plus de trois mots. Je ne m'attendais pas à une telle proposition alors qu'on vient à peine de se rencontrer.

— Il y en a beaucoup trop pour moi et puis ça t'évitera de faire à manger. Ne t'en fais pas, je ne mords que si on m'attaque, ajoute-t-elle en souriant.

Je dois faire une tête de tarée pour qu'elle me dise ça et je suis carrément folle pour répondre :

— D'accord.

Malaury esquisse un sourire, visiblement ravie.

— Tu crois qu'on s'est déjà croisées dans les environs ? lance-t-elle par-dessus son épaule.

— Je ne pense pas, je dis en rentrant dans son appartement.

— J'ai l'impression de t'avoir déjà vue…

Elle ferme la porte derrière elle. Je m'avance. Le salon est lumineux. Les murs couleur ivoire se marient avec le fauteuil taupe et les meubles noirs. C'est assez cosy.

Je tourne sur moi-même quand je remarque que juste au-dessus de la télé il y a une étagère dédiée à Alter. *C'est pas vrai…* Il y a tous leurs albums, des figurines à leur effigie, et même une photo encadrée de Kai.

— Oh ! je sais ! Tu es la fille sur les photos avec Moon ?

Je rougis et je me dis que le karma ne m'aime vraiment pas.

— Non…

— T'es sûre ? dit-elle en pouffant.

Je me tourne vers elle. Je n'ai pas envie de parler de ça, et puis surtout, je n'en ai pas le droit. Elle installe la nourriture sur une table basse et me sourit.

— J'en reviens pas… Quelqu'un qui a fréquenté les membres d'Alter s'apprête à dîner avec moi. Toute cette histoire a fait un sacré tapage, mais c'est oublié, ne t'en fais pas.

— La preuve que non.

— La plupart des fans passent vite à autre chose. Je t'ai reconnue parce que j'ai vu ta photo apparaître énormément de fois sur Instagram. D'ailleurs, je suis désolée de tout ce déferlement de haine à ton sujet, ça n'a pas dû être facile à vivre.

— Merci…

— Certains *sasaengs* sont complètement folles.

— *Sasaengs* ? je répète.

— C'est un terme propre à la K-pop, m'explique Malaury. Ce sont des fans obsessionnelles. Celles qui traquent les stars, les suivent en voiture, s'infiltrent chez elles et tentent de rentrer en contact avec tous les gens proches de ces personnes.

— Ah d'accord.

— Ces filles-là ne voient pas qu'elles ont un gros problème. T'insulter de la sorte, pour de simples photos, c'est n'importe quoi.

— Merci.

Elle me semble sincère.

— Tu les connais, alors ?

— Les garçons d'Alter ?

Elle hoche la tête, et je remarque les étoiles dans ses yeux.

— Non. Je les ai rencontrés comme ça… Je ne savais même pas que Moon était… Moon, lorsque je lui ai parlé la première fois. J'ai eu la bonne surprise de l'apprendre le lendemain.

Malaury éclate de rire.

— Tu m'étonnes ! Tu veux bien ouvrir les boîtes ? Je vais chercher des assiettes.

Je m'exécute et découvre qu'elle a commandé plusieurs sortent de nouilles sautées, du porc, du poulet frit…

Je salive d'avance.

— Tu veux boire une bière, ou tu préfères du soda ? me lance-t-elle depuis la cuisine.

— Du soda, c'est bien.

Elle revient vers moi avec tout le nécessaire et me fait un geste de la main.

— Vas-y, prends ce que tu veux.

Mais ça me gêne un peu.

— Quoi, t'as pas faim ? Si c'est de la timidité, ne t'en fais pas : je commande toujours trop et puis ça me fait plaisir de ne pas manger seule pour une fois…

Là encore, ça me semble sincère, alors je me sers. Dès lors, mon ventre gargouille.

— Tu vis ici depuis longtemps ? je lui demande en entamant mon repas.

— Ça va faire un an en septembre. Mais j'ai commencé à bosser en mars. Je suis prof d'anglais dans un collège, en centre-ville.

— Vraiment ?

— Oui, dit-elle en souriant.

— Mais tu es jeune…

— J'ai passé ma licence et je me suis inscrite pour travailler ici. J'ai trouvé un poste tout de suite.

— Tu voulais enseigner à Séoul particulièrement ?

— Oui, j'adore cette ville, explique-t-elle en haussant les épaules. Et particulièrement à cause d'Alter.

— Tu es fan ?

— Ils sont tout un symbole pour moi.

— À ce point ?

— J'aime tellement ce qu'ils font. Et heureusement que ce n'était pas Kai sur les photos, avec toi, sinon j'aurais été moins sympa.

Je souris en me détendant un peu.

— Ce n'est pas ton style de musique, la K-pop ? elle me demande.

— Si, mais… pas plus qu'un autre en réalité.

— C'est quoi ta chanson préférée ?

— Sans doute *Rainy Love.*

— Ah… Bonne réponse, dit Malaury en soupirant de plaisir. Je l'adore.

Je n'ai pas envie de m'étaler sur le sujet, au risque de lui faire comprendre que je l'écoute régulièrement en boucle, mais mon sourire me trahit sans doute.

Je kiffe cette foutue chanson.

— Tu as entendu la dernière ?

— Euh… oui, je crois.

— Mon Dieu, le début avec Kai. Son solo de rap et de danse… ça m'a achevée.

J'aimerais pouvoir lui dire qu'il est aussi adorable que talentueux, mais je n'en ai pas le droit. Si je fais référence à la moindre chose qui pourrait trahir mon rapport au groupe ces derniers jours, je risque de leur porter préjudice. Et, maintenant que je les connais, je n'ai pas envie de leur faire ça.

— J'avoue, je réponds alors simplement.

— Et puis les paroles, quoi.

Je souris, et elle fronce les sourcils.

— Tu me prends pour une groupie, c'est ça ?

— Pas du tout.

Elle pouffe.

— Je compte bien assister à l'un de leurs concerts, cela dit. Je vise la prochaine tournée qu'ils feront en Corée.

— C'est vrai que ça doit être quelque chose de les voir performer sur scène…

— C'est le moins qu'on puisse dire…

Elle me fait un clin d'œil complice alors que nous terminons chacune nos assiettes.

Allongée sur mon lit, je fixe le plafond de ma nouvelle chambre. Je ne vais pas rester longtemps ici, quand les cours reprendront, je dormirai sur le campus universitaire. J'ai quand même hâte d'y être et de commencer à étudier.

Malaury est sympa. C'était chouette de ne pas passer la soirée seule, mais je ne peux pas m'empêcher d'éprouver une espèce de gêne à son égard, parce qu'elle est fan d'Alter. Cela m'empêche d'oublier Moon, qui occupe déjà bien assez mes pensées comme ça. Je sais que j'ai mille et un arguments pour passer à autre chose, mais je n'y arrive pas. Quelque chose en moi est terriblement déçu que ce soit fini, et je frustrée d'être partie ainsi…

En grognant, j'éteins la lumière et me glisse sous la couette afin de dormir. Dix, vingt, trente minutes passent… je mets des écouteurs dans mes oreilles et je lance une playlist aléatoire.

Après plus de deux heures, je jette l'éponge. Quitte à se taper une insomnie, autant en faire quelque chose. J'enfile un sweat et mes écouteurs, attrape mon portefeuille et sors.

Séoul de nuit brille d'une infinité de couleurs. La ville ne dort pas.

Les immeubles, les buildings, les enseignes des magasins, tout est éclairé et semble animé. Je me prends une vraie claque visuelle en déambulant dans les rues.

Les gens sont dehors, il y a de la musique, des fêtes organisées en plein air… C'est exactement comme ma grand-mère me l'a décrit. Sauf que cette fois je ne le vis pas à travers ses mots, mais à travers ma propre aventure.

Je n'imaginais pas qu'autant de monde se promenait la nuit. Il s'agit pour la plupart de couples ou de groupes d'amis. Au milieu de tous ces gens, je passe inaperçue, et cela fait du bien. Certains pensent que la solitude n'est pas une bonne chose, moi je ne considère pas qu'il faille en avoir honte.

À force de marcher, je me retrouve sur les bords du Cheonggyecheon, un cours d'eau aménagé en plein cœur de la ville. Si je me souviens bien de ce que j'ai lu là-dessus, il est question d'un ruisseau naturel qu'ils ont détruit à l'époque puis restauré au début des années 2000. Comme il fait nuit, c'est éclairé par des lampions dont les lumières rouges, orange, jaunes ou bleues se reflètent sur l'eau. C'est assez dépaysant.

Je retire les écouteurs de mes oreilles quand je me rends compte que je connais l'endroit où j'arrive.

Qu'est-ce que je que je fous là ? Je ne sais pas. Je n'ai pas fait attention, mes jambes m'ont conduite ici par elles-mêmes. Je suis venue en voiture la première fois et, très franchement, je n'avais pas du tout fait gaffe à la route.

Je m'avance vers le stand de nourriture.

— Bonsoir, monsieur Park.

Le père de Moon me regarde quelques instants avant d'incliner la tête. Je le fais aussi en gage de respect.

— Bonsoir. Vous étiez avec mon fils l'autre soir, n'est-ce pas ?

De près, il ressemble encore plus à Moon.

— Oui, je réponds.

— Que puis-je pour vous ? Vous avez faim ?

— Je ne sais pas… Et non, merci, je…

— Asseyez-vous, me dit-il en souriant.

J'ignore pourquoi j'obéis au lieu de m'enfuir. Peut-être qu'inconsciemment j'avais envie de croire qu'*il* pourrait être ici. Le père de Moon pose un morceau de tarte aux noix devant moi avec une petite cuillère.

— Mangez, c'est délicieux.

J'esquisse un sourire et je m'incline avant de m'exécuter.

— Vous avez raison, c'est délicieux.

Je suis jeune, je suis libre, je suis à Séoul et pourtant, je passe mon temps à déprimer. Bon sang, qu'est-ce qui cloche chez moi ? Je voulais ma liberté, non ? Je fixe la serviette qu'il a mise sous l'assiette, et il me prend une idée parfaitement débile.

— Vous auriez un stylo ?

— Je dois pouvoir trouver ça, répond-il. Voilà.

Il me tend un crayon, je l'accepte et griffonne les chiffres de mon numéro de téléphone dessus.

— Est-ce que vous pourriez transmettre ça à votre fils ? je lance en lui tendant la serviette. Je… j'ai dû partir précipitamment et je n'ai pas eu le temps de lui dire au revoir. J'aimerais le faire au moins au téléphone.

Il fixe la serviette et mon numéro. Je ne sais pas à quoi il pense, ni même l'image que je dois renvoyer à lui demander une telle chose. Ici, je ne crois pas qu'il soit commun que les filles fassent ce genre de chose… mais je m'en fiche un peu. Je ne veux simplement pas qu'il pense que je veux causer des ennuis à son fils.

— Je devrais pouvoir faire ça, dit-il en me fixant. Vous êtes la jeune fille avec qui il a fait la une des magazines ?

— Oui.

— Il m'a appelé après cela, il était vraiment embêté pour vous.

— Ah…

— Oui, il s'en voulait beaucoup, ajoute-t-il. J'espère qu'il vous a présenté ses excuses.

Je lui offre un sourire timide.

— Plusieurs fois, oui.

— Vous allez bien ? La presse ne vous a pas trop embêtée ?

— Non, le label a fait en sorte que cette histoire n'aille pas… trop loin.

Le père de Moon hoche la tête.

— Oui, cela ne m'étonne pas d'eux. Je reste tout même désolé pour le désagrément que vous a causé Moon-soo.

Je suis touchée par ses mots, bien que je ne sache quoi lui répondre.

— Je suis content de l'avoir vu sourire avec vous quand vous êtes venus, poursuit-il. Je trouvais qu'il avait l'air triste sur les dernières images que le label a diffusées de lui.

— Il travaille beaucoup.

— Je sais, oui, c'est pourquoi je suis heureux qu'il ait eu un peu de temps pour s'amuser. Merci d'avoir pris soin de lui.

— Je…

… ne sais pas quoi dire. Je ne m'attendais à ce qu'il soit si bienveillant à mon égard.

— Combien je vous dois pour la tarte ?

— Rien, c'est moi qui offre.

J'aimerais protester, mais ce serait irrespectueux, alors je saute de mon tabouret et je m'incline.

— Merci de m'avoir accueillie, ce soir. Prenez soin de vous.

— Vous aussi, mademoiselle.

Je fais volte-face et je m'engouffre dans la foule pour rejoindre mon appartement.

Chapitre 18

Moon

Il est beaucoup trop tôt quand mon téléphone sonne. Je regarde d'un œil qui peut bien m'appeler. C'est mon père, alors je me redresse à la hâte.

— Bonjour, papa !

— Bonsoir, mon fils. Je te réveille ?

— Hum... non.

Il émet un petit ricanement.

— Désolé, je n'ai pas fait trop attention à l'heure. Comment vas-tu ? s'enquiert-il.

— Un peu fatigué. Nous avons tourné une nouvelle vidéo, et depuis je suis un peu crevé. On doit terminer les enregistrements en studio dans les jours à venir.

— J'ai eu de la visite hier soir, alors je t'appelle.

Je m'inquiète instantanément. Je déteste l'idée qu'on puisse venir le voir et l'embêter avec moi. Cet aspect de la vie que j'ai décidé de mener est contraignant.

— C'est la presse ? Le label ?

— Non, une charmante jeune femme qui semblait assez perdue.

En une seconde à peine, les battements de mon cœur changent de cadence. *Billie*. Ça ne peut être qu'elle. Je suis à la fois soulagé et bizarrement excité.

Jamais je n'aurais imaginé qu'elle puisse aller voir mon père.

— Qu'est-ce qu'elle t'a dit ?

— Elle m'a demandé de te transmettre quelque chose. Tu as de quoi noter près de toi ?

— Attends.

Je me jette sur mon bureau, farfouille quelques secondes et trouve de quoi écrire. J'ai l'impression de n'avoir jamais été aussi surexcité.

— Vas-y, je dis.À mesure qu'il m'indique les chiffres composant ce que je devine être le numéro de Billie, mon sourire devient plus large qu'il ne devrait. Je suis content, putain ! Si je pouvais juste entendre sa voix, m'assurer qu'elle va bien…

— Merci, papa. Merci !

— Est-ce que tu sais ce que tu fais avec cette jeune femme ? lance-t-il soudain plus sérieusement.

— On ne fait rien de grave, si c'est ta question.

Il semble ricaner.

— Ton timbre de voix est différent de lorsque tu as décroché. Je peux le comprendre, cela dit.

Il a raison. Je le sais. Je suis ravi de pouvoir recontacter Billie, et cela ne constitue pas une infraction à la règle.

— Elle est partie brusquement, je suis content de pouvoir lui dire au revoir comme il faut. Le label est… Enfin bref, laisse tomber, je soupire. Ce n'est pas important.

Je n'ai pas envie de l'embêter avec des histoires qui ne le concernent pas. Billie, le label, c'est mes problèmes à moi.

— Ne te brûle pas les ailes, lâche-t-il. Tu ne peux pas tout avoir.

J'ignore quoi penser de ses mots.

— Je ne vais pas sacrifier tout ce que j'ai construit, papa.

— Je le sais, dit-il. Mais si jamais cela devait évoluer, prends le temps de réfléchir. Et sois malin. C'est comme ça qu'on change les choses.

On dirait qu'il espère que Billie modifie mes projets. C'est stupide. Je ne laisserai jamais tomber le groupe ni les gars.

— Enfin, peu importe… Je voulais juste te transmettre son numéro de téléphone.

— Merci.

Il raccroche quelques minutes plus tard.

Je fixe le bout de papier, impatient à l'idée de l'utiliser.

♫

Aujourd'hui, c'est plus calme, comme on revient de quelques jours de boulot intense, on a fait quelques exercices de voix et on a commencé à enregistrer les autres chansons de notre nouvel album. Demain, on reprend le tournage pour enfin boucler ce nouveau MV. Le reste, ce sera aux équipes de production et de montage de s'en charger.

— Tu crois qu'il est heureux ou qu'il fait la gueule ? lance Kai.

— J'en sais rien… Difficile de savoir avec lui, répond Min.

— De toute façon, qu'il soit content ou pas, il est toujours moche, ajoute Dae. Vous avez vu ce début de barbe ?

Je sens qu'on me touche la joue.

— Ouais, ce n'est pas très beau…

— Moi, du moment que ça cache une partie de son visage, ça me va, déclare Kai.

J'ouvre les yeux et me retiens de rire alors que mes trois acolytes sont penchés au-dessus de moi sur le canapé. Ils m'observent, le sourire aux lèvres.

— Et ces cheveux-là ? On devrait les couper…

— Ouais, ça nous évitera de le voir se passer la main dedans.

— Dire qu'il se croit sexy à faire ça à longueur de temps.

Je suis fils unique, mais je considère ces trois abrutis comme mes frères. Tant qu'on se chamaille et qu'on se taquine, c'est que tout le monde va bien. Quand il y en a un qui reste à l'écart trop longtemps, là je m'inquiète.

— Autre chose à ajouter ? je demande.

Dae et Kai font une grimace simultanément.

— C'était mieux quand il ne parlait pas, je trouve, lâche Min. On aurait dû le laisser dormir.

J'éclate de rire en me redressant. Eux aussi sont hilares quand ils se poussent enfin pour me laisser de l'espace.

— C'est à toi de faire à manger, leader ! me balance Dae.

C'est pas ce que je préfère, mais c'est le jeu. Je me lève à contrecœur et me dirige vers la cuisine pour commencer à préparer le repas. On fonctionne avec un système de rotation. Comme ça tout le monde le fait une fois par semaine, mais le plus souvent Kai a pitié de nous et vient nous remplacer. Je prie déjà pour qu'il vole à mon secours.

— J'arrive, me dit-il justement.

Merci, mon Dieu !

— Arrête d'avoir pitié de nous, dit Min avant de soupirer.

— J'ai juste envie de bien manger.

Je ris. Je ne suis pas vexé.

— Je ne suis pas si nul que ça, je m'écrie pour me défendre.

En réalité, il est possible que si.

— Tu as déjà fait exploser des œufs, dit Kai.

— Tu as cramé des pâtes aussi, renchérit Min.

— Tu as fait réchauffer une pizza avec la pellicule de plastique au-dessus, ajoute Dae. Tu es le pire d'entre nous.

— Je suis un peu rêveur, c'est tout. J'ai la tête dans les nuages et je n'ai pas d'affinité particulière avec la cuisine.

Sauf lorsqu'il est question de bouffer.

— On avait remarqué.

— Je compense en étant un leader merveilleux.

— Si tu le dis…

Ils se marrent encore comme des idiots. Malgré leurs piques incessantes à mon sujet, je sais qu'ils font ça pour me changer les idées. Ils ont bien vu hier que je n'étais pas au top. Heureusement que je peux compter sur eux quand je suis un peu déprimé.

Kai a déjà allumé les fourneaux, il est parti nous concocter un repas à ma place. Il dit que ça le détend… Moi je préfère faire un peu de sport ou essayer d'écrire une nouvelle chanson.

— On se regarde un film ce soir ? propose Dae.

— Pourquoi pas.

— Ça me va, dit Kai. Mais pas un film qui dure trop longtemps, je dois encore apprendre quelques couplets pour le prochain enregistrement.

Alors qu'on s'affaire tous plus ou moins dans la cuisine, je me demande ce qu'aurait pu être ma vie, si je n'avais pas poussé la porte de cet univers. J'ignore quel métier je serais en train d'exercer, ou si quelqu'un partagerait ma vie…

— Tu te sens mieux ? s'enquiert Min en s'asseyant à côté de moi.

— Oui, ça va.

— On ne sait pas bien ce que tu faisais avec cette fille, mais on n'est pas cons, ça t'a perturbé qu'elle parte.

Et plus que ça encore… Aujourd'hui, on a enregistré une version plus longue de *My Soulmate*, et bon sang cette chanson, ces paroles… C'est elle. Ce que ça raconte, même si cela a été écrit avant notre rencontre, c'est nous. Et c'est carrément troublant.

— Je n'ai pas vraiment envie de parler de ça.

Ils ne savent pas comment ça s'est passé. Je n'ai rien dit, même pas à Kai. Je ne sais pas ce qu'ils penseraient du fait que je m'apprête à la recontacter.

— Moi je trouverais ça pas mal une petite révolution dans le système, dit Min.

— Comment ça ? demande Dae.

— Avoir le droit d'aimer une nana sans que ça devienne une affaire d'État serait un bon début, lui répond-il en souriant.

Dae hausse les épaules.

— C'est pas pour tout de suite.

Kai reste silencieux, concentré sur la nourriture.

— Non, mais j'y pense de temps en temps. C'est normal d'avoir ce genre de choses en tête.

— Surtout quand des milliers de filles sont folles de toi et te font des déclarations d'amour à longueur de journée, je me moque.

— C'est sûr, ça aide, s'esclaffe Min.

Mine de rien, je me sens soulagé de ne pas être le seul dans cet état d'esprit-là. Billie a vraiment bouleversé notre monde. Avant elle, aucune fille ne s'était approchée aussi près et intimement de nous. Et il est certain que ça fait prendre conscience de certaines choses qu'on avait carrément reniées ou oubliées…

Le personnel qui travaille auprès de nous est choisi avec soin, et la plupart des femmes sont obligatoirement mariées pour éviter les tentations. Tout est minutieusement calculé, il ne doit y avoir aucune bavure.

Min n'en parlera jamais, mais lorsque nous étions encore *trainees* il était amoureux. La fille en question était *trainee*, elle aussi. Quand il a été sélectionné pour faire partie d'Alter, il nous a dit qu'ils n'étaient plus ensemble. Je crois qu'il ne l'a pas totalement oubliée, qu'il ne s'est jamais remis de cette séparation qui n'était pas voulue. Il m'a simplement avoué un jour avoir été ravi d'apprendre sa sélection dans un autre groupe.

— N'empêche que cette fille est beaucoup trop bien pour toi, dit Min.

— Et beaucoup trop jolie aussi, ajoute Kai.
— Bande de jaloux !

Après le film, je me laisse tomber sur mon lit et j'attrape mon téléphone. Je résiste depuis tout à l'heure à lui envoyer un message. Je me demande si ça sert à quelque chose. Et, à chaque fois que je réussis à refréner mes envies, d'autres arrivent… Qu'est-ce que je risque avec un SMS, au juste ? Elle voulait que j'aie son numéro après tout, et puis mon père m'a dit qu'elle semblait triste…

Je tape mon texte sans trop réfléchir.

Salut, B.

Mon téléphone vibre après dix longues minutes.

Même par message, tu restes un oiseau de nuit, M.

Un foutu sourire étire mes lèvres. Je l'imagine très clairement me dire ça de vive voix. Cela me manque de pouvoir l'entendre.

J'ignore quoi lui dire. Je ne sais pas bien par où commencer. Mais heureusement c'est elle qui s'en charge.

Je suis allée voir ton père, je voulais te dire au revoir comme il se doit, plutôt que de partir comme une voleuse…

Ils ne t'ont pas brusquée au moins ?

Non, pas du tout.

On est partis en tournage pendant quatre jours, je ne savais même pas que tu n'étais plus là. Je l'ai appris en rentrant hier soir.

Je suis désolé, je ne souhaitais pas que tu partes…

Mais je crois que c'est mieux comme ça. Ça devait arriver de toute façon.

Sans doute, oui. Mais l'envie de la voir me brûle le corps. Je ne sais pas comment décrire la frustration qui court dans mes veines. Je suis conscient qu'elle n'a rien à faire ici et pourtant je ressens le besoin terrible d'être avec elle.

Ces deux sentiments paradoxaux se bousculent dans ma tête. Je n'arrive pas à me satisfaire du peu de temps passé ensemble.

Mon père m'a dit que tu avais l'air fatigué et triste. Tu vas bien ?

Mon téléphone indique qu'elle a lu mon message et qu'elle est en train d'écrire sa réponse, mais c'est long. Il se passe plus de dix minutes avant que ça arrive.

J'ai des insomnies en ce moment, mais ça va…

Ce tournage alors, c'était bien ?

J'ai l'impression qu'elle contourne le sujet.

Je n'ai pas vraiment envie de parler de boulot là… et tu ne réponds pas à ma question.

La seule question dans ton message était de savoir si j'allais bien et j'ai répondu.

B…

M ?

On se comporte comme de vrais gosses, je suis content de voir que nos conversations ne changent pas.

Tu es toujours aussi insupportable.

Sa réponse m'amuse.

Et toi capricieux.

Je veux savoir comment tu vas… Comment tu vas vraiment. Ce n'est pas du caprice, si ?

Je vais bien. Je suis juste déçue de la manière dont les choses se sont terminées… J'aurais au moins voulu vous voir une dernière fois. Et en même temps je pense que c'est mieux que ce se soit passé comme ça. Je devais partir. Billie Moore n'a rien à faire dans l'univers d'Alter.

Tu as raison…

J'étais contente de te connaître vraiment, de te voir dans l'intimité. Je crois que je vais suivre votre actualité de près, maintenant… il se peut que je commence à aimer ce que vous faites.

Merde, comment un message peut me plomber et m'exciter tout à la fois ? Cette fille me retourne la tête.

B ?

Oui ?

Qu'est-ce que tu ferais, toi, si tu avais soudain très envie de quelque chose qui t'était interdit ? Quelque

chose qui risquerait d'envoyer valser tout ce qui compte le plus à tes yeux, mais auquel tu n'arriverais pas à te détacher, malgré tout ?

Je fais de la merde. C'est n'importe quoi. Je ne sais pas ce qui me prend ! Il faut que j'arrête. Putain, il faut vraiment que j'arrête.

Ce que je ferais ? Je ne sais pas… Cela me frustrerait beaucoup, c'est sûr. Mais toute frustration finit par passer… On ne peut pas tout sacrifier juste par envie.

Et si ça ne passe pas ?

Dans ce cas, je ne sais pas…

Le premier soir dans le club, c'est sa lumière naturelle qui m'a attiré. Je suis aujourd'hui incapable de me faire à l'idée que je devrais m'en séparer.

Je touche les ombres de mon tatouage en me disant que là, tout de suite, je la voudrais près de moi…

Je n'ai pas réussi à te faire tomber amoureuse de moi, j'ai l'impression.

Tu es vraiment adorable quand tu te persuades d'être aussi irrésistible que tes fans le laissent penser.

Désolé. Je n'ai pas l'habitude qu'on me résiste comme ça.

Le pire c'est que c'est vrai…

Tu es pardonné, Park Moon-soo, mais c'est la dernière fois que je pardonne un de tes caprices.

Je donnerais tout pour la voir sourire à cet instant. Pour toucher ses cheveux frisés, me perdre dans ses yeux verts.

Je veux poursuivre cette soirée en l'ayant dans mes bras.

Tu diras aux autres que j'étais contente de les rencontrer. Et je veux bien que tu conseilles aussi à Kai de lire *Un bonheur insoutenable* si jamais ce n'est pas déjà fait. Il va adorer.

Je ne peux pas m'empêcher de trouver ce message triste. J'aurais voulu qu'elle le leur dise elle-même.

Pas de message particulier pour moi ?

Je l'imagine qui sourit.

Toi, tu as déjà eu beaucoup de choses... Bonne nuit, M.

Bonne nuit, B.

Je suis horriblement frustré. Et j'ai conscience d'être le type le plus égoïste de la terre, mais je ne veux pas en rester là, *je ne peux pas.*

Chapitre 19

Billie

Je repense souvent aux messages de Moon, même s'il s'est passé deux semaines depuis ce soir-là. J'étais persuadée qu'il m'en enverrait d'autres, mais non… Et ça me déçoit un peu, je dois l'avouer.

En donnant mon numéro de téléphone à son père, j'espérais sincèrement le revoir. Moi qui cherchais tant à fuir Alter et tous les côtés négatifs qui vont avec, j'ai maintenant la sensation d'avoir un vide dans ma vie sans eux. Sans *lui*. Serait-ce les premiers symptômes du syndrome de Stockholm ? Non, ce n'est pas tout à fait ça. Et puis il paraît que celui qui en souffre ne s'en rend même pas compte. Moi, je suis juste maso et j'en ai conscience.

Alors que je sors d'un entretien d'embauche, la pluie me tombe sur la tête. Bien sûr, je n'ai pas regardé la météo en partant de chez moi. Et, bien sûr je n'ai pas de parapluie. Autrement, ça ne serait pas drôle.

Je cours m'abriter dans un magasin de vêtements. Je n'ai pas tellement besoin de trouver un emploi. Le montant que m'a donné Big K. Entertainement suffirait largement à couvrir mes dépenses le temps que j'entre à la fac, mais je n'ai pas envie d'y toucher. J'ai l'impression que c'est de l'argent sale… Et ça me met mal à l'aise vis-à-vis des garçons et de Moon.

Puisque je suis là, je regarde quelques ensembles sur des cintres.

Je n'ai jamais été fan de shopping ni même de fringues en général. Souvent, je m'habille en chinant dans les affaires de mes parents ou en commandant d'occasion sur Internet. J'ai toujours la flemme d'aller en boutique.

En regardant attentivement les pièces, je trouve une adorable robe jaune que j'ai bien envie de me procurer. Elle est smockée sur le buste, éclatante et estivale. Adjugé, je l'essaye !

Une fois habillée, je me fixe dans le miroir de la petite cabine. Décidément, cette couleur me va bien. Elle met ma peau bronzée en valeur. Je décide donc de la prendre. Il pleut toujours quand je règle mon achat en caisse, mais tant pis, je trouve rapidement un taxi et rentre à l'appartement.

Je n'ai pas aménagé celui-ci comme il faudrait étant donné que je n'y serais que pour quelques semaines, voire un mois tout au plus. Mais je me sens vraiment bien, ici. Épanouie. Cela serait d'autant plus parfait avec quelques détails en plus. Un frigo rempli de spécialités coréennes, ma famille et… *lui.*

Je sors à peine de ma douche quand mon téléphone bipe sur mon lit. Je m'attends à ce que ce soit mes parents, alors quand le message s'affiche sur l'écran, mon stupide cœur bat la chamade.

Hello B. Je serai à l'hôtel Signiel Séoul ce soir. Peut-être qu'on pourrait s'y voir…

Mon téléphone bipe encore.

J'ai envie de te voir. Ne refuse pas. S'il te plaît. Même si tu as dit que tu ne réaliserais plus mes caprices de star…

Je ne peux m'empêcher de sourire. J'ai envie de lui dire qu'il était temps, j'ai envie de lui demander plein de choses à son sujet, mais en même temps de refuser cette soudaine invitation. Tout n'est que contradiction dans ma tête.

Je suis en train de faire la liste des pour et des contre et…
… il y a plus de pour.

Je voudrais voir son visage alors qu'il découvre mon message. Mes doigts ont tapé d'eux-mêmes. Mais je dois avouer que ma tête et mon corps étaient en adéquation pour une fois. Je veux le voir, moi aussi.

Oh bon sang, je veux le voir !

Prends une chambre, je te la rembourserai.

C'est le seul moyen pour nous d'être en sécurité. On pourra être tranquilles comme ça.

Je comprends…

En fait non, pas vraiment. Toutes ces règles, ces interdictions… Ce que je comprends, en revanche, c'est que les frissons qui glissent le long de la colonne vertébrale m'interdisent de me défiler. Je ne devrais pas être aussi excitée pour si peu, et pourtant…

J'attends ce moment depuis des jours !

Tu es d'accord ?

Je crois…

Je pense qu'on ne sait pas bien ce qu'on fait… et malgré tout, on se lance quand même. Comme deux enfants insouciants.

Envoie-moi un message ce soir pour m'indiquer le numéro de la chambre, je te rejoindrai dès que je peux.

Mon cœur s'affole encore davantage, et un désir ardent brûle dans mes veines. C'est nouveau pour moi de ressentir tant d'adrénaline à la fois. Cela me rappelle, dans une moindre mesure, le soir où nous nous sommes rencontrés.

Je suis impatient de te voir.

Je ne pensais pas jouer un jour à un jeu si dangereux, qui plus est avec un garçon que je ne connais que depuis quelques semaines. Je sais au fond de moi que la partie est vouée à l'échec, mais je m'en fous. Je veux vivre ce moment, sans penser aux conséquences.

Qu'est-ce que je fais ?

Bon sang, mais qu'est-ce que je suis en train de foutre, au juste ? Je me sens apeurée, perdue. J'ai une énorme boule dans le ventre comme si j'allais commettre un crime. Mes mains sont tellement moites.

Je tourne en rond dans la chambre d'hôtel du Signiel Séoul. Enfin, je me demande si on peut appeler ça une chambre… ça ressemble plutôt à une suite. J'ai utilisé l'argent du label de Moon. Je me suis dit que c'était le meilleur moyen de le dépenser…

La pièce est divisée en deux : un petit coin salon, avec deux fauteuils et une télévision-écran plat incrustée dans le mur. Et, en face, la partie chambre, avec des murs écrus et une literie lavande.

Ce que je préfère ? Le bureau face à la vue sublime sur Séoul depuis les grandes fenêtres. Je ne parle même pas de la salle de bains, tout en marbre noir avec une baignoire balnéo. Il faut à tout prix que je prenne un bain avant de partir de cet endroit. Ça ressemble à un décor tout droit sorti d'Instragram.

Alors que je passe une main sur mon cœur, pour tenter de calmer ce dernier, des coups sont frappés à la porte.

Je vais faire une crise d'apoplexie.

J'inspire profondément et ouvre.

Chapitre 20

Moon

La raison de tous mes tourments esquisse un sourire. Le plus beau que je connaisse dans ce bas monde. Je l'observe dans sa robe jaune et me fais la réflexion que je n'ai jamais vu de femme plus jolie qu'elle.

Moi qui croyais que je ne la reverrais jamais…

Il émane d'elle une telle incandescence. Je ne sais pas expliquer comment c'est possible.

— Tu… entres ?

Je verrouille la porte derrière moi et l'attire aussitôt dans mes bras avant de la plaquer doucement contre le mur et de me coller contre elle. L'idée de faire ça me hante depuis le soir où M. Yung nous a interrompus.

— D'accord, souffle-t-elle. On peut commencer par ça…

Elle fait tomber la capuche de mon sweat et glisse ses mains derrière ma nuque pour s'accrocher à moi. Je resserre mon étreinte autour de sa taille et l'embrasse.

C'est tellement bon.

Alors que mes lèvres caressent les siennes, mes doigts ne peuvent se contenter de rester sagement dans son dos. J'ai besoin de la toucher. Elle gémit contre ma bouche, et ça me rend complètement dingue. Je l'embrasse plus fort, plus passionnément.

— Bonjour, je murmure en posant mon front contre le sien.

— Bonsoir.

— Jusqu'à maintenant, je n'y croyais pas, je pensais que c'était une illusion, mais tu es là.

Nos regards se croisent alors que ses doigts jouent avec les cheveux qui tombent le long de ma nuque. Elle semble aussi troublée que moi d'être là.

J'ai cru que ce moment n'arriverait jamais. Je pensais constamment à elle ces derniers jours, mais je n'ai jamais trouvé le temps de lui écrire. Quand je lui ai envoyé mon message, j'ai clairement prié pour qu'elle accepte. Je désirais la revoir rien qu'une fois, et c'était l'occasion rêvée.

— Je ne devrais pas, souffle-t-elle. Je suis là, mais ce n'est pas bien, n'est-ce pas ?

— Pourquoi venir si ça te rend aussi nerveuse ?

Billie secoue la tête.

— Je ne sais pas. Je ne peux pas l'expliquer… j'en avais envie. Je voulais te voir, Moon.

Ces cinq derniers mots me percutent de plein fouet.

Elle se redresse sur la pointe des pieds pour m'embrasser. Je la laisse faire, j'ai besoin qu'elle le fasse. Je me suis souvent détesté de ne penser constamment qu'à elle, mais je comprends maintenant que je ne peux pas contrôler ce que je ressens quand elle est comme ça, contre moi.

Je peux apprendre des dizaines de chorégraphies, je peux retenir autant de chansons que notre répertoire en possède, je peux me produire sur scène et jouer devant la caméra, mais je ne peux pas maîtriser ce désir que j'aie pour elle ni cette lumière qui m'attire tant.

— C'est ma faute. C'est moi et mes caprices.

Elle esquisse un petit sourire adorable.

— Ça, c'est certain, dit-elle en hochant la tête. Mais je suis aussi stupide que toi, puisque je cède à tes caprices…

— On est deux idiots.

Et, à l'instant T, cela me va bien.

— Je suis beaucoup trop irrésistible, je lui dis d'une voix impériale. C'est pour ça que tu cèdes.

— Bon sang, tu n'en perds jamais une, soupire Billie.

— Jamais.

Elle s'éloigne de moi en levant les yeux au ciel, alors j'en profite pour retirer mon sweat.

— Est-ce que tu vas bien sinon ? je demande.

Elle bloque quelques secondes sur le fait que je n'ai plus mon pull sur le dos. Bien que j'aie encore un T-shirt, j'aime son regard qui me scrute puis se pose sur mon tatouage.

Je comprends qu'il attire l'œil, qu'il intrigue, on dirait que l'ombre prend possession de moi sous certains angles. J'aimerais savoir ce qu'elle en pense, mais ça inclurait sans doute le fait que je doive lui expliquer sa signification.

— Oui, ça va… et toi ?

Je hoche la tête, même si je suis crevé. Ces derniers jours, on a travaillé comme des fous. C'est toujours le cas, mais il y a des moments plus durs que d'autres.

— Tu profites enfin de Séoul ? je la questionne.

Je sais qu'elle en rêvait quand elle était dans notre immeuble, alors j'imagine qu'elle a commencé à visiter la ville et faire ce pour quoi elle est venue ici à l'origine.

Je m'en veux toujours un peu d'avoir contrecarré ses plans.

— Oui, et c'est vraiment magnifique, répond-elle joyeusement. Chaque fois que je sors, j'ai l'impression de rêver. Je m'émerveille tous les jours et retrouve les endroits qui faisaient le cœur des histoires de ma grand-mère.

J'aime quand elle sourit comme ça.

— Et toi, qu'est-ce que tu fais dans cet hôtel ? J'imagine que c'est là que tu avais du boulot puisque tu m'y as donné rendez-vous.

— C'est ça. On a eu des répétitions pour un gala de charité en faveur de la communauté LGBTQIA+. On devait prononcer un discours, entre autres…

— Tu luttes en faveur de cette cause ? demande-t-elle étonnée.

— Oui, je le fais ouvertement depuis quelques années. Pourquoi ?

— Pour rien, c'est génial…

— J'ai une voix, j'ai la chance qu'elle soit écoutée par des milliers de gens, alors je m'engage dans des causes qui en ont besoin. C'est important de défendre ses valeurs. Parce que si nous, on ne le fait pas, qui le fera ?

— Tout le monde ne pense pas comme ça…

— Nous sommes la nouvelle génération. On doit parler à la prochaine. Donc je milite pour ça, mais aussi pour les violences scolaires. Kang-dae est le plus engagé dans cette cause, car il en a été victime quand il était au collège, mais je le suis et le soutiens dans ses démarches.

Billie me regarde avec de grands yeux, comme si ça lui semblait improbable.

— Tu crois que je ne suis qu'un robot qui sait juste danser et chanter en play-back ? je dis en bougeant mes bras et mon buste façon robot pour appuyer mes mots.

Je ne suis pas vraiment vexé par son air légèrement ahuri, j'ai l'habitude des stéréotypes.

— Tu sais bien que je ne pense pas ça de toi, lance-t-elle en souriant. Je trouve que c'est génial de lutter pour des sujets aussi importants quand on le peut et suis convaincue que vos fans ont beaucoup de chance de vous avoir.

Je lui souris.

— Tu ne crains rien, à être ici avec moi ? Je veux dire, personne ne t'a vu ?

— Non, j'ai fait attention, je lui réponds pour la rassurer.

— N'empêche, je n'ai pas envie de causer des problèmes.

— Ce n'est pas le cas. Est-ce qu'on peut juste oublier ça deux secondes ? J'ai…

Je ne sais pas bien comment lui dire ça. Je n'ai pas l'habitude de parler sentiments.

— J'ai juste envie de décompresser. Un peu de normalité me fera du bien, ce soir.

— Je ne suis là que pour ça ?

Je m'avance jusqu'à elle et plonge mon regard dans le sien. La fragilité que j'y lis me prend aux tripes. C'est ma faute, c'est à cause de moi que tout a commencé, et c'est encore à cause de moi si on est là ce soir. Je voudrais lui dire que je suis désolé, mais la vérité c'est que je ne le suis pas vraiment.

— J'avais envie de te voir parce que nos petits rendez-vous nocturnes me manquaient. Parce que j'avais une envie folle de t'embrasser, de te prendre dans mes bras et de t'écouter te foutre de moi comme tu sais si bien le faire.

Elle esquisse un petit sourire, et je lui caresse la joue.

— D'accord, dit-elle. Tu…

Mon estomac lui coupe la parole en gargouillant bizarrement.

— Désolé, je n'ai pas mangé depuis hier soir.

Elle plisse les yeux.

— Mais alors il faut remédier à ça, déclare-t-elle en s'éloignant de moi.

Elle attrape le téléphone de service et parcourt des yeux la brochure qui va avec.

— Il y a plein de bonnes choses.

— Prends tout ce que tu veux, je lui dis.

Tandis qu'elle passe l'appel, je m'avance dans la chambre, intrigué par la vue. Il fait nuit, mais comme toujours Séoul brille de mille feux.

Je passe une main sur ma nuque. Je suis courbaturé de partout... Nous allons bientôt interpréter pour la première fois un morceau important sur scène. Il appartient à notre précédent album, mais nous ne l'avions encore jamais chanté en public. Il parle de violences en tout genre, c'est assez sombre et engagé. La chorégraphie qui l'accompagne est, de fait, assez éprouvante. On s'entraîne tellement pour être au top que j'en oublie parfois de trouver le temps de dormir en ce moment.

— Tout va bien ?

Je sors de mes pensées. Billie se penche à côté de moi et me sourit.

— Impeccable.

— J'ai commandé, mais il faudra patienter une petite heure. Tu es certain que ça va ?

— Oui.

N'importe quelle fille serait passée à autre chose, mais pas elle.

— Tu as mal à la nuque ?

— Aux épaules, un peu.

Une petite ride d'inquiétude s'installe sur son front.

— Tu ne manges pas, tu as mal aux épaules... Tu bosses beaucoup trop, lâche-t-elle d'une petite voix.

Elle fait volte-face avant que je réponde et entre dans ce que je présume être la salle de bains. Elle réapparaît quelques secondes plus tard.

— On apprend une choré pour une performance sur scène, cela demande beaucoup de temps parce que c'est est assez intense.

— Comme toujours...

Elle semble vraiment inquiète, et ça me touche.

— Ne t'en fais pas pour moi. Ce sont juste des courbatures.

— Je sais, mais à force de fermer les yeux sur ses blessures, on finit par ne plus savoir où sont réellement nos limites.

Ses mots sont comme des poignards dans mon cœur. Elle n'en a pas conscience, mais cela me fait penser à Young-jae. Parce que c'est à cause de beaucoup de négligence qu'il s'est donné la mort. Je passe nerveusement une main sur mon tatouage et m'avance vers elle. Avant même que j'aie le temps d'en placer une, elle entrelace ses doigts aux miens et m'entraîne dans la salle d'eau.

— Viens.

Une fois dedans, je constate que la baignoire est en train de se remplir d'eau et de mousse.

— Mets-toi nu ! m'ordonne-t-elle.

— Je… pardon ?

Elle esquisse un sourire en se tournant vers moi.

— Je veux que tu entres dans cette baignoire. Pour une fois, c'est moi qui fais un caprice.

Quel homme serait capable de résister à cela ? De refuser ? Je suis carrément subjugué, même si j'ignore où elle veut en venir en me foutant là-dedans.

— Il faut que je t'aide ou tu te sens capable de le faire seul ? demande-t-elle en pouffant alors que je n'ai toujours pas bougé d'un pouce.

— Les deux, je réponds.

Elle sourit encore.

— Entre dedans, j'arrive.

Elle quitte la pièce. J'en profite alors pour me déshabiller et me laisse glisser dans la baignoire encastrée. C'est chaud et agréable.

— Bi…

Elle apparaît à la porte, entièrement nue, et son prénom reste coincé dans ma gorge. Elle est magnifique. J'en suis bouche bée.

Ses yeux se remplissent de désir quand elle me découvre à son tour. Merde, je voudrais qu'elle soit contre moi, là tout de suite.

— Pourquoi ce serait toujours aux garçons de prendre soin des filles et pas l'inverse ? demande-t-elle en s'approchant doucement.

Je secoue la tête, perplexe.

— Il faut que tu t'accordes des moments comme ça plus souvent, Moon. C'est primordial si tu veux demeurer lucide.

À ce stade, je ne suis plus capable de former de phrase normale.

— Tu bosses comme un forcené, tu te plies en quatre pour tes fans, mais toi, chuchote-t-elle en glissant un de ses pieds dans le bain, qui prend soin de toi quand tu en as besoin ?

Je suis soufflé quand elle s'immerge entièrement dans l'eau et se blottit contre moi. Ses bras mouillés et couverts de mousse se nouent derrière ma nuque, et ses doigts viennent se perdent dans mes cheveux.

Son corps, sa peau, son toucher, c'est plus qu'il n'en faut pour me requinquer. *Ou me tuer…*

— Je vais prendre soin de toi, susurre-t-elle.

Cela devient mes mots préférés au monde.

— Billie, tu…

Elle me fait taire en posant ses lèvres sur les miennes. Notre baiser est d'abord d'une douceur infinie, avant de devenir plus intense.

Elle me rend dingue.

Lentement, elle se met à masser mes épaules. Je suis incapable de bouger. J'ai pourtant l'habitude d'être soigné, mais là, c'est différent. C'est comme si ses doigts avaient le don de me rendre esclave. L'émotion me fige parce que c'est elle qui veut prendre soin de moi. Elle pose son front contre le mien.

— À quoi tu penses ? me questionne-t-elle.

— À rien, je réponds.

Elle sourit malicieusement, et mon cœur en prend un coup. J'ai envie de le dévorer. De la dévorer tout entière.

— Tu es envoûtante.

Elle fronce légèrement les sourcils.

— On ne m'a jamais dit ça.

— Qu'est-ce qu'on ne t'a jamais dit d'autre ? je demande.

— Rhododendron, je n'ai jamais eu de conversation sur les rhododendrons.

— Je peux improviser un petit rap dessus si tu veux.

— C'est très tentant, mais je vais décliner la proposition, glousse-t-elle. Même si se faire chanter une chanson par un *idol* aussi talentueux que toi, ça doit être quelque chose…

Je lui caresse la joue.

— Ferme les yeux, je murmure.

Cette fois, c'est elle qui obéit. Je penche mon visage vers le sien, mes lèvres caressent son cou puis s'arrêtent juste en dessous de son oreille.

Je me mets à chanter tout bas, tout contre elle :

— *Tu sais que ça a déjà commencé. Tu sais que tu ne peux pas me résister. Ne cherche pas à nier, ne cherche plus à lutter…*

Sa peau se couvre de frissons, et ça me rend dingue. J'aimerais pouvoir lire dans ses pensées juste cette fois. Je pose un baiser sur son cou avant de prendre une longue inspiration.

— *Abandonne, viens vers moi, je suis à toi.*

Mon cœur bat la chamade alors que je me recule pour étudier sa réaction.

— Les paroles sont…

Oui, Billie… Ces paroles, c'est nous. Ce désir qu'il y a entre nous.

Je l'embrasse de nouveau. Mais j'ai envie de bien plus. Ce soir, je veux tout.

— Elles ont encore plus de sens quand je te les chante à toi.

Elle n'a aucune idée du pouvoir qu'elle a sur moi, et je crois que je n'en mesure pas tout à fait les limites non plus.

Chapitre 21

Billie

Je veux croire que j'ai le contrôle de la situation, je veux croire que je savais ce que je faisais quand je lui ai dit d'aller dans cette baignoire, mais la vérité, c'est que je n'en suis pas sûre du tout.

Son regard insondable, éternellement caché derrière ses cheveux noirs, sa voix grave et profonde, son torse finement musclé, ses grandes mains qui me couvrent et me découvrent. Tout en lui me perturbe.

Et en même temps, je voudrais ressentir ce flot d'intensité tous les jours. Mon cœur est resté suspendu à ses lèvres. Je ne veux jamais oublier cette sensation qui m'a ravagé le ventre.

— Je suis là…, je souffle en réponse à sa chanson.

Et il comprend, sans que j'aie besoin d'ajouter quoi que ce soit. Son regard passe d'ardent à incandescent en deux secondes à peine, et sa bouche s'entrouvre. Il se redresse et m'entraîne avec lui dans la chambre.

Je n'ai jamais été aussi séduite par le corps d'un homme. Alors que nos pas laissent des traces humides sur le sol, je ne peux m'empêcher de fixer les ténèbres qui s'emparent de sa poitrine et lui colorent la peau.

— Assieds-toi, dit-il en me désignant du regard le bureau en marbre près de l'immense baie vitrée.

Cette fois c'est certain, je ne contrôle plus rien. Je m'assieds sur le rebord et laisse mes pieds traîner dans le vide. Il ne me quitte pas des yeux, et pour la première fois devant lui je me sens vulnérable.

— Tu es magnifique, lance-t-il en se mettant à genoux entre mes jambes.

Un mélange étrange de froid et de chaud me fait frissonner. Le désir grandit en moi comme une vague prête à tout chambouler sur son passage. Je n'aurais jamais cru qu'un jour je ferais l'amour avec une star de K-pop, qui plus est dans une suite luxueuse avec vue sur tout Séoul. J'ai l'impression d'être dans un rêve, et pourtant les sensations qui m'envahissent sont bien réelles. Je me concentre sur elles parce que ce soir je suis heureuse d'être moi, heureuse d'être là avec lui.

Moon embrasse ma cuisse droite, puis la gauche avant de glisser ses mains sur l'arrière de mes jambes, il me tire à lui alors qu'il me couvre de baisers plus brûlants les uns que les autres. Lorsque ses lèvres atteignent mon entrejambe, je ferme les yeux, submergée par le plaisir. Je me laisse aller au rythme qu'entreprend sa bouche pour me faire l'amour.

Et puis, il introduit sa langue en moi et mon corps entier s'embrase. J'enfonce mes doigts dans ses cheveux.

Le premier soir, c'était charnel, purement physique. Il avait besoin de ça, et moi je voulais juste m'amuser. Cette fois, c'est extrêmement sensuel et d'autant plus excitant car nous sommes près de la vitre.

Ses gestes me rendent complètement dingue. Je n'ai jamais autant souhaité jouir qu'en cet instant. J'ai envie qu'il me prenne, qu'il se nourrisse de moi, qu'il me ravage. Je veux que les flammes du plaisir me consument.

Lorsque ce dernier déferle en moi, mes orteils se crispent et je pousse un gémissement grave. Tout mon corps est secoué de spasmes.

Moon reste contre moi jusqu'à ce que je me calme. Du moins extérieurement.

— Dire que je voulais prendre soin de toi, je soupire.

— Ne t'en fais pas, je t'assure que tu me requinques comme personne.

Je ne peux m'empêcher de sourire.

— Allez, viens.

Je saute du bureau et marche jusqu'à la salle de bains afin de nous prendre deux serviettes. Je lui en tends une et passe la mienne autour de ma poitrine.

J'ai du mal à croire que je partage un moment de vie si banale avec le leader d'un groupe mondialement connu. Ma vie ici est tellement différente de comment je l'avais imaginée…

— Qu'y a-t-il ? me demande Moon alors qu'il me serre dans ses bras.

Je me love contre lui un instant avant de reculer pour le regarder dans les yeux.

— Comment ça ?

— Tu sembles absente.

— Je me disais juste que j'étais dans une chambre d'hôtel, incognito, avec Moon d'Alter.

— Non, avec Park Moon-soo, me corrige-t-il.

Je souris alors qu'il me caresse la joue. Habituellement, il appartient à ses fans, à des milliers de personnes pour lesquelles il se donne corps et âme. Mais ce soir, c'est différent. Ce soir, il est à moi.

— Viens donc par là, Park Moon-soo.

Il esquisse un sourire redoutable alors que je le pousse sur le lit, faisant tomber sa serviette au passage. Je récupère un préservatif de mon portefeuille et je le rejoins.

Moon me blottit contre lui, et je frissonne encore, cette fois à cause du froid. Il entremêle nos jambes, colle son torse contre ma poitrine et roule sur le côté avant de mettre la couverture au-dessus de nous. Blottie dans un cocon de chaleur, je soupire de bien-être et lentement trace les stries de son tatouage.

On dirait qu'un jour quelque chose lui a tellement fait mal que ça l'a marqué à vie. Mon esprit se perd de nouveau dans les souvenirs des jours qui ont suivi le décès de Jenny. Mais tout ça, ce n'est pas d'actualité ce soir. Non, ce soir c'est nous deux et rien d'autre.

Je grimpe à califourchon sur lui et ondule mes hanches contre les siennes. Je veux prendre soin de lui à mon tour, lui donner un peu de tendresse et lui offrir cette humanité dont il est souvent privé. Je n'ai pas la prétention de croire que ça va le remettre d'aplomb, j'espère juste lui offrir un peu de chaleur et de bien-être avant qu'il reparte.

— B…

Sa voix grave se meurt quand je le caresse délicatement. J'aimerais lire les pensées qui accompagnent son regard ardent et sa mâchoire crispée. Je me contente de deviner qu'il aime ce que je fais autant que moi.

Après avoir enfilé le préservatif sur son sexe, je le guide en moi.

— Bon sang…, siffle-t-il.

Je remue, et il me répond en s'enfonçant complètement en moi. Je laisse échapper un soupir et plonge mon regard dans le sien, alors que je poursuis ma danse lascive. La façon dont il m'observe me percute de plein fouet. Je ne crois pas m'être sentie aussi jolie un jour. Des années à essayer de s'accepter, de s'aimer soi-même, et voilà qu'il m'aide à y arriver en une seconde. Rapidement, le plaisir crispe les traits de son visage, tandis qu'il monte en moi une seconde fois, je me laisse aller en avant et pose les mains sur son torse. Mon corps se presse contre le sien, et nos lèvres se soudent dans un baiser aussi doux que brûlant. C'est tellement agréable que ça me ravage le cœur qui manque un battement, peut-être deux.

Pour la première fois, tout ce qui nous entoure a disparu. Il n'est plus question du monde d'Alter, du mien. Il est question du nôtre.

— Doucement, je dis, alors qu'il accélère la cadence. Je ne veux pas que ça s'arrête tout de suite.

Moon hoche la tête et m'embrasse à nouveau avant d'inverser nos positions. J'ai le cœur qui se détraque et le corps qui tremble quand il se retrouve au-dessus de moi. Ses cheveux caressent ma peau quand il embrasse le galbe de mon sein.

Sa langue dessine des formes invisibles sur ma peau avant de lécher mon téton. Je ferme les yeux et j'étouffe un gémissement dans l'oreiller.

J'ignore le temps qui s'écoule quand il revient enfin en moi, mais la cadence de ses coups de reins me fait oublier cette absence.

— Tu es si belle, souffle-t-il en posant son front contre le mien.

Ses lèvres caressent doucement les miennes avant de m'embrasser à nouveau. Et lentement, les yeux dans les yeux, nous bougeons au même rythme. Dans cette parenthèse de sensualité, nous sommes en parfaite symbiose. Nos hanches se répondent à l'infini, jusqu'à ce que le plaisir devienne plus fort que la raison et que tout bascule en une seconde. L'orgasme nous consume.

Une fois débarrassé de son préservatif, il revient se blottir contre moi. Je pose ma tête contre son cœur et ferme les yeux au contact de sa peau chaude. J'ai conscience que c'est bientôt la fin de cet interlude entre nous, et ça me rend un peu triste.

— Tu es comme le soleil, lâche-t-il d'un coup.

— Pardon ?

— C'est comme ça que je te vois, comme le soleil.

— Une grosse boule jaune ?

Il esquisse un sourire adorable quand je lève les yeux vers lui. Comment peut-on être intense, sexy et aussi mignon à la fois ? Cet effet qu'il me procure restera toujours un mystère pour moi.

— Lumineuse, éclatante, me corrige-t-il d'une voix profonde. Il émane de toi une immuable source de chaleur. Et ton sourire… Bon sang. C'est le plus beau que je connaisse.

Mon cœur tambourine dans ma poitrine, et j'ai peur qu'il s'en rende compte vu comme nous sommes enlacés. Je n'ai jamais aimé mes dents du bonheur. Cela m'a toujours empêchée de sourire pleinement aux gens par le passé. Mais, lorsqu'il me dit des choses pareilles, j'ai envie de le croire.

— Je voulais te le dire, parce que je m'en voulais de te l'avoir ôté quand toute cette histoire a commencé. Je suis heureux de retrouver ta lumière.

— Tu passes pourtant ta vie sous celle-ci constamment.

— Elle est artificielle. Toi, tu es authentique. Tu es mon soleil.

Cette fois, c'est moi qui l'embrasse. Avec force et un peu maladroitement, mais il ne dit rien. J'ai le cœur en vrac et la tête dans les étoiles. Quand je m'éloigne, il me caresse les cheveux.

— L'autre soir, juste avant l'arrivée de M. Yung, il me semble que tu voulais dire quelque chose, tu t'en souviens ? demande-t-il.

Je secoue la tête. Trop de temps a passé depuis.

— Je voulais peut-être parler de la suite. Mais le label a décidé pour nous finalement. On en revient toujours à la même question… Qu'est-ce qu'on va faire ?

— Je ne veux pas ne plus te voir, répond-il immédiatement.

— On sait pourtant que c'est la meilleure solution.

— Ne me dis pas après cette soirée ensemble que tu ne veux plus qu'on se voie. Je n'y crois pas.

Je partage totalement la détresse qui s'empare de lui et ne peux donc pas le contredire.

Plus ou moins satisfait par l'accord qu'il lit dans mes yeux, il m'embrasse doucement.

Je suis plutôt douée dans l'art de prendre les mauvaises décisions. Mais au moins je vis des aventures palpitantes.

— Alors, on…

L'idée d'être la fille secrète avec qui il partage quelques nuits me perturbe un peu. Je n'aime pas ça, mais j'ai envie de le revoir et ça prime sur le reste pour l'instant.

On ne fait du mal à personne, après tout. Quand le label de Moon m'a fait partir après ce baiser sur la terrasse, ils m'ont rappelé les termes de mon contrat, mais ils n'ont pas rajouté de clause stipulant que je n'avais plus le droit de passer de temps en sa compagnie. Alors techniquement je n'enfreins aucune règle.

— Il y a toujours une solution quand on veut vraiment quelque chose.

— Tu me veux, Park Moon-soo ?

— Oh que oui, souffle-t-il. Incontestablement.

Je repose ma tête contre sa poitrine et ferme les yeux, consciente que cette fois je ne veux pas quitter son monde.

Chapitre 22

Moon

Le costume que je porte est sans nul doute le plus sombre que j'ai jamais porté. Un étrange mélange de soie, de cuir et de coutures dorées me donne l'air d'un dieu sombre prêt à asservir la Terre. Seules les broderies dorées en forme d'épines sur le revers de ma veste ainsi que sur le col de ma chemise et ma ceinture apportent une touche de couleur à l'ensemble.

Je me prends en selfie face au miroir pendant que l'équipe make-up s'occupe de moi. Je posterai la photo sur les réseaux sociaux le jour de la représentation. Je n'aime pas tellement la partie maquillage, je trouve toujours ça trop long. Je sais que c'est un art et je ne dénigre pas le travail de ceux qui s'en occupent, je n'ai juste pas de patience.

Une coiffeuse arrive à la hâte dès que mon visage a fini d'être peinturluré. Elle m'installe de fausses cornes sur la tête pour renforcer le côté « démon ». Je prends un nouveau selfie, en zoomant bien sur mes nouveaux accessoires.

— Elles devraient tenir le coup le temps de la performance et résister à vos mouvements, si tout va bien. Essayez de bouger la tête pour voir.

Je m'exécute même si j'ai l'air d'un parfait demeuré.

— OK, c'est bon.

Je me replace, et elle plonge de nouveau ses mains dans mes cheveux.

— On réajustera si ça cafouille pendant l'entraînement.

— Super. Merci.

Je me regarde dans le miroir. Le résultat est plutôt efficace, j'ai sans doute le look le plus sombre du groupe. Mes partenaires de scène me rejoignent une fois leurs préparations terminées et me le confirment.

— On dirait que tu reviens des Enfers pour nous faire la peau, déclare Kai en pouffant.

— Alors que vous, vous me faites l'effet de moutons à être tous habillés en blanc.

— T'es dur, répond Min d'un ton faussement vexé. Je ne sais pas si je vais avoir la force de m'en remettre.

— Moi, je pense surtout qu'avec ce costume, c'est sa vraie personnalité qui ressort. Il nous montre qui il est vraiment.

Je coince la tête de Dae dans une clé de bras.

— Tu as raison, je lance d'un air diabolique. À partir de maintenant, je vais être un vrai tortionnaire.

— Plus que tu ne l'es déjà ?

Je desserre ma prise alors que je le sens se débattre. Il a été victime de harcèlement quand il était plus jeune, et je ne veux pas que ce petit jeu stupide le renvoie à de mauvais souvenirs.

— Bien les garçons, lance M. Yung en arrivant dans notre loge.

Il n'a jamais rien dit sur le départ de Billie, depuis qu'il me l'a annoncé, mais tout est de sa faute. Je lui en veux d'avoir balancé ce qu'il a vu à son boss… Bien sûr, je reste courtois, mais à l'intérieur je bous de colère.

— On va commencer avec une séance photo de vous dans

vos costumes. D'abord ensemble, puis individuellement pour pouvoir teaser cette performance sur les réseaux dans les jours à venir. Suivez-moi.

Nous nous exécutons et traversons un long couloir, dans lequel nous croisons du personnel qui nous salue. M. Yung nous fait entrer dans une grande pièce transformée en studio pour l'occasion. Le photographe et ses assistants s'inclinent devant nous.

— Bonjour, je m'appelle Bae-ja.

Comme décor, seul semble être prévu un canapé en cuir, style gothique, devant un fond vert. Les photos promettent d'être un peu sombres, j'aime ça.

Shadow, notre album précédent, avait un visuel plus ténébreux que ceux d'avant. Et, comme cette nouvelle performance concerne une chanson de cet album, c'est assez cohérent.

— Bien, installez-vous, nous dit-il. Kang-dae, Min-ho et Mu-jin, dans le fauteuil. Moon-soo, debout derrière eux.

Alors que nous nous plaçons en silence, les assistants du photographe s'activent autour de nous pour régler la luminosité, le cadrage…

Je préfère ce genre d'exercice à celui du maquillage. Ça m'amuse de jouer devant l'objectif et de prendre la pose. Et puis, c'est quelque chose que les fans adorent aussi. Donc on joue le jeu.

— Regardez-moi, les garçons, réclame Bae-ja. Donnez-moi quelque chose d'intense, fixez l'objectif comme s'il s'agissait de quelque chose dont on vous prive depuis longtemps.

Facile.

Clic. Clic. Clic. Première rafale de photos.

— Min-ho, mets tes mains sur tes genoux et fais comme si tu étais agacé, Dae, laisse-toi aller en arrière sur le dossier du fauteuil le doigt sur les lèvres. Kai, tu peux t'avachir aussi et regarder vers Moon-soo, qui lui va poser une main sur ton épaule.

Ils savent ce que les fans attendent, ils savent comment nous mettre en valeur. Mais, alors que je me positionne avec Kai, un seul regard de sa part suffit à ce que nous éclations de rire comme deux gamins.

— Désolé, je dis.

On se reprend vite et on enchaîne avec une autre série de poses.

Accompagné d'une coupelle de fruits, je frappe à la porte de la chambre de Kai et j'entre sans attendre de réponse.

— Et si j'étais à poil ? me lance-t-il alors que j'avance près de lui.

— Tu ne l'es pas. Et puis, je m'en fous… En plus, t'es seul ici, donc je ne vois pas pourquoi tu serais nu.

— Il paraît qu'on dort mieux à poil.

— Quand tu es en bonne compagnie, je comprends.

Il lève les yeux au ciel et reste allongé dans son lit, une tablette numérique sur les genoux. Je m'allonge à ses côtés.

— Ouvre la bouche.

Il m'obéit sans poser de question, alors je lui donne un morceau de melon.

— Qu'est-ce que tu geekes ?

— Je regarde *Naruto*, me répond-il la bouche pleine.

— Ah cool !

C'est l'un de mes mangas préférés. Avec les garçons, on en regardait pas mal avant. Mais maintenant, avec le peu de temps que nous avons, nous ratons trop d'épisodes pour rester à la page.

— Effectivement, c'était très sympa avant que tu débarques.

Je prends une fraise que je fais disparaître dans ma bouche. Il me donne un coup de coude, alors je lui en file une aussi.

Il est tard. Comme je n'arrivais pas à dormir, je me suis dit que j'allais venir ici. Il n'est pas rare que je m'endorme dans sa chambre, parce qu'on parle parfois pendant des heures et que souvent j'ai la flemme de retourner dans la mienne.

Je pense énormément à Billie en ce moment, à cette chambre d'hôtel et à cette nuit qu'on a passée ensemble. J'ai envie de la revoir, mais c'est difficile à organiser. Je ne peux pas sortir comme je veux, ni être seul quand bon je me chante. Faire cette répétition à l'hôtel, ce jour-là, c'était une bénédiction.

— Tu as l'air d'assez bonne humeur depuis deux jours, tu veux bien me dire ton secret ? lance Kai. Ce sont les cornes, je parie. Tu es ravi d'être un démon ?

— J'ai revu Billie, je lui avoue.

Il tourne brusquement la tête vers moi.

— T'as pas confondu tes rêves avec la réalité, rassure-moi.

— Non.

Même si c'est vrai qu'elle ressemble à un rêve…

— Quand on a dormi au Signiel Hôtel, elle était là.

Il ouvre la bouche, mais la referme aussitôt et ne dit rien.

— Sérieusement ?

Je comprends qu'il soit choqué.

— Je lui ai dit que j'y passerais la journée, qu'on pourrait se voir si elle en avait envie, et elle est venue.

— D'accord, dit Kai. Mais sérieusement…

— Quoi ?

— Je ne sais pas. Je suis sur le cul. Je croyais que tu t'étais résigné au fait qu'elle était partie et puis en fait, non… Comment tu as pu lui donner rendez-vous comme ça ?

— Elle a transmis à mon père son numéro pour qu'on se dise au revoir, et… j'avais envie de la voir. J'ai essayé, ça a marché.

— Je comprends mieux…

— Je n'arrive pas à me passer d'elle.

Je suis toujours franc avec Kai. Je ne vois pas pourquoi je ne lui dirais pas ce que je ressens. Je lui fais confiance.

— Comment ça ?

— J'ai toujours les mêmes convictions à son sujet, au nôtre… Mais j'ai constamment envie d'être à ses côtés.

— D'accord…

Je ne veux pas le décevoir, je ne veux pas non plus qu'il pense que je pourrais le trahir ou les laisser tomber, lui et les autres. Cela n'arrivera jamais.

— Tu n'as rien d'autre à dire ?

— Non, fait-il en secouant la tête.

Je lui jette un regard de côté.

J'ai beaucoup d'estime pour ce qu'il pense de moi. Bien sûr, au vu de mon métier, je fais attention au regard que porte le monde sur mes actions. Mais celui de mes parents ou de Kai priment sur les autres. C'est comme ça depuis toujours.

— Tu passes ton temps à t'occuper des autres, alors je ne vais pas t'en vouloir de penser à toi de temps en temps, murmure-t-il. C'est humain de prendre soin de soi.

— Tu ne trouves pas tout ça… mal ?

Il éteint sa tablette et la pose sur la table de chevet.

— Dire ça serait quand même un peu exagéré. Je sais que tu es conscient de ce que tu fais, Moon-soo.

Oui, je le suis. Et pourtant j'ai une envie folle de la voir. Continuer à lui donner rendez-vous en secret ne serait pas judicieux, mais je suis persuadé que je ne vais pas pouvoir y résister. Je ne comprends pas cette dualité que s'inflige mon putain de cerveau.

— Je suis paumé…

— Tu as envie que ça dure ?

— Oui et non… Quand on est ensemble, j'ai envie que le moment dure pour toujours. J'ai l'impression de souffler quand je suis avec elle, un peu comme lorsque l'on rentre chez nous après une longue tournée. Et en même temps je suis incapable de me passer de ma vie actuelle, d'Alter, des fans… Je ne sais pas si les deux sont compatibles.

Kai hoche la tête. J'ai beau le connaître par cœur, à l'instant, je ne saurais dire ce qui occupe ses pensées.

— En fait, tu veux les deux, lâche-t-il soudain comme une bombe.

— Pardon ?

— Tu veux ce que tu as et ce que tu n'as pas. Billie a beau ne pas avoir sa place au milieu de notre univers, tu essayes quand même de faire en sorte qu'elle en fasse partie.

— Je… ne fais pas exprès. Je n'ai jamais songé à ça de cette manière.

— Et donc ?

— Je ne sais pas.

— Je pense que j'ai raison. Autrement, tu aurais démenti aussi sec.

Je suis confus.

— Depuis qu'elle est partie, ou plutôt qu'on l'a mise à la porte, je n'arrive plus à réfléchir correctement. Je lui ai envoyé des messages à deux reprises, en l'espace de deux semaines.

Kai prend un nouveau morceau de melon.

— Et, dès que j'ai eu l'occasion, je suis allé la voir.

— J'ignore quoi te dire, soupire mon meilleur pote, parce que je ne suis pas dans ta situation… j'imagine que tu as envie d'être avec elle, là tout de suite ?

— Oui…

— De toute façon, c'est simple : soit tu arrêtes définitivement cette histoire, soit tu trouves un moyen pour avoir le droit de la voir. Je ne vois pas comment tu peux faire autrement.

Je soupire.

— Je ne crois pas avoir envie d'en arriver à la deuxième solution. C'est juste comme ça, on a juste envie de se voir de temps en temps…

Si seulement c'était aussi facile que ça…

— Bon… Remets *Naruto*, je lui lance pour changer de sujet.

Il s'exécute en secouant la tête.

Alors que le héros du manga se bat avec son pire ennemi, mon esprit fonctionne à mille à l'heure.

Ce que je veux ? Passer le plus de temps possible avec Billie. Revivre ces moments incroyables que nous avons vécus à l'hôtel… Retrouver son éclat.

Ce que je peux faire ? Eh bien… Oh ! Je me redresse d'un coup.

— Qu'est-ce que tu as ? demande Kai.

— J'arrive tout de suite.

Je fais l'aller-retour entre sa chambre et la mienne en deux secondes, juste le temps de récupérer quelque chose.

Une fois de retour à côté de lui, il me regarde comme si j'étais dingue.

D'accord, peut-être que je le suis un peu.

— Je viens d'avoir une idée, je dis en lui montrant mon carnet de notes.

— Tu vas écrire une chanson ?

— Oui.

— Et tu en as eu l'idée comme ça, par enchantement ?

— Il faut croire que oui, je réplique en me réinstallant dans son lit.

— OK… Je peux savoir de quoi ça parle ?

Je commence à griffonner une ligne. Puis deux.

— De la lune et du soleil, je réponds sans lever les yeux.

— Merde, Moon… T'es encore plus mordu que je le croyais.

— Tut tut ! Tu perturbes ma concentration artistique.

Il éclate de rire.

— Je veux lire ça dès que tu poses ton crayon.

Chapitre 23

Billie

Je n'arrive pas à me sortir de la tête ce que j'ai ressenti lorsque je me suis retrouvée seule dans la chambre d'hôtel, après le départ de Moon.

Je savais bien que je finirais déçue, et pourtant ça me chiffonne encore. Notre entrevue était magique, mais lorsqu'il est parti je me suis sentie infiniment seule. Et je déteste me dire que cela risque d'arriver encore à l'avenir…

Je soupire en attendant Malaury au pied de la N Seoul Tower. Il faut vraiment que je me change les idées.

— Eh ! Billie !

La jolie blonde me fait signe en avançant au loin, alors je me précipite pour la rejoindre. Elle m'offre un gigantesque sourire lorsque je la salue.

— Tu vas bien ? me demande-t-elle.

— Oui, et toi ?

— Enfin en week-end, alors tout va bien.

Je lui souris à mon tour. J'aime assez Malaury et je suis heureuse d'apprendre à la connaître davantage aujourd'hui. Nous avons décidé de manger en ville, plus particulièrement dans le restaurant panoramique de la N Seoul Tower.

— On y va ?

Une fois sur les lieux, nous nous dirigeons vers la table que nous indique le serveur, tout en bois, installée contre la baie vitrée.

Je m'émerveille de la vue qui se présente sous nos yeux. C'est encore différent de celle de ma chambre au Signiel Hôtel. Là encore, toutefois, c'est magnifique. De cette hauteur, j'ai l'impression d'être un géant face à une ville miniature.

— Incroyable.

Je tourne la tête vers Malaury et constate qu'elle me dévisage, en riant légèrement.

— Désolée…

Elle secoue la tête.

— Ça m'a fait la même chose la première fois que je suis venue là.

— Je m'émerveille de tout ici, c'est terrible. Il m'arrive parfois de regarder un poteau électrique comme si c'était la huitième merveille du monde.

Ma voisine glousse un instant, mais se reprend quand le serveur revient nous apporter les menus et allume la jolie bougie qui figure sur notre table.

— On va commencer par prendre deux coupes de champagne, s'il vous plaît, annonce Malaury. On réfléchit pour la suite.

Le serveur s'incline avant de s'en aller.

— Du champagne ? je lance d'un ton moqueur.

Je n'en bois que rarement. Une fois de temps en temps lors d'un anniversaire, et encore, je préfère le mojito ou les sodas. Le coca, en particulier. C'est ma foutue drogue.

— Je ne t'ai même pas demandé si tu buvais de l'alcool, dit-elle en secouant la tête. Je suis désolée…

— Ne t'inquiète pas. Une coupe de champagne me va très bien.

Elle semble soulagée.

— Tu sais ce que tu veux manger ?

— Ils ont du bœuf de Kobe, je réponds. Il paraît que c'est la meilleure viande au monde. Il faut que je goûte ça.

Avec l'argent du label de Moon, je peux me le permettre.

— Bonne idée, je vais prendre comme toi. On n'a qu'une vie !

Le serveur revient quelques minutes plus tard avec nos coupes, qu'il pose devant nous.

— Vous avez choisi ?

Il sort une petite tablette.

— On va prendre deux bœufs de Kobe. Avec de la purée au mascarpone, pour ma part.

— Des frites pour moi, ajoute Malaury.

— Bien, merci.

Nous trinquons et dégustons notre boisson pétillante en souriant, ravies de vivre un moment pareil.

— Alors, Billie… Tu ne m'as pas encore dit ce qui t'amène ici, à Séoul.

Je rougis un peu. Je n'aime pas trop parler de moi. Je me dis toujours que ce n'est pas intéressant… Pourtant, je sais que pour aller de l'avant, je devrais davantage faire confiance aux gens. Ou à moi-même.

— Mes grands-parents vivent aux États-Unis, mais ils sont coréens. Et, depuis que je suis gosse, ma grand-mère me parle du pays. Je me suis toujours dit que je viendrais un jour pour vivre une grande aventure et mieux connaître mes origines.

— C'est super de faire ça, de vivre son rêve.

— J'ai bossé comme une folle toute ma scolarité pour pouvoir entrer à Yonsei. J'ai hâte d'y aller.

— Tu veux faire ta vie ici, après les études ?

— Je crois. J'en ai toujours eu envie, en tout cas… Mon père était assez réticent à ce que je parte si loin, et j'en avais un peu assez de ses mises en garde. Je voulais lui prouver que je pouvais me débrouiller seule. Mais maintenant ils me manquent tous un peu.

— Je comprends carrément. Je suis très proche de ma mère et, ce qui me manque le plus, ici, c'est la famille.

— C'est pour Alter que tu es venue, toi ?

— Oui et non… Quand je les ai découverts, j'étais étudiante. À cette époque, je venais de vivre un truc pas très cool. C'est ce qui m'a convaincue de venir ici.

Elle semble triste d'un seul coup, et je culpabilise d'avoir mis les pieds dans le plat.

— Tu les as connus comment ?

— Hum… Tu veux vraiment savoir ?

Je hausse les épaules, un peu décontenancée. Je ne sais pas quoi répondre. Si cette histoire remue quelque chose de pénible pour elle, je ne veux pas la forcer à me dire quoi que ce soit. Je suis la mieux placée pour comprendre que c'est délicat de parler de souvenirs difficiles à des inconnus.

— Uniquement si tu as envie de me le dire, je lui précise.

— C'est gentil. Ne t'inquiète pas, tout va bien. Il y a deux ans, j'étais très malade. Mon rein était en piteux état et cela avait des conséquences assez lourdes sur ma santé globale. Dialyses, séjours à l'hôpital, médocs, douleurs, c'était mon lot quotidien. La semaine avant mon opération, j'étais vraiment mal, j'avais peur de mourir. Un sentiment très violent.

Une petite boule se forme dans ma gorge. Je ne m'attendais pas à entendre ça.

— Bref, j'étais pas mal déprimée et stressée aussi. Une infirmière m'a proposé de me changer les idées et d'écouter de la musique pour me détendre. Elle a mis YouTube sur son téléphone et m'a donné ses écouteurs. Elle m'a dit qu'elle voulait que j'écoute l'une de ses chansons préférées, *Stay Strong* d'Alter. La chanson m'a prise aux tripes. Je ne sais pas comment te l'expliquer… La mélodie a tout de suite résonné dans mon cœur. J'avais l'impression qu'ils me parlaient…

Je suis émue par ce qu'elle a vécu et je comprends le lien fort qui l'unit au groupe, et pourquoi elle les aime autant. Ils ont une place spéciale dans sa vie.

— J'ai passé la journée à les écouter, à lire des tas de choses à leur sujet, à regarder leurs vidéos… Grâce à eux, j'ai considérablement réduit mon stress. Ils m'ont vraiment sauvée dans un moment très compliqué de ma vie. La semaine qui a suivi, j'ai eu une transplantation et un nouveau rein.

— Tu vas mieux, alors ? je demande.

— Beaucoup mieux, oui. J'ai pu reprendre mes études, je suis venue ici. J'ai tout ce qu'il me faut, aujourd'hui. Si on met de côté le numéro de Kai…

— Je suis désolée pour ce que tu as vécu, ça a dû être extrêmement difficile.

— C'est gentil, mais je vais bien maintenant. Je me focalise sur le présent.

— Tu as bien raison, je dis avec le sourire.

Et soudain elle ne me semble plus si fragile que ça.

D'être ici, aujourd'hui, avec autant d'assurance… c'est admirable. Malaury est une vraie guerrière.

Lorsque le serveur nous apporte nos plats, j'ai de la salive au bord des lèvres. J'ai trop faim, et ça m'a l'air délicieux.

— Bon appétit, me lance ma voisine, qui a retrouvé le sourire.

Allongée dans mon lit, je fixe les murs vides autour de moi et regrette presque ma chambre, chez mes parents. Je l'avais décorée avec les plus belles photos réalisées au fil des années, des fleurs séchées au-dessus, ainsi que quelques tableaux.

Je pourrais bien sûr égayer tout autant cet endroit, mais j'en ai vraiment la flemme. J'ai une envie folle d'avancer le temps et d'être enfin à la rentrée. D'ici là, je serais retournée une fois chez moi. L'occasion de récupérer quelques affaires personnelles pour mettre un peu de vie dans ma chambre sur le campus.

Lorsque mon téléphone vibre contre mon ventre, je sursaute.

Hello B.

Mon cœur passe d'un rythme tout à fait normal à un rythme effréné. Je souris bêtement.

Hello M.

Je suis beaucoup trop contente d'avoir de ses nouvelles. J'attends ça depuis des jours ! Et cela ne peut signifier qu'une chose : je me suis attachée à lui bien plus que je ne l'aurais cru.

Tu vas bien ?

Oui et toi ?

Occupé ces derniers temps, mais ça va.

Il joint une photo dans son message, comme mon débit Internet est lent, je clique dessus pour qu'elle se télécharge et reste bouche bée quand elle s'affiche. C'est un selfie très particulier, dans lequel il porte une tenue sombre et des cornes de diable sur la tête. Un costume, je suppose ?

Son expression est sexy à souhait.
Seigneur, il est à tomber.

Hum... quelque chose chez toi a changé depuis la dernière fois que l'on s'est vus. Mais je ne saurais dire quoi.

Ah oui, excuse-moi. J'ai oublié de préciser : là, c'est moi avant mon café du matin.

Si c'est ça, je veux bien me réveiller à ses côtés pour avoir cette vision-là tous les jours !

Cette photo est confidentielle ?

Il ne me semble pas l'avoir aperçue ailleurs sur Internet.
Oui, OK : il apparaît en top de mes recherches Google !

Très confidentielle, mais j'ai pensé que tu voudrais peut-être changer ton fond d'écran actuel ☺

J'ai le corps électrisé par ce message. Comment deux cornes peuvent-elles le rendre aussi beau ? On dirait un foutu dieu des Enfers avec son tatouage qui sort du col de sa chemise comme pour le posséder... J'ai bien envie de plonger dans les abysses avec lui.

On peut savoir pourquoi tu as pensé ça ?

Je sais que tu es fan du groupe Alter et que tu adores Moon en particulier.

Désolée mon chou, mais tu te trompes complètement. Et puis franchement, parler de soi à la troisième personne, ça fait très diva.

Alors que je glousse comme une gamine, mon téléphone me glisse des mains et m'atterrit sur le coin de la tronche. Putain, ça fait mal ! Je me masse le nez et je regarde si Moon a répondu.

« Mon chou » ? Hadès en personne t'envoie un selfie et toi, tu l'appelles « mon chou » ?

Exactement. Ça te pose un problème ?

Oh que oui.

Et qu'est-ce que tu vas faire si je continue à t'appeler « mon chou » ?

T'obliger à m'appeler Dieu.

Je manque de m'étouffer. J'hésite à lui envoyer une cinquantaine de « mon chou » d'affilée pour lui faire comprendre que je n'ai pas peur de ses intimidations. Ou alors, je pourrais faire pression sur lui en menaçant de révéler au grand jour sa photo confidentielle.

Pfff, n'importe quoi… Je suis vraiment nulle à ce genre de jeu. Il m'écrit de nouveau :

Bon sinon, comment elles me vont ces cornes ?

Elles flattent le petit côté lunatique que tu m'as montré plusieurs fois.

J'ai envie de te voir. J'ignore où, comment et quand, mais j'ai envie de te voir.

Mon cœur tressaute légèrement dans ma poitrine, et je soupire, frustrée par la situation. Normalement, quand tu as envie de voir un garçon, tu lui donnes rendez-vous et *basta*. Mais là, c'est compliqué. Bien plus compliqué.

Moi aussi, j'en ai envie.

J'ai conscience de ne pas l'aider en lui disant cela, mais c'est ce que je ressens au fond de moi.

Je vais trouver un moyen.

Et merde, je regrette ce que je lui ai écrit juste avant à présent. Même si son message me fait plaisir, je n'ai pas envie que nous nous mettions en danger pour si peu.

À partir du moment où les choses prennent un tournant dangereux, je crois qu'il ne faut pas se donner tant de mal pour se voir.

Pourquoi tu ferais ça ?

Parce que j'ai envie de te voir !

Je soupire en tapant sur mon écran :

Ça n'en vaut pas la peine.

Moi je trouve que si.

Je me retiens de sourire. Ce n'est pas bien, mais cela me fait trop plaisir.

J'imagine que tu vas encore me faire un caprice.

Je crois que tu commences à bien me connaître 😉

Quel gamin ce mec ! Quel *adorable* gamin…
Je renvoie un message, en essayant cette fois de changer de sujet.

Tu bosses toujours autant, alors ?

Toujours. On prépare une représentation importante, d'où mon look sur la photo que je t'ai envoyée.

Tu as toujours mal aux épaules ?

Non ça va. Je te l'ai dit : tu m'as remis en forme.

Mais bien sûr…

Désolé, mais je vais devoir te laisser. On a une grosse journée demain. Mais ne t'en fais pas, tôt ou tard, je trouverai un moyen pour qu'on se voie.

Je soupire une nouvelle fois.

Ne tente pas l'impossible, s'il te plaît…

Promis. Bonne nuit, B.

Bonne nuit, M.

Chapitre 24

Moon

La semaine qui va suivre risque d'être mouvementée. Nous avons quasiment une prestation par jour. Dont deux en *live*, vendredi et samedi. Le dernier étant le show que nous préparons depuis des jours.

Même si ce genre d'événement entraîne toujours un peu d'appréhension, j'ai quand même très hâte d'y être. J'aurais aimé que Billie puisse voir ça en vrai, mais je n'ai pas trouvé le moyen de nous réunir pour le moment. La faire venir ici ou aller chez elle me paraît impossible. Il nous faudrait une cachette, un hôtel… mais cela signifierait mentir et disparaître pour une nuit.

J'aimerais vraiment que tout ne soit pas si compliqué entre nous. J'aimerais être le seul à décider si je peux ou non me mettre en couple et, surtout, j'aimerais pouvoir me foutre de l'avis des gens… Malheureusement, ce n'est pas comme ça que ça marche dans mon monde.

Bon sang, comment je pourrais la voir ?

J'agis sur un coup de tête : je branche mes écouteurs à mon téléphone, m'isole des garçons et l'appelle.

— Tout va bien ? me demande-t-elle, inquiète.

— Oui, très bien. Comment vas-tu, B ?

— Bien… Je suis juste un peu choquée que tu m'appelles

dans une tranche d'horaire qui ne se situe pas entre 20 heures et 3 heures du matin.

— Je suis un homme plein de surprises.

J'entends son sourire ensoleillé dans mes oreilles.

— Je... C'est toi qui m'as envoyé un bouquet de fleurs, ce matin ?

— Ça dépend, je réponds.

— Comment ça ? dit-elle en s'esclaffant.

— Ça dépend s'il te plaît, ou non.

Il y a quelques secondes de silence.

— Je l'adore. Moon, il est vraiment magnifique...

Ça m'a pris comme ça, hier soir. J'ai passé commande et payé un coursier pour qu'elle le reçoive au plus vite. C'est la première fois que je fais ça. J'étais en train de peaufiner une chanson qui parle à un moment donné d'un tournesol et j'en ai eu envie.

— Il est bien plus gros que moi. Tu n'aurais pas dû... C'est la première fois qu'on m'en offre un, tu sais.

Je ne peux m'empêcher de sourire comme un idiot. C'était aussi une façon de lui faire comprendre qu'elle me manque.

— J'aime faire partie de tes premières fois.

— Hum...

— Ça sonnait bien dans ma tête, je lui dis.

Elle rit au téléphone. Ça ne fait que me frustrer, je voudrais tellement pouvoir la voir en vrai.

— J'ai dû aller chercher un vase au premier commerce du coin, je n'en avais pas, ajoute-t-elle. Encore merci... elles sont canon.

— Je les ai choisies en pensant à toi. *You are my sunshine.*

Je ne sais pas ce qu'il m'a pris de dire ça. C'est une des paroles de la chanson que je suis en train d'écrire et c'est sorti tout seul.

— *And you are my moonlight*, répond-elle d'une petite voix.

Ses cinq petits mots font battre mon cœur de manière totalement inouïe.

La lune et le soleil. *C'est nous.*

— Je suis désolé, je n'ai pas encore découvert de solution pour qu'on se voie sans se mettre en danger.

— Cela ne fait rien. Je préfère que nous ne prenions aucun risque.

— J'ai quand même très envie de te voir.

— Ce serait pourtant plus simple si…

— Oui, mais les choses simples ne m'intéressent pas, je la coupe.

— Alors il va falloir trouver quelque chose à faire. Autrement, je risque de mourir d'impatience.

— Je prends note, je réponds tout heureux. Que fais-tu en ce moment ?

— Je dois passer voir ma voisine.

Je souris à l'idée qu'elle se soit déjà fait des amies. Ça ne m'étonne pas, elle est tellement solaire. Je suis rassuré qu'elle ne soit pas seule, rassuré également qu'elle ne soit pas avec un autre homme.

— Vous vous entendez bien ?

— Oui, elle est super sympa. Elle vient des USA comme moi, mais elle est prof d'anglais ici, à Séoul. Bon, le seul truc qui cloche chez elle, c'est qu'elle est fan de vous.

J'éclate de rire, ne m'étant pas du tout attendu à une telle réplique.

— Je suis désolé !

Billie soupire exagérément à travers le téléphone.

— C'est dur, mais je supporte parce qu'elle est cool. Elle m'a dit que Dae était en *live* aujourd'hui et elle veut que je la rejoigne pour qu'on le regarde ensemble. Donc voilà mon programme.

Je suis amusé qu'elle se mette à suivre notre actualité de la sorte.

— C'est vrai, ça va bientôt commencer. Je vais te laisser, si tu veux.

— Non, j'ai encore quelques minutes devant moi. Et ne t'en fais pas, je n'ai rien dit sur toi, sur vous… Bref, elle n'est pas au courant que je vous connais personnellement.

Il y a comme une petite pointe d'angoisse dans sa voix. Pourtant, je n'ai jamais eu d'inquiétude à ce sujet. Je sais qu'elle n'est pas comme ça, sinon, elle aurait essayé de nous nuire depuis longtemps.

— Je te fais confiance, Billie.

— Elle vous adore vraiment, elle est… enfin vous l'avez aidée dans une période difficile de sa vie, et elle vous admire beaucoup pour ça. Quand elle m'en a parlé, je me suis sentie heureuse pour vous. Heureuse que vous soyez entourés de gens si bienveillants.

— Moi aussi.

Un petit silence s'écoule entre nous.

— Alors tu vas regarder Dae ?

— Oui, oui. Mais, désolée si tu te fais des idées, son *bias* c'est Kai.

— Ça ne me dérange pas tant que je reste le tien, je m'exclame d'un air triomphant.

Elle glousse.

— Tu te trompes…

— N'importe quoi. C'est moi ton préféré. Il suffit juste de l'admettre et ça ira mieux après, tu te sentiras plus légère. Vas-y, dis-le que je suis ton préféré.

— Pour ça, il faudrait que tu danses la choré de *Rainy Love* en *live* devant moi.

Ses mots m'excitent complètement. Je nous imagine bien : moi qui bouge sur le son de la musique, elle qui me regarde… Je sens que ce petit jeu va beaucoup me plaire.

— Si je fais ça, tu es fichue, Sunshine.

— Fichue pour fichue, autant avoir une prestation rien que pour moi.

Elle vient de donner un nouveau but à ma vie.

— Je relève le défi, la prochaine fois qu'on se voit, je danserai pour toi.

— Je suis impatiente de voir ça, souffle-t-elle dans le téléphone. Tu auras tes cornes ?

— Je peux très certainement m'arranger pour les avoir, je réponds en riant.

— Comment se portent tes épaules ? demande-t-elle.

Je souris, ravi de l'attention qu'elle me porte. Ça va mieux, j'ai eu le droit à la meilleure *team* de kinés pour me remettre d'aplomb, même si son massage avait déjà aidé.

Si elle était tout le temps présente à mes côtés, je crois que ma motivation serait décuplée.

— Ça roule. On va bientôt faire la prestation dont je t'ai parlé. Ton fond d'écran sera bientôt le même que plusieurs milliers d'autres personnes. Il va falloir que je te renvoie une autre exclusivité, du coup.

— Ne t'en fais pas pour moi, je peux m'en passer.

Le sourire aux lèvres, je ferme les yeux. J'aimerais qu'elle soit dans mon lit, là tout de suite. J'aimerais qu'on se dise tout ça de vive voix. Même si je dois m'estimer heureux d'avoir la chance de lui parler au téléphone.

— Je vais te laisser, je vais aller voir Malaury.

— Amuse-toi bien alors. Je vais trouver le temps de te voir, Sunshine. Attends-moi.

— Avec impatience. Bonne nu… enfin non, bonne fin d'aprèm, M.

— Toi aussi, B.

Je ressens un foutu manque quand elle raccroche. Mon désir pour elle a considérablement évolué. Et je ne suis plus certain de devoir le combattre. Mon père avait peut-être raison, j'ai besoin d'une révolution.

Je me redresse. Merde, j'ai trop rêvassé, ça fait déjà une dizaine de minutes que Dae est en *live*. J'ouvre le clapet de mon ordinateur portable et j'allume l'application du label pour le regarder.

« Je suis tellement content que vous ayez aimé notre nouvelle chanson et que vous la partagiez encore aujourd'hui. Si c'est un tel succès, c'est grâce à vous. Je l'aime particulièrement parce que c'est l'un des rares titres sur lesquels je chante en premier. Vivement la suite, les amis… On vous réserve plein d'autres surprises dans les mois qui viennent… »

Je l'écoute et regarde en même temps les réactions des *viewers* qui défilent sur le côté. Je suis toujours soufflé quand je vois les torrents d'amour qu'on reçoit en pleine face lors de meetings, qu'ils soient virtuels ou réels.

On ne plaît pas à tout le monde, et il nous arrive souvent d'être critiqués, mais ce que nous apportent nos fans au quotidien constitue un bouclier très solide qui nous donne la force d'avancer, coûte que coûte.

« Ouais, j'aimerais bien sortir un solo, ajoute Dae après quelques secondes de silence. Je sais que ça fait déjà plus d'un an que j'ai sorti mon dernier, mais on est pas mal occupés ces derniers temps et ça laisse peu de place à tout ça, mais j'y travaille quand on se repose. »

Les réactions sont plus que positives. Il a eu raison d'en parler ce soir. Cela permettra au label de le voir et de prendre conscience de ses attentes. Soudain l'envie de le taquiner un peu me saisit. J'attrape mon portable et je l'appelle. Une sonnerie résonne dans mon oreille, mais aussi à l'ordinateur. Il se marre comme un idiot quand il voit que c'est moi. Il ne répond pas, mais il montre à la caméra ma photo qui s'affiche sur son téléphone.

Comme il ne répond pas, je rappelle. Cette fois il décroche.

— Allô ?

— Salut !

Il m'a mis en haut-parleur.

— Tu sais que je suis en *live* ?

— Je sais, je te vois. Tu es très beau à l'écran, mais tu aurais pu faire un effort pour tes cheveux.

Dae éclate de rire, retire sa casquette et ébouriffe sa crinière.

— Qu'est-ce tu veux ?

— Te dire que tu me manques.

Bien évidemment ça fait réagir les gens. On interrompt souvent le *live* des autres de cette manière. Je crois qu'on a tellement habitué les fans à ça qu'ils s'attendent forcément à ce qu'on le fasse à un moment ou un autre.

— Toi aussi, mais je suis occupé là.

— Je vais te laisser alors, mais parle un peu plus de ton super leader, s'il te plaît.

— Mais oui, j'allais commencer à dire combien tu es beau et exceptionnel.

— Je t'aime.

Il raccroche, ce qui me fait rire.

« Bon sang, il est pas possible », lance-t-il face à l'écran de mon ordinateur.

Comme je m'ennuie, je vais le rejoindre dans la salle de musique. C'est peut-être aussi dû au fait que je sais que Billie est en train de regarder.

— Hello, j'annonce d'une voix tonitruante.

— Je m'en doutais, dit-il en s'esclaffant. Tu es trop prévisible.

— Je ne peux pas me passer de toi, petit frère.

Je m'approche de lui et fais un petit coucou à la caméra.

— Je vois ça.

Je vais chercher une deuxième chaise et me pose à côté de lui.

— Vous allez bien ? je demande.

Parmi la masse de messages qui défilent, j'en distingue un en particulier.

Byol4 :

Non, mais ça fait du bien qu'on me le demande, alors merci !

Je le montre à Dae. Je sais que ça compte pour lui. J'ignore si c'est un vrai message de détresse, mais je ne peux pas l'ignorer.

— Byol4 ? lance Dae. Est-ce que tu vas bien ?

— Envoie-nous un message si tu as besoin, je rajoute. On t'écoutera.

J'observe les autres messages, attentif, dans l'attente d'une réponse. Je n'aime pas l'idée de laisser quelqu'un dans son désespoir alors que je pourrais peut-être l'aider en lui parlant, tout simplement.

Byol4 :

Je suis si heureuse que vous me prêtiez cette attention, merci 3

— Est-ce que ça va ? s'enquiert Dae.

Byol4 :

Je suis un peu mal en ce moment quand je vais au lycée. Il y a quelques personnes qui me harcèlent.

— Alors c'est grave, soupire-t-il. Je suis désolé. Il faut que tu tiennes le coup, que tu sois forte et que tu le fasses savoir. C'est important de les dénoncer.

— N'hésite pas à en parler autour de toi, amis, famille, profs, proviseur… Je sais que c'est difficile, mais tu ne dois pas en avoir honte. C'est important de combattre le harcèlement.

Dae lit à voix haute certains commentaires dans le *chat* qui proposent des solutions à la personne qui nous a contactés. Je suis ébahi devant cet élan de solidarité.

— Si tu veux, tu peux donner le nom de ton lycée, je ne sais pas si on pourra faire quelque chose, dit Dae, mais on peut toujours essayer.

Byol4 :

Merci, mais je ne préfère pas dire le nom ici, je ne veux pas qu'on comprenne que c'est moi… mais je vais en parler autour de moi. Je vous remercie infiniment pour votre aide.

Je voudrais pouvoir faire plus et mieux pour elle, mais à distance c'est toujours difficile. J'espère que cette discussion avec nous et les participants du *live* lui auront fait un peu de bien.

— Pour te redonner le sourire, on peut aussi te montrer les abdos de notre Kang-dae national ! je m'exclame en soulevant le T-shirt de mon ami.

Il contracte ses muscles alors que je les pointe du doigt.

— Regardez-moi ça, une vraie œuvre d'art.

♫

Le public crie.

J'inspire calmement et j'expire. Comme lors de mes exercices de relaxation. Je suis concentré sur ma performance. Je ne pense qu'à ce que ce je dois faire. Je ne prête pas attention aux accessoiristes qui peaufinent ma tenue. Ça va aller, on va assurer.

Les projecteurs sur la scène sont éteints. Kai, Min et Dae sont prêts. Je suis le dernier à entrer sur scène pour jouer le Diable. J'aime énormément cette prestation, j'espère qu'elle va plaire aux gens. Aucune info n'a encore été divulguée sur nos tenues, rien.

— Dans dix secondes les garçons, lance un des membres du staff.

L'intro musicale commence.

— Cinq, quatre, trois, deux, un. Go.

Les garçons disparaissent sur la scène. Dès lors que les lumières s'allument, les gens hurlent. La prestation est diffusée en direct sur YouTube.

Dae commence à chanter et à danser. Je ne vois pas encore le public, mais ça ne saurait tarder. C'est bientôt à moi d'entrer sur scène.

— Dans quinze secondes, c'est à vous, me dit le même gars que tout à l'heure.

Je réajuste correctement mon micro. C'est moi qui chante juste après Dae, mais je ne peux entrer que lorsque mon couplet débute pour garder l'effet de surprise jusqu'au bout.

Mon cœur bat tellement fort. J'ai une trouille bleue de décevoir, de faire une erreur et, pourtant, pour rien au monde je ne voudrais être ailleurs et privé de ce que je ressens à cette même seconde.

— Cinq, quatre, trois, deux, un. Allez, go !

Je sors de la pénombre et entre dans la lumière. Les premières paroles de mon couplet sont couvertes par les hurlements du public. Je les vois enfin face à moi. Leurs regards, leurs expressions, leurs yeux qui brillent comme si nous étions réellement des créatures fantastiques, ça vaut tout l'or du monde.

Tel le démon que j'incarne je les fixe, les séduis, joue avec eux de façon provocatrice. Je représente le péché, le vice et je m'y donne à cœur joie. Je souris à une fille, lui fais un clin d'œil avant de me placer derrière Dae. Je mets ma main devant ses yeux. Je suis censé le corrompre, le dévorer, mais Kai et Min font mine de s'interposer pour m'en dissuader.

On a bossé comme des fous en si peu de temps pour cette performance… Je suis content d'enfin m'en libérer, d'enfin pouvoir la partager. C'est un soulagement. Et en même temps je suis tellement heureux d'être là. Je prends beaucoup de plaisir.

J'aime la lueur qui danse dans le regard de nos fans, elle seule nous fait exister sur scène. Elle nous nourrit. Ils n'ont aucune idée du pouvoir qu'ils ont, de la force qu'ils nous transmettent…

Alors que je me change, mon reflet dans le miroir me fait penser au selfie que j'avais envoyé à Billie. La semaine est passée et je ne l'ai toujours pas vue. Je suis légèrement sur les rotules, et agacé de ne pas arriver à mes fins. Il faut dire que je n'ai pas tellement d'options. On vit dans une tour dorée et bien gardée, je ne peux me déplacer sans chauffeur ni garde du corps et je ne peux la faire venir lors d'un concert. Autrement, on risquerait de la reconnaître.

Il faut que je fasse quelque chose pour qu'on se voie. J'en ai trop besoin.

Je secoue la tête et je prends mon portable posé sur la coiffeuse. Un sourire immense me barre le visage alors que je découvre le message de Billie :

J'ai vu votre prestation en ligne. Park Moon-soo, je dois avouer que l'expression « Sexy en diable » te sied à merveille.

Merde, elle me tue !

Je ne prends pas le temps de lui répondre, je le ferai une fois à la maison, posé sur mon lit.

Je sors donc des loges et me dirige dans le couloir où s'activent encore plusieurs personnes du staff. Je repère les garçons et M. Yung rapidement, mais quand j'arrive à leur hauteur, je sens que quelque chose cloche. On me regarde un peu étrangement, sans doute ai-je mis trop de temps à me préparer.

— Vous voilà enfin, monsieur Park.

Je fronce les sourcils.

— Félicitations pour votre performance, messieurs, c'était très bien. Il y avait plus de sept cent mille personnes en ligne. La vidéo sera sur Internet demain pour ceux qui n'étaient pas présents pendant le direct. Je pense que nous adopterons ce procédé à l'avenir car il a amené de nombreux abonnés à votre chaîne YouTube.

— C'est génial, lance Dae. On a assuré.

Je lui souris. Il a raison. C'était vraiment l'euphorie sur scène. Quand la chanson s'est terminée, on a ressenti une vraie sensation d'accomplissement. Les applaudissements y étaient pour beaucoup, bien sûr.

— Vos chauffeurs et gardes du corps vous attendent pour vous ramener à la maison. Des journalistes sont bien évidemment postés sur le parking, prêts à vous poser un milliard de questions. Soyez polis, s'il vous plaît.

J'ai hâte de rentrer pour retrouver Billie, au moins virtuellement.

Chapitre 25

Billie

J'ai envie de dire à Moon de tout arrêter, parce que ça ne rime à rien et que c'est beaucoup trop compliqué… mais je n'y parviens pas. C'est plus fort que moi. Tout serait bien plus simple si on se tenait éloignés l'un de l'autre.

Le temps passe, je suis ici depuis presque deux mois, on ne se connaît pas vraiment, et j'ai pourtant l'impression de n'avoir que lui en tête depuis mon arrivée. Jusqu'à maintenant, j'ignorais que j'étais du genre un peu maso. Pourquoi j'espère tant le voir ? Pourquoi faudrait-il qu'il y ait une réponse logique à cette question ? Il n'y en a pas. J'ai simplement envie d'être près de lui et je ne devrais pas avoir à m'en justifier après tout. Ça ne s'explique pas ces choses-là. En vérité, je crois que je commence à en avoir marre de ne pas pouvoir le voir. Je me sens frustrée par la situation. Je voudrais pouvoir faire quelque chose, mais je n'en ai clairement pas les moyens.

Je soupire en terminant de laver ma vaisselle. Il faut toujours que je devienne philosophe quand je fais le ménage. Peut-être le signe que j'ai besoin de sortir.

On toque trois coups secs à la porte. L'appel du grand air, sans doute !

J'ai un mouvement de recul lorsque je tombe nez à nez avec un costume noir.

— Monsieur Yung ? je lâche, surprise.

— Bonjour, mademoiselle Moore.

Que se passe-t-il encore ? Je ne me sens pas très rassurée par sa présence ici. Il faut dire que, même s'il n'est pas accompagné de son garde du corps habituel, il est très impressionnant dans son impeccable costume noir. On dirait un robot.

— Que me vaut cette visite surprise ?

— J'aimerais que vous me suiviez et qu'on ait cette conversation ailleurs. La routine habituelle.

Je secoue la tête, perdue. Je ne comprends pas pourquoi je devrais le suivre maintenant.

— Je pensais que nous avions fini de jouer à ce petit jeu.

— Je le pensais aussi. On se trompait tous les deux apparemment. Vous voulez bien me suivre ? Ne vous en faites pas, tout va bien.

J'accepte sans rechigner, bien que sur mes gardes. Je prends un gilet et mon sac avant de fermer la porte.

— Je me permets de passer devant pour vous guider jusqu'à la voiture, dit-il.

Je le suis. Comme toujours une berline noire aux vitres teintées nous attend. M. Yung m'ouvre la portière, m'invite à monter, il s'installe ensuite à mes côtés et ordonne au chauffeur de démarrer. Je reste silencieuse, je me sens barbouillée. Je ne sais toujours pas ce qui m'attend et ça me fait peur.

— Alors, je commence d'une petite voix. Est-ce que je peux savoir ce qu'il se passe ?

— Il semble que M. Park soit un peu déprimé en ce moment et que vous en soyez la cause.

Mon cœur tambourine dans ma poitrine.

— Moi ?

— Bien que je ne cautionne pas vraiment cela, les autres membres du groupe ont été assez insistants. Il semblerait que M. Park ait besoin de vous voir.

Alors il m'emmène à lui, c'est ça ? J'ai un peu de mal à croire que je vais enfin le voir et surtout que c'est lui qui m'escorte de cette façon. C'est tellement plus bizarre qu'un rendez-vous secret dans une chambre d'hôtel.

— Pourquoi m'escortez-vous ?

Il tourne la tête vers moi.

— Comprenez que notre intérêt premier est le bien-être de nos artistes, on aspire à ce qu'ils se sentent bien. Il est important qu'ils soient heureux, sinon ça se ressent sur leur travail et les fans s'en rendent compte également.

Je sens la colère gronder en moi. Il y a tout un tas de choses que j'ai envie de lui dire, à commencer par le fait que toutes leurs règles sont hypocrites et débiles. Mais je me retiens. Juste parce que je veux m'assurer que Moon va bien.

— Je peux savoir ce que vous attendez de moi, au juste ?

— Que vous lui remontiez le moral, répond-il sans se départir de son sérieux. Peu importe comment, mais protégez-vous si vous…

Je le gifle. Ça m'échappe totalement.

— Je vous interdis de parler de ça de cette manière, je m'écrie. Avec tout le respect que je vous dois, vous êtes vraiment dégoûtant et grossier ! Vous n'êtes quand même pas en train de me demander implicitement de coucher avec votre protégé pour lui redonner le sourire ? Vous m'avez prise pour quoi ? Une pute ?

Je refuse d'être traitée comme si je n'étais qu'un vulgaire amusement, je suis plus que ça.

À moins que Moon ait laissé entendre le contraire…

— Loin de moi l'idée de vous traiter de la sorte. Je vous rappelle simplement qu'il serait très préférable de vous protéger.

Il se frotte la joue en me lançant un regard noir. Je n'ai pas honte de mon geste et je n'ai pas peur non plus des représailles qu'il pourrait avoir.

— Puisqu'il semble évident que vous manquez à M. Park, je vous invite à passer un peu de temps avec lui.

— Et si je n'en ai pas envie ?

Il a un rictus.

— Nous préférerions, mais ce n'est pas le cas, n'est-ce pas ? Sinon, nous n'en serions pas là. Je vous préviens : je ne ferai ça qu'une seule fois, il va falloir mettre fin à ce semblant d'histoire.

— Je n'ai pas mon mot à dire ?

J'aimerais quand même comprendre pourquoi ces chanteurs n'ont pas le droit d'être en couple. Non pas que je…

— Mademoiselle Moore, lâche-t-il en brisant le fil de mes pensées, je n'ai rien contre vous, mais vous n'avez pas votre place dans ce monde. Vous le savez, vous avez encaissé quelques coups durs depuis votre rencontre avec M. Park.

C'est vrai, mais ce n'est pas ce que j'ai choisi de retenir.

Je ne peux pas m'empêcher de croire que si les gens du label étaient moins intransigeants et autoritaires, certains fans un peu trop obsessionnels le seraient aussi.

— Ce n'est pas contre vous. Cela aurait été pareil avec une autre fille, quelles que soient ses origines.

— Sans doute, oui.

Je coupe court car il est inutile d'aller plus loin. On ne sera jamais d'accord de toute manière. Je tourne la tête vers la vitre. Le paysage de Séoul défile sous mes yeux.

Je ne sais même plus si je suis heureuse de voir Moon ou pas. Je crois que j'ai envie de rentrer pour leur montrer que je ne suis pas un petit chien, que je ne suis pas à leur botte, mais l'idée de pouvoir le retrouver sans que nous ayons aucune contrainte reste tentant.

Bon sang, mon envie de le voir est plus forte que ma fierté. Comment c'est possible, ça ?

Nous arrivons enfin. Nous pénétrons dans le parking souterrain, et M. Yung m'escorte en silence jusqu'à l'appartement des garçons. Il frappe à la porte, et c'est Min qui nous ouvre. Il s'incline face à nous.

— Je vous laisse entre vous, m'indique M. Yung. Passez une bonne journée. Nous reviendrons vous chercher ce soir, mademoiselle Moore.

Je ne réponds pas, encore agacée par son attitude.

— Tu vas bien ? demande Min.

Il me fait un grand sourire.

— Je ne sais pas…

— Désolé, ils ont du mal à faire les choses simplement, lance Kai qui s'essuie les mains dans une serviette un peu plus loin.

Si Malaury savait où je me trouve à cet instant, et avec qui je parle surtout, elle me tuerait.

— Effectivement.

— Tu nous suis ?

Je leur emboîte le pas. Ils s'arrêtent dans la cuisine où Dae s'active. En me voyant, il me salue, tout joyeux. Moon n'a pas l'air d'être là…

Mes mains sont moites, mon cœur fait d'étranges bonds dans ma poitrine. Je ne sais pas pourquoi je me sens intimidée tout à coup… Peut-être parce que j'ai vu leur dernière prestation et qu'ils étaient tous tellement époustouflants, peut-être aussi parce que je me souviens des mots touchants de ma voisine à leur égard.

— On est en train de faire des *hotteok*. Tu en veux une ? me propose Kai. Ce sont des crêpes.

— D'accord, je dis en souriant.

— Quand Kai te fait goûter un truc qu'il a cuisiné, tu peux y aller les yeux fermés, lance Min. En revanche quand c'est Moon, c'est à tes risques et périls.

Je souris et m'assieds sur le tabouret du bar que Min tire pour moi.

— Il est si nul que ça ? je demande.

— Oh que oui, réplique Dae d'un air désespéré. Il est atteint du très rare syndrome du « carrément nul à chier en cuisine ». Généralement les cas désespérés savent faire des pâtes, lui…

Ils s'esclaffent tous les trois.

— Je vais déguster chaque miette de ta crêpe alors.

Elles ne sont pas tout à fait comme les nôtres. Elles sont plus petites et plus épaisses.

— Fourrées avec de la cassonade, des amandes et de la cannelle, dit Kai juste après ma première bouchée.

Mon Dieu, c'est délicieux. C'est tout doux au goût. Juste sucré ce qu'il faut. Un vrai bonheur en bouche. Je serais bien capable de toutes les manger.

— J'adore.

— Merci, répondent-ils en chœur.

Ils sont tellement adorables tous les trois. Les voir en tenues décontractées me fait sourire. Ils sont loin des superstars qui se produisent sur scène devant des milliers de fans.

— Moon n'est pas là ?

— Il ne sait pas que tu es ici, m'explique Min. C'est nous qui avons demandé que tu viennes, pour lui faire la surprise.

— Pourquoi ? Je croyais que c'était mal…

— C'est compliqué pour lui de trouver du temps pour te voir, dit Kai. C'est aussi compliqué de se déplacer, alors ça joue sur son moral. Il n'en parle pas, enfin pas vraiment, mais on sait bien que ça le mine. Alors on en a parlé à M. Yung.

Je suis surprise par cette attention, mais je reste quand même dubitative sur ce monde de fous…

— Il n'avait pas l'air ravi, à ce sujet.

— Il n'a jamais l'air ravi. Il ne faut pas le prendre mal. Il est compétent dans son domaine et intransigeant avec nous pour qu'on devienne meilleurs. Mais il sait être à l'écoute et nous donne tout ce dont on a besoin quand on le réclame, c'est juste que son boulot le fait parfois ressembler à un cerbère.

Je me sens gênée d'être là. J'ai l'impression d'être de trop. En fait ce n'est pas vraiment une impression, je le suis. Même si l'attention des garçons est honorable et adorable, je ne peux m'empêcher de penser que tout cela est anormal. On ne devrait pas prendre autant de risques pour voir quelqu'un.

— Je n'ai pas envie que vous pensiez que je veux mettre le groupe en danger.

— On le sait, dit Min en s'asseyant à côté de moi. On n'a jamais pensé ça.

La façon bienveillante dont ils me regardent tous les trois me soulage un peu.

— Moon prend toujours soin de nous, poursuit Min. Alors il faut bien qu'on lui rende la pareille de temps en temps.

— Vous êtes adorables, je souffle.

— Non, on est frères. On est une équipe soudée. On prend soin les uns des autres.

— C'est ce que je dis, c'est adorable.

Kai fait une grimace. Qu'ils veuillent l'admettre ou non, je suis contente de voir à quel point ils sont solidaires.

— On ne saisit pas encore tout à fait le genre de relation que vous avez tous les deux, ajoute-t-il, mais ça nous donne un peu d'espoir à nous aussi.

— De l'espoir ?

— Pour alléger certaines clauses dans nos contrats, dit Dae.

— Comme celle qui nous interdit d'être en couple, annonce clairement Kai.

Je le regarde dans les yeux.

— On aime ce qu'on fait, pour rien au monde je ne veux quitter Alter, on est bien ensemble, il y a juste certaines petites choses qu'on aimerait modifier pour être plus sereins.

Soudain, je sens une grande pression sur mes épaules, comme si on venait d'y poser une cape en plomb. Je comprends leur envie, leur besoin, mais je ne sais pas si je peux vraiment incarner leur chance de connaître certains assouplissements dans le règlement.

— On espère simplement que le label comprenne enfin que c'est pas désastreux. Même si ça peut s'avérer compliqué, ça ne rime pas forcément avec impossible.

Tout ce que je vois devant moi, ce sont trois jeunes hommes qui ont envie de choses normales. Et qui les méritent.

— Merci de faire ça pour Moon.

— Il ne devrait plus tarder maintenant, déclare Dae en essuyant le plan de travail.

— Votre dernière performance était géniale, au fait.

— Tu as regardé ? demande Min.

— Oui.

— Le diable t'a impressionnée ? lance Kai.

Je sens mes joues devenir rouges. Je ne lui avouerai pas que Moon m'a époustouflée par sa prestance. Ils le savent tous sans doute déjà. Cela dit, tous les membres du groupe étaient géniaux dans leur rôle respectif. Moon en noir et eux en blanc en train de danser sur une chorégraphie vraiment tragique, c'était incroyable.

— Vous étiez dingues tous les quatre.

— Content que ça t'ait plu, me répond-il avec un sourire.

Une porte claque soudain, et mon cœur devient complètement fou. Nous nous tournons en même temps quand Moon apparaît à l'entrée de la cuisine. Il scrute la pièce quelques secondes avant de poser son regard sur moi. Sa bouche s'entrouvre, mais aucun mot ne parvient à en sortir.

Alors, silencieusement, il s'avance vers moi et m'attrape par la taille pour m'enlacer. Je me sens terriblement gênée de faire cela en public, mais, lorsque je regarde les garçons, je suis soulagée de voir qu'ils font mine de s'affairer ailleurs. Alors je ferme les yeux et blottis mon visage contre le torse de Moon en me délectant de son odeur et de son corps chaud.

Dès lors qu'il ferme la porte de sa chambre derrière nous, il attrape mon visage en coupe et fond sur mes lèvres. Je réponds à son baiser sans retenue. Au vu de l'impatience de ses gestes, il semble évident que je lui aie manqué.

— Tu es là, souffle-t-il.

— Oui…

Il appuie son front contre le mien, il semble soulagé.

— Tu m'as manqué, Sunshine.

— Toi aussi.

Je frissonne quand ses grandes mains caressent mes joues et progressent sur ma nuque. Ses caresses deviennent plus douces, elles me donnent le sentiment d'être unique, précieuse. Je me sens bien, j'ai l'impression d'être vivante pour la première fois depuis des jours.

— Je suis content que tu sois là.

Je souris en mettant mes mains derrière son cou. Mes doigts ondulent dans ses cheveux.

— Alors, je suis dans la chambre de Park Moon-soo. Voilà quelque chose qu'on pourrait encore m'envier.

Son sourire est irrésistible.

— Tu veux visiter ?

Dans le fond de la pièce il y a un grand lit au-dessus duquel est écrit en néon rouge « Play Dirty ». J'aperçois aussi un bureau sur lequel traînent un ordinateur portable, quelques carnets et des stylos. Juste au-dessus, des photos accrochées à l'arrache, mais qui donnent un côté naturel à sa déco. Je reconnais les garçons sur les clichés, leur logo Alter, il y a d'autres personnes qui sont probablement de la famille.

Mon regard se pose ensuite sur une étagère où sont répertoriés plusieurs disques par années.

— Ce sont nos albums, m'explique-t-il.

— Je peux regarder ?

— Bien sûr.

Il y en a plusieurs de chaque, du fait des différentes versions parues. Je glisse mes doigts dessus. Je crois que Malaury possède la même collection chez elle.

— Tu as toujours voulu devenir *idol* ?

— Non, plus jeune, je n'avais aucune idée de ce que je voulais faire… J'ai accompagné un ami et j'ai participé pour lui faire plaisir à une audition et c'est moi qui ai été sélectionné. Ensuite, j'ai tout donné pour y arriver.

— C'était dur ?

— Oui, le niveau exigé est intense, on n'a pas le droit à l'erreur. Il y a des tonnes de participants pour si peu de places sous les projecteurs. Toutes les semaines, on devait prouver qu'on était au niveau tant au chant qu'à la danse. Parfois, on reste *trainee* des années, parfois on est éjecté rapidement, certains ne sont même jamais sélectionnés.

— Et parfois, comme c'est le cas pour toi, on réussit.

— Il arrive que tu sois sélectionné et que ton groupe commence rapidement sa carrière, tu peux tout aussi vite tomber dans l'oubli. Rien n'est jamais garanti, ça aurait pu nous arriver.

— Mais ce n'est pas le cas.

Je sélectionne un de ses albums au hasard et l'ouvre avec précaution. Une petite carte glisse au sol, Moon se penche et me la donne. C'est lui dessus, il fait un V avec ses doigts en souriant.

— C'est vrai, nous avons eu la chance d'être bien entourés et d'avoir des fans incroyables qui nous ont vraiment portés jusqu'au sommet.

Je secoue la tête en plongeant mon regard dans le sien. Je suis contente de voir qu'il reste terre à terre et qu'il ne prenne pas tout pour acquis comme il pourrait le faire.

— Peut-être, mais avant tout, vous êtes tous les quatre talentueux et vous n'êtes pas là par hasard. Rien que votre dernière performance, vous étiez incroyables et je sais que vous n'avez pas eu beaucoup de temps pour l'apprendre, alors ça en dit long sur votre talent.

— Merci…

Je souris en me mettant à feuilleter le livret. Le shooting photo est magnifique. Je prends un autre album, et il y a encore une petite carte de lui. Je crois que Malaury collectionne toutes celles de Kai.

— Il n'y a que des *photocards* de toi ?

— Dans ces albums-ci, oui, les PC sont toutes de moi. C'est fait aléatoirement et, quand les gens les achètent, ils ont une chance sur quatre de tomber sur moi. Quand un nouvel album sort, j'en demande toujours un avec ma PC, je ne sais pas, c'est une sorte de victoire. Plus tard, je veux pouvoir garder ce souvenir de cette période.

— Je…

Je me sens soudain rouge de honte par l'envie et la pensée qui viennent de me traverser l'esprit.

— Oui ?

Pourquoi j'hésite à lui demander, après tout ?

— Est-ce que je peux en avoir une ?

Le sourire qui éclaire son visage me fait craquer. J'ai conscience que ce bougre est probablement en train de jubiler intérieurement, mais je m'en fous. J'assume qu'il me fasse de l'effet comme ça.

— Tu peux même toutes les prendre si tu veux.

— Une seule, ça ira.

— Je ne te suffis plus en fond d'écran ? lance-t-il en riant. Tu veux aussi collectionner les cartes ?

J'esquisse un sourire et prends celle du dernier album où il est particulièrement craquant dans sa chemise bleu nuit, au milieu d'un champ de lavande.

— J'ai envie de fangirler un peu.

— Tu avoues enfin être fan de moi ?

Je m'avance vers lui d'un pas, et il me fixe comme le démon qu'il était sur scène il y a quelques jours de cela. Je ne suis pas certaine d'être capable de jouer à son niveau, mais je tente ma chance.

— Tu n'as pas encore dansé pour moi, Moonlight. Peut-être qu'après, je l'avouerai…

Il se penche vers moi et me caresse les lèvres avec le bout de son pouce. Le désir s'installe au creux de mes reins. Sa façon de me regarder, la façon dont il contracte la mâchoire et esquisse son petit sourire en coin… J'adore ça.

— Tu as raison, dit-il de sa voix grave, installe-toi et ouvre grands les yeux.

Mon cœur tambourine si fort dans ma poitrine qu'il me fait mal, je m'assieds sur son lit qu'il me désigne du doigt. Quand il se met à danser, je ne sais pas pourquoi la cadence de mon palpitant accélère encore.

Je me sens chanceuse d'être ici et d'être la seule à partager ça avec lui. Il n'y a pas de musique, Moon ne porte pas de costume. Il n'en a pas besoin, son talent et son charme parlent pour lui. Ses déhanchements sexy se suffisent à eux-mêmes. J'ai beau avoir regardé cette chorégraphie des tonnes de fois, je suis ébahie d'avoir cette version *live* rien que pour moi.

Il m'observe, étudie mes réactions alors que je ne peux m'empêcher de le fixer avec envie.

Il bouge le torse, le bloque puis bouge les hanches. Ce faisant, il se mord la lèvre comme dans le MV de *Rainy Love*.

On dirait qu'il fait l'amour en dansant.

Soudain, il s'avance et m'attire à lui. Il remue sensuellement contre moi, et j'imite ses gestes. Je suis sans nul doute moins douée que lui, mais ça n'a pas l'air de le déranger. Nous dansons en harmonie, et je crois que je ne me suis jamais autant sentie en symbiose avec quelqu'un.

— Je te devais une danse depuis le premier soir.

— Ça valait le coup d'attendre, je souffle.

Il se penche vers moi, glisse ses bras autour de ma taille et appuie son front contre le mien. Grisée, je me laisse aller contre lui.

— Est-ce que ça t'a plu ?

Il le sait, il n'a pas raté une miette de mes réactions. Pourtant, sa question me semble sérieuse. Son souci du détail même dans un moment comme celui-là me fait craquer.

— C'était déjà très impressionnant en vidéo, mais en *live*, c'est… magique. Je crois que je commence à être fan de toi, Park Moon-soo. Et j'espère avoir d'autres petites danses de ce genre rien que pour moi.

Son regard devient ardent.

— Je pensais que tu en profiterais pour te vanter, lui dis-je en souriant. Au lieu de ça, tu es bouche bée.

Moon pose un baiser sur le bout de mon nez. D'intenses frissons envahissent ma colonne vertébrale. J'apprécie chaque seconde passée en sa compagnie.

— Ça m'a plu de faire ça pour toi. Je n'hésiterai pas à le refaire, en te faisant danser avec moi.

Je hoche la tête.

Nous y voilà. Tous les deux sur la même longueur d'onde. Je souris et me presse un peu plus fort contre lui. Je me délecte de son corps chaud, de son odeur enivrante. *Moonlight*. J'ai envie de lui, j'ai envie de tout. Je ne veux jamais quitter cette sensation merveilleuse qui me prend au cœur.

— Je n'en reviens pas que tu sois là.

— C'est grâce aux garçons. Ils tiennent vraiment à toi. Il semble que tu sois un bon leader.

— Je ne voulais pas qu'ils soient mêlés à ça.

— Je sais, mais c'est leur décision.

— Je pensais qu'il serait plus facile de se voir autrement. Mais je n'ai jamais réussi à venir jusqu'à toi.

Mon organe vital me fait mal quelques secondes, comme dans les loopings des manèges à sensations.

— Tu sais que les choses sont compliquées pour nous deux… voire impossibles. Alors pourquoi tu as décidé de venir malgré tout ? me demande-t-il tout bas.

Ses doigts attrapent délicatement mon pendentif. Je frissonne, soumise à son attraction. J'aimerais pouvoir lui dire pourquoi, mais c'est encore un peu flou. Je ne le sais pas. On se voit parce qu'on en a irrésistiblement besoin et qu'on est incapables de faire autrement.

— Peut-être parce que lorsque tu me regardes, que m'embrasses ou que tu me frôles, tout devient plus supportable.

Je me rends compte de ce je ressens pour lui au moment où les mots franchissent mes lèvres. Quand je passe des moments comme celui-ci, j'oublie complètement ce monde un peu fou dans lequel il vit.

— Il ne faut pas me dire ça sinon, je vais en profiter.

— Profites-en, Park Moon-soo, je dis en glissant mes mains dans ses cheveux. Je n'ai pas l'impression d'y perdre au change.

Ses lèvres s'écrasent sur les miennes avec fièvre.

Chapitre 26

Moon

Je m'enivre son parfum, du goût de sa bouche et de la douce sensation de l'avoir dans mes bras. Je sais qu'elle est là, qu'elle est bien réelle, pourtant, j'ai besoin de m'en assurer. Alors, je glisse mes mains sous ses fesses pour la soulever. Billie réaffirme sa prise derrière ma nuque et se presse davantage contre moi.

Elle m'a manqué, bon sang !

Quand je l'ai vue dans la cuisine avec les autres, ce que j'ai ressenti était indescriptible. Un torrent d'émotions plus violentes les unes que les autres.

Je m'avance jusqu'à mon lit et nous allonge dessus. Elle prend le temps de dessiner mon tatouage de ses doigts alors que je la regarde, ébahi.

— Ta vie d'avant ne te manque pas un peu ? Ta famille, tes amis ?

— Ma famille oui, un peu.

— Pas tes amis ?

— Je…

Son visage me semble un peu triste soudain, comme si j'avais dit la plus grande des bêtises.

— Je n'en ai pas vraiment. Au lycée, j'étais une fille assez solitaire.

— J'ai un peu du mal à le croire, tu es tellement solaire.

— Tu es le seul à penser ça, dit-elle avec un sourire.

— Billie, je suis désolé, je ne voulais pas te rendre triste.

— Je ne le suis pas. Et puis, tu ne pouvais pas savoir…

Je lui caresse la joue tendrement. Je n'aime pas l'idée qu'elle soit triste par ma faute, mais j'ai envie qu'elle se confie à moi, je veux qu'elle se sente en confiance, qu'elle sache qu'elle peut me parler de tout, sans gêne, sans honte.

— J'ai perdu ma meilleure amie quand j'étais petite. Cela a été tellement traumatisant que je suis tombée en dépression. Mes parents étaient horrifiés que cela puisse m'arriver, si jeune. Et, disons, que cela a été très dur pour moi aussi. Après ça, je n'ai pas réussi à me refaire des amis. Alors quand tu me dis que je suis lumineuse, c'est nouveau et… agréable. Ça me fait du bien.

— Tu n'as aucune idée de ce que tu représentes pour moi, Sunshine.

Elle plante ses yeux dans les miens brièvement avant de poser un doux baiser sur mes lèvres. Si lui dire des choses comme ça lui fait du bien, je me porte volontaire pour le faire indéfiniment.

— Tu as besoin d'en parler ?

— Ce n'est pas très marrant à raconter, on a si peu de temps ensemble, je ne veux pas le gâcher avec des histoires de fantômes…

— Tu ne gâches rien. Au contraire, je serai honoré que tu te confies à moi. Du moment que tu es là, avec moi, je suis heureux, Billie.

Une étrange lueur fait briller ses yeux.

— À l'époque, je devais avoir huit ans, j'habitais dans l'un de ces quartiers résidentiels que l'on peut voir dans les séries télévisées. Beaux pavillons, police de quartier, pelouses parfaites. Bref c'était un coin où il ne se passait rien de bien excitant. Jenny et moi étions très soudées depuis plusieurs années, on allait souvent jouer au parc ensemble. Il était juste en face de chez nous. De temps en temps, il y avait un promeneur de chiens qui se baladait par là. Il en avait plein avec lui, les laisses étaient attachées à sa ceinture.

On le trouvait rigolo et gentil. Il nous disait bonjour, il nous laissait caresser les animaux…

Je crois que je ne vais pas du tout aimer la suite de cette histoire.

— Bref, on n'avait pas la moindre idée que ce type était un taré. Les chiens, c'était son alibi. Il rôdait, cherchait des victimes et il nous avait trouvées.

La peur me saisit le cœur.

— Un jour, il est venu. Il nous a parlé, nous a dit qu'il y avait des chiots dans sa voiture et nous a demandé si on voulait les voir. Jenny a répondu oui. Alors il nous a conduites jusqu'à sa camionnette… Là, il a dit à Jenny de monter et de ne pas faire de bruit parce qu'ils dormaient et qu'on allait leur faire peur. Il m'a dit de faire pareil, mais j'ai refusé. Tout mon corps me disait de ne pas le faire. Il s'est énervé et a essayé de me forcer, mais j'ai résisté et réussi à filer. J'ai couru loin, le plus loin possible. Jusqu'à arriver devant chez des gens que je ne connaissais pas. Mes parents n'étaient pas là, je n'avais pas le choix.

— Billie…

— Je leur ai expliqué ce qu'il se passait et ils ont appelé la police. Bien sûr, à ce moment-là, la camionnette n'était plus là. Des battues ont été menées pour retrouver le promeneur et Jenny, mais en vain. Son corps a été retrouvé une semaine plus tard. Il a abusé d'elle avant de l'assassiner.

Mon Dieu… Je n'ai pas les mots. Qu'est-ce qu'on peut bien dire dans des cas pareils ? Je suis choqué, écœuré. Je voudrais soulager sa peine, avoir le pouvoir d'alléger ses souvenirs douloureux, mais cela me semble difficile.

— Ça m'a littéralement brisée, souffle-t-elle. J'étais inconsolable et je me suis repliée sur moi-même dès les premiers jours qui ont suivi. J'avais peur de tout et plus goût à rien.

— C'est normal. Vous étiez si jeunes…

— Ma première sortie, c'était pour l'enterrement de Jenny. Je me souviens que sa mère m'a dit à ce moment : « Ça aurait dû être toi. » Je l'ai revue il y a deux ans, elle s'est excusée, mais je ne lui en ai jamais voulu. Quelque part, j'ai compris ce qu'elle voulait dire par là. N'importe quelle mère aurait réagi comme ça sous le coup du chagrin et de la colère…

Je caresse ses cheveux frisés.

— Ma grand-mère m'a fait l'école à la maison pendant deux ans après ce drame.

— Elle a l'air vraiment géniale, je dis.

Alors que mes doigts glissent toujours dans ses cheveux, elle m'offre un regard à couper le souffle.

— Oui, acquiesce-t-elle. Mes parents travaillaient beaucoup, alors c'est elle qui a pris soin de moi. J'avais des terreurs nocturnes, à l'époque. Elle m'a offert ce collier en me disant qu'il me protégerait et m'apporterait de la lumière dans les moments les plus sombres. Aujourd'hui, c'est un talisman dont je ne me sépare jamais. Et, bien qu'il m'apporte beaucoup de réconfort, il ne parvient pas à m'empêcher de penser que j'aurais pu faire quelque chose ce jour-là. Convaincre Jenny de venir avec moi. L'aider, d'une manière ou d'une autre…

— Billie, tu as eu raison de t'enfuir. Tu n'aurais rien pu faire à ton âge. Ton instinct t'a sauvé la vie.

— Oui, sans doute, dit-elle en glissant ses doigts sur mon visage. Mais tout ça pour dire que, depuis, je suis restée assez solitaire.

— Je suis désolé que tu aies dû subir quelque chose d'aussi terrible.

Elle me sourit. Je ne devrais sans doute pas la trouver aussi belle dans un moment pareil, mais pourtant c'est le cas.

— Je n'en avais jamais parlé à personne, en dehors de ma famille, avoue-t-elle. Ça me fait du bien de te l'avoir dit à toi.

Moi aussi. Je suis heureux d'apprendre à la connaître, même si cela implique des souvenirs si difficiles…

— Tu te souviens de la fois où je t'ai emmenée à la *pojangmacha* de mon père ?

Elle hoche la tête.

— On a parlé de la signification de mon tatouage.

Ses grands yeux s'écarquillent, comme si elle comprenait où je voulais en venir.

— Je ne t'ai pas parlé de ça pour que… tu me parles de ça en retour. Je ne… enfin il y a des milliers de personnes qui veulent le savoir et je ne crois pas le mériter plus qu'une autre. Tu n'es…

Cette fois c'est moi qui pose un baiser sur ses lèvres.

— Seules les personnes qui comptent pour moi connaissent cette signification et je veux que tu le saches parce que c'est indéniable, Sunshine, je suis raide dingue de toi. Ce n'est pas une question de mérite, mais de ce que je ressens au fond de moi.

— Moonlight, souffle-t-elle.

J'adore quand elle m'appelle comme ça.

J'inspire profondément. Mon envie de me confier moi aussi résulte de la bataille que se mènent mes émotions depuis que je suis en sa présence.

— Il y a deux ans, j'ai perdu l'un de mes amis les plus proches. Il s'appelait Young-jae, il allait très mal et il s'est suicidé…

Elle semble choquée à son tour.

— Tu ne le savais pas ? je demande.

— Non… Je n'ai lu que très peu de choses sur vous, et la plupart concernaient votre musique. Je me suis dit que si l'on devait savoir des choses l'un sur l'autre, on se le dirait de nous-mêmes. Je ne regrette pas.

— Tu es exceptionnelle, vraiment.

Elle baisse les yeux, gênée.

— Young-jae aurait dû être le cinquième membre d'Alter, mais il a été décidé juste avant qu'on ne dévoile notre groupe qu'on serait quatre. YJ a signé avec un autre label et a eu son propre boys band. En début de carrière, il allait bien, mais au fil du temps il a perdu sa flamme et n'a pas su la retrouver. Il allait assez mal, on essayait de se voir le plus souvent possible, mais on avait tous deux des emplois du temps dingues et c'est devenu plus compliqué avec les années. Son moral a empiré…

— Je suis désolée pour lui. C'est terrible. Il n'a pas supporté la pression ?

— La pression, les exigences des producteurs, le niveau d'excellence, la fatigue… le tout cumulé, c'était beaucoup trop dur pour lui. Il n'avait plus goût à rien, il ne trouvait même plus de réconfort dans l'amour de ses fans, il voyait tout en noir.

Je soupire. Le temps a beau passer, j'ai toujours cette douleur dans la poitrine lorsque j'y pense.

— Quand je l'ai appris, ça m'a anéanti. Je ne m'attendais pas du tout à ça, ça a été très dur. Parce que j'avais des directives, parce que je n'ai pas eu le temps de faire mon deuil normalement et parce que je m'en voulais de ne pas l'avoir aidé. J'en voulais aussi à nos deux labels, mais surtout, je lui en voulais, à lui, d'avoir fait ça. Il m'a laissé une lettre, dont les premiers mots étaient : « L'obscurité est lourde, les ténèbres sont suffocantes… »

Je me redresse afin de retirer mon T-shirt et je m'assieds à ses côtés. Elle me fixe, l'air peiné. J'attrape sa main et je la pose contre mon cœur.

— Ces ténèbres, je les ai tatouées sur mon corps pour ne pas oublier. Un moyen de garder à l'esprit que mon rôle, c'est de veiller sur les autres. J'ai échoué une fois, ça ne se reproduira pas.

Les doigts de Billie se mettent de nouveau à les dessiner.

— L'obscurité est lourde, murmure-t-elle.

— Sauf quand on trouve une lueur tellement éclatante qu'elle la chasse. Alors là, tout devient plus agréable.

Elle lève la tête vers moi. Je voudrais qu'elle reste ici pour toujours.

— Dans sa lettre, il m'a ordonné de tenir bon, de m'accrocher et de tout donner. Il voulait que je garde ma flamme, celle qui me motive à avancer tous les jours. Mais, après sa mort, je l'ai légèrement perdue de vue. Et puis je t'ai rencontrée. J'ai retrouvé ma lumière.

— Moon…

— Ce tatouage n'était pas prédestiné à être sexy, comme beaucoup l'imaginent. Il n'a pas pour but de me rendre plus « ténébreux ». C'est juste un hommage à mon ami.

— C'est magnifique, dit-elle. Toutes ces stries indélébiles sur ta peau, comme une punition pour ne pas oublier, c'est si tristement beau. Tu es un homme merveilleux, Moon-soo. Young-jae a eu beaucoup de chance de t'avoir comme ami, et Min, Dae et Kai savent à quel point tu es précieux, et combien ils peuvent compter sur toi.

Ses mots me touchent infiniment.

— Merci de m'avoir donné la signification de ton tatouage. Merci de t'être livré à moi.

Je me sens à la fois vide et comblé par le moment que nous venons de partager.

Je baisse les yeux vers Billie. Les siens sont humides, et je ne peux m'empêcher de ressentir un pincement au cœur.

— Qu'est-ce qu'il se passe ? je demande en prenant son visage en coupe.

— Je ne supporterai pas que vous subissiez une telle pression, chuchote-t-elle. Je ne veux pas que vous souffriez, toi et les autres.

La douleur dans sa voix me fait l'effet d'un électrochoc.

— Tout va bien, ne t'en fais pas. Je ne laisserai jamais la pression nous étouffer comme ça. Je te le promets.

Elle hoche la tête et presse ses lèvres sur les miennes dans un baiser aussi vital que brutal. Je lui réponds en agrippant sa nuque.

Après quelques secondes, elle se recule, à bout de souffle, et je ne peux m'empêcher de lui glisser :

— Il faut croire que tu m'aimes plus que prévu.

— Il faut croire oui, avoue-t-elle d'une petite voix. T'es fier de toi ?

— Plutôt, oui.

Elle m'embrasse avec tendresse avant de grimper sur moi, ondulant ses hanches contre les miennes. Je la serre contre moi.

Putain, elle me flingue.

J'ai envie d'elle comme jamais, alors je tends le bras vers l'interrupteur pour éteindre la lumière. Celle du néon rouge prend le dessus. C'est plus intime.

Billie me sourit, et je dois avouer que cette vision d'elle dans mon lit est un véritable enchantement. J'aime quand elle me touche, j'aime la toucher. J'avais tant envie de le faire que j'ai l'impression que ça me fait plus de mal que de bien à présent que c'est possible.

Lentement on se déshabille, et il ne reste plus que sur elle son collier. J'inverse nos positions et me penche pour l'embrasser langoureusement. Je ne m'arrête pas là, je veux explorer son corps. Son cou, sa poitrine, son ventre, rien n'échappe à mes lèvres. Je vois ses mains agripper le drap quand ma langue effleure son sexe. Elle laisse échapper un soupire alors qu'elle tremble contre ma bouche.

Je veux profiter de ce moment, lui donner tout ce que je peux lui donner, et accepter de recevoir tout ce qu'elle a à m'offrir.

Je prodigue des milliers de caresses sur son corps jusqu'à ce qu'elle jouisse contre moi. Lorsque je remonte vers son visage, elle m'embrasse de tout son soûl comme si elle voulait s'imprégner de moi, de nous.

— Moonlight ?

— Oui ?

— Fais-nous basculer dans notre monde.

Sa demande, c'est presque une supplique. Et moi, pécheur, je ne peux que lui obéir, je suis incapable d'y résister…

Après avoir enfilé un préservatif, je m'introduis en elle. Billie se cambre sous mon corps et enfonce son visage dans mon oreiller. Je ne peux résister à sa gorge déployée, alors je me penche et la dévore de baisers.

Je suis fou d'elle. Une nouvelle addiction dans ma vie dont je ne peux plus me passer.

Ce soir, sous la lumière rouge des néons, nos corps en feu se cherchent et s'harmonisent. Ce soir, c'est avec elle que je danse et c'est pour elle que mon cœur chante. Il n'y a ni projecteur ni caméra, juste deux âmes qui se sont trouvées sans artifice. Nos mains se joignent au-dessus de nos têtes quand le plaisir devient trop fort pour nous, et la jouissance nous ravage brutalement.

— J'ai peur de la suite, souffle-t-elle quelques secondes plus tard.

— Moi aussi, j'avoue sans honte.

Mais je veux profiter du peu de temps qui nous reste.

♫

Je fixe la ville depuis la terrasse du toit. Je n'arrivais pas à dormir, alors je suis venu ici dans l'espoir de trouver plus facilement le sommeil. C'était une mauvaise idée… parce que cet endroit me fait beaucoup trop penser à elle. Je me sens encore pire qu'avant, à présent qu'elle n'est plus avec moi. J'aurais presque préféré que les autres n'organisent pas cette rencontre.

Ça fait une semaine. Ma vie est toujours la même, toujours aussi remplie et pourtant, quand je suis ici, je ressens comme une brèche dans ma poitrine. Je n'ai plus que des souvenirs pour me réconforter.

— Tu es là…

Je sursaute et me tourne vers Kai. Il m'observe, les bras croisés sur son torse.

— Et toi, ça fait longtemps ?

— Non, dit-il en avançant vers moi. Tu vas bien ?

— Ouais. J'ai juste une petite insomnie.

Elle me manque.

— D'habitude quand ça t'arrive, tu squattes ma chambre.

— Je pensais que tu dormais.

— Pourtant, généralement, tu t'en fous, t'es égoïste.

— Peut-être que je commence à écouter ce que tu me dis.

Kai s'esclaffe en secouant la tête.

— Ça, ça m'étonnerait.

En vérité, je voulais être seul. Je n'avais pas envie de me montrer vulnérable. Je n'ai jamais voulu ressentir ça, je n'ai jamais voulu être dévasté par une fille ni par l'amour, mais c'est là.

Avant, je ne souhaitais qu'une chose : être Moon d'Alter. Maintenant, je veux aussi être Moonlight.

Il faut que je trouve un moyen de la voir, j'en crève d'envie. Je suis amoureux de Billie et je la veux dans mon monde.

— J'ai terminé ma chanson, je lui annonce comme ça. J'aimerais bien ton avis. Tu veux y jeter un œil ?

Il pose sa main sur mon épaule et m'offre un sourire bienveillant.

— Avec plaisir.

Chapitre 27

Billie

J'ai finalement réussi à trouver un petit boulot.

Je fais la plonge dans un restaurant en plein centre-ville. Cela me donne l'impression de prendre ma vie en main. Ce n'est peut-être pas le meilleur job du monde, mais le travail est simple et clair : nettoyer, ranger et recommencer. Je n'ai pas beaucoup de collègues, ce qui me convient parfaitement.

Il s'est passé presque dix jours depuis ma soirée avec Moon. Heureusement, M. Yung a eu la pudeur de ne pas être là quand on m'a raccompagnée jusqu'à chez moi. Je me sentais beaucoup trop déprimée pour faire la conversation…

Je repense aux mots qu'il m'a susurrés à l'oreille : « Tu m'aimes plus que prévu ? »

Oh que oui. C'est clair. Je n'en reviens pas d'ailleurs et je suis en colère contre moi. Comment j'ai pu développer des sentiments si intenses pour un garçon qui m'est interdit ? Tout ce que je veux c'est lui parler, rire avec lui, apprendre à le connaître davantage… Mais je ne peux pas. Je me contente de quelques SMS de temps en temps et espère qu'il ressent la même chose pour moi.

À la fin de mon service, j'inspire longuement l'air frais extérieur. Il est tard, mais ce n'est pas grave. J'ai travaillé assez pour me faire un peu de sous.

Lorsque j'entends mon téléphone sonner dans mon sac, j'ai le cœur qui bat à mille à l'heure.

Ce n'est que ma grand-mère, je suis un peu déçue.

— Bonjour, mamie.

— Bonjour, ma petite fleur. Tu vas bien ?

Même si j'aurais bien aimé avoir des nouvelles de Moon, je suis contente d'entendre sa voix. Cela faisait longtemps.

Je fourre mon bordel dans mon sac et prends le chemin pour rentrer chez moi, le téléphone collé à l'oreille.

— Ça va, je sors du boulot. Et toi ?

— Tu commences à me manquer un peu trop, dit-elle.

— Tu me manques aussi.

— Alors, ce nouveau job ?

— Ils m'ont appelée hier pour que je fasse la plonge dans un petit restaurant. Ça me convient très bien.

— Ce n'est pas enfermée dans une cuisine à faire la vaisselle que tu vas te faire des amis…

Je ne peux m'empêcher de sourire. Elle ne se départira jamais de son franc-parler. Mais j'aime qu'elle s'inquiète pour moi.

— Je me suis fait une amie.

— Tiens donc, et tu ne dis rien à ta grand-mère ?

— J'ai oublié…

C'est vrai que ça fait un moment que nous n'avons pris le temps de beaucoup discuter. Et je m'en veux de la négliger ainsi. Entre Moon et Malaury, j'en ai des choses à raconter.

— Je te pardonne, parce que je suis heureuse que tu fasses ta vie. Mais maintenant, raconte-moi tout.

— C'est ma voisine de palier, elle est américaine elle aussi, et prof d'anglais ici. Elle est vraiment très gentille, on s'entend bien. C'était un peu bizarre au début parce que je ne savais pas trop comment me comporter… Mais j'ai pris sur moi et je suis vraiment contente de la connaître.

— Super, je suis contente. Et ce garçon dont tu m'avais parlé ? Est-ce qu'il y a toujours quelque chose entre vous ?

Mon cœur bat soudain beaucoup plus fort.

Je suis vraiment mal barrée.

— Il… On essaye de se voir, mais c'est compliqué avec son boulot, j'avoue.

— Tu es amoureuse ? demande-t-elle d'un air parfaitement naturel.

Comme mon corps ne réagit d'aucune manière à cette question, j'imagine que c'est parce qu'il s'agit déjà d'une évidence pour lui.

— Oui.

Plus que prévu…

— Et lui ?

— Je ne sais pas. J'espère…

Je continue d'avancer dans les rues animées de la ville. Je suis presque arrivée chez moi.

— Mais oui, j'en suis sûre ! s'exclame ma grand-mère d'une voix joyeuse. Vous continuez à vous voir, c'est qu'il y a quelque chose de son côté aussi.

Je repense aux moments que nous avons partagés et me laisse convaincre qu'elle a raison.

— Peut-être, oui.

— Alors pourquoi as-tu autant de tristesse dans la voix ?

Parce qu'il n'a pas le droit d'avoir des relations, parce qu'il vit dans un monde régi par des règles bien trop strictes, parce qu'il ne pourra jamais laisser le groupe et que je refuse catégoriquement qu'il le fasse pour moi.

Parce que je crains qu'on ne puisse jamais être ensemble…

— C'est compliqué, je réponds.

— Compliqué ne rime pas avec impossible, lance ma grand-mère.

J'ai l'impression d'avoir entendu quelque chose de ce genre il n'y a pas longtemps. Je ne suis qu'une fille lambda, je n'ai aucun pouvoir, je ne vois pas comment je pourrais changer quoi que ce soit.

— Crois-moi, ma petite fleur. Il y a toujours une solution, il y a toujours un moyen de changer les choses. Ne sois pas défaitiste à ce point.

Défaitiste ? Je me sens plutôt réaliste. Mais je n'ajoute rien, j'en ai sans doute trop dit et je ne veux pas qu'elle s'inquiète…

— Tu as raison.

— Si vous vous aimez, vous y parviendrez.

— Merci, mamie.

Je soupire quand je rentre enfin chez moi. Mon appartement est éclairé par les lumières de la ville qui scintillent à travers la fenêtre principale. J'avance vers le salon sans allumer le plafonnier. Je pose mon sac dans le fauteuil, quand soudain une ombre m'enveloppe dans son étreinte. Mon cri est étouffé par des lèvres pleines qui m'embrassent désespérément.

— C'est moi, susurre Moon. Ne panique pas, Sunshine.

Mon palpitant prend un rythme dingue.

Putain !

— J'ai eu si peur, je râle.

— Excuse-moi.

Je me blottis contre lui en secouant la tête. Je suis si heureuse qu'il soit là, j'en oublie aussitôt ma frayeur.

— Qu'est-ce que tu fais là ? Tu as le droit d'être ici ? Comment es-tu entré ?

— Ça fait beaucoup trop de questions d'un coup.

— Moonlight…

Je sens qu'il enfouit sa tête dans mon cou. Son souffle caresse ma peau, et je frissonne.

— Sunshine ?

Son visage cherche le mien, alors je m'écarte un peu et sa bouche fond sur la mienne. Il m'attrape la figure quelques secondes avant de se pencher, de glisser ses mains sous mes fesses et de me soulever dans les airs. Je noue mes bras autour de sa nuque sans cesser de l'embrasser. Je suis partagée entre le désir et l'incompréhension alors qu'il me plaque contre le mur du salon. Je suis si heureuse qu'il soit là et en même temps ça me fait peur. Est-ce que ce sera toujours comme ça ?

Alors qu'il caresse ma langue de la sienne, mes pensées s'effacent et je me perds dans le désir cuisant qu'il fait doucement monter en moi.

— Je… n'ai pas vraiment le droit d'être là, avoue-t-il lorsqu'il s'écarte.

Il embrasse mon menton.

— Mais…

Puis ma mâchoire.

— J'en avais une furieuse envie. Tu me manquais, il fallait que je te voie.

Et mon cou.

— Moon, je t'ai dit que je ne voulais pas que tu te mettes en danger pour moi, je murmure, perturbée par son petit jeu. Je ne veux pas que…

— Je t'aime, me coupe-t-il. Ce n'était pas prévu, mais putain, je t'aime.

Mon organe vital éclate. Les larmes que j'ai refoulées tout à l'heure se mettent à couler à flots le long de mes joues. Je ne m'attendais pas à ça, bon sang. Je suis soufflée par ses mots. Ce sont les plus beaux que j'aie jamais entendus.

— Ne pleure pas, chuchote-t-il en essuyant mes larmes avec ses pouces. Il fallait que je te le dise, je… ça me pèse sur la conscience depuis des jours et j'en pouvais plus de le retenir.

Ma gorge est nouée, je suis si heureuse que j'en deviens muette. J'ai peur de rêver, peur qu'on m'arrache de ce rêve. Moon pose son front contre le mien et ferme les yeux comme s'il avait peur de ma réponse. *S'il savait.*

— Tu ne dis rien ? demande-t-il.

Je décroche mes doigts de sa nuque, je ne sais pas pourquoi je me mets à caresser ses sourcils ni pourquoi je continue en passant sur ses paupières closes puis son nez et ses lèvres. Il rouvre les yeux au moment où je glisse mes doigts dans ses cheveux pour les tirer en arrière. Il est si beau, mais ce n'est pas simplement physique. C'est tout.

— Je t'aime, Park Moon-soo.

Le sourire qu'il esquisse en réponse à ma déclaration est le plus beau qu'il m'ait été donné de voir. Sa joie est unique et elle m'appartient à cet instant. Sans un mot de plus, il presse ses lèvres sur les miennes, et notre envie de l'autre devient urgente, vitale.

— Comment tu as fait pour entrer ?

— Le concierge m'a ouvert.

— Tu es fou.

— Un fou extrêmement lucide et têtu, répond-il. Et là, j'ai très envie de toi.

Le désir tiraille mon ventre. Cette faim qu'on a de l'autre est toujours là, depuis le premier soir. Elle n'est jamais partie… et elle nous consume.

— Encore un caprice ?

— Il va falloir t'y habituer.

Il dit ça d'un air naturel, comme si un « nous » était possible.

J'ai tellement peur des conséquences de sa venue que je ne dis rien. Il est là, c'est tout ce qui m'importe pour l'instant. Il est là, et on s'aime en cachette. Je suis assez forte pour le supporter encore un peu.

Sensuellement, je me frotte contre son érection.

— Encore une fois, je cède. Je suis beaucoup trop gentille avec toi.

Moon se détache du mur et nous fait basculer dans le fauteuil.

— C'est parce que je suis un démon très sexy.

— Si je te contredisais, une armée de fans viendraient me hanter.

Il rit contre ma peau, ce qui me fait frissonner.

— Peu importe. Je ne leur appartiens pas. Je suis à toi.

— C'est interdit, je rétorque.

C'est plus fort que moi, j'ai besoin de savoir où on va vraiment.

— Je sais.

— Et c'est tout ? Moon, on en a déjà parlé mille fois : je ne veux pas être celle qui met la zizanie dans le groupe.

— Ce ne sera pas le cas. Je vais faire en sorte de changer les choses.

Ses mots me prennent au cœur.

— Tu as envie ?

— Je t'aime, Billie, et je te veux dans mon univers. Je veux continuer de faire partie d'Alter, mais je veux également avoir le droit de t'aimer sans le cacher. Je sais que je t'ai dit à de nombreuses reprises que tu n'avais pas ta place à mes côtés, mais c'était avant de réaliser l'impact que tu as eu sur moi ces derniers mois. Pas une seconde j'ai pensé que je tomberais amoureux de manière si forte. C'est le cas aujourd'hui. Et rien ne m'arrêtera.

Je glisse mes mains dans ses cheveux alors qu'il joue avec mon collier. Je veux croire que c'est si facile, mais j'en doute. Ils ne m'ont jamais acceptée, pourquoi ça changerait ?

— Ils n'accepteront jamais ma présence.

— Je peux me servir des chiffres que nous avons faits ces derniers temps.

— Ils retourneront ça contre toi en disant que c'est parce que tu es célibataire.

— J'ai également la lettre d'adieu de Young-jae.

— Je… quoi ?

— Ses mots sur cette missive peuvent peser un certain poids. C'est quelque chose dont je peux me servir pour essayer d'alléger quelques conditions.

— Je refuse que tu te serves de ça pour moi.

Un éclair de colère passe dans ses yeux.

— C'est ce que YJ aurait voulu. C'est ce que je veux, moi. J'aurais dû le faire depuis longtemps déjà.

— Non, Moon. Tu dis ça dans l'émotion du moment, mais je t'assure que c'est une mauvaise idée. Tu gardais cet argument pour aider tes amis, au cas où ils en auraient besoin un jour. Je refuse… non, je t'interdis que tu le gâches pour moi.

— Ils ne diront rien, lâche-t-il dans un souffle.

— Peut-être sur le coup, mais ça viendra. Et je ne le mérite pas.

— Tu ne veux pas te battre pour nous ? demande-t-il.

— Pas en utilisant la lettre de ton ami. Ne me reproche pas de penser à ton avenir et à ta sécurité. Alter, les garçons, c'est le plus important.

— Toi aussi tu es importante, tu…

— Je sais, mais je ne veux pas.

Il finit par soupirer comme s'il se résignait malgré lui à son sort. Je ne peux pas m'empêcher d'être dévastée par cette conversation. Parce qu'il espérait se battre ainsi pour moi et que je l'en empêche. Je n'aurais jamais cru faire ça, mais je n'ai pas d'autre choix.

— Je ne sais pas comment faire, murmure-t-il.

Je caresse sa joue.

— Quand ils vont se rendre compte que tu es ici, ils vont peut-être comprendre. On pourrait leur expliquer…

— Je doute que ce soit si simple.

Les doigts de Moon pressent doucement mon menton pour que je redresse la tête. Nos regards tristes se croisent. J'aurais préféré qu'on n'en vienne pas à cette conversation.

— Est-ce que tu as envie de faire partie de mon monde ?

Sa question me prend au dépourvu. Il ne m'avait encore jamais demandé ça.

— J'ai envie d'être avec toi, je réponds cash.

— Oui, mais est-ce que tu es prête à accepter tout ce qui gravite autour de moi ? Je bosse énormément, je vais partir souvent en déplacement, et tu ne pourras peut-être pas me suivre tout le temps. Il y a des règles à respecter, les fans et les critiques qu'ils pourront faire à ton égard à supporter… Tu ne pourras plus vivre tout à fait normalement comme tu le fais aujourd'hui. Est-ce que tu es prête pour ça ?

Bien évidemment, je n'avais pas vu les choses sous cet angle, je n'y avais jamais pensé. Tout ce que j'espérais ces derniers temps, c'était de le voir, mais maintenant qu'il le dit…

— Ton silence est révélateur, B.

Je ne veux pas perdre ma liberté, je ne veux pas être privée de ma famille, de mes études, mais je le veux lui. Coûte que coûte

— Je t'ai déjà dit que tu étais suffisant à mes yeux.

Il semble un peu soulagé.

— Mais ?

— Mais c'est compliqué. Je veux certaines choses et d'autres non… Je veux continuer mes études et voir ma famille, il est hors de question que je délaisse ces deux choses-là.

Moon pose son front contre le mien.

— Je comprends et c'est tout à fait normal. Bon sang, Billie… Pourquoi est-on tombés amoureux ?

Et si rapidement…

— Je ne sais pas, je réponds. Peut-être qu'on est juste excités par l'interdiction qui pèse sur nous, peut-être qu'il n'y aura plus d'alchimie le jour où celle-ci sera levée.

— Il y en avait pourtant une sacrée dose quand tu logeais dans l'immeuble, c'est juste que j'essayais de la combattre comme un idiot.

— C'est vrai.

— Je ne veux pas que ma vie, et ce que cela implique, te rende malheureuse, ou que tu te sentes oppressée.

Je soupire.

— J'aimerais que tout soit plus simple parfois, mais si c'était le cas, on ne se serait pas rencontrés en premier lieu. Je t'aime, Moon, et je vais faire avec ça pour commencer, la suite, on verra plus tard… J'ai tellement peur de demain que je veux juste profiter de toi le temps que tu m'appartiens.

Ses yeux brillent de désir.

— Profite, Sunshine. Prends tout ce que j'ai à t'offrir. N'aie aucun regret.

Chapitre 28

Moon

Je suis seul quand je me réveille dans la chambre de Billie. J'aurais dû partir hier, ou tôt dans la matinée, mais je n'ai pas le courage de la quitter. Comme nous avons une journée de repos, je m'octroie le droit de décider avec qui je veux la passer, et surtout comment.

Je me redresse à la hâte, me frotte le visage puis passe une main dans mes cheveux.

Billie est à la cuisine, elle danse tout en préparant le petit déjeuner. Elle ne semble porter qu'un long pull à capuche jaune et une paire de chaussettes blanches. Les battements de mon cœur s'accélèrent tandis que je l'observe se déhancher. Je ne l'avais pas vue aussi joyeuse depuis le premier soir dans ce club, juste avant que je vienne perturber son rêve d'être ici.

Elle me fait penser aux tournesols de Taebaek. J'ignore comment elle est capable d'un tel prodige, mais elle me réchauffe le cœur et le corps instantanément. Comme si sa lumière m'entourait d'un halo protecteur. Je crois que je ne me lasserai jamais de ça…

— Je ne t'avais pas vue danser ainsi depuis notre rencontre.

Elle se tourne vers moi et m'offre le plus beau sourire du monde. Ça non plus je ne peux pas m'en lasser, j'y suis bien trop accro.

— J'adore danser, mais tu files des complexes, tu sais !

— Pourquoi ?

— Parce qu'à côté de toi j'ai l'air ridicule. Tu mets la barre beaucoup trop haut.

— Un magnifique ridicule alors, je réponds.

Elle sourit encore.

L'envie de la rejoindre est bien trop forte. Je l'attire dans mes bras et nous fait doucement basculer de gauche à droite. Je n'imaginais pas qu'aimer quelqu'un pouvait être si naturel. Une chose est sûre : je ne suis plus le même depuis qu'elle est entrée dans ma vie.

— Je suis un peu déçue quand même, dit-elle en soupirant. Je pensais que tu aurais des cornes au réveil et que tu les dissimulerais sous toute cette adorable masse de cheveux…

— Les cornes ne sont qu'un accessoire, pour le reste…

Je fais basculer son buste en arrière et j'appuie une main à plat sur son sternum. Je me penche vers sa gorge déployée et la mordille. Elle laisse échapper un petit cri.

— Je suis ce que tu veux.

— Moonlight…, souffle-t-elle.

Doucement, je la redresse et nos lèvres se soudent en un baiser ardent. J'aime son odeur, la façon dont elle s'accroche à moi, ses mains dans mes cheveux.

— Mon Dieu, ça a fini par arriver, constate-t-elle quand elle s'éloigne de moi.

Elle a l'air faussement choquée.

— Comment ça ?

— Je crois… que je suis devenue une EGO.

Je lui caresse la joue, puis le cou.

— Tu as eu une révélation, comme ça ? je demande.

Elle fait la moue.

— Oui, c'est arrivé, je suis atteinte d'Alterite Aiguë.

C'est plus fort que moi, j'éclate de rire.

— Quels sont les symptômes ?

— Envie de te toucher les cheveux, de te voir sourire, de t'entendre chanter, de te voir danser… Léger affolement du cœur, désir dans le bas du ventre… C'est plutôt agréable en fait.

— Je ne suis même pas désolé.

— Forcément, tu es un démon.

— Qu'est-ce que tu aimes d'autre chez moi ?

— Tes yeux, parce qu'ils sont différents de tous ceux que je connais. J'aime qu'ils se ferment presque entièrement lorsque tu souris. Et aussi… je ne me sens jamais aussi belle qu'à travers eux.

Mon cœur loupe un battement. J'ai l'habitude qu'on me dise que je suis beau, cela fait d'ailleurs partie des exigences du groupe : prendre soin de son physique. Mais se le faire dire par Billie, c'est différent. Sincère.

Quand elle relève la tête, elle me semble vulnérable.

— Tu es plus que belle, Sunshine. Et n'importe qui pourrait en attester.

Je lui caresse la joue, et elle sourit contre ma paume. Bon sang, qu'elle est belle !

— Tes sourires éclairent mon monde, ils me foutent la tête à l'envers. Je crois que je deviendrais dingue s'ils ne faisaient plus partie de ma vie.

Elle se redresse sur la pointe des pieds pour atteindre ma hauteur.

— Merci, Sunshine.

— Pour quoi ? souffle-t-elle.

— Pour m'avoir fait découvrir tous ces sentiments que je n'avais jamais ressentis avant.

— Merci à toi aussi, dans ce cas.

On s'embrasse à nouveau. J'ai tellement peur de la suite que je la refoule loin dans mon esprit.

— Il faut éteindre la gazinière, chuchote-t-elle contre mes lèvres. Sinon ça va cramer.

— À chaque fois que j'entre dans une cuisine, je porte la poisse.
Elle rit contre moi, et je tombe encore plus amoureux.

♫

Un bruit sourd m'arrache à mon sommeil. Je me redresse dans la pénombre. Billie bouge à son tour quand quelqu'un pénètre dans sa chambre. Elle pousse un petit cri de stupeur. M. Yung apparaît devant nous telle une ombre.

— Bonjour, lance-t-il d'une voix blanche. Je vais vous laisser vous habiller tous les deux. Rejoignez-moi ensuite dans la pièce à vivre.

Il quitte la chambre en fermant la porte aussi discrètement qu'il est arrivé. Je jette un œil à Billie, elle semble paniquée. Je crochète mes doigts aux siens et l'attire à moi.

— Tout va bien, ne t'en fais pas, je murmure dans son cou.

Je n'en suis pas tout à fait convaincu moi-même, mais ma préoccupation première pour le moment, c'est elle. J'ai peur qu'elle panique.

— Je ne veux pas que tu aies des problèmes à cause de moi, dit-elle tout bas.

Ça va aller. J'assume ce que j'ai fait et les sentiments que j'éprouve pour elle. Je vais trouver une solution pour nous.

— C'est peut-être le moment de dire les choses, et d'essayer de leur faire comprendre notre relation.

Elle hoche la tête, blottie contre moi. J'agrippe son menton pour attirer son visage vers le mien. Je pose doucement mes lèvres contre les siennes. Quel égoïste je suis de lui faire subir ça ! J'aurais dû l'éloigner de moi dès le début, au lieu de ça, je l'ai tenue enchaînée à mon monde. Je m'en veux tellement.

— Ça va bien se passer, d'accord ?

— Oui, répond-elle avec un faible sourire.

Elle s'éloigne de moi à contrecœur. J'en profite pour me lever et m'habiller.

La colère bout en moi. Je maîtrise d'habitude très bien mon sang-froid, mais pas cette fois. Je savais que le label allait réagir, mais de cette manière ? Certainement pas.

— Je suis désolé, je dis tandis que nous nous habillons.

Elle me regarde par-dessus son épaule et sourit.

— Ne le sois pas.

Je ne sais pas pour elle, mais mon cœur bat à cent à l'heure alors que nous rejoignons le salon. M. Yung nous y attend, accompagné de l'un de ses gardes du corps.

— Qu'est-ce que vous faites ici ? demande Billie.

Comme toujours, il est imperturbable.

— J'en ai marre de ces interruptions dans ma vie, de vos visites surprises…

— Ça, il fallait y penser avant de faire des bêtises de ce genre, répond-il calmement. Vous allez me suivre jusqu'au siège. L'heure est assez grave.

J'ai un rictus.

— Grave ? Simplement parce que j'ai découché ? Je…

— Grave, oui, me coupe-t-il d'une voix tranchante, parce que des photos de vous deux circulent sur Internet et que ça a déjà pris une ampleur considérable.

— Des photos ? Personne ne nous a jamais vus ensemble depuis notre rencontre, alors j'ignore comment c'est possible.

— Regardez ceci.

Il me tend sa tablette. Il y a deux clichés de nous : le seul selfie que nous avons fait à deux quand elle venue à la maison et un autre où on s'embrasse. J'ai ces deux photos dans mon téléphone, je crois, mais comment ont-elles pu se retrouver comme ça sur Internet ? On me distingue clairement avec mon tatouage et elle aussi sur la photo qui n'est pas un selfie. Je n'ose pas imaginer le carnage que ça doit être sur les réseaux. Billie se penche au-dessus de mon épaule et écarquille les yeux.

— Qui a fait ça ?

Je lis la peur dans son regard et je l'entends dans sa voix. Ce n'était pas censé se passer comme ça. Je devais la préserver et préserver le groupe. Je devais leur annoncer en douceur.

J'aimerais la rassurer en la prenant dans mes bras, lui toucher la main, la réconforter, lui dire que ça va aller… mais je ne peux pas. Ce n'est pas du tout le moment.

— Nous l'ignorons, répond M. Yung. Ce que nous savons en revanche, c'est l'impact que ces images ont actuellement dans les médias. On ne parle que de ça. Nous essayons de limiter les dégâts et de supprimer les photos là où nous les apercevons, mais elles sont repartagées en masse par les gens qui les ont enregistrées. Vous comprenez l'urgence de ma venue, maintenant ?

Je suis perdu. Ces photos sont les miennes, je ne les ai jamais publiées ni envoyées à qui que ce soit.

— C'est peut-être une bonne chose, je lâche soudain, en faisant les cent pas. Je suis amoureux de Billie et c'est peut-être le moment de revoir quelques clauses sur nos contrats.

— Ce n'est pas avec moi que vous devez parler de ça, monsieur Park.

Je secoue la tête en lui rendant la tablette. Des tas d'interrogations se bousculent dans mon esprit.

— Nous sommes attendus par M. Lee et ses collaborateurs. Nous en discuterons sur place.

J'inspire longuement alors qu'il nous tend des masques en tissu et des casquettes noires.

— Mettez ça.

Le garde du corps s'avance vers la porte et l'ouvre. Dehors, il y en a trois autres qui attendent les bras croisés.

Sacrée escorte. J'imagine que c'est nécessaire. M. Yung sort en premier, suivi de Billie. Je ferme la porte de chez elle quand sa voisine, visiblement inquiète, sort sur le palier. Elle croise mon regard et fait de grands yeux.

— Billie, est-ce que tout va bien ? lui demande-t-elle.

— Mademoiselle, ne restez pas ici, rentrez chez vous, lance notre accompagnateur.

Deux gardes du corps ouvrent la marche, deux la ferment.

— Tout va bien, répond Billie après quelques secondes, ne t'inquiète pas.

Elle reste silencieuse.

Nous sortons de l'immeuble et nous engouffrons dans une grosse voiture. Je vois aux yeux ronds de Billie qu'elle a peur et je m'en veux terriblement de lui infliger une scène pareille. Elle n'aurait jamais dû subir ça, pas même la première fois. Discrètement, je lui attrape la main et je crochète mes doigts aux siens.

— Comment sont les réactions du public ? s'enquiert-elle.

— Mitigées.

— Quel est le risque pour le groupe ?

— Nous ne sommes pas tout à fait sûrs pour l'instant.

Lorsque nous arrivons au siège de Big K. Entertainement, nous sommes frappés par le brouhaha ambiant. À travers la vitre, nous voyons des tonnes de gens. Journalistes et fans sont amassés devant l'immeuble.

— C'est pas vrai ! s'écrie le bras droit de mon boss. Ils ont réussi à déborder sur le parking.

Il y a peu de choses qui le font sortir de ses gonds de la sorte. Il doit être vraiment stressé par la situation.

— La sécurité nous attend à l'entrée, lance l'un des gardes du corps.

— Bien, je veux que vous les encercliez tous les deux dès qu'ils sortent de la voiture. Ils sont votre priorité.

Tous acquiescent. Je sens que les doigts de Billie se resserrent autour des miens.

— Ça va bien se passer, je lui dis.

Elle me regarde dans les yeux.

— Il y aura beaucoup de flashs, de bruit et d'agitation, mais il n'y aura pas de débordement. Tu sors de la voiture, tu baisses la tête et tu laisses l'équipe de sécurité t'escorter jusqu'à l'entrée. Une fois à l'intérieur, ça ira mieux, d'accord ?

— Il a raison, approuve M. Yung. Ne nous laissez pas impressionner par les flashs et les questions que vous entendrez, vous vous contentez juste d'avancer.

Elle acquiesce. J'ai l'habitude de ce genre de choses, mais elle non. Elle doit être paniquée, mais parvient à le cacher.

J'ai la boule au ventre quand la voiture ralentit, je suis pourtant habitué aux bains de foule, mais cette fois c'est différent. Billie est là, et j'ai envie de la protéger comme je le peux.

C'est elle qui sort de la voiture après les deux premiers gardes du corps. Ils l'entourent, formant un bouclier humain. Les flashs crépitent sans discontinuer, et les cris du public fusent. Je voudrais la préserver de tout ça. J'aurais dû refuser qu'elle vienne. Bon sang, pourquoi ils lui infligent ça ? Sans doute pour la dégoûter un peu plus…

— Vous êtes qui ?

— Est-ce que vous êtes en couple ?

— Votre relation est-elle officielle ?

— Mademoiselle, s'il vous plaît, une photo…

Je ressens tellement de choses négatives là maintenant. Cette situation est surréaliste. Les flashs redoublent d'intensité et les mêmes questions jaillissent de partout. J'applique les conseils que j'ai donnés à Billie, je regarde au sol sans prêter attention aux paparazzis.

— Tu ne toucheras plus à lui.

— Moon ? Est-ce que vous avez envie de faire une déclaration ?

— Une photo pour vos fans ?

— Il n'est pas à toi !

Le bruit d'une détonation résonne soudain. En moins d'une seconde, je suis entouré par trois gardes du corps supplémentaires qui m'enferment dans leur étreinte pour me protéger.

Billie. Où est Billie ?

Je n'ai pas le temps de réagir que je suis déjà près de la porte. Je ne la vois plus. Elle était devant moi et elle n'est pas dans le couloir.

— Billie !

Une autre détonation. Putain. Mon cœur manque un battement. Elle n'est pas là.

— Avancez, monsieur, c'est dangereux pour vous ici ! lance un des gardes du corps.

— Mais elle…

Je me tourne et tente désespérément de revenir sur mes pas, mais on me retient sévèrement par la taille et les épaules. J'ai beau essayer de me débattre, ils m'empoignent beaucoup trop fort. De là où je suis, je parviens à peine à distinguer ce qu'il se passe sur le parking à cause du monde. Je vois deux hommes à terre penchés sur une fille menottée. Ils récupèrent son arme et la vide. Je ne vois toujours pas Billie.

Je peine à respirer. Je ne vois plus que du noir, la lumière de mon soleil n'est plus là. Je n'ai jamais eu aussi mal au cœur de ma vie.

— Je dois y aller, je les supplie. Il faut que j'y aille, par pitié.

Ils me font reculer quand le reste de la *team* sécurité nous rejoint. Les portes se ferment. Billie est dans les bras de l'un d'eux, le visage enfoui dans sa poitrine. M. Yung m'arrête d'une main.

— Doucement, elle…

Je le devance sans prêter attention à lui. La sueur perle sur ses tempes.

— Moon…

— Appelez les secours au plus vite, lance M. Yung dans mon dos.

Billie tourne la tête vers moi, les traits défigurés par la douleur.

— Tu…

C'est alors que je remarque le sang qui trempe son T-shirt. Les larmes me montent aux yeux, et quelque chose se déchire en moi. Mon soleil. On lui a tiré dessus. On a cherché à la tuer. Je me penche vers son visage me foutant royalement des gens qui nous entourent.

— Oh pardon. Pardon, Sunshine. Je suis tellement désolé.

Je lève la tête vers le groupe.

— Qui lui a fait ça ?

— Nous l'avons maîtrisée, ne vous inquiétez pas.

— Que je ne m'inquiète pas ?

Je suffoque.

Le bout des doigts rouge sang de Billie me frôle la joue puis les lèvres. Je les embrasse, dévasté par ce que je lui ai fait subir. Je voudrais lui prendre sa douleur, je voudrais la soulager, mais je ne peux pas et ça me tue littéralement.

— Je t'aime, Moonlight, souffle-t-elle.

L'instant d'après, sa tête bascule en arrière. Ma poitrine me fait horriblement souffrir, j'ai l'impression d'être compressé, qu'on cherche à m'étouffer.

Chapitre 29

Billie

Bam !

La détonation me fait sursauter. Une douleur fulgurante se loge en moi et me paralyse. En quelques secondes à peine, respirer devient très douloureux.

J'ouvre les yeux et les referme aussitôt, me repassant la scène en boucle. Il me faut quelques secondes pour m'habituer à la lumière du jour qui filtre par la fenêtre de la chambre d'hôpital. J'ai chaud, j'aimerais bien un peu d'air. Je tourne la tête sur le côté mais suis gênée par les fils qui me rentrent dans le nez et qui me recouvrent les bras également. Je me sens oppressée.

Quand je lève les yeux et remarque Moon, allongé sur le canapé, je me calme. À côté de lui, il y a un garde du corps qui m'observe en silence. Je secoue la tête quand il me propose silencieusement de le réveiller, alors il recroise ses bras sur son torse.

Combien de temps s'est écoulé depuis que je suis tombée à terre ? Combien de balles ai-je reçues ? Est-ce grave ?

J'aimerais pouvoir dire que je suis heureuse d'être en vie, de voir Moon à mes côtés, mais c'est plus compliqué que ça… Parce que la peur revient m'envahir en une seconde. Je ne sens plus mon corps, mais les douleurs dans ma tête sont bien réelles. Je suis dévastée.

Tu n'as pas ta place dans mon monde, Billie.

J'aimerais pleurer, mais je n'en trouve même pas la force. La brutalité de la scène me revient en tête. Les flashs, les questions, l'hostilité des gens qui nous bousculaient. Je savais pourtant que je n'avais rien à faire dans son monde et, j'ai beau aimer l'homme qui est assis près de moi, je ne me sens pas capable de mettre ma vie en danger plus longtemps. Je refuse de mourir aux mains de certaines personnes qui le suivent et qui refusent de m'accepter.

Moon se redresse soudain, et nos regards se croisent. Joie et tristesse se mêlent sur son visage. Il chasse ses larmes alors qu'il vient vers moi.

— Hé, souffle-t-il.

Il se penche vers moi et embrasse mon front. Ses cheveux me chatouillent la figure. À travers la douleur, ses petites attentions sont agréables.

— Enfin, tu ouvres les yeux.

J'imprime cette sensation dans mon esprit pour ne jamais l'oublier.

— On va aller prévenir les médecins que tu t'es réveillée pour de bon.

Le garde du corps ouvre la porte, glisse un mot à l'un de ses collègues pour qu'il s'en occupe et revient se poster contre le mur. J'imagine qu'il a pour ordre de rester ici et que d'autres surveillent la chambre, du fait de la présence de Moon.

— Je suis désolé, Sunshine. Je suis tellement désolé…

Ses mots se coincent dans sa gorge. Je ne lui en veux pas. Je ne le tiens pas pour responsable de ce qu'il s'est passé. Je crois que c'est une victime de toute cette folie, lui aussi…

Ma respiration est trop chaotique pour que je puisse lui répondre. Je souffre à chaque fois que j'inspire une goulée d'air.

J'ai tellement peur pour la suite…

— Billie, je t'aime et je veux que tu saches que je ne laisserai plus jamais personne te toucher.

Ça me crève le cœur de l'entendre dire une chose pareille. Il s'accroche à l'espoir d'un « nous » quand le monde entier lui prouve pourtant qu'il ne tient pas la route.

On a beau vouloir être ensemble tous les deux, ce n'est pas possible. Cela ne sera jamais possible. Son statut ne le permet pas. J'en garde mes blessures comme cruels rappels.

Je n'aurais jamais cru subir ça un jour.

— Billie, je…

Je tente d'ouvrir la bouche pour parler, mais je n'y parviens toujours pas.

— Attends, je…

Je le regarde tourner sur lui-même, puis fouiller dans le petit meuble près du lit. Il semble à la recherche de quelque chose.

— Merde, il n'y a rien pour écrire ici ou quoi ! s'énerve-t-il.

Alors que l'agent de sécurité s'éloigne du mur sur lequel il est appuyé pour aider Moon, celui-ci se penche sur la banquette sur laquelle il dormait à mon réveil.

— Ça, ça ira.

Il me sourit et me caresse tendrement les cheveux.

— Économise tes forces, dit-il en me tendant ce qui ressemble à son carnet de chansons. Écris là-dessus, Sunshine.

Moon l'ouvre à une page vierge, et j'ai le cœur en miettes alors que j'attrape le crayon dans mes doigts tremblants. Je ne veux pas écrire notre rupture là-dessus. *Je ne peux pas.* Mais, après un effort vain, il m'est toujours impossible de parler. Alors la mort dans l'âme, je note les pires mots de ma vie :

Je t'aime de tout mon cœur, mais ça ne fonctionne pas. Ça ne fonctionne plus.

Son regard brille d'inquiétude. Il pose sa main sur la mienne, tente de sonder mon visage, pour trouver quelque chose, le moindre détail, qui lui prouverait que je ne pense pas ce que je dis. Mais il n'en trouve aucun et j'enchaîne en écrivant :

C'est trop pour moi. Ton monde va m'engloutir. Je n'ai pas la force de subir ça.

Des larmes coulent sur ses joues.

— Je suis là, Sunshine. C'était un cas isolé, ça n'est jamais arrivé jusqu'à aujourd'hui et…

La voix de Moon se meurt alors que je continue de griffonner sur la page.

En étant avec toi, je nous mets tous en danger.

Quand je lève les yeux vers lui, j'y vois une détresse que je n'avais encore jamais vue et ça me fait davantage souffrir. Il faut qu'il me comprenne. Il faut qu'il se raisonne. Nous ne pouvons plus continuer ainsi au risque que quelqu'un d'autre se retrouve blessé.

Ma tête me fait un mal de chien alors qu'il noue ses doigts aux miens.

Je ne suis pas capable d'affronter ça. Je suis fatiguée. Fatiguée de toutes ces règles, ce danger qui rôde, ces quelques personnes complètement folles qui gravitent autour de lui.

— Ce qui s'est passé, ce n'est pas ta faute, Billie.

C'est notre réalité.

Il se frotte le visage avant de me regarder. J'aurais préféré ne pas tomber amoureuse de lui, ça nous aurait évité de souffrir tous les deux.

J'inspire doucement et j'expire. Bon sang, ça me fait un mal de chien. Je suis dévastée par ce que je nous fais subir et surtout par la manière dont je le fais.

On n'aurait jamais dû se rencontrer, ni forcer le destin comme on l'a fait.

Moon secoue la tête. Son désespoir me rend minable alors que silencieusement je mets fin à notre semblant d'histoire.

— Ne dis pas ça…

On savait que c'était une connerie et pourtant on a continué quand même.

Il regarde la page quelques secondes, se passe une main dans les cheveux, ouvre la bouche et ne dit rien. Alors qu'il me tourne le dos, je continue d'écrire.

Dès le départ, c'était voué à l'échec, tu n'arrêtais pas de le dire, et pourtant comme deux idiots on s'est perdus dans le déni.

Le chagrin me ronge un peu plus quand il continue de me tourner le dos. Je me maudis de ne pas être capable de parler, je me déteste de nous faire souffrir de la sorte. Je tente de me redresser pour attirer son attention. Il finit par regarder ce que j'ai écrit.

— Je ne regrette rien, je t'aime. Je ne regretterai jamais d'être un idiot parce que t'aimer, c'est extraordinaire. Billie. Je sais que tu souffres par ma faute, je sais que tu as mal, mais je t'aime et je t'assure que ça n'arrivera plus. Je te promets que je prendrai soin de toi, que…

Je secoue vivement la tête. Je n'en peux plus, c'est trop. Ses mots sont aussi violents et percutants que la balle que j'ai reçue, mais ils me font encore plus mal.

Il n'y a pas de place pour moi dans ton monde et je ne veux plus y rester…

Son regard reste accroché aux derniers mots que je viens d'écrire.

— Tu ne… Je ne te suffis plus ? demande-t-il d'une voix marquée par l'émotion.

Je secoue la tête.

Les battements de mon cœur accélèrent, j'ai l'impression de suffoquer, d'être de nouveau dans cette rue, prise en étau.

— Non.

La douleur qui me saisit le cœur est maintenant insoutenable. La porte s'ouvre. Un médecin entre dans la chambre alors que notre chagrin emplit la pièce. J'aimerais revenir en arrière, j'aimerais arracher les pages de ce carnet, mais il est déjà trop tard.

Lorsque Moon quitte la chambre, je parviens enfin à pleurer.

Chapitre 30

Moon

Une minuscule seconde, c'est tout ce qu'il a fallu. Une seconde et tout s'est effondré.

Je suis groggy, sonné, j'ai l'impression d'errer entre rêves et réalité. Je veux que tout ça ne soit qu'un cauchemar. Mais la rage et le désespoir qui me prennent le cœur sont bien réels. Les photos, le coup de feu, sa fuite... Tout ça, c'est vrai. C'est ma putain de réalité.

— Moon-soo ? Vous m'écoutez ?

Je tourne la tête vers M. Yung. Il me regarde avec insistance. J'ai envie d'être seul, j'en ai besoin, mais bien sûr ce n'est pas possible. Ils ont tellement peur de ce qu'il s'est passé ces derniers jours et de mes réactions qu'ils ont renforcé la sécurité autour de moi et de notre immeuble.

— Non, je réponds.

Comme il n'enchaîne pas, je fixe de nouveau la route. Je n'arrive pas à me concentrer, je flotte sur un nuage d'incompréhension. Je crispe mes poings sur mes cuisses, sentant la rage s'emparer de moi.

Cette fille, celle qui a fait ça... Pourquoi ? Bon sang, pourquoi ?

Je ne peux ni tolérer ni pardonner un tel comportement. C'est inacceptable. Ça me rend fou. Je me sens coupable, c'est ma faute. Si j'avais su contrôler l'effet que Billie me faisait, on n'en serait sûrement pas là.

J'aimerais avoir la capacité de faire taire les pensées qui sont en train de me bousiller l'esprit, mais je n'ai pas ce pouvoir. Tout ce qui me fait mal continue de se répéter en boucle dans ma putain de tête. Je la vois inerte dans les bras du garde du corps, je la vois dans son lit d'hôpital et je la vois en train de m'écrire qu'elle veut tout arrêter.

Putain de merde !

J'ai l'impression que ma tête va exploser. Ils ont réussi à la dégoûter de mon monde, ils l'ont brisée, ils l'ont blessée… Comment je pourrais lui en vouloir ? La voir souffrir, l'entendre me dire tout ça, ça m'a achevé comme jamais.

— Au vu de la situation, il est préférable que vous vous reposiez un peu, le temps de…

— C'est votre faute, tout ça. Vous vouliez l'éloigner de moi depuis le début. Vous êtes satisfaits d'avoir réussi ? Bravo !

— Jamais nous n'avons voulu que les choses en arrivent là, pour…

— Notre image, le bien du groupe, tout ça… Bien sûr, oui. Maintenant, ça suffit. Laissez-moi encaisser sans me casser les couilles pour une fois.

Étonnamment, il acquiesce. Je pose mon front contre la vitre et ferme les yeux.

Il y a du monde posté devant notre immeuble, mais personne dans le parking. La sécurité m'escorte quand même jusqu'à l'appartement. Quand je rentre, Kai, Dae et Min sont dans le sofa. Ils ont tous des têtes d'enterrement.

Je sais qu'ils sont sans doute tristes pour moi et ça me touche, mais je ne suis pas d'humeur à faire la causette ni à raconter ce qu'il s'est passé. J'ai juste besoin d'être seul, je veux dormir et oublier que j'ai perdu la fille dont je suis fou amoureux.

— Salut, lance Min.

— Comment elle va ? ajoute Kai.

— Elle est en vie, je réponds. Le médecin m'a dit que la balle lui avait perforé le poumon, mais qu'elle allait s'en sortir. J'étais là à son réveil. Et... elle a décidé de s'éloigner de moi, définitivement.

Ils écarquillent tous les yeux.

— Je n'ai pas envie d'en parler. Je vais me coucher.

— Moon, je suis désolé, déclare Kai alors que je me dirige vers la chambre.

— Ça va, je dis sans me retourner. J'ai juste besoin d'être seul.

— Non, je suis désolé pour les photos...

Ses mots s'insinuent dans mes pensées et font taire celles-ci une seconde.

Désolé pour les photos ? Je ne suis pas sûr de comprendre, ou plutôt j'ai très peur de comprendre.

Je fais volte-face.

— Comment...

Je ne finis pas ma phrase, la façon dont il me regarde me foudroie littéralement sur place. Il a... C'est lui qui a posté les photos de Billie et moi ? Mon frère, mon meilleur ami ?

— Tu n'as pas fait ça, Kai. T'es malade ou quoi ?

Il secoue la tête, perdu. Je m'avance vers lui. Mes pensées sont tellement confuses que j'en tremble. Je n'ai jamais été aussi en colère.

— Mais parle, bon sang !

— Tu étais déprimé et...

— Déprimé ? je gueule.

Mon poing atterrit en plein dans sa mâchoire. Il titube en arrière et est rattrapé par Min in extremis.

— Et maintenant, j'ai l'air de quoi ? je m'époumone.

Je veux m'avancer de nouveau vers lui, mais Dae m'en empêche. Lorsque je prends conscience que je m'apprêtais à frapper mon ami une seconde fois, j'ai un mouvement de recul.

Je n'en peux plus de cette journée, tout le monde a décidé de me pourrir la vie.

— Je suis désolé, Moon-soo, je ne pensais pas que ça prendrait des proportions aussi énormes. Je... je voulais juste te donner un coup de main parce que tu avais envie d'être avec elle et tu n'osais pas en parler.

Il essuie son nez d'un revers de la main.

— Je me suis dit qu'ils n'auraient pas d'autre choix que d'accepter la réalité en face, que ça leur donnerait une bonne raison de changer les choses. Et j'en avais marre de te voir si malheureux...

— T'as tout gagné, je grogne avant de rejoindre ma chambre en claquant la porte.

♫

BREAKING NEWS

De nouvelles photos de Moon (Alter) provoque un drame.

En quelques heures à peine, de nouvelles photos de Park Moon-soo ont créé le buzz. Partagées en masse sur les réseaux sociaux, ces dernières montrent le leader d'Alter en compagnie de la jeune femme avec laquelle une première polémique avait enflé, quelques mois plus tôt. Sur ces clichés, nous pouvons voir les deux amoureux s'enlacer et s'embrasser dans l'intimité, ce qui n'a pas manqué de faire réagir les fans les plus possessifs du groupe...
Le drame est survenu au pied du siège du label de Big K. Entertainement. Alors que la jeune femme et le chanteur étaient escortés vers l'entrée du bâtiment, la première a reçu une balle dans la poitrine, tiré par une fan à proximité.
Pour le moment, nous n'avons aucune idée de son état de santé, mais nous espérons sincèrement qu'elle se porte bien.

♫

BREAKING NEWS

Lee Hyung-sik réagi et assure que Moon va bien.

Alors que les fans attendent une réaction du chanteur d'Alter, c'est le label qui rassure tout le monde sur la santé de Park « Moon »-soo, mais également de Billie Moore, la jeune femme touchée par balle. Dans son communiqué, Lee Hyung-sik, le P-DG de Big K. Entertainement, assure que le leader de son groupe va bien et que les jours de Billie Moore ne sont pas en danger. Il parle également de la jeune femme qui a tiré le coup de feu : « Nous sommes tous choqués par ce qu'il s'est passé, en aucune manière nous ne tolérons de tels comportements. Alter n'a jamais véhiculé de messages de haine et de violence et ne le fera jamais à l'avenir… Je pense qu'une personne capable de faire ce genre de chose ne peut pas être considérée comme une fan, mais plutôt comme une détraquée. ALTER EGO est une famille aimante et soudée. Nous continuerons d'être bienveillants les uns envers les autres et veillerons à ce que la sécurité du groupe soit renforcée. »
Si ses propos sont clairs concernant le positionnement du label vis-à-vis du drame, le P-DG refuse en revanche toujours de parler de la relation qu'entretenait Park Moon-soo avec Billie Moore. La communauté qui supporte le groupe attend encore des réponses à ce sujet…

♫

Ça fait deux jours que je me morfonds dans ma chambre. Je commence à me dire que j'aurais préféré bosser à la place. Au moins, cela m'aurait occupé… Au lieu de ça, je lis ces putains d'articles de presse et je pense à Billie. J'aimerais que mon cœur soit moins douloureux. Me faire à l'idée que je ne la reverrai peut-être plus jamais, c'est ça le plus dur. Je n'arrive pas encore à m'y résoudre. Je ne suis pourtant personne pour la forcer à rester dans un monde hostile qui la maltraite.

Elle s'est fait insulter, moquer, tabasser, enfermer et maintenant tirer dessus par ma faute… Je devrais comprendre qu'elle ne veut plus de moi. Je ne la mérite pas.

Des coups brusques frappés contre ma porte me font sursauter. C'est sûrement Kai.

— Je n'ai pas envie de parler, je grommelle.

La porte s'ouvre quand même.

— Bonjour, mon fils.

Mon père apparaît sur le seuil. Surpris, je me redresse d'un seul coup alors qu'il ferme derrière lui et vient près de moi.

— Qu'est-ce que tu fais là ? je demande, perplexe.

Je suis étonné que le label lui ait donné le droit de m'approcher comme ça. Ils doivent vraiment avoir peur que je fasse une connerie.

— J'ai insisté pour venir, je voulais voir comment tu allais.

— Ça va…

Il me prend dans ses bras avant de caresser maladroitement mes cheveux. Je me laisse aller contre lui, un peu gêné.

— Je sais que c'est faux. Tu as le droit d'aller mal de temps en temps, tu n'es pas une machine.

Mon père se décale et s'assied sur le bord de mon lit, je me place à ses côtés. Je suis troublé qu'il soit là, mais ça me fait du bien. J'étais tellement sonné ces deniers jours que je n'ai pas réussi à l'appeler.

— Comment va-t-elle ? s'enquiert-il. Ils disent que ses jours ne sont pas comptés.

— C'est vrai… la balle lui a perforé un poumon, mais d'après les médecins tout ira bien. D'un point de vue médical, du moins… Car elle, elle ne va pas bien du tout. Elle a eu peur et ne veut plus être auprès de moi. C'est fini entre nous.

La tristesse se peint sur son visage. Ça me touche qu'il ait de la peine pour moi alors que je suis moi-même ravagé par l'idée de ne plus jamais la voir. Je suis parti de sa chambre d'hôpital comme un con, j'aurais dû l'embrasser une dernière fois, lui dire que je l'aimais une dernière fois, j'aurais dû lui dire que je comprenais…

— Vous aviez l'air heureux sur les photos.

— Si tu savais… En fait je crois qu'à ce moment-là, tout était parfait. Il y avait Alter et Billie. J'avais la sensation que je pouvais avoir les deux dans ma vie. C'était stupide.

— Il vaut mieux être stupide, heureux et amoureux, plutôt qu'intelligent, triste et seul.

— Sans doute.

— C'est certain, affirme-t-il en tapotant mon épaule. On dirait que tu es en colère aussi…

Il lit en moi depuis toujours.

Oui, je bouillonne de rage. Et ça ne s'estompe pas avec le temps.

— Pourquoi, mon fils ?

Contrairement à moi, lui n'a jamais perdu son sang-froid. Je lui envie cette qualité.

— J'en veux à Mu-jin d'avoir foutu ces photos sur Internet, je… j'en veux à la personne qui a tiré sur Billie et je m'en veux de lui avoir fait subir tout ça. J'ai été égoïste. Par ma faute, elle a vécu l'enfer.

— C'est Mu-jin qui a mis les photos sur Internet ?

Il semble étonné. J'avais probablement la même tête quand il me l'a avoué.

— Oui, soi-disant pour mon bien. Il croyait que ça ferait bouger les choses auprès du label de voir que notre amour était bien réel.

— Je pense que ça partait d'un bon sentiment. Il voulait juste t'aider. Maladroitement peut-être, mais quand même.

— Mais elle s'est fait tirer dessus, papa ! Le groupe essuie une nouvelle polémique… Rien ne va. Je me serais volontiers passé de son aide !

— Je crois malheureusement que la personne qui a tiré aurait commis cet acte quel que soit le contexte… Cette personne est détraquée. Personne ne pouvait prévenir son geste. Et puis, tu comptes énormément pour Kai. Autrement, il n'aurait pas fait ça alors qu'il avait conscience que cela pouvait avoir de graves conséquences. Il doit être vraiment mal.

— Peut-être…

— Il ne faut pas t'en vouloir non plus, Moon-soo. Rien n'est de ta faute.

— Si j'étais resté loin d'elle comme on me l'avait dit, rien de tout ça ne serait arrivé.

— Quand on est destiné à quelqu'un, on croise forcément sa route à nouveau. Vous vous seriez rencontrés d'une autre façon, c'est tout. Est-ce que tu regrettes ton métier aujourd'hui ? Est-ce que tu changerais cela pour cette fille ?

— Absolument pas, je réponds. Ce que je fais, pour rien au monde, je ne voudrais l'arrêter. Quand je suis sur scène, quand on réalise des vidéos, quand on s'entraîne, je suis heureux, je sais que je suis fait pour ça. Mais j'ai aussi envie d'être un homme, d'avoir un peu de normalité dans ce quotidien extraordinaire. Je veux pouvoir être amoureux. Ce n'est pas incompatible…

Je passe une main dans mes cheveux.

— Mon fils, si tu veux cette fille et si tu penses qu'elle te veut aussi, alors il faut changer les mentalités. Il faut les faire évoluer. Elle a peur et c'est normal. Elle cherche peut-être aussi à te protéger des polémiques, des fans obsessionnelles.

— Je ne pense pas être capable de changer les choses, papa.

— Tu inspires les gens si facilement d'habitude… Alors, continue. Sois toi-même, tout simplement.

♫

— Comment est-ce que tu te sens ? me demande mon patron, à travers le téléphone.

— Ça va.

En fait pas vraiment.

Ils ont retardé notre planning d'une semaine pour me laisser aller mieux. Ils sont drôles de croire qu'en sept jours, tout ira mieux. Mais la bonne nouvelle, c'est qu'ils progressent un peu sur l'échelle de l'humanité.

— Tu as une idée de comment ces photos se sont retrouvées sur Internet ?

— Pas la moindre, je réponds.

Je ne compte pas vendre Kai. En tant que leader, j'ai toujours cherché à protéger mes co-stars du mieux possible, alors je ne changerai pas ma ligne de conduite. Je ne veux pas qu'il ait des problèmes. Et puis de toute manière qu'est-ce que cela pourrait changer qu'ils apprennent que cela vient de lui ? Absolument rien.

— Est-ce que les photos et ce qui est arrivé à Billie ont impacté les ventes ? je demande.

— Oui, de manière positive, à notre grand étonnement.

— Comment ça ?

— Bien que vos vues sur YouTube soient en constante augmentation, nous avons noté un *boost* sur toutes vos vidéos, les jours qui ont précédé le drame. Sur les plate-formes de streaming, vos titres sont dans les top tendances. Globalement, cette histoire ne vous cause pas de tort.

C'est une bonne chose, alors. Je suis soulagé que le groupe n'en pâtisse pas.

— D'accord…

— M. Yung viendra demain matin vous présenter votre planning pour les prochains jours. Je pense qu'il est sans doute temps que tu dises à tes fans que tout va bien.

— Je n'ai pas tellement envie de leur mentir.

— Il faut pourtant les rassurer, leur montrer que tu es en forme. Ils s'inquiètent pour toi. Ça fait plus d'une semaine qu'ils attendent que tu réagisses à la situation.

— Je ne sais pas quoi leur dire.

— Commence par le fait que tu vas bien, qu'Alter va bientôt revenir sur le devant de la scène et ainsi de suite. Rassure-les sur ton état de santé.

Je soupire.

— Et Billie ? Elle est au cœur de tout ça, ça la concerne elle aussi.

— Mlle Moore est partie se reposer chez elle, dans sa famille, alors il n'y a pas lieu de parler d'elle.

Je sens ma poitrine se contracter à nouveau, je ne suis pas près de guérir.

Je voulais tant qu'elle quitte mon monde et, maintenant que c'est fait, j'en crève.

♫

BREAKING NEWS

Park Moon-soo réagit enfin après la fusillade et rassure ses fans.

Tout le monde attendait une réaction du leader du groupe Alter, après le drame survenu au siège de Big K. Entertainement, la semaine dernière. C'est dans une vidéo de moins d'une minute que Moon a exprimé ces propos :
« J'espère que vous vous portez bien et que vous prenez soin de vous. Il s'est passé une chose extrêmement choquante qui m'a beaucoup ébranlé, ces derniers jours. Mais vos messages de soutien et votre amour indéfectible sont précieux pour moi et m'aident à aller mieux. Merci d'être là pour moi. Alter reviendra en force. »
Beaucoup de fans ont été déçus des mots prononcés par le chanteur. Certains disent même qu'il ne fait que répéter ce que

son label lui a sûrement imposé de dire. D'autres demandent une confirmation de la relation entre Moon et Billie Moore.
Parmi les nombreux commentaires sous la vidéo, nous pouvons lire :
« Il a l'air si triste :'(»
« C'est pas des nouvelles, ça… on n'apprend rien. J'espère que tu es heureux, Moon. Je t'aime <3 »
« Je préfère te voir amoureux que triste comme ça »

♫

Je frappe à la porte de la chambre de Kai et j'entre. Assis à son bureau, il semble travailler sur quelque chose.

— Salut, dit-il.

Il a l'air aussi maussade que moi.

Je suis encore en colère, mais plus vraiment contre lui. Je crois que j'en veux au système, surtout.

— Tu… vas bien ? me demande-t-il.

— Ça va, et toi ?

Il me regarde avec de grands yeux.

— Ouais…

— Je suis désolé pour le coup de poing.

— Je l'avais mérité, lâche-t-il en secouant la tête. Si tu savais comme je me suis senti mal quand on a appris qu'il y avait eu des coups de feu et que Billie était touchée.

Je m'avance jusqu'à son lit et me laisse tomber dessus.

— Je sais que tu ne voulais pas que les choses en arrivent là, je sais que tu voulais bien faire… J'étais juste triste, je… suis triste. Alors, excuse-moi.

— Je suis désolé, moi aussi. Je voulais que ça fasse le buzz, mais ça… Il ne me serait jamais venu à l'esprit d'imaginer un truc pareil. Si j'avais le pouvoir de remonter le temps, je le ferais, tu sais.

— D'une façon ou d'une autre, ce genre de dérapage serait

arrivé, je crois… et, même si ça me crève le cœur, elle a eu raison de partir. Ce monde est beaucoup trop dingue. Je ne peux pas lui en vouloir de m'avoir laissé…

— Je suis certain qu'elle est dévastée, elle aussi.

Kai se lève de son bureau et fait les cent pas dans sa chambre.

— Il faut que tu la récupères.

Je secoue la tête.

— Comment ?

— J'ai une idée. Et elle est moins merdique que la dernière, promis…

Chapitre 31

Billie

Un mois plus tard

Avant, quand je tapais mon nom dans la barre de recherche Google, il y avait juste un lien vers mon profil professionnel LinkedIn. Maintenant, il y a toute une flopée d'articles, de photos et de liens vers des sites Internet qui parlent de moi et de ce qui s'est passé ce jour-là.

Billie Moore et Moon du groupe Alter

Billie Moore… c'est qui ?

Billie Moore… Instagram.

Billie Moore… fusillade

Et le meilleur pour la fin :

Billie Moore… morte ?

Je ne saurais dire si ceux qui cherchent ça s'inquiètent ou se réjouissent… J'essaye d'en rire un peu, ça me permet de calmer certaines de mes angoisses à ce sujet.

Ma convalescence se passe bien. Mon poumon va mieux. Mais mon cœur lui, c'est une autre histoire. Difficile d'oublier un homme dont on est amoureuse, encore plus difficile de l'oublier quand il s'agit d'une super star et qu'il apparaît partout dans les médias.

J'ai beau l'aimer de toute mon âme, je préfère rester éloignée de lui pour une durée indéterminée. Il vaut mieux qu'il soit sain et sauf, plutôt que sali à nouveau par une polémique.

Ma grand-mère m'en veut de ne pas m'être battue pour Moon.

— La meilleure façon de combattre sa peur, c'est d'y faire face !

C'est ce qu'elle m'a dit quand je lui ai expliqué que j'étais terrifiée par l'univers duquel je venais de m'extraire.

Elle a raison, mais rien que de repenser à ce bain de foule et à ces coups de feu… je me mets à trembler de tout mon long.

Malaury m'en veut, elle aussi. Elle est venue me voir à l'hôpital et, malgré mon envie de lui expliquer toute mon histoire avec Alter, je n'en avais pas le droit. Elle m'a dit qu'elle avait saisi l'essentiel et qu'elle comprenait, mais elle pense comme ma grand-mère. Selon elle, je devrais me battre pour me faire une place.

Quand on frappe à la porte, je sais immédiatement que c'est elle et vais lui ouvrir.

— Salut ! lance-t-elle gaiement.

— Hello !

On se voit encore depuis mon retour des États-Unis. Elle m'aide avec mes courses, mange souvent avec moi. On s'est pas mal rapprochées et cela me fait du bien. Elle est vraiment adorable avec moi.

— Comment vas-tu ?

— Ça va et toi ?

Elle hoche la tête et me sourit. Je me réinstalle dans mon fauteuil alors qu'elle pose des sacs plastique sur la table.

— J'ai fait des courses, alors je t'ai pris quelques petites choses.

Je suis restée un mois chez moi et, bien qu'avec ma grand-mère qui m'en voulait et mes parents qui étaient à la limite de l'hystérie, ça m'a fait du bien de rentrer. Mais, au bout de deux semaines déjà, j'avais envie de retourner à Séoul. Quelque chose en moi voulait absolument y retourner. Ce quelque chose, c'étaient mes rêves. Malgré la violence du coup de feu et de ce qu'il s'est passé, j'éprouvais le besoin de retourner en Corée du Sud. Je ne voulais pas abandonner mon rêve d'étudier dans cette prestigieuse université, je ne pouvais pas gâcher cette chance, juste parce que j'avais peur. Mes parents ont eu du mal à me laisser partir, mais ils ont réalisé que rien ne m'arrêterait et que j'irais quoi qu'il arrive.

Je n'ai pas porté plainte contre la jeune fille qui a tiré. Elle a sans doute assez de problèmes à gérer comme ça de son côté. J'ai entendu dire qu'elle allait être internée… Et puis, quelque part, j'ai un peu de pitié d'elle.

— Merci, c'est gentil.

— Je me permets de ranger le frais dans le frigo.

Je hoche la tête.

— Et ton cœur, il va mieux ? demande Malaury depuis la cuisine.

Elle me pose la question une fois par jour.

— Je suis toujours en vie, alors ça veut dire que ça va, il assure sa fonction première.

— Ha ha ha ! Très drôle.

Je lui souris. En réalité, je ne vais pas très bien. Il ne faut pas être devin pour le deviner. Tout est encore trop récent dans mon esprit.

Certaines nuits je fais des cauchemars, je vois les flashs puis le coup de feu. Parfois celui-ci est dirigé vers Moon, et je me réveille en criant. Je ne veux plus jamais revivre ça. Je ne veux plus aimer à ce point…

— Il s'accroche, je lui dis. Je me fais une raison, il n'y a pas de place pour moi auprès de Moon. Je le savais, il me l'avait dit.

— Et moi, je refuse toujours d'y croire ! J'ai vu son regard, quand vous avez quitté l'appartement. C'était un regard d'amoureux. Une telle passion, cela ne s'oublie pas en un claquement de doigts.

Peu importe le temps qui passe, peu importe la distance que tu imposes entre vous.

On a déjà parlé de ça, et je lui ai demandé de ne plus me parler d'Alter… Du moins, le temps que je digère un peu la chose. J'essaye de ne pas suivre leur actualité en me tenant à l'écart des réseaux.

Les sentiments que j'ai pour Moon sont encore bien trop puissants. Il me suffirait d'une photo, d'une chanson pour craquer.

— Je sais que tu préfères éviter le sujet, Billie… Mais il paraît que Moon a fait un *live* et…

— Tu es une traîtresse, je lui lance, en boudant.

Elle a un petit sourire taquin quand elle me rejoint dans le salon. Elle s'installe à côté de moi.

— Je sais, je sais, ça m'a échappé…

Je lève les yeux au ciel.

— Tu parles !

— D'accord, c'était volontaire, mais uniquement parce que je trouve ça tellement dommage.

Après tout ce qu'il s'est passé, ma mère et ma grand-mère voulaient venir ici quelques jours, le temps que je me réacclimate à la ville, notamment. Mais j'ai réussi à les convaincre que je m'en sortirais bien.

J'ai toujours peur de les voir débarquer à l'improviste, elles en sont capables… Je ne pourrais pas leur en vouloir, toute ma famille était morte de trouille quand ils ont appris la nouvelle.

Malgré mon séjour aux États-Unis, malgré la présence de Malaury ici, à mes côtés, il m'arrive encore trop souvent de penser à *lui*. Après tout ce que j'ai vécu, pourquoi je n'arrive pas à l'oublier ?

Je crois que je dis cette dernière phrase à voix haute car mon amie écarquille doucement les yeux. C'est la première fois que je craque comme ça devant elle. Depuis deux semaines, je m'efforce de ne pas en parler et là, ça m'a échappé.

— Parce que tu l'aimes et que tu sais qu'il t'aime aussi !

Elle a raison. Même si je pense qu'il doit m'en vouloir d'être partie ainsi.

— Je ne sais pas grand-chose de votre histoire car tu es une vraie petite cachottière, mais je pense que ce que vous avez vécu tous les deux, c'est beaucoup plus fort que tout le reste. Et ça aussi, ça te fait peur.

— Mais justement, j'en ai marre d'avoir tout le temps peur. Cette nuit encore, j'ai rêvé des flashs et du coup de feu. Je ne peux pas continuer à avancer dans ma vie si une multitude de peurs me tirent en arrière. Il faut que j'avance.

— Mais, Billie, n'importe qui aurait été terrorisé par ces événements. Je trouve que tu fais preuve d'un immense courage en revenant ici. Et peut-être que ce courage est poussé par une idée bien précise… non pas celle que tu dois poursuivre tes études, mais celle que Moon t'aime encore et qu'il attend que tu lui reviennes. Tu fermes les yeux sur la question pour le moment, car il est plus facile d'imaginer qu'il ne t'aime plus. Cela t'aide à faire comme si c'était une fatalité. Mais ce n'est pas le cas. J'en suis persuadée.

— Je ne sais pas…

— Et quant à ton inquiétude vis-à-vis de sa communauté, laisse-moi te dire une chose : si le label annonçait aujourd'hui que Kai était en couple, eh bien… je serais heureuse pour lui. Parce que je l'adore et que je veux son bonheur. C'est pareil avec les fans de Moon. Ce qui est arrivé est un cas grave, mais isolé. Les EGO ne sont pas toutes comme ça. Je te l'assure… Il suffit de voir leurs messages sur les réseaux sociaux ces derniers temps.

Je soupire, frustrée.

Elle a sans doute raison, un peu trop à mon goût, d'ailleurs. Que les fans veuillent le bonheur de Moon est une chose, mais que son label accepte notre relation en est une autre. Et je ne supporterais de vivre une histoire d'amour cachée. Cela me tuerait…

— Putain de remake de *Roméo et Juliette*. Merci, mais non merci, je dis en grinçant des dents.

— Ça ne te plaît pas de revivre l'histoire d'amour la plus célèbre au monde ? se moque Malaury.

— Si je ne devais garder qu'une seule chose de cela, ce serait DiCaprio en Roméo.

— Hum, t'as pas tort… Mais tu exagères un peu. Je sais que tu adores les *dramas*.

C'est tellement vrai, ça, ma vie est devenue un *drama*.

Cette satanée Malaury savait parfaitement ce qu'elle faisait lorsqu'elle m'a parlé du *live* de Moon, car maintenant j'ai une foutue envie de le voir !

Je me retourne dans mon lit, incapable de m'endormir. Ma poitrine me fait mal, ce soir.

Fais chier ! J'attrape mon téléphone dans le noir et fais une rapide recherche sur Internet. Je clique sur un article que je commence à lire à voix haute :

> Moon émeut ses fans lors d'un *live*.
>
> Le leader du groupe Alter, qui a habitué ses fans à des petits jeux de questions-réponses lors de ses *live*, a choisi cette fois-ci de se livrer à cœur ouvert, en direct face à ses fans. Dans sa dernière vidéo, la pop star s'exprime enfin sur la fusillade qui a suivi la diffusion de ses photos avec Billie Moore dans la presse.

Je clique sur le lien de la vidéo et la mets en route. Mon cœur se fend lorsqu'il apparaît à l'écran. Cheveux devant les yeux, sweat gris sur le dos, avec la capuche sur la tête. Il est si beau… Même s'il semble fatigué et… triste.

Quand sa voix résonne, j'ai des frissons dans tout le corps.

« Bonjour, tout le monde, je me disais que ça faisait longtemps que je n'étais pas venu par ici et que vous aviez peut-être envie de voir ma tête. Je… j'avais envie et besoin de vous parler à cœur ouvert… Je suis assez stressé de le faire, mais il le faut. Ces dernières semaines ont été éprouvantes pour moi, parce que j'ai perdu une personne qui comptait beaucoup. Pour être franc avec vous, une personne dont je suis amoureux. »

J'ai les larmes aux yeux. Il n'a pas dit « étais », mais « suis ».

« Si je ne parle pas de cette relation dans les médias, c'est uniquement parce qu'elle est terminée… Il n'y a donc plus rien à confirmer, ou officialiser. Toute cette hostilité a fini par éloigner celle que j'aime, ce que je comprends tout à fait et respecte… Qui serait rassuré après avoir été blessé par une arme à feu ? Je suis en colère et triste que de telles choses se soient produites. J'ai beau ne pas avoir été touché physiquement, la douleur que je ressens est tout aussi profonde. J'ai l'impression d'avoir un poids constant dans la poitrine qui m'oppresse. »

Je suis anéantie de l'entendre parler de la sorte. Ses mots me percutent de plein fouet et malmènent mon cœur. Je n'aurais jamais dû regarder cette vidéo, je me sens encore plus minable.

« Je ne souhaite à personne de vivre un moment comme celui-là. C'était très violent et cela fait du mal à beaucoup de monde. Je suis désolé que les photos soient sorties de cette manière, je suis désolé si elles vous ont choqués ou déçus, mais ça n'explique pas qu'on puisse avoir un tel comportement. Je ne peux pas croire que notre si belle communauté soit capable de choses pareilles. Nous sommes un, vous et moi, nous sommes ALTER EGO et je vous aime incommensurablement. Sans vous, je ne serais pas celui que je suis aujourd'hui. Je vous souhaite d'être heureux. Et même si je suis ravi que vous m'aimiez, je vous assure que vous trouverez un jour bien mieux que moi. Vous trouverez quelqu'un qui vous aimera en retour, et ce sera pour vous la plus belle chose au monde, comme ça l'était pour moi… »

Je mets la vidéo sur pause quelques secondes.

Ses mots… J'ai le cœur tout retourné. Je ne peux pas m'empêcher de me repasser en boucle sa dernière phrase. Est-ce qu'il le pense vraiment ?

« J'aimerais vous chanter une chanson que j'ai écrite il y a quelques semaines. J'espère qu'elle vous plaira, car c'est ma préférée de toutes celles que j'ai composées jusqu'à présent. »

Il ferme les yeux alors qu'une mélodie au piano retentit dans la pièce dans laquelle il se trouve. Quand sa voix s'élève dans les airs, c'est toute mon âme qui vibre.

« *J'étais seul au clair de lune*
Tu es apparue dans l'obscurité de la nuit, tu m'as ébloui
Ton éclat m'a touché, m'a appelé
Jour après jour, tu m'as enchanté.
Sunshine, tu scintilles
Ta lumière dompte les ténèbres qui me retiennent prisonnier.
Sunshine, tu brilles
Ton sourire repousse l'obscurité qui fait de moi un condamné.
Sunshine, Sunshine, oh my Sunlight
J'ai beau chercher, je ne trouve plus ton reflet.
Nous étions la lune et le soleil
Tes rayons éclairaient mon cœur
Mes rayons enchantaient ton corps
Dans l'obscurité, le soleil et la lune se sont aimés… »

Deux larmes coulent sur mon téléphone. Je le laisse tomber sur le lit.

Il a écrit une chanson pour moi… Je n'en reviens pas.

Un sanglot me prend à la gorge alors que je me recroqueville sur moi-même.

Mon cœur bat. Il n'a jamais cessé de battre.

Pour toi, Moonlight. Pour toi…

Chapitre 32

Billie

Psst… Je sais que tu ne veux pas entendre parler de lui, mais sur Twitter, Moon est en top tendance…

Je fixe le message que m'a laissé Malaury sur Instagram. C'est quoi encore, cette histoire ? Je ne sais pas si j'ai envie d'aller voir ça… mais ma curiosité l'emporte sur la raison.

Laissez-le être amoureux. Ça n'enlèvera rien à son talent ! #MoonDerservesBetter

Comment vous pouvez être insensible à cet homme qui chante pour son amour perdu ? Sérieux, ça me fout les larmes pour eux… #MoonDeservesBetter.

Tout ce qui s'est passé avec Moon m'a profondément choquée, mais son *live* m'a achevée. Il est tellement malheureux, alors qu'il mérite d'être heureux. #MoonDeservesBetter

Billie, franchement meuf, revient dans sa vie. Tu ne peux pas le laisser comme ça… #MoonDeservesBetter

@bigkentertainement continuez de prendre soin de vos garçons, en les laissant être amoureux #MoonDeservesBetter

Tes rayons éclairaient mon cœur. Mes rayons enchantaient ton corps… MAIS PUTAIN LAISSEZ-LES S'AIMER ! ! #MoonAndBillieDeserveBetter

Je fais défiler les tweets, les yeux écarquillés. J'en lis des dizaines et quelque chose d'agréable se loge dans ma poitrine. C'est chaud et doux à la fois. Comme une force bienveillante et rassurante qui m'envahit.

Pour la première fois depuis longtemps… depuis que j'ai basculé dans le monde d'Alter, j'entrevois l'espoir qu'il puisse avoir le droit d'aimer. Et en même temps, aussi touchant que ça puisse être, je ne pense pas que ça suffira à faire craquer le label.

Moon

— Manquait plus que ça, râle Lee Hyung-sik.

Il regarde fixement la tablette que lui tend son bras droit.

— Ça enfle à vue d'œil, monsieur. Le hashtag #MoonDeservesBetter se propage aussi vite que les dernières photos qui ont fait le buzz.

En quatre jours, plus de cent mille tweets ont circulé sur Internet. Des mots de soutien, d'amour et de paix ont déferlé sur les réseaux. Je dois avouer que cet élan d'amour et de solidarité m'a redonné foi. Je suis heureux de voir que les gens me soutiennent. Après tous ces événements, ça fait vraiment du bien.

Mon patron lève les yeux et les plante dans les miens.

— J'imagine que tu es fier de toi ? lance-t-il.

— Comment ça ?

M. Lee secoue la tête.

— Après tout ce qui nous est tombé dessus ces derniers temps, on n'avait pas besoin d'une connerie pareille…

L'idée du *live* est venue de Kai. J'étais obligé d'en parler à M. Lee puisque je suis sous contrat, mais j'avais pris la décision de le faire, quoi qu'il arrive. Au départ, il n'était pas très réceptif à ma demande, et puis, je lui ai fait écouter ma chanson. Après l'avoir entendue, il m'a dit qu'il voulait qu'on l'enregistre pour que je la sorte en solo, hors album avec Alter. Du moment que ça n'impacte pas négativement les ventes… le label ne rechigne pas.

Je pense qu'ils n'avaient pas imaginé que ça créerait un fil rouge qui conduirait à ce hashtag et cette vague de soutien. Je soupçonne Kai et les garçons de l'avoir lancé, mais je n'en suis pas certain. Ils me disent que non chaque fois que je pose la question.

— Je ne crois pas qu'on puisse se permettre d'ignorer ce qu'il se passe, monsieur. Éviter le sujet ne ferait que nous desservir. De plus, je ne suis pas certain qu'officialiser la relation ait des conséquences néfastes pour le groupe. Les fans semblent vouloir retrouver un Moon heureux. Or, ils voient bien que ce n'est pas le cas actuellement.

C'est la première fois que je vois le bras droit du boss aller dans mon sens.

— Je le sais bien, lui répond-il.

— Nous serions aussi les premiers à cautionner une relation amoureuse entre une inconnue et un chanteur, ça ne peut être que positif.

Je reste silencieux. Je suis prêt à tout pour elle et, si ça ne marche pas, je marchanderai autrement…

J'espère que c'est ce qu'elle veut aussi… Je ne lâcherai rien pour l'avoir près de moi si c'est le cas.

— J'imagine que c'est ce que tu veux de toute manière ? s'enquiert le big boss.

— J'aimerais votre bénédiction, oui. Je n'avais pas prévu de tomber amoureux. C'est en partie votre faute. Vous l'avez logée dans le même immeuble que nous.

— Il faut avouer que c'était une vraie idée de cons.

Pour la première fois, il fait un brin d'humour.

— Vous avez dit que les derniers chiffres étaient bons. Je bosse dur et bien, et je continuerai de le faire. Mu-jin, Kang-dae et Min-ho, de même. Je suis dévasté par ce qu'il s'est passé et pourtant je suis toujours debout, toujours prêt à travailler. Je suis un bon leader, et les gens m'apprécient. Je veux être Moon, mais je veux avoir le droit d'aimer Billie comme elle le mérite, comme je le veux, moi.

On dirait que les veines de son cou vont exploser.

Chapitre 33

Billie

Je ne sais pas comment décrire les sentiments qui se bousculent dans ma tête. J'ai l'impression d'être à l'orée de quelque chose et d'attendre désespérément que ça se produise… J'attends Moon.

Bon sang, je suis vraiment pathétique. Je ne me suis même pas battue. J'ai fui et maintenant j'attends comme une lâche qu'on fasse la bataille à ma place.

Il me manque, putain.

Je suis partie de son monde et maintenant je le regrette. Tout ce que j'espère, tout ce que je veux, c'est lui. Ces moments entre nous me manquent tellement. Son *live* me hante depuis que je l'ai vu, je pense sans cesse à ses mots, à sa chanson. Ses paroles sont gravées dans mon âme. Comment oublier un homme qui chante une mélodie écrite pour vous devant des milliers de gens ?

Il est un peu tard quand je rentre chez moi, mes rendez-vous à l'hôpital ont duré assez longtemps. Ils ont pris le temps de faire un check-up pour vérifier que tout roule et que mon petit poumon se porte bien. Je n'aurai pas de séquelles sur le long terme d'après le médecin, mais je dois continuer de me ménager. Je retire mes chaussures et je vais jusqu'au salon.

J'ai envie de *le* voir, de le rejoindre, mais je ne sais pas si j'en ai le droit. Je pourrais peut-être commencer par lui envoyer un message. Je regarde mon téléphone, la *photocard* que je lui avais prise est toujours coincée dans la coque de protection. Je préférerais qu'on se retrouve en chair et en os, plutôt que par messages. Bon sang, je crève d'envie de le voir, de l'entendre…

— Bonsoir.

Je sursaute en poussant un petit cri, et mon téléphone me tombe des mains. Je le ramasse avant de me retourner. Je frôle la crise cardiaque alors qu'il apparaît devant moi.

Moonlight.

— Je me suis permis d'entrer, je ne voulais pas qu'on me reconnaisse dehors.

Je hoche machinalement la tête, comme si tout était normal.

— D'accord, je souffle en posant une main sur mon cœur.

Il porte un pull noir à col roulé sous sa veste de smoking, ainsi qu'un pantalon de costume assorti également. Ses cheveux lui tombent toujours devant les yeux, malgré tout, je distingue son regard, celui dont je suis tombée amoureuse, aujourd'hui rehaussé d'un trait d'eye-liner. Il est terriblement séduisant.

— Qu'est-ce que tu fais là ?

Il esquisse un sourire et avance vers moi. Il m'observe attentivement, guette mes réactions. Je suis sonnée qu'il soit là, parce que je sais que sa présence signifie qu'il est possible qu'il y ait un futur pour nous. Enfin, je l'espère de tout mon cœur, en tout cas.

— Je reviens d'une cérémonie de remise de prix, d'où ma tenue un peu plus soignée que d'habitude.

Il est à tomber. Mais il le sait car je suis en train de le dévorer des yeux.

Pour la cérémonie, j'étais au courant. Malaury me l'avait dit.

— Tu as gagné un prix ? je demande bêtement.

— C'est possible oui, affirme-t-il en souriant de plus belle, mais il y a autre chose que je convoite, ce soir.

Boum boum boum.

Je frissonne de la tête aux pieds autant à cause de sa voix rauque que de ses mots.

— C'est moi que tu convoites, Moon ?

— À un tel point que ça me rend dingue, répond-il en acquiesçant. Tu ne peux pas imaginer combien je te veux.

Boum boum boum.

Avant même qu'il ne dise quoi que ce soit d'autre, je comble l'écart entre nous et insinue mes doigts dans ses cheveux pour m'assurer que je ne rêve pas, qu'il est bien réel. Ses mèches soyeuses me chatouillent les doigts. Je n'avais pas oublié ces sensations, pourtant les retrouver me fait complètement chavirer.

— Désolé d'avoir mis tout ce temps, murmure-t-il contre mon visage. Je voulais faire quelque chose de grand pour te retrouver, et puis finalement mon impatience a primé sur le romantisme.

Boum boum boum.

Mon cœur devient fou ! Je n'ai jamais rien entendu d'aussi beau et intense à la fois.

— Je… j'ai l'habitude de t'attendre, je chuchote à mon tour.

Il me caresse la joue d'un geste doux. Je fais la même chose, je le touche, moi aussi. C'est plus fort que nous, je crois qu'on a besoin de réaliser qu'on est enfin à deux. Après toutes ces épreuves, après toutes ces semaines sans l'autre, c'est plus que vital. Mon corps s'électrise sous son toucher et le sien s'anime sous le mien. Il retire maladroitement sa veste de smoking et il m'attrape tendrement par les fesses pour me porter. Sans un mot il me pose sur le bar de la cuisine et se glisse entre mes jambes pour se rapprocher de moi. Je ne résiste pas à l'envie de l'embrasser. Je sais qu'on doit se parler, mais nos lèvres impatientes se trouvent dans un baiser des plus brûlants. Il m'a tellement manqué que j'en tremble, et je m'accroche à lui pour lui faire comprendre que je ne veux plus qu'il parte. Je ne veux plus jamais être loin de lui.

On s'embrasse à l'infini et même lorsque, essoufflés nous nous écartons l'un de l'autre, nous restons enlacés.

— Tu vas mieux ? Tu as encore mal ?

— Je dois me ménager, mais ça va.

— D'accord, lâche-t-il soulagé. C'est si bon d'entendre ta voix, de t'embrasser et de te retrouver.

Je ressens une petite pointe d'angoisse dans la poitrine. Je ne veux pas penser à la douleur que j'ai ressentie lorsque je l'ai quitté ni à cette rupture des plus horribles.

— Je suis désolée de t'avoir abandonné, d'avoir baissé les bras et aussi d'avoir écrit la pire des ruptures sur ton carnet. Ça m'a crevé le cœur. Je ne me suis pas battue pour toi, alors que je t'avais dit que tu étais suffisant… Tu l'étais, Moon-soo. Mais ce coup de feu, ce monde, j'avais peur.

Il secoue la tête et me sourit en caressant mes cheveux.

— Je ne t'en veux pas, Sunshine. Même si ça m'a fait mal, tu avais raison et je ne t'en ai jamais voulu. Je te désirais, je te voulais, c'était à moi de me battre pour toi et pour ce que je voulais, c'était à moi de changer les choses pour avoir le droit de t'aimer. Et je l'ai fait…

La chair de poule glisse le long de mon échine, et mon estomac se contracte. J'ai tellement peur d'entendre qu'il ne peut pas être ici.

— … il a y beaucoup de choses à dire.

— Dis-moi juste ce que je crève d'envie d'entendre, je souffle.

— Billie, est-ce que tu veux officiellement être ma petite amie ?

Ses mots font éclater mon cœur. Une joie intense s'empare de moi et répare toutes les fissures créées par son absence. Des larmes de bonheur me montent aux yeux. Je me sens débordée d'amour.

— Vraiment ? Ils t'ont laissé le droit de m'aimer ?

— Vraiment, répond Moon d'un air triomphant.

Le bonheur éclaire son visage et le rend encore plus beau.

— Tu veux ? Je veux dire, tu me veux moi et toutes les galères que ça peut comprendre, comme...

— Oui, je le coupe. Je te prends toi et ton monde, Moonlight.

Il ferme les yeux en inspirant profondément quelques secondes, comme s'il était soulagé ou qu'il appréciait silencieusement sa victoire.

— Ça m'a tellement manqué de t'entendre m'appeler comme ça. Tout en toi m'a manqué.

— Toi aussi...

Quand il s'éloigne de moi, l'air soudain plus sérieux, je ressens presque une sorte de vide. On dirait qu'il se force à sortir de notre bulle d'euphorie.

— Billie, je veux être sûr que...

— Je sais ce qui m'attend. Je sais que tu continueras à bosser comme un dingue, je sais qu'il y aura des jours, voire des semaines où on ne pourra pas se voir, je sais que je vais devoir faire face aux journalistes... Je sais que tout le monde n'approuvera pas cette relation, que le label ne va pas nous lâcher et probablement me faire signer des contrats à gogo et vouloir que je fasse certaines choses stupides, mais... je suis prête.

— Tu as toujours peur ?

— Honnêtement oui, j'aurai toujours une crainte de me retrouver de nouveau face à une arme.

Il hoche la tête et semble devenir si triste d'un coup.

— Je comprends. J'aimerais tant que ce ne soit pas le cas, mais je comprends. Dans la chambre d'hôpital, tu étais terrifiée. Je ne te blâme pas, je... je ne veux juste pas t'imposer quelque chose sous la contrainte.

— Laisse-moi finir, je dis. La frustration de ne pas pouvoir vivre notre relation est plus puissante que mes inquiétudes. Au fil des jours, ces dernières sont devenues plus faibles que ma colère et ma frustration. Ma grand-mère m'a dit que la meilleure façon de combattre ma peur serait de l'affronter, et c'est ce que je compte faire. Je veux être auprès de toi.

Je lui souris. Je crois qu'il est grand temps que je lui dise…

— Moon, depuis tout ça, je crève de toi.

Il ouvre la bouche, et comme toujours quand il est surpris, il ne trouve rien à ajouter. Bon sang, que cette mimique m'avait manqué. Je tends une main vers lui pour le faire venir à moi. Il crochète ses doigts aux miens et revient se poster au plus près de mon corps.

— Depuis notre rupture, je ne pense qu'à toi. J'ai beau m'être fait tirer dessus, tout ce qui occupait mon esprit, c'étaient ces moments passés avec toi, avec les garçons… Je n'ai jamais essayé de t'oublier, je n'aurais pas réussi de toute façon. Et puis tu as fait ce *live* et tu as chanté cette chanson…

— Il fallait bien que je te récupère. Je ne pouvais pas te laisser me quitter, Sunshine. Pas sans me battre.

— Merci… d'avoir fait ça. Merci de t'être battu pour moi. C'est… la plus belle qu'on chose qu'on ait jamais faite pour moi.

Il secoue la tête.

— Non, merci à toi d'avoir basculé dans mon monde.

Je lui souris.

— Je n'ai pas eu le choix, tu ne me l'as pas laissé, mais je n'ai aucun regret à ce sujet. C'est la plus belle histoire de ma vie.

Ses lèvres caressent doucement les miennes. Je le laisse faire, me nourrissant de chaque frisson, de chaque note de plaisir, de chaque seconde. Il y a tant de manque à combler, tant d'instants à rattraper.

— Tu sais, je n'ai jamais voulu ébranler ton monde, je souffle.

— C'est raté, dit-il en ricanant.

— Je n'ai jamais voulu changer les règles du jeu.

— Encore raté.

Moon pose un baiser sur mes lèvres.

— Dès le premier soir, c'était écrit. Le label n'a fait que nous pousser inlassablement l'un vers l'autre. En te logeant près de moi, d'abord, puis quand ils ont voulu nous éloigner l'un de l'autre, ils n'ont fait que raviver mon désir et mon amour pour toi.

— Je n'arrive pas à croire qu'ils aient cédé, c'est... je suis tellement heureuse pour toi, pour moi aussi.

— Ils n'ont pas eu le choix. Ils ont apprécié ma sincérité et mon émotion dans le *live*. Ils n'imaginaient pas que cela puisse créer une vague de solidarité de la part de nos fans. Quand ils s'en sont rendu compte, ils n'ont pas pu résister à l'influence du hashtag.

— Tu avais prévu tout ça ?

Il hoche la tête, un air princier sur le visage.

— Oui, avec l'aide de Kai, répond-il. On a préparé le *live* ensemble, on a écrit les accords au piano en une nuit, j'ai convaincu le label avec ma chanson, ils l'ont tellement adorée ! Et je soupçonne Mu-jin, Kang-dae et Min-ho d'avoir été les premiers à balancer le #MoonDeservesBetter sur Twitter. Ils me disent que non, mais je ne les crois pas.

Je ne peux m'empêcher de rire. J'aurais toujours un faible pour cet attachement qu'ils ont les uns pour les autres.

— Ils aiment leur leader, tu devrais le savoir. Tout cela signifie que tu as pu préserver la lettre de YJ ? je demande.

— Oui.

J'esquisse un grand sourire. Je suis sincèrement heureuse qu'il n'ait pas dû s'en servir, je me serais vraiment sentie mal autrement. Une chose aussi précieuse et personnelle pour lui ne valait pas la peine d'être utilisée de la sorte. Je m'en serais voulu.

— Je suis contente que tu l'aies préservée.

Il me caresse la joue.

— Alors, parle-moi de la chanson que tu as écrite pour moi, je lui dis tout excitée.

— J'ai commencé à l'écrire après notre soirée à l'hôtel.

Je rougis un peu à ce souvenir. C'est sans nul doute l'un des plus beaux moments que nous avons partagés. Ce n'était pas notre première fois, et pourtant… Cette soirée a été le tournant de notre histoire. Le moment où j'ai su que je l'avais dans la peau et qu'il serait difficile de continuer notre relation sans en pâtir.

— Ravie de t'avoir inspiré.

— Je te remercie de m'avoir insufflé de si belles paroles. Elle t'a plu ?

J'aime qu'il doute un peu que ça ait pu ne pas me plaire. J'en ai encore des frissons. Je me souviens de tout ce que j'ai ressenti en regardant ce *live*, je ne l'oublierai jamais. Il a ouvert son cœur pour moi, il a parlé à ses fans pour moi et il m'a chanté l'amour.

— Moon, c'est ma chanson préférée. Je l'aime tant. Elle est gravée dans mon cœur pour toujours.

— C'est un peu l'effet que tu me faisais quand je l'ai écrite. Je t'avais dans la peau, dans la tête et dans le cœur. J'avais envie d'écrire quelque chose à la hauteur de mes sentiments.

Je tire sur son pull pour le faire venir à moi.

— Je t'aime, Moonlight.

Ses lèvres fondent sur les miennes, et nous nous embrassons langoureusement, amoureusement.

Je me délecte de toutes ces petites choses qu'il me donne et qui me ravissent, de tout ce qui me galvanise. Le torrent d'émotions qui me submerge est si puissant.

Je n'aurais jamais cru aimer autant un jour, je n'aurais jamais cru être autant aimée en retour. Et je suis heureuse de constater que l'interdiction n'était pas le fil conducteur de notre désir. Parce que la flamme qui brûle dans mes entrailles est prête à tout consumer, tout ravager, encore aujourd'hui.

— Je t'aime, Sunshine.

Nous avons retrouvé notre monde, celui qui n'appartient qu'à nous. Mais, cette fois, nous n'avons plus besoin de nous cacher ni d'avoir peur qu'on nous surprenne.

— Tu restes combien de temps ? je demande entre deux baisers.

— Je suis à toi pour la nuit, grogne-t-il en retirant son pull, je ne comptais pas partir, à moins que tu me foutes à la porte.

Mon cœur bat plus fort encore. Rien que l'idée qu'on ait maintenant le droit d'être ensemble me rend absolument fébrile. Je baisse les yeux sur son torse magnifique et caresse son tatouage, les doigts tremblants.

— On va tout de même devoir se rendre au label demain, ajoute-t-il.

— Je m'en doutais.

Pourtant, ça n'empêche pas mon cœur d'avoir un petit raté en y pensant. Malgré ce qui s'est passé la dernière fois, je suis prête. La bienveillance et la solidarité dont ses fans ont fait preuve sur les réseaux sociaux ces derniers jours m'ont donné de la force.

— Mais en attendant demain, nous sommes là, murmure-t-il contre mon cou.

♫

BREAKING NEWS :

Moon (Alter) et Billie Moore sont en couple !

Non, vous ne rêvez pas. Après moult péripéties et révélations à propos de la relation entre Moon, le leader du groupe Alter, et Billie Moore, le label Big K. Entertainment a confirmé et officialisé leur relation dans un très court communiqué : « Moon et Billie sont en couple et très heureux. Ils s'aiment profondément. »
Après les derniers événements, on est bien content pour eux.

Chapitre 34

Billie

Quelque temps plus tard

Parce que je suis tombée amoureuse de Park Moon-soo et parce que je ne voulais pas quitter son monde, j'ai accepté de faire des concessions. Je n'ai pas cessé d'être moi, pour autant. Le label préférait que je n'étudie pas à Yonsei, mais à domicile, j'ai refusé catégoriquement. En revanche, j'ai accepté d'avoir un garde du corps à mes trousses. Il était hors de question que je sacrifie mes études et mes ambitions d'avenir pour eux. Je voulais dormir sur le campus, ils ont refusé, prétextant que c'était dangereux, alors j'ai consenti à être logée dans l'ancien loft qu'ils avaient mis à ma disposition. C'était plus facile pour voir Moon… Je suis libre de mes mouvements, je peux faire ce que je veux, mais j'ai toujours un homme à mes côtés pour éviter le pire, même si rien n'est arrivé depuis l'officialisation de notre relation.

Je sens une agréable pression sur mon épaule et un corps chaud se presse contre moi. Encore ensommeillée, je me tourne vers lui et me blottis dans ses bras.

— Bonjour, je murmure.

Quand nous sommes dans l'intimité, le monde extérieur cesse d'exister pour nous laisser apprécier le nôtre.

— Bonjour, Sunshine, répond-il d'une voix douce.

J'ouvre les yeux, et il me regarde amoureusement. Il est parfaitement réveillé, contrairement à moi. Je souris, et ses yeux s'illuminent. Je crois que je pourrais finir par apprécier mon sourire à cause de la réaction qu'il provoque chez lui. Il m'embrasse le front, et je me sens apaisée. C'est tellement agréable de se réveiller heureuse. Je souhaite à tout le monde de ressentir cette émotion chaque matin, qu'elle soit due à l'amour ou à autre chose.

— Désolé, il est tôt, mais il faut que j'y aille et je voulais te dire au revoir.

Moon a toujours un emploi du temps très chargé, et il arrive souvent qu'on ne se voie pas pendant des jours. Ça ne m'ennuie pas, je le savais et pour rien au monde je ne voudrais qu'il soit autre chose que ce qu'il veut être.

Il brille de mille feux sous les projecteurs, et aussi dingue que ça puisse être, je dois avouer que je suis littéralement fan de lui, enfin d'eux… Et je crois qu'il en est très fier d'ailleurs. Je profite de chaque nuit, de chaque jour, de chaque minute que nous passons ensemble. Je profite d'être amoureuse et d'avoir le droit de l'être, surtout.

— Tu es pardonné, je soupire.

Il m'offre un petit sourire, celui qu'il dégaine parfois pour rendre folles ses fans et qui me fait fondre aussi.

— On se retrouve dans l'après-midi. Tu ne te défiles pas, hein ?

Je glisse mes doigts dans ses cheveux alors que je hoche la tête. Son regard devient brûlant. Je crois que je ne me lasserai jamais de notre alchimie.

— Jamais, je réponds. Je serai au rendez-vous, pour rien au monde je ne raterais ça…

— Bon sang, j'ai hâte.

— Moi aussi…

Enfin, je ne peux pas m'empêcher de ressentir de l'appréhension aussi. C'est complètement dingue.

— Une voiture viendra te chercher et on se retrouvera…

— Je sais, je le coupe en posant un baiser sur ses lèvres.

Ses grandes mains attrapent mon visage en coupe, et il transforme mon gentil baiser en quelque chose d'aussi passionné que lui. Je me laisse aller à ce doux aparté. Quand il s'éloigne, mon cœur bat comme un fou et mon corps, lui, est frustré. Il se redresse soudain.

— Est-ce que mon petit démon est en train de me fuir ? je demande.

Je ne peux pas m'empêcher de rire quand il grimace.

— J'y vais sinon je vais être en retard par ta faute. Si c'est le cas, je te laisserai régler ça avec M. Yung.

— Tu es sans scrupule…

— Exactement.

Je lui souris en posant la tête sur son oreiller.

— Non, râle-t-il. C'est pas juste de me faire ce sourire, juste avant que je parte. Fais-moi la tête, c'est plus facile de te laisser quand tu boudes.

— C'était pour ensoleiller ta journée !

— Et ça fonctionne parfaitement, Sunshine.

Mon cœur fragile bat plus fort alors que Moon m'adresse un dernier regard avant de partir.

♫

Je tourne sur moi-même alors que Mi-ra, la styliste qui s'occupe habituellement des garçons, prend soin de moi aujourd'hui.

— C'est parfait, dit-elle. La coupe, l'ajustement, cette robe est faite pour vous.

Je rougis alors que j'ai l'impression de voir la vie en rose. Plus exactement, en jaune. Un jaune pastel qui met ma peau bronzée en valeur. Je porte une magnifique robe longue. Le bustier est orné d'épines dorées alors que la tulle scintillante tombe jusqu'à mes chevilles. Je n'ai et je n'aurais jamais cru porter une si belle robe un jour. J'ai l'impression d'errer en plein rêve, et pourtant, c'est ma réalité.

— Merci…

Elle me sourit avant d'incliner légèrement la tête.

— Il a été décidé que vous seriez pieds nus, pour être plus à l'aise pour danser. Moon-soo le sera lui aussi.

J'acquiesce, bien que je me fasse l'effet d'un parfait imposteur.

— Du coup, nous allons passer aux bijoux.

Même si les garçons sont toujours apprêtés à la perfection, je n'avais jamais fait attention à tous les détails concernant leur apparence. Les vêtements ne sont pas les seuls accessoires qu'ils doivent revêtir, il y a les bijoux, le maquillage, la coiffure. C'est minutieux, rien n'est laissé au hasard.

Mi-ra ouvre une boîte dans laquelle il y a plein de bagues. Je n'ose même pas imaginer le prix de certaines. La styliste en glisse une à mon annulaire, elle est en or rose et ornée d'une fleur. Puis elle en installe une autre en forme d'épine qui s'enroule sur mon pouce. Sur ma deuxième main, elle choisit cette fois un soleil.

— Vous voulez garder votre collier ou vous souhaitez en porter un autre ? me demande-t-elle.

— J'aimerais le garder, si possible.

Elle hoche la tête, ce qui me fait plaisir.

— J'ai donc fini, je vais appeler l'équipe maquillage pour qu'ils s'occupent de vous.

— D'accord.

Elle s'éclipse après avoir rangé ses affaires. Bien que j'aie connu des journées assez incroyables depuis que j'ai basculé dans le monde de Moon, je crois qu'aujourd'hui est un jour que je n'oublierai jamais.

Profitant d'être seule, je me prends en selfie face au miroir. Non pas pour alimenter les réseaux sociaux, mais pour garder des souvenirs de cette vie un peu folle et aussi pour montrer ça à ma famille et à Malaury.

Tandis que trois personne se précipitent autour de moi, le staff semble en effervescence. Une des maquilleuses s'occupe de mon visage alors qu'une autre tente de dompter mes cheveux frisés.

— Vous pourriez poser votre main ici ? Je vais vernir vos ongles, lance la troisième.

J'obéis.

J'ai la sensation d'être une princesse, d'avoir une chance unique. Je n'avais encore jamais eu l'occasion de suivre Moon sur son lieu de travail, et c'est plus impressionnant encore que ce que j'imaginais. Pour lui, c'est une normalité, pour moi, ça relève de l'extraordinaire. Les paupières closes, je sens qu'on s'occupe de moi, qu'on me maquille les sourcils, les lèvres. C'est limite troublant.

— Ouvrez les yeux, s'il vous plaît ! m'ordonne l'une des maquilleuses.

Elle se penche pour mettre du mascara sur mes cils. En croisant mon reflet dans le miroir, je me trouble moi-même. La coiffeuse m'a fait un chignon lâche, dont plusieurs mèches s'échappent pour encadrer mon visage.

— Parfait ! lance-t-elle, comme si elle admirait son chef-d'œuvre.

Je souris, mal à l'aise.

— Vous avez fini ? s'élève la voix d'un homme dans mon dos.

— Oui, répond l'une des trois en s'inclinant devant M. Yung.

Elles me tournent face à lui, ce qui me fait rougir une nouvelle fois.

— Cela vous plaît-il ?

— Beaucoup, oui…

Il m'adresse un sourire qui semble sincère.

— Dans ce cas, suivez-moi, nous allons commencer.

Alors que je saute de mon tabouret pieds nus, il me donne une paire de tongs. Je les enfile et le suis silencieusement. Je regarde partout autour de moi, curieuse.

À mesure que nous avançons, je commence à avoir la boule au ventre. Qu'est-ce qu'il m'a pris d'accepter de faire ça ?

— Tout va bien se passer, m'indique-t-il. Vous êtes prête.

— Est-ce que vous seriez en train de devenir gentil avec moi ? je demande.

Il baisse la tête et me fait un clin d'œil. Alors ça !

Je me retiens de rire.

— Ne le dites à personne.

— Personne ne me croirait de toute façon.

Il laisse échapper un petit rire.

— Nous y sommes.

Il me fait entrer dans une grande pièce et reprend son sérieux légendaire. Il y a des techniciens et des caméras partout. Je me sens plus apaisée quand je perçois Moon, en train de danser. Il se fiche des gens autour de lui, il virevolte et répète les enchaînements de cette danse que je connais moi aussi par cœur. C'est seulement en avançant que je remarque le décor étoilé derrière lui, ainsi que le titre en néon jaune qu'il a choisi pour la chanson écrite pour moi :

I Love You to the Moon.

J'ignore si c'est l'amour que je ressens pour lui ou alors la peur, mais les battements de mon cœur s'accélèrent.

Lorsqu'il me voit, il s'immobilise. Il est pieds nus, lui aussi, et il porte un pantalon de smoking noir avec une chemise en soie jaune dont les manches sont retroussées sur ses avant-bras et les premiers boutons ouverts pour laisser apercevoir son tatouage. Dire qu'il est beau serait un euphémisme. Je le dévore des yeux, et il semble en faire autant.

— Tu… es somptueuse, dit-il.

Je lui souris en retenant l'étrange émotion qui me noue la gorge.

— Viens.

Moon me prend la main et m'entraîne vers le décor dans lequel nous allons danser. Je me suis beaucoup entraînée pour apprendre cette chorégraphie et, même si je ne danse pas aussi bien que lui, j'aime à croire que le rendu sera beau et à la hauteur.

— Tout va bien ?

— Je stresse un peu…

— Ne t'en fais pas, tout va bien se passer.

— Facile à dire quand on a l'habitude, je soupire.

— On fait comme à l'entraînement, tu ne te soucies pas des caméras ni des gens autour de nous. Tu répètes juste les gestes que tu connais sur le bout des doigts et ça sera parfait.

Je jette un coup d'œil au staff. Il y a du monde et puis être filmé, c'est…

— Billie ?

J'ai la boule au ventre, c'est encore plus angoissant que je le pensais. Jusqu'à maintenant, les entraînements, tout ça, ça allait, mais ce que je m'apprête à faire, c'est d'un tout autre niveau.

— Et si j'ai l'air ridicule ?

— C'est impossible, ça. Je te guide, je mène la danse, tu me suis et tout ira bien.

Ses doigts se crochètent aux miens et son regard rassurant et débordant d'amour m'offre une étrange bouffée de courage.

— D'accord, je souffle.

Moon me sourit, puis, il me laisse au milieu du décor pour rejoindre M. Yung et le réalisateur du clip que nous allons tourner aujourd'hui.

Lorsqu'il revient vers moi, il me sourit, et je laisse l'assistante me guider vers l'endroit où je dois commencer. Je sais ce que j'ai à faire, je l'ai appris par cœur, tout comme la chorégraphie. J'ai eu un peu de temps et les garçons m'ont aidée, même s'ils n'apparaissent pas dans cette vidéo.

— Action.

Je suis pétrifiée, pourtant quand la musique résonne autour de nous, mes jambes me portent vers Moon. Il est accroupi, il attend que je vienne le rejoindre. Je le contourne, laissant mes doigts traîner sur ses épaules, puis une fois face à lui, je lui tends la main. Il relève la tête, glisse sa main dans la mienne, puis me fait danser sous les étoiles dorées.

♫

BREAKING NEWS :

Moon (Alter) sort sa chanson en solo.

Après des semaines à teaser sur les réseaux sociaux, Moon sort enfin *I Love You To the Moon*, la chanson d'amour qu'il avait chantée à ses fans dans un *live* où il déclarait être amoureux de Billie Moore. Ce MV a attiré de nombreux fans après les récentes polémiques auxquelles le groupe a dû faire face.
La jolie Billie apparaît par ailleurs dans le clip, et il n'y a aucun doute quant à leur alchimie lorsqu'ils dansent ensemble. Ce titre a conquis les fans, au plus grand plaisir du chanteur et de son label, sans aucun doute.

Épilogue

Billie

Deux ans plus tard

J'étudie à Yonsei depuis plus d'un an et demi maintenant. Les cours de sciences sont tellement passionnants. Je ne regrette absolument rien. Intégrer cette université et vivre ici me ravit. J'ai un garde du corps près de moi à chaque fois que je me rends en cours. Je suis toujours solitaire, j'ai encore du mal à aller de l'avant pour me faire des amis, mais ça ne me dérange pas. Je suis maintenant entourée de quatre garçons merveilleux, et puis, il y a Malaury et ça me suffit amplement.

Assise sur le canapé du toit-terrasse, je bosse sur mes cours. La nuit est douce aujourd'hui et j'aime toujours autant cet endroit.

— Bonsoir, Sunshine.

Mon cœur tressaute dans ma poitrine. Je me tourne vers Moon alors qu'il contourne le canapé pour venir me rejoindre. Quasiment deux semaines qu'il était parti avec les garçons pour faire la promo de leur nouvel album. Moon, Kai, Min et Dae brillent toujours sous les feux des projecteurs pour le plus grand bonheur de leurs fans et du mien. Je suis tellement heureuse qu'il soit rentré et surprise, aussi. Il ne m'avait pas prévenue que ce serait aujourd'hui. Je n'ai pas le temps de me redresser qu'il est déjà là, contre moi. Il m'allonge presque pour m'embrasser, et je me serre contre lui.

— Salut, je murmure quand il éloigne ses lèvres des miennes. Tu es enfin rentré…

— Oui, avec vingt-quatre heures d'avance, et en plus on a quelques jours de repos.

Je souris, l'idée de l'avoir pour moi pendant ces petites vacances me remplit de joie. Je l'observe un instant. Ses cheveux sont retenus par un bandeau. Il est toujours aussi beau, mais semble fatigué. Il revient d'Europe, et je sais qu'ils ont fait plusieurs villes comme Londres, Paris, Milan et qu'il a enchaîné les plateaux de télévision, les vols et j'en passe. Je me ferai un plaisir de prendre soin de lui et de le requinquer. Il semble que je sois assez douée pour ça, même si je ne fais jamais grand-chose.

— Tu m'as manqué, dit-il en soupirant.

— Toi aussi.

Je relève la tête, soumise à l'attraction de ses doigts qui pressent mon menton, puis, je le laisse m'embrasser. Tout mon corps s'éveille, et l'envie de lui s'enflamme dans mon bas-ventre. Cette absence est longue parfois, difficile souvent, mais je ne regrette rien car je l'aime comme il est et j'aime ce qu'il fait. Et puis, quand on se retrouve, on se dévore et on s'aime sans retenue.

— Qu'est-ce que tu faisais ? demande Moon.

— Rien, je travaillais mes cours en écoutant juste un peu de musique.

— Tu écoutais quoi ? Alter ?

J'arque un sourcil alors qu'il dégaine son sourire de frimeur.

— Le monde ne tourne pas autour de toi, tu sais.

— C'est bien le problème.

— Tu as des milliers de fans, ça ne te suffit pas ?

— Tu sais bien que non.

J'éclate de rire et je rougis quand je perçois son regard incandescent.

— Tu me fais écouter ?

Je hoche la tête et lui tends un de mes écouteurs. On se redresse pour s'asseoir plus convenablement, mais je me blottis tout de même contre lui.

— C'est Hush, un nouveau groupe de K-pop. La *rap line* est dingue, et Wu-ji, le chanteur principal a une voix de velours.

Moon plisse les yeux.

— Wu-ji ?

Il dit ça d'un air presque dédaigneux. Je me retiens de sourire.

— Tu le connais peut-être ? je demande. Il chante vraiment trop bien.

— Je n'ai pas encore eu l'honneur de le rencontrer, répond-il.

Il glisse l'écouteur dans son oreille.

— C'est pas trop mal…

— Tu as peur de la concurrence, Moonlight ?

— Pas du tout, la concurrence me rend meilleur. Je peux t'obtenir un autographe de ce Wu-ji, si tu es fan.

— Serais-tu jaloux, Park Moon-soo ?

— Pas du tout…

Il lâche l'écouteur d'un air boudeur.

— Tu sais bien que c'est toi mon préféré.

Il fait exprès de ne pas me regarder. Il est pire qu'un gosse.

— Pour combien de temps ?

Je glousse en me redressant. Je rassemble mes feuilles de cours puis je range mes écouteurs sans fil. Alors qu'il a toujours les bras croisés sur son torse, je le pousse afin qu'il s'affale dans le fauteuil et me laisse de la place. Il obéit sans la moindre résistance, alors je monte sur ses genoux.

— *I love you to the Moon*, je murmure au creux de son cou. Tu es le seul que j'aime, tu es mon Moonlight.

Enfin ses mains se resserrent autour de moi. Il répète la même phrase dans mon cou, et son accent me fait fondre. Je l'embrasse tendrement, mais il y a quelque chose qui me gêne.

— Y'a un truc qui me fait mal dans ta poche.

— Ah oui ! J'ai failli oublier. Attends…

Il se tortille pour y accéder et sort une petite boîte. Un genre d'écrin.

— C'est pour toi.

— Moi ?

Il me la tend, et je rougis en l'acceptant.

— Vas-y, ouvre-la, me presse-t-il. Fais-moi confiance.

Je suis dubitative. Je me sens un peu perturbée, je… Je l'ouvre alors qu'il me regarde et je découvre une petite clé. Je suis soulagée, je crois que j'avais peur que ce soit une demande en mariage. Je n'étais pas prête, pas maintenant, pas alors que je suis encore à l'université.

— Je peux savoir ce qu'elle ouvre ? je demande.

— La porte de notre appartement, répond-il avec un large sourire.

— De notre… t'as dit *notre* ?

Mon cœur bat à cent à l'heure. Si je m'attendais à ça…

— Oui, le nôtre. J'ai acheté un appartement. Il est assez grand pour nous deux, il est même assez grand si jamais tu as envie de bouder dans ton coin.

— Moon…

Je suis déjà heureuse d'être ici, mais l'idée que nous soyons encore plus libres lui et moi me réchauffe le cœur et le corps.

— Il y a plusieurs chambres, deux salles de bains, il y a une pièce que tu pourras transformer en bureau…

— Tu veux vivre loin des garçons ? Tu peux ?

— Je le peux, oui, et surtout je le veux. J'ai envie de vivre avec toi, Billie. On sera toujours ensemble avec Kai, Min et Dae, on ne dormira simplement plus sous le même toit. Je veux pouvoir profiter de toi, de nous et être dans notre monde quand je ne suis pas sur scène.

Je caresse la clé du bout des doigts.

— Tu veux qu'on habite ensemble, Sunshine ?

Je referme l'écrin et je le pose sur le canapé avant de me presser contre lui. Je suis heureuse, je déborde d'amour. Je ne m'attendais pas à ça, ce qui rend la surprise encore plus merveilleuse.

— Oui, Moonlight. Je le veux.

Nos lèvres se soudent dans un baiser qui dure à l'infini. Je profite de chaque seconde avec lui et de tout ce qu'il me donne.

Séoul, j'ai tant rêvé de toi, mais rien ne s'est passé comme je l'imaginais. Absolument rien. Tu m'as tellement surprise, et je crois que tu n'auras jamais fini de me surprendre. Je l'espère en tout cas…

Bonus

Malaury

— Je peux savoir ce que tu mijotes ? je demande. Ça me stresse, je te jure…

Billie me sourit. Elle me cache un truc, j'ai appris à la connaître au fil des mois.

— Je t'emmène quelque part pour ton anniversaire. Dans un petit endroit qui ne paye pas de mine, mais que j'adore pour qu'on y passe un bon moment, voilà tout.

Je plisse les yeux, j'essaye de deviner, mais franchement, je ne sais pas. Enfin tout ce qui compte, c'est qu'elle ait pensé à mon anniversaire. Nous sommes de plus en plus proches avec les jours qui passent et on s'entend vraiment à merveille. Elle ne le sait pas, elle ne le saura jamais, car je ne veux pas lui dire, mais c'est moi qui ai lancé le hashtag #MoonDeservesBetter après qu'elle s'est fait tirer dessus. Je ne pouvais pas laisser deux âmes s'égarer de la sorte alors qu'elles s'étaient trouvées. À dire vrai, je n'envisageais vraiment pas que ça fonctionnerait, j'imaginais faire un flop et que ça ne prendrait pas du tout… Quelle claque quand on y pense, mais je suis tellement contente ! Je crois au karma, je suis persuadée que de bonnes choses nous arrivent quand on fait de bonnes actions pour autrui.

— D'accord, j'ai hâte.

Je m'incline poliment devant l'homme à la carrure impressionnante devant moi. Il nous ouvre la portière d'une berline noire. Comme Billie est en couple avec Moon, maintenant, il y a toujours un garde du corps qui la suit pour la protéger et la conduire où bon lui semble. Niveau intimité, ce n'est pas top, mais quand on se voit chez moi le garde du corps ne rentre jamais. Elle a l'air de s'y faire en tout cas. Je sais qu'elle n'ait pas trop fan de l'idée, mais comme elle sort avec un *idol* mondialement connu, elle a dû faire certaines concessions.

La voiture avance à bon rythme.

— Je suis contente que tu sois là pour le fêter avec moi, l'année dernière je me sentais un peu seule.

— Je suis contente moi aussi et, d'ailleurs, je te donne la première partie de ton cadeau tout de suite.

Billie ouvre son sac et y retire une enveloppe violette.

— Tu remarqueras le sens du détail, j'ai pris ta couleur préférée.

Elle me tend l'enveloppe sur laquelle il y a écrit :

Tu feras certainement bon usage de ça. Joyeux anniversaire, ma chérie.

— Je peux l'ouvrir ?

— Bien sûr !

Elle frotte ses mains avec impatience alors que je déchire l'enveloppe. Quand j'en sors le contenu, mon cœur se met à battre comme un dingue. *Alter Universe Tour*… Oh ! merde ! C'est une place de concert. Une VIP en plus, pour être au plus près d'eux. Les larmes me montent instantanément aux yeux. Quand je regarde Billie, elle me dévoile un sourire XXL.

— C'est… Billie, je ne sais quoi te dire.

— Dis-moi juste que tu en feras bon usage, répond-elle, amusée.

— Tu peux compter sur moi !

J'essuie mes larmes d'un revers de la main et je contemple la place de concert. Je suis tellement heureuse que j'en tremble. Je ne sais pas quoi dire. Quand les places pour la tournée d'Alter ont été mises en vente, elles se sont écoulées en moins d'une heure. Je suis restée dans la file d'attente sans atteindre la boutique qu'elles étaient déjà toutes parties… J'étais littéralement dégoûtée. Ce cadeau, cette place de concert, c'est tellement précieux pour moi. Je rêvais de les voir en concert depuis que je suis tombée amoureuse de leur musique. Dire que je vais bientôt pouvoir le faire… C'est juste incroyable.

— Je n'en reviens pas…

— C'est l'un des privilèges de sortir avec l'un d'entre eux. D'ailleurs, il y a deux billets, alors si jamais tu veux que je t'accompagne, je suis disponible.

— Mais carrément, j'ai tellement hâte ! Je… putain, c'est le plus beau cadeau qu'on m'ait jamais fait !

— Je suis contente que ça te fasse plaisir, je sais que tu étais écœurée de ne pas avoir réussi à avoir de place.

— C'est clair. Je te suis tellement reconnaissante, merci, merci, merci !

Elle presse sa main contre la mienne, et je le serre en retour. Bon sang, dire que je vais voir Alter en concert. C'est un truc de dingue.

— J'ai hâte de t'offrir la suite, lâche soudain Billie.

Je lui lance un regard en biais.

— Mais c'est déjà tellement énorme, qu'est-ce que tu vas encore faire ?

— On ne roule pas dans Séoul pour rien, tu sais, je pouvais t'offrir les billets chez toi, s'esclaffe-t-elle.

Je ris à mon tour.

— Nous sommes arrivés, mesdemoiselles, s'élève la voix du garde du corps.

— Tu vas bientôt savoir. Viens.

Nous descendons de la voiture. Il y a du monde dans les rues. Je regarde autour de moi, nous sommes devant une *pojangmacha.* J'ai dû y manger deux fois depuis mon arrivée ici, mais je n'aime pas trop aller au restaurant toute seule. Aller au cinéma à la rigueur, mais au restaurant je trouve ça un peu triste.

— Tu me suis ?

Je hoche la tête. L'homme derrière les fourneaux nous salue quand nous entrons. Les guirlandes lumineuses ornent les quatre coins de la tente. Il n'y a pas grand monde. Une seule table est prise. Les clients semblent s'amuser entre eux. Billie me fait signe d'avancer. Je suis surprise quand des gens se lèvent et qu'ils crient en me regardant :

— Joyeux anniversaire !

Je rougis jusqu'aux oreilles et me décompose.

Oh my fucking God !

Je rêve ! Ce sont les quatre garçons que j'admire le plus. Oh putain ! Mon cœur bat tellement fort qu'il va bientôt jaillir de ma poitrine et atterrir à leurs pieds. Je n'arrive pas à y croire, je…

— Merci, merci beaucoup, je dis en m'inclinant à mon tour.

J'ai l'impression que c'est complètement irréel et que je vais me réveiller d'une seconde à l'autre. Ils sont encore plus beaux en vrai.

Mince alors, je suis vraiment en train de rencontrer les chanteurs d'Alter. Tu parles d'un cadeau d'anniversaire ! C'est… incroyable. Je n'y crois pas.

— Alors, les garçons, je vous présente mon amie Malaury. Malaury je te présente officiellement Moon, Dae, Min et Kai.

Ils s'inclinent encore devant moi.

Cet instant est à jamais gravé dans mon esprit. Je n'arrive pas à les quitter des yeux. J'ai peur qu'ils disparaissent d'un seul coup. Ils me renvoient sans s'en douter mon passé en pleine figure, ils n'imaginent pas combien ils sont précieux, ils ne savent pas que leurs musiques ont une âme et qu'elles parlent à la mienne.

— Enchantée, je murmure.

Je n'en reviens pas que Billie ait fait ça pour moi. Je ne veux jamais oublier cette sensation qui galvanise mon cœur.

— Tu t'installes avec nous ? demande Moon.

Je m'étais faite à l'idée que le leader d'Alter soit le petit copain de Billie, mais qu'il me parle et que je les rencontre tous… Je ne suis pas certaine de m'y habituer. Je n'en reviens pas, bon sang !

J'accepte tout de même en hochant la tête.

Je m'installe en silence à côté de Billie et en face de Kai.

Mon Dieu, je suis en face de Kai.

Kai, mon *bias*. Le mec dont j'ai une *photocard* dans la coque de mon téléphone. Je ne vais pas réussir à manger, je vais crever avant. Déjà que mon cœur bat toujours à cent à l'heure, je ne sais pas s'il va supporter la soirée.

Alors qu'ils parlent entre eux, je me penche vers Billie.

— Tu ne perds rien pour attendre, toi, je souffle tout bas.

— Je sais, dit-elle, amusée. Surpriiiise !

— Je vais mourir.

— Ça serait dommage quand même. En plus, t'as vu, Kai est là, juste en face de toi.

Je la fusille du regard alors qu'elle sourit davantage.

— Je… ne sais pas quoi dire.

Je suis tellement reconnaissante et à la fois tellement perturbée. Je n'aurais jamais cru les voir de ma vie si ce n'est en concert ou en meeting. Et là, c'est juste mieux que dans mes rêves. Sans oublier que je vais aussi assister à leur concert. Je suis en train de vivre ma meilleure vie.

— J'espère que vous ne vous ennuierez pas trop ce soir, lance Kai en me regardant.

S'il savait. J'ai déjà regardé des *live* d'eux en train de manger et je ne me suis pas ennuyée une seconde, alors franchement, là, je suis au septième ciel.

Il me fait un sourire en coin beaucoup trop craquant.

— Ça devrait être une bonne soirée, je réponds.

Remerciements

Quand je me suis lancée dans ce projet, j'ai cru que ce serait facile… Mais en fait non, alors je me suis entourée d'une petite armée pour m'épauler et je crois que je n'aurais jamais bouclé ce livre sans quelques personnes…

Malaury (@queenofvegetasei) tout d'abord : JE TE PURPLE ! Merci d'avoir soutenu ce projet dès le début, merci de l'avoir accompagné avec autant d'ardeur. Merci pour ton aide au quotidien, pour ton inspiration quotidienne elle aussi. Merci pour les photos, les idées, le fangirling… Et, au-delà de cette aventure, merci d'être devenue une véritable amie. *Putain, je t'ai foutue dans un livre, meuf !*

Colyne (@the-secret-of-a-book) ensuite, merci, merci et encore merci. Merci d'être restée à mes côtés durant l'élaboration de cette histoire. Merci pour tous les vocaux, les messages et les conseils. Merci d'avoir donné une chance à Moon et Billie. Je n'aurais pas réussi à boucler ce livre sans ton aide précieuse. #colyneisthebest

Laeticia, ma *baby girl* (@theaddictbooks90), merci d'avoir plongé avec moi dans ce monde un peu fou. Merci d'avoir accepté de m'aider et merci d'aimer Moon et Billie comme tu le fais.

Ma Sophie, merci d'être toujours là, même quand je te fais découvrir des trucs que tu ne connais pas. Merci de toujours me suivre les yeux fermés.

À la team Harper, à Sophie, merci d'avoir accueilli ce projet les bras grands ouverts et à Roxane pour l'éditing.

Et, bien que les mots qui vont suivre ne serviront à rien, je les écris quand même : Kim Taehyung, merci d'être une muse aussi adorable que démoniaque chaque jour. Merci pour ces heures perdues sur Pinterest, YouTube, Instagram et j'en passe à mater des gifs, photos, vidéos pour rendre l'histoire de Moon, la plus réelle possible… et merci Bangtan Boys pour votre inspiration quotidienne.

Vous avez aimé *I Love You To The Moon* ?
Découvrez les autres romans d'Alfreda Enwy

Tournez vite la page pour découvrir
un extrait de *Not Made For Love* !

NEW ADULT

Chapitre 1

Avery

— T'as l'air dépitée, lance Robin en se vautrant dans le fauteuil.

Je lâche ma copie des yeux et lui lance un regard en biais alors qu'elle arque un sourcil pour en savoir plus.

Ma coloc pose son téléphone sur la table basse et plonge la main dans un paquet de chips au vinaigre. J'adore sa coupe afro et ses cheveux couleur corail, ça fait ressortir son teint foncé et ses yeux noisette. Parfois, je voudrais me faire la même chose. Pas spécialement du rose, mais changer de tête et de coiffure, car j'ai la même coupe depuis des années.

Robin va au Savannah College avec moi, nous nous sommes rencontrées le premier jour de notre première année de fac. Je mangeais dehors sur un banc, et elle s'est assise à côté de moi pour en faire autant. On a sympathisé rapidement, et on est devenues confidentes.

Un jour, elle m'a demandé pourquoi j'avais l'air dépitée de rentrer chez moi le soir, et je lui ai raconté ma petite histoire. J'ignore pourquoi, mais ça a été facile de me confier à elle ; Robin a ce côté bienveillant, et j'ai eu l'impression qu'elle ne me jugerait pas. Effectivement, elle ne l'a pas fait. Ensuite, elle m'a proposé d'être sa coloc, j'ai refusé en lui disant que je n'avais pas les moyens de payer un loyer. Elle m'a expliqué que ça n'avait pas d'importance, qu'elle pouvait m'héberger gratuitement dans l'appartement que son père lui paye. Parfois, j'essaye de lui donner de l'argent en compensation, mais elle prétend qu'elle n'en a pas besoin, ou alors elle me fait payer en cookies maison, qu'elle aime que je prépare. C'est vraiment un bon deal, ça m'évite de rentrer à la maison et de faire le trajet tous les matins et tous les soirs.

Même si de l'eau a coulé sous les ponts depuis mon viol, j'ai encore du mal à me sentir à l'aise là-bas. Il faut dire que la bicoque de notre enfance a été le lieu de mes agressions, d'un meurtre, des mœurs dépravées de ma mère et d'autres choses encore qui régaleraient les lecteurs de magazines de faits divers. Bien que j'y aie tout de même passé de bons moments avec mon frère et ma sœur, c'est le négatif qui l'emporte. Du coup, je ne rentre presque plus et je culpabilise de ne pas aller voir Autumn plus souvent, mais c'est parfois au-dessus de mes forces.

— Alors tu vas me dire ce qui ne va pas ? insiste Robin, le regard rivé sur moi.

— J'ai eu une mauvaise note.

Elle souffle d'exaspération en levant les yeux au ciel.

— T'es pas croyable, je m'attendais à une tragédie, siffle-t-elle. Là, il n'y a rien qui justifie un air si grave, en tout cas. Sérieux, on aurait dit que tu allais m'annoncer que Chris Evans n'était plus célibataire.

— J'espère que je ne serai pas là le jour où tu apprendras que l'homme de ta vie est maqué.

Elle fait craquer les chips dans sa bouche et hoche la tête. Son regard est résigné tandis que je ricane. Je ne connais pas une fan plus assidue de l'univers Marvel qu'elle. Elle me traîne souvent au ciné, on va voir des films le dimanche après-midi, elle a même un costume de cosplay de Gamora, des *Gardiens de la galaxie*, pour les fois où elle va dans des conventions. Elle a déjà rencontré Chris Evans une fois, elle a pu prendre un selfie avec lui, et depuis c'est le fond d'écran de son téléphone, de son ordinateur, et la photo est même imprimée et accrochée sur le mur sa chambre, juste au-dessus de son lit.

— Tu entendras mon cri d'agonie où que tu sois. Ce mec est fait pour moi. Un jour, je l'aurai. Tu ne le trouves pas sexy, franchement ?

Je souris. Il est effectivement assez séduisant, mais je ne fantasme pas comme elle peut le faire. Je n'y arrive pas. Si je peux parfois trouver un homme ou une femme sexy, je ne ressens jamais rien de sexuel. Le désir sexuel m'a définitivement quittée le jour où Kenny m'a violée. Je me souviens qu'avant j'avais certaines envies, mais maintenant c'est comme si elles avaient totalement disparu. Je n'éprouve aucun désir. J'ai pourtant essayé de ressentir quelque chose depuis ça, de me masturber, mais il ne se passe jamais rien. Alors j'ai arrêté d'essayer, je me suis résignée au fait que je suis cassée, c'est tout.

— C'est si grave, pour tes notes, pour que tu fasses cette tête-là ? demande Robin, un sourcil arqué.

— Le truc, c'est que, si ma moyenne descend davantage, je vais perdre ma bourse, et je ne peux pas me le permettre. Si je suis ici, c'est grâce à ça. Et je ne veux pas décevoir ma sœur non plus.

En y repensant, jamais je n'aurais imaginé pouvoir aller à l'université un jour. Autumn, elle, avait foi en moi. Je m'étais inscrite sans vraiment y croire. À la maison, on est habitués aux tuiles qui nous tombent dessus, du coup, on ne compte pas sur la chance et on ne s'attend pas aux bonnes nouvelles. Quand j'ai reçu la lettre du Savannah College, j'ai hurlé de joie. J'étais tellement contente et drôlement fière de moi. Ça m'a remontée à bloc. Après ce qui s'était passé avec Kenny, mon redoublement et ma dépression, c'était une bataille remportée qui, j'en étais certaine, représentait un pas de plus vers mon avenir.

— Tu devrais prendre un tuteur pour t'aider à bosser là où ça foire. Si tu veux mon avis, ça ne peut pas faire de mal et c'est gratuit.

— Un tuteur ? Tu crois ?

Je n'y avais pas vraiment songé. Je crois que je n'avais pas envie qu'un autre étudiant me fasse cours, parce qu'à part Robin j'ai tendance à fuir les gens de mon âge. Je les côtoie, je leur parle, mais j'évite que ça aille plus loin, car, lorsqu'on commence à être ami avec quelqu'un, ce n'est pas super, d'avoir des secrets. J'ai très peur de l'intimité, qu'elle soit sexuelle ou sentimentale. Autant j'ai réussi à surmonter beaucoup de problèmes grâce à mon ancien groupe de parole, autant je me sens tout à fait incapable de parler de mon calvaire dans un cadre plus privé. Est-ce stupide de pouvoir se dévoiler dans certains cas et d'être terrifiée à l'idée de le faire dans un cadre plus intime ?

— T'as pas essayé. Si vraiment tu es désespérée, tu peux essayer pour voir ce que ça donne. Je crois surtout que tu te prends la tête pour pas grand-chose. Tu devrais respirer, lâcher du lest, et tu verras que ça ira mieux. T'es stressée parce que tu as eu plusieurs mauvaises notes, et tu te braques, du coup.

— C'est la troisième note en dessous de la moyenne. Je ne sais pas pourquoi ce cours me bloque complètement. Je suis nulle.

— Je t'interdis de dire ça. Tu dessines super bien, tu as du talent, ce n'est pas parce que tu as du mal dans un cours que tu es nulle. Tu ne peux pas être bonne partout. Heureusement, d'ailleurs, parce que je ne t'aimerais pas si tu étais parfaite.

— Alors tu dois m'adorer, je ricane.

Robin hoche la tête.

— Je devrais faire ça, tu as peut-être raison.

— Non, j'ai sûrement raison.

Je ris de bon cœur. Elle répond toujours ça, pour peu qu'on avoue être d'accord avec elle. J'aime sa façon d'être et sa repartie. Son idée me plaît, ça pourrait m'aider, d'avoir le point de vue de quelqu'un sur mes difficultés. De toute manière, je n'ai pas le choix. Et en plus, comme c'est gratuit, si ça marche, c'est tout bénef.

— J'irai m'inscrire demain et j'espère que quelqu'un pourra m'aider à y voir plus clair en histoire de l'art.

J'aime pourtant énormément ce que j'étudie, mais en ce moment j'ai l'impression de faire de la merde. Constamment. J'ai du mal à interpréter les œuvres comme il faut. J'y passe pourtant du temps. Heureusement, les cours d'arts appliqués font remonter ma moyenne, c'est là que je réussis le mieux.

— Avec un peu de chance, tu vas tomber sur un mec sexy. Ça te ferait du bien, ça aussi.

Je soupire d'exaspération.

— Bah quoi ? se défend-elle. Deux ans que tu es là et pas une seule fois t'as laissé un mec t'approcher. Tu dois être une exception dans la fac.

— C'est sûr que, si on me compare à toi, je suis une nonne, je la taquine.

Robin tire la langue. De temps en temps, elle a un copain ou une copine, selon ses humeurs, mais elle ne reste jamais bien longtemps en couple. Une fois qu'elle se lasse, elle s'en va sans se prendre la tête. Sa dernière conquête était une nana, même si elle reste inconditionnellement amoureuse de Chris Evans.

— Je n'en vois pas l'intérêt, j'ajoute.

— Moi, j'en vois plein, justement.

— Comme… ?

— Le sexe, répond-elle du tac au tac.

Je grimace. C'est le truc qui me donne le moins envie de me rapprocher des mecs.

— Tu sais ce que j'en pense.

Extrait

— Je sais, soupire-t-elle, l'air contrit. Mais peut-être qu'il est temps que tu laisses sa chance à quelqu'un. Ça fait longtemps que c'est arrivé et…

— Je n'en ressens pas l'envie, et c'est mon droit.

— Bien sûr, approuve Robin en me proposant des chips. Je comprends, je veux juste dire que tu n'essaies même pas. Et je trouve que c'est un tort.

Je prends une poignée de chips. J'ai bien conscience qu'un jour ou l'autre il faudra que j'affronte ce problème, mais, si je suis incapable de m'aimer ou de me faire du bien, je ne vois pas comment quelqu'un d'autre pourrait m'aider. Personne ne s'intéresse aux filles comme moi. C'est peut-être ma faute, je l'avoue. Mais à mon avis les garçons n'aiment pas les filles cassées, ils préfèrent celles qui n'ont pas de soucis et qu'ils peuvent exhiber comme un beau trophée. Je les comprends, c'est plus valorisant, une fille qui n'a pas un vilain passé.

— M'enfin, il n'y a pas que le sexe, comme avantage, lance ma coloc.

Elle m'extirpe de mes pensées.

— Genre ? je demande, curieuse de voir ce qu'elle va encore me sortir pour plaider sa cause.

— Genre lui piquer ses fringues, avoir des câlins quand t'es triste ou fatiguée, avoir quelqu'un pour aller au cinéma, *chiller* sur Netflix le dimanche…

— T'as conscience que je peux faire tout ça avec toi aussi ?

— T'es nulle, bougonne-t-elle. Tu ne laisses aucune chance à l'amour. C'est sympa aussi, quand un mec te dit que t'es jolie ou te sourit. Et c'est quand même plus agréable d'avoir cours avec un mec qu'on peut reluquer discrètement.

— J'espère que ce sera une nana.

Me mordillant la lèvre pour retenir mon sourire, je jette un coup d'œil vers elle pour observer sa réaction. Elle soupire de déception. C'est certain, je suis un cas désespéré.

— On se mate un épisode des *Nouvelles Aventures de Sabrina* ?

— Je ne peux pas, c'est l'heure que j'aille à l'association. Si je traîne davantage, je vais arriver en retard.

Depuis quelque temps, je suis bénévole dans une association qui s'occupe des femmes victimes de violences. Des femmes ou des filles qui vivent ou ont vécu des choses difficiles. Certaines ont connu la même épreuve que moi, et je les encourage à se battre, à être fortes, à se relever. Quand j'y pense, aller dans ce groupe de parole, ça a été l'événement déclencheur. Me confier m'a beaucoup aidée, et trouver un réconfort sincère auprès de ces gens aussi. Petit à petit, je me suis libérée, petit à petit, j'ai compris que j'avais une voix et que je pouvais m'en servir. J'avais envie de combattre cette injustice et de dire aux autres qu'elles ne sont pas seules. Alors j'ai trouvé cette association qui apporte du réconfort, un toit et des conseils aux femmes violentées.

— J'avais oublié, se morfond Robin. Tu vas rentrer tard ?

— J'aime que tu sois pressée de me revoir, je dis en me redressant. T'en fais pas, je reviens vite.

✿ ✿ ✿

Demain est un jour douloureux pour ma sœur. J'y ai pensé toute la journée. C'est demain que Mao, l'homme qu'elle aime, sortira de prison après y avoir passé cinq ans pour le meurtre de Kenny, mon violeur. Et ces cinq années n'ont pas été banales, puisque, à cause des conneries de notre mère et pour le protéger, Autumn a décidé de couper tout contact avec lui. Ça lui a crevé le cœur, à l'époque. À moi aussi, d'ailleurs. Et, lui, je n'ose même pas imaginer ce qu'il éprouve…

Comme je sais qu'elle doit se sentir mal, je l'appelle une fois sortie de mon immeuble. Je marche vers le centre-ville d'Atlanta, où se trouve un ancien cinéma complètement réaménagé pour différentes associations.

— Petite souris ! lance Autumn en décrochant.

Au premier abord, au son de sa voix, ça a l'air d'aller.

— Coucou ! je dis. Je viens aux nouvelles. Tu vas bien ?

Je l'entends qui ricane et je rougis. Bien évidemment, qu'elle sait que je l'appelle parce que je m'inquiète.

— Oui, et toi ? Tu viens vérifier que ta sœur n'est pas en position fœtale ?

— Alors, tu l'es ?

— Non, répond-elle, amusée. Ça va, Avy. Ne t'en fais pas pour moi.

— Il faut bien que quelqu'un se charge de « s'en faire », puisque même toi tu ne le fais pas.

Elle est forte, admirable. Je sais qu'elle est dévastée, mais elle ne montre rien. Elle ne montrera jamais rien, ou si peu. Comme depuis toujours quand elle souffre, elle le fait en silence. Pour ne pas m'inquiéter, parce que, même quand elle a mal, même quand elle subit, elle pense aux autres avant tout. Et ça la rend encore plus humaine et altruiste. Depuis toute petite, je l'admire et d'aussi loin que je m'en souvienne, j'ai toujours traîné dans ses jambes. Je me rappelle qu'une fois, à l'école, on devait faire un portrait-collage d'une personne qu'on admirait. Alors que certains faisaient les portraits de Hillary Clinton, de Britney Spears ou de Michael Jordan, moi, j'avais fait un portrait d'Autumn. Aujourd'hui, j'ai grandi et je suis toujours cette petite fille qui la regarde, des étoiles dans les yeux, sauf que j'ai désormais conscience du poids qui pèse sur ses épaules. Je voudrais qu'elle souffle, j'aimerais qu'un jour elle arrête de penser aux autres.

Extrait

Je m'en veux de ne pas être rentrée à la maison. Peut-être qu'elle aurait apprécié ma compagnie, ou peut-être pas. Je soulage quelque peu ma conscience en me disant que notre frère Dustin doit être à la maison avec elle. Et maintenant je me sens encore plus égoïste et hypocrite. Autumn a tellement fait pour moi, et encore aujourd'hui elle continue, je le sais. Et Mao… Il m'a libérée. Il a tué mon monstre. J'aimerais le revoir, lui parler, mais je dois respecter la décision qu'a prise ma sœur.

— Et toi ? Tu fais quoi de beau, ce soir ?

— Je vais passer un peu de temps à l'association, je réponds, et après on va se mater une série, Robin et moi.

Je continue mon chemin, il y a peu de monde dehors.

— Ça te plaît toujours, d'y aller ?

— Oui, beaucoup. Je me sens utile en aidant les gens. Parfois, juste écouter, ça aide beaucoup.

— Je le sais et je suis fière de toi. Et les cours, ça va ? Tu dois être occupée, on ne te voit pas beaucoup, ces temps-ci.

Voilà que la culpabilité revient.

— Oui, ça va super, je dis en omettant de mentionner mes notes moyennes ces derniers temps. Et je suis désolée, je…

— Profite, petite souris. On se verra bientôt. Lizzie et moi, on va manger dans une petite brasserie française la semaine prochaine, tu pourrais nous y rejoindre ? C'est pas trop loin de ton campus. Je sais que revenir ici quand tu as cours n'est pas évident.

— Avec plaisir ! je m'exclame.

J'aime bien voir Lizzie, elle est toujours de bonne humeur et de bonne compagnie.

— Je vais te laisser, Avy, je dois reprendre mon service au bar. Merci d'avoir appelé.

— Autumn ? je lance avant qu'elle ne raccroche.

— C'est moi !

Extrait

Je souris. Elle répond toujours ça.

— Je t'aime. Et je suis là, si tu as besoin.

— Je t'aime aussi.

On raccroche la seconde d'après. J'ignore si mon coup de fil lui a fait du bien, mais moi j'en avais besoin. Comme il fait un peu froid ce soir, je mets la capuche de mon manteau-cape rouge. C'est Autumn qui a trouvé cette merveille à la friperie où elle va d'habitude. Il est absolument magnifique, avec sa grande capuche style sorcière et ses trois boutons bûchette en bois. La première fois que je l'ai mis à la fac, tout le monde m'a demandé où je l'avais trouvé. De mon sac, je sors mon livre de poche et me mets à lire le premier tome d'*Outlander* pour la troisième fois, tout en marchant. Je connais la route par cœur, alors je ne crains rien. Le livre aussi, d'ailleurs. J'aime mettre des petits post-it et relire les extraits qui m'ont plu. Je fais souvent rire les gens que je croise et qui s'étonnent, comme si j'allais forcément me prendre un poteau ou me faire renverser. Je ne suis pas stupide, je jette des petits coups d'œil de temps en temps pour être certaine que je ne crains rien.

Mon cœur fait soudain un bond dans ma poitrine quand je sens quelque chose se poser brusquement sur mon front. Je relève la tête, une main me retient. Lorsque j'aperçois l'arbre à quelques centimètres de mon nez, je pique un fard. *Tu disais quoi, il y a trente secondes ! ? La honte !*

— Attention.

Je rougis encore plus et tourne la tête vers la personne qui me parle. L'homme, ou plutôt le jeune homme, retire sa main de mon front qui me picote et sourit. Il est brun et une légère barbe assombrit son visage. En voyant la pochette à dessin coincée sous son autre bras, je devine qu'il est étudiant.

— C'est dangereux, de lire en marchant.

Quelle honte ! J'ai envie de disparaître.

— D'ordinaire, je calcule plutôt bien ma trajectoire, je réponds en haussant les épaules.

Il sourit de plus belle.

— Ça valait vraiment le coup, de se faire mal ?

— Oh que oui, je dis en me déportant légèrement sur le côté. On ne coupe pas un dialogue intense entre Claire et Jamie.

Il me dévisage alors comme si j'étais folle. Sur ces mots, je me mets en route et replonge dans mon livre.

— Même pas un merci pour mon sauvetage héroïque ? j'entends crier dans mon dos. Je t'ai quand même empêchée d'être défigurée. Bah, ça m'apprendra à être gentil.

Je regarde par-dessus mon épaule. Il attend et me fixe.

— Merci pour cet arrêt héroïque, mon front s'en souviendra longtemps.

Et, le sourire aux lèvres, je file

❀❀❀

— Qu'est-ce que le consentement sexuel ? je demande.

Face à moi, il y a une vingtaine de personnes. Souvent, quand on donne des « conférences » sur le sexe, le harcèlement ou encore le viol, il y a du monde. Je suis contente de voir qu'il n'y a pas que des femmes. Même s'ils ne sont que deux, c'est toujours bien de constater que les hommes s'intéressent à ce que vivent les femmes de nos jours, pour ne pas dire depuis la nuit des temps.

— C'est donner son accord pour une activité sexuelle, répond une fille au premier rang qui doit être plus jeune que moi.

Je trouve bien de parler de choses comme ça, d'y accorder du temps, parce qu'il y a encore beaucoup à faire pour stopper la culture du viol et le harcèlement fait aux femmes.

Extrait

— Oui, je dis en hochant la tête. Le consentement sexuel, c'est l'accord mutuel que se donnent deux ou plusieurs personnes entre elles pour qu'une activité sexuelle ait lieu. Sans l'accord de l'une des personnes, il y a viol ou agression sexuelle.

— Mais si la personne était d'accord à la base et qu'elle est moins chaude après ? Peut-être qu'elle en a envie quand même mais que la peur la rend moins chaude à le faire ?

Je secoue la tête. Dire que c'est une fille qui demande ça. D'où l'importance de parler de ces sujets encore et encore… On a beau parler de plus en plus de harcèlement, il y a toujours des gens qui ne comprennent pas les limites et d'autres qui sont perdus. Cette question, par exemple, me rappelle le genre de pensées que j'ai eues à l'époque de mon viol. J'étais persuadée que, puisque je n'avais pas parlé après la première fois, alors je méritais la seconde. J'avais l'impression de l'avoir laissé faire, en quelque sorte, parce que j'avais hésité à en parler, puis décidé de me taire… En réalité, je n'avais rien fait de mal, c'était lui, le malade.

— Dès qu'une personne exprime son refus, ou alors qu'elle n'est plus certaine d'en avoir envie et hésite, vous devez considérer cela comme un non. Si la personne en face ne prend pas en compte son refus, alors il y a agression. On va établir quelques exemples pour montrer ce qui n'est pas le consentement. Je vais noter ce qui me vient en tête et vous me donnerez les vôtres.

J'attrape un crayon et je griffonne sur le tableau derrière moi :

Quand la personne dit :

non

peut-être

je ne sais pas/plus — hésitation

= non

Extrait

— Mais si elle dit qu'elle ne sait pas et qu'elle a peut-être envie ? demande la même fille que précédemment.

— Jamais un « peut-être » ou un « je ne sais pas » n'a voulu dire oui. Oui, c'est oui. Les autres, ce sont des hésitations, donc c'est l'équivalent d'un non. Le consentement sexuel est un accord mutuel entre les personnes, et, si vous hésitez, c'est que vous n'êtes pas capable de le donner.

Elle hoche la tête, bien qu'elle me semble encore dubitative. Parfois, c'est difficile de faire comprendre aux gens quand ils sont bornés ou qu'on leur a mis des idées préconçues dans la tête.

Elle ouvre la bouche au moment où j'allais reprendre la parole.

— En fait… j'aimerais bien vous parler d'un truc, après. J'ai pas envie de le dire tout haut.

J'acquiesce en souriant, même si je redoute ce qu'elle veut me confier.

— Pas de souci, je dis.

Je retourne à mon tableau et j'écris rapidement :

QUAND ON S'HABILLE SEXY / PORTE DES TALONS

QUAND ON EST FORCÉ(E)

QUAND ON EST VICTIME DE CHANTAGE

QUAND ON DORT

QUAND ON EST IVRE OU DROGUÉ(E)

QUAND ON EST SEUL(E) DANS LA RUE (OU AILLEURS)

QUAND ON SOURIT / DIT BONJOUR

— Rien de tout ce que j'ai écrit ici n'est le consentement. Un non n'est pas un oui, garder le silence n'est pas un oui non plus. Quand j'ai été agressée, je pensais à tort que c'était ma faute ; je sais maintenant que j'étais la victime et que mon agresseur était le seul fautif. Dans tous les cas, sans la moindre exception, c'est la faute de l'agresseur. Un bonjour ou un sourire n'est pas une invitation au sexe.

— Et quand on fait des *sexfies* ou des *nudes* ? demande un des garçons dans la salle.

J'aime particulièrement qu'ils participent, ça me fait penser que les choses évoluent et qu'ils se soucient de ce que les femmes vivent au quotidien.

— C'est pareil, on en revient toujours au oui et à l'accord mutuel entre les personnes concernées par l'acte ou l'agression. Vous pouvez envoyer une photo sexy à quelqu'un ou alors en poster une sur Internet, ce n'est pas pour cela que vous êtes consentant pour coucher. Peu importe l'image que vous renvoyez, qu'elle soit sexy ou pas, vous n'avez à subir aucun harcèlement pour cette raison.

— Quand vous dites drogues, vous parlez de la drogue du viol ou pas ? demande un des garçons.

— La personne qui donne son consentement doit donner une réponse claire et avoir un comportement éclairé. Je parle de toutes les substances qui sont susceptibles de changer l'état psychique ou physique des gens. Que ce soit la drogue du violeur ou de la coke, ça revient au même puisque cela affecte les capacités mentales.

À la fin de la conférence, je vois que la jeune fille de tout à l'heure attend que tout le monde parte.

— Est-ce que tu vas bien ? je demande. Comment tu t'appelles ?

— Leslie.

Elle est rousse, avec de grands yeux marron. Ses cheveux me font penser à ceux ma sœur. Elle croise mon regard et se pince la lèvre.

— Je ne sais pas… si ça va, c'est un peu confus dans ma tête.

— Tu peux te confier, tout ce que tu me dis restera entre nous. J'essayerai de t'apporter une réponse claire et honnête.

Extrait

— J'ai une amie, elle flirtait avec un mec pendant une fête d'anniversaire, ils dansaient et ils s'éclataient. À un moment, ils se sont mis à l'écart des autres et ils se sont embrassés et tout. Il avait envie d'autre chose, mais elle a dit non, alors il lui a dit « OK, mais regarde comme je bande, tu peux pas me laisser comme ça, faut que tu fasses un truc », elle lui a fait une fellation mais elle m'a dit qu'elle en avait peut-être pas envie, qu'elle ne savait pas quoi faire.

Je soupire en m'asseyant auprès de Leslie. J'ignore si elle parle vraiment d'une amie ou si elle parle d'elle. Dans ce genre de cas, on hésite toujours à dire que c'était nous la victime, et je le comprends mieux que personne.

— Ce que ton amie a vécu, c'est une agression sexuelle. Il n'y a rien à dire de plus. Elle a exprimé son souhait d'arrêter, mais il lui a demandé autre chose en compensation. Elle l'a fait alors qu'elle n'en avait pas envie, et peu importe qu'elle n'ait rien dit ou qu'elle n'ait pas réussi à exprimer son mécontentement, c'est une agression. Quand elle a dit non, il aurait dû s'arrêter là.

— Qu'est-ce qu'elle peut faire ?

— Elle peut aller à la police, même si j'ai peur qu'il ne soit pas poursuivi, mais au moins elle dénoncera une agression et peut-être que ça conduira d'autres filles comme elle à parler. Souvent, un geste comme celui-là en appelle d'autres. Il suffit qu'une personne ose en parler, et soudain d'autres filles ou femmes sortent de l'ombre pour dire « Moi aussi, je me suis fait agresser ».

— Je vais lui dire. Merci, Avery.

Quand elle se redresse à la hâte, je soupçonne encore plus que c'est elle, la fille de l'histoire, et ça me désole.

— Tu peux venir ici quand tu veux pour parler, je lance alors qu'elle s'éloigne.

Leslie hoche la tête et me regarde par-dessus son épaule en souriant.

— Bonne soirée.

Je suis tellement triste que ce genre d'histoires arrive encore de nos jours. Je sais que je ne pourrai pas combattre toutes ces injustices moi-même, mais j'aime à croire que j'arrive à donner un peu d'espoir aux gens et à les aider.

Composé et édité par HarperCollins France.

Achevé d'imprimer en mai 2021.

CPI
FIRMIN-DIDOT

à Mesnil-sur-l'Estrée (Eure)

Dépôt légal : avril 2021.

N° d'impression : 164170

Pour limiter l'empreinte environnementale de ses livres, HarperCollins France s'engage à n'utiliser que du papier fabriqué à partir de bois provenant de forêts gérées durablement et de manière responsable.

Imprimé en France